LUZ
OU LE TEMPS
SAUVAGE

DU MÊME AUTEUR

CHEZ LE MÊME ÉDITEUR

Tango

ELSA OSORIO

LUZ OU LE TEMPS SAUVAGE

Traduit de l'espagnol (Argentine)
par François Gaudry

SUITES
Éditions Métailié
5, rue de Savoie, 75006 Paris
www.editions-metailie.com
2002

Titre original : *A veinte años, Luz*

ISBN : 978-2-86424-445-4
ISSN : 0291-0154

À vingt ans, à la naissance de son enfant, Luz commence à avoir des doutes sur ses origines, elle suit son intuition dans une recherche qui lui révèlera l'histoire de son pays, l'Argentine. En 1975, sa mère, détenue politique a accouché en prison. La petite fille a été donnée à la famille d'un des responsables de la répression. Sa mère adoptive ignore d'où vient cette enfant qui lui ressemble si peu, son grand-père, le général, campe sur ses certitudes politiques et son mépris pour son gendre, tourmenté par le remords et dont le suicide ressemblera à une exécution...

Personne n'a su d'où venait Luz, à l'exception de Myriam, la compagne d'un des tortionnaires qui s'est liée d'amitié avec la prisonnière et a juré de protéger l'enfant.

Luz mène une enquête semblable à celles des Grands-Mères de la place de Mai, mais depuis sa situation troublante d'enfant que personne n'a jamais recherchée.

Cette histoire est remarquablement racontée, sur un rythme de thriller. Loin des clichés, c'est l'amour qui pousse les personnages à rechercher la vérité.

Née à Buenos Aires, Elsa OSORIO enseigne actuellement la littérature à Madrid. Elle écrit des scénarios pour le cinéma et la télévision. Elle a obtenu le Prix du journalisme d'humour, ainsi que le Prix national de littérature.

PROLOGUE
1998

Luz, Ramiro et leur fils Juan arrivèrent à l'aéroport de Barajas à sept heures du matin d'un jeudi chaud. Dans le taxi qui les conduisait à l'hôtel, Luz leur parla de la Plaza Mayor, des ruelles étroites et mystérieuses, des bars ouverts à toute heure, des femmes au regard hautain qui dansent avec leurs mains comme des oiseaux inquiets. Tu vas adorer le flamenco, Ramiro, et toi Juan je vais t'emmener au parc du Retiro.

Peut-être Luz voulait-elle leur faire croire – ou croire elle-même un instant – qu'ils étaient là pour connaître l'Espagne et non pour l'accompagner dans sa course folle qu'elle n'avait pas pu arrêter depuis qu'elle s'était mis cette idée en tête, à la naissance de Juan. Car c'était à la clinique même qu'avait commencé à grandir ce doute dont elle n'était pas parvenue à se défaire. Entre les couches, les petits rots et les berceuses, Luz avait vérifié, parlé à des gens, demandé des renseignements, fureté, fouillé, cherché obstinément. Et c'est ici qu'il étaient arrivés. À Madrid.

Le matin même, alors que Juan et Ramiro dormaient encore, les renseignements lui donnèrent le numéro de téléphone de Carlos Squirru. Il était donc vivant, il existait, et il était là dans la même ville qu'elle. Son cœur battait à tout rompre. Elle composa le numéro dans la cabine téléphonique de l'hôtel. Une voix de femme à l'accent espagnol disait qu'ils étaient absents et suggérait de laisser un message après le signal. Elle coupa. Elle essaya de mettre des yeux, une bouche, un visage, une expression sur cette voix, mais ce fut impossible. Était-ce sa femme ? Carlos lui avait-il parlé de son passé ?

Elle s'était promis de remettre tout cela au lendemain. Ramiro et Juan méritaient un jour de paix, à se distraire, se promener, comme elle le leur avait annoncé à l'arrivée. Elle devait s'accorder une trêve, se reposer, mais elle ne pouvait empêcher l'anxiété de s'insinuer dans les promenades, les jeux et les rires. Comment affronterait-elle cette rude conversation ? Elle se montrerait sèche, brève, mais Carlos ne refuserait pas de la rencontrer quand elle lui aurait dit qu'elle avait un message de Liliana. Elle devait trouver les mots justes. Ramiro l'aiderait, comme il l'avait fait si souvent depuis qu'elle avait commencé les recherches.

— On en parle ce soir, proposa Ramiro.

Mais elle ne pouvait pas attendre : Essaie de me comprendre, je veux régler cela maintenant, je veux arrêter de me demander si c'est lui ou non et ce qu'il va me dire, comment il va réagir.

Ramiro répondit par un haussement d'épaules. C'était l'histoire de Luz, et elle seule devait décider de la conduite à tenir.

— Oui, répondit Carlos, et Luz dut se prendre la main pour ne pas raccrocher tellement elle avait peur. Ramiro l'observait de l'embrasure de la porte.

— Je voudrais parler à Carlos Squirru, s'il vous plaît.

— C'est moi – prononcé avec un tel accent que Luz se dit qu'elle avait été stupide de se faire tant d'illusions, car il pouvait parfaitement exister un Espagnol portant le même nom. Qui es-tu ?

Le tutoiement acheva de la convaincre que c'était une erreur, mais elle ne voulait pas raccrocher sans en être certaine.

— Mon nom est Luz, Luz Iturbe. Vous ne me connaissez pas et vous n'êtes peut-être pas le Carlos Squirru que je cherche, on m'a donné votre numéro aux renseignements, j'avais demandé à Madrid, mais il est possible que le Carlos Squirru que je cherche vive ailleurs, je n'en suis pas sûre.

Elle se maudissait d'être aussi confuse. Elle devait reprendre au début, elle toussa, le silence de son interlocuteur ne l'incitait pas à continuer, Ramiro s'éloignait vers la chambre de Juan, elle entendit des pleurs d'enfant au bout du fil.

— Un moment, s'il te plaît – et plus loin : Montse, occupe-toi du petit.

— Excusez-moi, je crois que c'est une erreur, je pensais que...

— *Sos argentina* ?

Sos, il lui avait dit *sos* !

— Oui, et vous ? Parce que le Carlos Squirru que je cherche est argentin.

— Oui, je suis argentin, bien que j'essaie de l'oublier – et il se mit à rire. Mais je ne sais pas si je suis celui que tu cherches – le ton séducteur. Il est beau, intelligent, charmant ? Dans ce cas c'est moi, ou sinon un des cinq ou six Squirru disséminés en Europe.

Carlos riait, probablement de la maladresse de Luz. Elle avait pensé si souvent à ce qu'elle allait lui dire que maintenant elle ne se rappelait plus rien. Il semblait aimable, sympathique, pourquoi ne pouvait-elle pas articuler une phrase cohérente ?

— Je voulais parler avec vous... à propos de Liliana.

Après un long silence et d'un ton très sec :

— Liliana qui ?

— Je ne sais pas, je ne connais pas son nom, justement c'est une des raisons pour lesquelles je veux vous parler. Il y a quelques mois j'ai rencontré Miriam López, elle m'a donné votre nom. Miriam...

— Qui ?

— Miriam López.

— Connais pas.

— Non, je sais. Elle vous a cherché dans l'annuaire il y a des années, mais mal ; elle croyait qu'il y avait un « e », Esquirru, avec un « e » devant. Je me suis rendu compte que Squirru commençait par un « s ». – Ni brève, ni sèche, ni claire, elle était en train de tout gâcher, elle voulut appeler Ramiro pour qu'il lui explique –. Miriam m'a dit que Carlos Squirru était le compagnon de Liliana il y a... vingt-deux ans. – Je l'avais dit, mal, mais je l'avais dit, et il ne répondait rien, on n'entendait même plus sa respiration. – Vous aviez une compagne qui s'appelait Liliana ?

— Et toi, qui es-tu ?

— Je suis... je m'appelle Luz. J'ai fait pas mal de recherches ces derniers temps, de tous les côtés, mais il me manque des renseignements. C'est difficile à expliquer comme ça, au téléphone. On pourrait se rencontrer ? – le silence lui devenait intolérable – Liliana voulait vous dire quelque chose avant de... S'il vous plaît, on pourrait se voir ?

— Tu connais le café Comercial ?

— Non, mais peu importe. Dites-moi où il est et je viens.

— Au rond-point de Bilbao. Dans une heure.

— Oui – joie et peur mêlées. Comment on va se reconnaître ? Je ne sais pas comment vous êtes. Moi, je suis blonde, je porterai un chemisier vert... et un livre à la main.

— D'accord, au revoir.

Quand elle raccrocha, Ramiro la serrait dans ses bras. Luz fondit en larmes.

— Je m'y suis mal prise, tu m'as entendue, mon amour ? À aucun moment il ne m'a dit qu'il était le compagnon de Liliana, mais s'il a accepté de me voir c'est parce que c'est lui, non ?

Ramiro ferait manger Juan et l'attendrait ici : Appelle si tu as besoin de moi.

Elle descendit du taxi au premier coin de rue du rond-point de Bilbao et demanda à des jeunes où se trouvait le café Comercial. Elle traversa l'avenue. Elle avait l'impression que ses pieds ne la portaient pas, que son corps entier était inconsistant et qu'elle pouvait tomber à tout moment. Cette irréelle chaleur sèche de juillet l'enveloppait comme pour l'avaler. « *Bochorno* [1] » avait dit le chauffeur de taxi et Luz pensa que c'était la première fois qu'elle comprenait le sens de ce mot.

Il y avait beaucoup de gens attablés à la terrasse. Elle se rendit compte qu'elle ne pouvait pas distinguer une personne d'une autre : des formes indifférenciées. Elle s'immobilisa un instant en brandissant le livre. Si Carlos était là, il s'approcherait. Le mieux était d'entrer, de boire quelque chose de frais et, s'il ne se montrait pas, de revenir à la terrasse.

L'air conditionné la réconforta aussitôt. Lequel de ces hommes seuls était-il ? Elle s'assit à une table et parcourut le café du regard. Cet homme, à la table voisine, devait avoir la quarantaine. De toute façon, elle ne connaissait pas l'âge de Carlos. L'homme la regardait, mais non, ce ne pouvait pas être lui, il ne lui ferait pas ce sourire.

Les yeux fixés sur la porte, Luz commanda un Coca citron. Carlos s'approcha par derrière, se planta en face de Luz et la dévisagea.

1. Chaleur étouffante.

— Carlos ? demanda Luz en hésitant à lui tendre la main avant de reposer son bras sur la table quand, pour toute réponse, il s'assit en face d'elle.

Aucun des deux ne semblait vouloir entamer le dialogue. Carlos ouvrit et referma la bouche en même temps que Luz. Cette gêne en miroir leur arracha un sourire.

— Je suis très déconcerté. Je ne sais pas qui tu es, ni qui est cette Miriam, ni pourquoi tu me cherches. Tu ne peux pas avoir connu Liliana, tu es trop jeune.

On lui apporta le Coca et Carlos demanda un whisky.

— Elle a dit votre nom à Miriam López.

— Miriam était au camp de détention ?

— Pas exactement.

— Où, alors ?

— Chez elle. Liliana a donné votre nom chez Miriam.

Désespoir ou impatience, déchiffra Luz sur le visage de Carlos. Elle n'allait pas rejouer les idiotes comme au téléphone.

— Carlos, je vais vous expliquer tout ce que je sais. Il y a longtemps que je fais des recherches. C'était difficile parce que je ne connaissais pas le nom de Liliana. Comment s'appelait-elle ?

— Tu es journaliste ? Tu es venue m'interviewer ? Qu'est-ce que tu veux ? Écrire un article, un livre ? Il y a une éternité que je ne vis plus dans ce pays, pour moi il n'existe plus, tu comprends ? Il n'existe plus – et, franchement agressif : Qui t'a donné mon nom ? Qu'est-ce que c'est cette histoire de Miriam je ne sais qui ? Et quand Liliana a-t-elle été chez elle ? Ce n'est pas possible.

Luz but une gorgée de Coca, comme pour se donner un répit avant de répondre une par une aux questions anxieuses de Carlos.

— Je ne suis pas journaliste. Je suis venue vous voir, pas vous interviewer. Je voulais vous connaître, je voudrais savoir... beaucoup de choses. Et surtout que vous sachiez celles que je connais. Votre nom, c'est Miriam López qui me l'a donné et je vais vous dire qui elle est, si vous m'en laissez la possibilité – Luz lui retournait le même ton irrité. C'est moi qui vais parler. Et vous, après, si vous en avez envie – sa voix se brise en essayant de trouver le ton juste. Et si vous n'en avez pas envie, ne dites rien. D'accord ? Je veux seulement que vous m'écoutiez.

La présence du serveur mit un frein aux paroles de Luz. Carlos prit son temps avant de répondre.

— Excuse-moi si je t'ai mal parlé. Tu m'as pris au dépourvu. Peut-être que celui qui ne veut pas, qui craint d'aborder ce sujet, c'est moi. Tu sais, ça me fait encore mal. Très mal.

Lorsque Carlos détourna son regard, Luz remarqua pour la première fois que c'était un bel homme, qu'il lui plaisait. Et cette façon de regarder ailleurs, incroyable, exactement ce qu'elle faisait quand elle voulait dissimuler une émotion. Mais elle ne pouvait pas se permettre de l'observer pour découvrir ce qu'il ressentait, pas plus qu'elle ne voulait lui arracher à brûle-pourpoint cette phrase qu'elle-même doutait d'être capable de prononcer et qui expliquerait instantanément sa présence.

— Qui était Miriam ?

— Miriam López a fait la connaissance de Liliana dans des circonstances assez extravagantes... pathétiques même, à la mi-novembre 1976.

Luz se demanda par où commencer l'histoire : par l'accouchement à la clinique de Paraná, ou par l'hôpital de Buenos Aires ? Peut-être vaudrait-il mieux parler d'emblée de ce lien étrange et puissant qui s'était noué entre Miriam et Liliana. Mais elle laissa venir simplement les mots, sans même expliquer pourquoi elle connaissait tant de détails d'un côté et de l'autre. De l'autre, en vérité, elle savait très peu, presque rien, tout juste ce que Liliana avait raconté à Miriam. Ainsi que les derniers jours de Liliana, ses premiers jours à elle. Si quelqu'un pouvait l'aider à connaître l'autre côté, c'était lui, Carlos. Mais il semblait tellement perplexe en l'écoutant que pendant cette première heure il l'interrompit à peine pour lui poser une question ou faire une remarque.

— Tu veux boire autre chose ? Carlos fit signe au garçon.

S'accorder une trêve, s'arrêter, se calmer, voilà ce qu'ils voulaient tous les deux.

— Un Coca. On dirait vraiment que tu es espagnol – parler de tout et de rien, de choses banales –, ton accent, certains mots, tu emploies toujours le *tu*.

— Non, parfois je le mélange avec le *vos*, quand je parle avec des Argentins. Mais je parle peu, heureusement, je les évite. À vrai dire, je déteste les Argentins, l'Argentine.

Carlos ne vit pas la rancœur qui incendia le regard de Luz.

Luz consulta sa montre.

— Je vais téléphoner, je ne veux pas que Ramiro s'inquiète. Ramiro, c'est mon mari, précisa-t-elle.

— Tu as déjà un mari ? Pourquoi en était-il étonné alors qu'il ne savait rien de la vie de Luz ?

— Oui, et un fils. Il s'appelle Juan et il a un an et demi.

Peut-être parce qu'il était seul, Carlos se demanda pourquoi depuis que Luz s'était trompée (elle avait dit « me sauver » au lieu de « la sauver ») il se sentait aiguillonné, mais il ne voulut pas, ou ne put, y réfléchir. Quand il avait lancé une parole méprisante sur Miriam, Luz avait violemment réagi.

— Cette salope, comme tu dis – c'est là qu'elle avait commencé à le tutoyer – a risqué sa peau pour me sauver.

Et si ce n'était pas une erreur, ou une allusion à un autre épisode où cette femme l'aurait sauvée ? pensa Carlos, mais Luz avait passé cela sous silence et continué à parler de Liliana et de la gosse. Comment pouvait-elle en savoir autant ? Pourquoi ne le disait-elle pas ouvertement ? Et pourquoi ne lui posait-il pas la question ?

Il ne voulait pas que Luz devine ce qu'il soupçonnait, aussi résolut-il de retarder le plus longtemps possible cette question et d'accepter qu'elle lui raconte tout comme elle le voudrait, ou comme elle le pourrait. Si du moins il s'agissait de cela, car il pouvait y avoir une autre explication.

Ils devraient peut-être aller dîner, proposa Carlos quand Luz revint s'asseoir.

Non, aucun des deux n'avait faim. Comment abandonner cette table avant de connaître toute l' histoire ?

— J'aimerais que tu continues à me raconter.

Et Luz avala sa salive et continua, continua jusqu'à ce qu'elle finisse par tout lui dire, elle ne savait plus comment elle y était arrivée.

Carlos ne lui avait à aucun moment posé la question, mais quand il lui prit les mains et la regarda, les yeux embués, Luz eut la certitude qu'il la reconnaissait.

Quand ils sortirent du café Comercial, Carlos eut l'impulsion de poser son bras sur l'épaule de Luz, mais il n'osa pas. Le bras se dressa seul et s'immobilisa.

— Je peux ?

Luz parvint à peine à lui adresser un sourire d'assentiment. Ils marchèrent une dizaine de minutes en parlant des rues de Madrid si animées à cette heure de la matinée, du voyage qu'elle avait fait après avoir passé son bac. Il y avait entre eux l'accord tacite de ne rien évoquer qui pût perturber ce plaisir de marcher côte à côte, pour la première fois.

Carlos lui raconta qu'il s'était spécialisé en pédiatrie à Barcelone, où il s'était marié avec Montse, et que depuis huit ans il vivait à Madrid. Et Luz qu'elle était loin d'avoir terminé ses études d'architecture : j'ai pris du retard avec la naissance de Juan et avec... cela.

Une pudeur à rebrousse-poil l'empêcha de serrer Luz dans ses bras comme il en eut envie quand elle appela « cela » tout, tout ce qu'elle avait été capable de faire pour le retrouver.

À la porte de l'hôtel, Carlos s'arrêta devant Luz et ils se regardèrent. Luz détourna la tête comme si elle était très intéressée par un couple d'Anglais qui entrait.

Carlos prit le visage de Luz entre ses mains et le ramena vers lui.

— Je ne te l'ai pas encore dit, mais tu es très jolie... et très courageuse. – Luz ne put répondre, sinon elle allait fondre en larmes. – Et maintenant ? Luz... ou Lili, je ne sais pas comment t'appeler.

— Luz, je me suis toujours appelée Luz. Et j'aime mon prénom. C'est difficile de te le dire, mais tout n'a pas été si mal, mon prénom par exemple, Luz. Je me suis acharnée à faire la lumière sur cette histoire d'ombres, à savoir, à chercher sans relâche, sans mesurer le risque affectif que je courais. Notre conversation a dû être très dure pour toi, j'ai du mal à me l'imaginer, mais pour moi non plus cela n'a pas été facile, crois-moi. Je ne savais pas comment tu pouvais réagir, ni même si j'allais te retrouver, ni rien, rien... ni ce qui va m'arriver si tu repars maintenant et que je ne te revoie jamais plus.

— Ortiz.

— Quoi ?

— Elle s'appelait Liliana Ortiz. Moi aussi j'ai beaucoup à te raconter. Et en plus, nous devons prendre certaines décisions ensemble. Tu ne crois pas ? On est en train de les juger à Madrid...

en ce moment même, s'enflamma Carlos. Tu penses que Miriam viendrait témoigner ?

Avant que Luz lui réponde, Carlos lui donna un baiser et tendit sa joue :

— À l'espagnole. Ici on fait deux bises. Repose-toi, je t'appelle demain.

PREMIÈRE PARTIE

1976

CHAPITRE UN

Ce soir je vais lui montrer à la Bête comme elle est jolie la chambre avec le papier peint et tout ce que j'ai acheté. Est-ce qu'il va m'engueuler parce que j'ai dépensé tout le fric à décorer la chambre du bébé et pas à ce qu'il m'avait dit ? Je ne crois pas. Il est pas si brutal. Il a l'air, mais il a bon cœur, sinon il n'aurait jamais compris ce qui m'arrive. C'est le seul à qui j'ai pu le dire, et il n'a pas rigolé, ni rien, il m'a comprise, il m'a dit que ça lui paraissait logique, humain, il a même été attendri. Et moi, avec la tendresse on m'achète plus facilement qu'avec une liasse de dollars. La Bête, personne ne s'en doute, mais c'est un tendre. Et un sentimental, sinon il ne ferait pas tout son possible pour m'obtenir ce que je veux.

— *On l'appelait la Bête à cause de sa force. Quand ils faisaient une descente, ils sonnaient et si on ne leur ouvrait pas, ils lui disaient : « Vas-y la Bête » et il y allait, quelques pas en arrière, et de tout son poids il se jetait contre la porte et la défonçait.*

Je lui dis, doucement, ne me fais pas mal, et lui : je t'ai déjà dit qu'il n'y a pas de porte qui me résiste, et moi ça me fait rire, alors il me la met juste un peu et je le traite de bête, mais en riant, si je me laisse faire c'est pas parce qu'il a de la force mais parce que je sens qu'il m'aime, qu'il me désire. Il commence à haleter : ma femme, ça c'est ma femme, ma pouliche, ma poupée, mon épouse. Mon épouse, voilà ce qu'il me dit en me la baladant sur la raie, moi ça m'excite, je dois être idiote, et alors là, y a pas de porte de mon corps qui lui résiste.

Il ne me le dit pas qu'au lit. L'autre jour il m'a présentée comme sa future épouse au maigrichon à petite moustache. Sérieux, il veut qu'on se marie. Moi, avant, je pensais : me marier pas question, à moins de gagner à la loterie, comme la Bibi, ou de m'en dégoter un avec plein plein de blé, ou un cadre sup', un joueur de foot célèbre, ou un Monzón, ce genre quoi, avec bicoque, piscine et domestiques, jardin, bagnoles, et tout. Bon, on peut pas non plus tirer le gros lot tous les jours, ce que j'avais c'était ça : ni grand monsieur ni célèbre, mais un mec qui allait m'obtenir ce que je voulais. Il a le bras long, ça oui, du fric pas trop, bien qu'il dise que ça marche de mieux en mieux et que dans quelques mois, quand il aura terminé je ne sais trop quoi qu'ils sont en train de faire, il s'en mettra plein les poches. De toute façon, s'il me trouve le bébé, c'est mieux que je me marie. Parce que les gosses, ils les donnent pas à n'importe qui, seulement à des familles réglo, alors il faut qu'on soit mariés, et à l'église. Moi je trouve ça un peu tarte de se marier à l'église.

— Et je vais devoir me confesser ? je lui ai demandé l'autre soir. Mais je n'ai même pas écouté la réponse parce que déjà je me pissais de rire rien que d'imaginer la scène. Tu vois la tronche du curé quand je vais lui dire avec combien de types j'ai baisé.

Il s'est un peu fâché parce qu'il ne veut pas se rappeler, il veut pas savoir ce que j'ai fait, pourtant il le sait bien ce que j'étais quand on s'est connus. Il est un peu balourd mais brave, la Bête est un brave type. Et moi, maintenant, j'ai tout bien préparé : la chambre, les petits vêtements, j'ai même acheté de la musique pour gosses et j'apprends les chansons par cœur, parce que je me dis qu'on ne va pas tarder à me l'amener. Et qu'il va être divin, ou divine, si ça se trouve c'est une fille, une mouflette, oui, comme la maman. Moins pute, j'espère, j'ai lancé à la Bête, et lui il a rigolé, mais pas longtemps, il m'a dit que je n'étais pas une pute sinon je ne pourrais pas être son épouse. Son épouse n'est pas une pute, sauf au lit, au lit oui il m'aime bien pute, mais dehors pas question, et ne va pas tortiller du cul par-ci par-là, parce que bientôt tu seras madame Pitiotti. Il le dit comme ça, comme s'il m'appelait la marquise des Boules ou la princesse de la Pine. Et je lui fais croire que j'adore parce que je veux qu'il soit content. D'ailleurs, où est-ce que j'irais tortiller du cul puisque je ne sors pas. Je ne bosse plus : ni défilés, ni fêtes, ni mecs, rien.

— *Une pute ! Ce n'est pas possible que Liliana se soit confiée à une pute, réagit Carlos.*

— *Où est le problème qu'elle ait été une pute, s'indigna Luz. De toute façon, quand Liliana l'a connue, Miriam ne faisait plus la pute.*

Depuis qu'il m'a promis le bébé, je reste à la maison, allongée à rêvasser, j'écoute de la musique, je regarde la télé, je vais faire les courses. Je m'emmerde un peu, à vrai dire, mais je lui dis que je me sens en pleine forme, que j'adore l'attendre, qu'on dîne ensemble et qu'on sorte à droite à gauche, quand il peut, parce que je veux qu'il soit content de moi et qu'il tienne sa promesse de m'amener le bébé. Il me dit qu'il prend soin de la mère pour qu'elle ait une bonne grossesse, il interdit qu'on la touche, parce que « cette guerre n'est pas contre les enfants », il répète toujours cette phrase.

Ce qu'a fait la gamine, je n'en sais rien, il ne le dit pas, sauf qu'elle ne veut pas l'enfant et qu'en plus elle ne peut pas l'avoir à la prison. Elle a dû tomber enceinte par hasard. Elle est canon la morveuse, il paraît, et très intelligente. Il a les yeux qui brillent quand il parle d'elle. L'autre jour je lui ai dit : eh, tu l'as sautée ou quoi ?

— Qu'est-ce que tu racontes, elle est enceinte de ton bébé. Tu as de ces idées.

C'est sûr, il ne va pas la sauter alors qu'elle en est au huitième mois.

Il veille personnellement à ce qu'elle soit bien nourrie, parce que là-bas il paraît que c'est infect.

— *On lui donnait une nourriture spéciale et ils ne la torturaient pas comme ils le faisaient aux autres.*

— *Tu trouves que ce n'est pas une torture d'être là-bas et de savoir que toutes ces attentions, ce régime spécial, c'était pour lui voler son enfant – la haine voilait la voix de Carlos. Ils venaient là pour choisir les mères, comme si c'était un vivier d'êtres humains ! C'est monstrueux, aberrant.*

— *Oui, c'est répugnant. Je parlais de la torture physique, de la* picana [1].

L'autre jour j'ai préparé des petites croquettes pour qu'il les apporte à la gamine. Elle me fait de la peine, quand je pense à elle ça me fait de la peine. Jeunette comme elle est, elle n'a pas dû faire grand-chose. Pourquoi on la garde prisonnière, elle a tué quelqu'un ? Écoute, j'ai expliqué à la Bête, moi si on me donnait

1. Torture à l'électricité.

aujourd'hui à choisir, ce salopard de voyageur de commerce qui m'a violée à quatorze ans, je le tuerais. À l'époque je n'y ai même pas pensé. Parfois, il y a des choses qui te donnent envie de tuer, et il y a des gens qui le méritent, ce type, si je l'avais à portée de main, je le tue, je te jure la Bête, je te le jure. Elle a tué un type qui l'a violée ? Parce que si c'est ça, c'est pas du tout sa faute. Les mecs, il faudrait qu'il leur arrive un truc pareil pour qu'ils comprennent ce qu'on ressent.

Il me dit que ça n'a rien à voir, que je ne comprends rien, que le pays est en train d'être détruit par les idéologies étrangères, que c'est une guerre, et eux, ils vont remettre de l'ordre et attraper tous ces subversifs, communistes, assassins, terroristes, un par un – muscles de son visage d'acier, regard à faire peur – jusqu'à ce qu'ils tombent tous, oui, ils vont nettoyer le pays de cette charogne. Mais je ne sais toujours pas ce qu'a fait la gamine. Quand il est plus tendre, je lui tire les vers du nez, pour ça je suis spécialiste, et parfois il lâche un truc : lui non plus ne comprend pas comment elle s'est fourrée là-dedans, parce que c'est une fille de bonne famille, élevée dans un collège de nonnes. Peut-être à cause du type qui était avec elle.

— Le mari ?

— Quel mari ? Tu crois que ces filles-là se marient, elles s'accouplent comme les chiens, c'est tout.

— *Nous ne nous sommes jamais mariés. On était dans la clandestinité, dit Carlos.*

Pour la première fois depuis qu'ils avaient commencé à parler, Carlos assumait l'histoire que Luz lui racontait.

Je n'ai pas osé lui rappeler que nous aussi on s'accouplait et que je m'étais accouplée avec d'autres, et lui aussi, parce que la Bête il est comme ça tout fou, il s'emballe quand il parle, et on a soudain l'impression que nous on est bien en tout, des gens honorables, mariés depuis des années, et que moi je n'ai pas été pute, ni lui un gamin qui crevait de faim avec sa solde de caporal jusqu'à ce qu'il puisse tenir le couteau par le manche quand les militaires ont pris le pouvoir, et ramasser quelques picaillons. Il est sergent maintenant. Mais c'est pareil, je lui ai demandé, une solde de merde. Moi je gagnais plus en deux fêtes que lui en un mois et il vaut mieux pas lui dire combien on me payait quand... mais il le sait, il le sait parfaitement puisque lui aussi il a payé, Anette leur soutirait un max pour coucher avec moi. D'où avait-il bien pu sortir le fric, avec ce qu'il gagne... ? Des économies, il m'a dit, ça a dû lui coûter la peau des fesses pour seulement faire connaissance. Il ne serait pas avec moi pour le fric, des fois ? Non, quelle idée, si c'était ça, il ne m'aurait pas convaincue de laisser tomber le boulot. S'il pense à ce que je lui ai coûté la première fois, il doit se sentir comme un nabab chaque fois qu'il me baise, mais non, il trouve ça naturel parce qu'on s'aime, il s'imagine même, et ça me fout un peu en rogne, que j'ai tiré le gros lot avec lui, et pas l'inverse. Enfin, il vit chez moi, et comme jamais il n'avait dû en rêver. La vérité c'est qu'il a insisté pour que je m'installe chez lui, mais moi, pas question de vivre dans cette porcherie, alors, en faisant gaffe à ne pas le vexer, je lui ai dit que quitte à rester toute la journée à la maison, je préférais être avec mes choses à moi, ma petite terrasse où je prends le soleil, mes disques, mes miroirs, mes babioles, et que déménager serait toute une histoire.

— *Miriam avait loué un appartement à la Recoleta, dans la rue Ayacucho. Avec ses économies elle avait payé un an et demi d'avance pour ne pas avoir de problème de caution. Il semble qu'à ce moment-là elle gagnait beaucoup d'argent. Elle m'a tellement parlé de cet appartement que j'ai l'impression de le connaître. Je suis allée devant la porte, je ne sais pas pourquoi, peut-être pour mieux me représenter ce qu'elle me racontait.*

Parce que moi, je ne suis pas du genre à vexer, je sais y faire avec les mecs, mais je ne suis pas non plus assez conne pour avaler qu'il trouve tout naturel de vivre ici, en plein quartier Nord, et de s'asseoir dans ces fauteuils, avec ces belles tapisseries et ces rideaux de soie. Même moi, au début, quand j'entrais, j'avais parfois du mal à croire que c'était chez moi. Ça oui, je le dois à Anette, sans le vouloir elle m'y a bien aidée, cette garce, parce que quand je suis allée chez elle, je me suis promis de ne pas arrêter avant d'avoir un intérieur comme le sien.

— *La femme qui l'a introduite dans ces fêtes et présentée à des types devait avoir un bel appartement, avec tapis, œuvres d'art. Aujourd'hui encore elle se rappelle plein de détails. Miriam l'admirait et voulait l'imiter en tout.*

J'étais emballée d'aménager l'appartement, j'achetais tous les magazines de décoration, j'y prenais des idées, des adresses. Pourtant, des idées j'en ai, je sais arranger les objets, je le fais avec goût, j'ai un bon goût naturel, je l'ai toujours su. Parfois j'ai envie de lui faire entrer ça dans le citron à la Bête, mais je la boucle, je m'occupe de lui, je lui sers son petit whisky, je me mets des superfringues, juste pour qu'il me regarde, et ce type a beau être une bête, il se sent comme un roi et il s'imagine que nous sommes je ne sais pas quoi. Je me rends compte que ça m'arrange, c'est bien utile pour ce que je veux, qu'il continue à croire que tout ça on le mérite, comme si on l'avait hérité de papa, ou gagné en travaillant honorablement. Il s'assied dans le fauteuil, à côté de la lampe, et il me sort : Avec nous, le bébé sera bien, on va l'élever avec de bons principes, le sens de l'ordre et des bonnes manières.

Je le laisse continuer son couplet parce qu'au fond ça m'est égal pourvu qu'il m'amène le bébé. Pourquoi je devrais lui remettre les yeux en face des trous, pourquoi ? Il vaut mieux qu'il se prenne pour un supermec, qui va être un bon père et un bon mari. Qu'il se prenne pour ce qu'il voudra mais qu'il m'amène le bébé. Et puisque la gamine va se retrouver en taule et qu'elle n'en veut pas du gosse, c'est tout de même mieux qu'il soit avec moi, avec nous, bah !

— Mais bordel de merde, pourquoi faut-il que tu penses toujours à elle, me dit la Bête.

— *Elle ne savait pas ce qui se passait, ce qu'ils faisaient. Elle ne comprenait pas. Et il ne lui donnait aucun détail. Seulement des paroles grandiloquentes : le devoir et l'honneur de servir la Patrie. La Bête se prenait pour « une espèce de San Martín », c'est ce que m'a dit Miriam et cela m'a fait froid dans le dos.*

Et si elle se pointe à sa sortie de prison et me réclame le bébé, je t'ai dit qu'elle n'en voulait pas, s'impatiente la Bête, parce qu'elle va bien sortir un jour ou l'autre, non ? Jeune comme elle est, il arrivera bien un moment où elle aura accompli sa peine et sortira. Et lui rigole : mais non, ne t'en fais pas, après l'accouchement on va l'interroger et la transférer.

— La transférer où ?

— Je t'ai dit d'arrêter de poser des questions.

Son visage devient d'acier, ou alors il se lève, comme le soir où je lui ai demandé pour cette histoire du transfert, il attrape la chaise du bureau et la casse en deux contre le mur. Mais pourquoi tu fais ça, tu es une vraie bête, c'est une chaise de style, elle m'a coûté la peau des fesses. Et lui : pourquoi est-ce que je crois qu'on l'appelle la Bête, et que je m'estime contente qu'il n'ait démoli que la chaise et pas moi, alors qu'il en avait bien envie. Et la vérité, c'est que je me fais toute petite, parce que la Bête est un brave type mais quand il se met dans cet état, je suis sûre qu'il pourrait me réduire en bouillie. Mais ça ne lui dure pas longtemps, je reconnais. Je me suis mise dans un coin à pleurnicher (avec les mecs ça marche toujours de jouer les pauvrettes), et il est venu derrière moi, m'a prise dans ses bras et commencé à me peloter les seins tout doucement et à me parler à l'oreille : si je veux le bébé, que j'arrête de poser des questions, il sera efficace, mais si je continue à l'emmerder il ne me l'amènera pas le mouflet. Et puis je ferais mieux d'occuper mon temps à préparer le mariage, à la mairie, à l'église, tout, parce que lui il ne peut pas, en ce moment il a plein de boulot. Et dur. Puis il est allé à la chambre et en est revenu avec une liasse de billets (je ne lui ai même pas demandé d'où il les sortait, parce qu'avec les mecs il vaut mieux jouer les connes), il me les a donnés pour que je m'achète une robe et que je prépare le trousseau.

Le trousseau ! Pour certains trucs, il est un peu con la Bête. Qu'est-ce que je vais m'acheter ? Une petite chemise de nuit blanche de jeune mariée comme celle que s'est achetée ma cousine quand elle a épousé le type des postes. Je me souviens que quand elle me la montrait, ma tante me disait : Ton tour viendra, Miriam, un brave garçon va te dire qu'il t'aime et qu'il t'épouse. Moi, pas question de me marier avec le premier plouc venu et de rester à Coronel Pringles. Non, j'avais d'autres ambitions, être mannequin, célèbre, riche. Le mariage, ce serait pour après, pour avoir un enfant. Ça oui, je savais ce que je voulais : un enfant. Mais plus tard, bien sûr.

L'année où la Noemí s'est mariée, j'ai gagné le concours de beauté, j'étais la plus jolie, la Reine de Coronel Pringles. Après il y a eu les photos et le concours de Bahía Blanca où j'ai été élue dauphine. Il n'y avait qu'à la capitale que je pourrais monter plus haut, obtenir ce que je méritais. Alors Oscar, qui y croyait, ou faisait semblant, m'y a emmenée. Je me suis tout de suite renseignée sur l'école de mannequins, il m'a dit qu'il me paierait les études et me présenterait à sa famille. Mais il s'est passé combien de temps ? Un mois à peine et comme une conne je me retrouve enceinte. Pas question d'avoir un gosse maintenant, c'était pour plus tard.

Oscar m'a payé l'avortement, ouais, mais il s'est barré. Il m'a larguée dans cette pension immonde, alors que je pissais le sang.

Plus tard, je me disais, plus tard. Jusqu'à ce qu'un beau jour, terminé. « Jamais plus » m'a dit le médecin de l'hôpital Fernández. Je ne pourrai jamais plus avoir un enfant. Mais c'était longtemps après, bien sûr. C'est dur de penser qu'il n'y a pas de plus tard, que jamais, jamais je ne vais pouvoir. C'est pour ça, seulement pour ça que je supporte tout de la Bête, parce qu'il va me le trouver mon enfant.

— *Non, bien sûr ce n'était pas le premier, elle avait subi plusieurs avortements.*

Ma seconde grossesse, je me suis encore dit, plus tard. Je travaillais au *Harry*. J'étais sublime, les mecs étaient en transe devant moi, ils s'en bavaient dessus quand je faisais le strip-tease, parce que moi je sais bouger, je sais les regarder, je sais leur montrer, je les tenais tous raides morts, pas tant parce que je suis belle, mais parce que je le fais avec style, avec plaisir.

— *Elle devait être une femme impressionnante, très, très belle. Grande, brune. Aujourd'hui encore elle a une silhouette spectaculaire.*

— *Quel âge elle a ?*

— *Quarante-huit ans. À l'époque elle devait en avoir vingt-cinq, vingt-six...*

Pourtant ce n'était pas le travail que je voulais faire, j'avais toujours voulu être mannequin, là c'était pour mettre de l'argent de côté et payer l'école. Si je me débrouillais bien, avec de bonnes fringues et plus de raffinement, ils tomberaient raides devant ma beauté. J'allais faire la couverture des magazines, défiler sur les grands podiums de Buenos Aires, d'Europe, du monde entier. Pour ça, il fallait que j'aille à l'école de mannequins, pour apprendre à marcher, à bouger, à devenir plus raffinée. Mais c'était cher et à qui j'allais demander le fric ? À ma tante, impossible, elle avait toujours pensé que je devais me marier avec un brave garçon et en rabattre un peu, alors quand elle a su que j'étais partie à la capitale avec Oscar, j'ai eu droit à une engueulade infernale.

— Qu'est-ce que tu crois, qu'il va t'épouser ? Tout ce qu'il veut c'est coucher avec toi, il est riche, il se sert de toi.

Et alors, moi aussi je me servais de lui, même s'il me plaisait, et je n'avais pas l'intention de me marier avec lui. On était bien chauds tous les deux, c'était tout, et s'il se servait de moi pour une chose, je me suis servie de lui pour sortir de ce bled de merde.

— Tu ne comprends pas, m'a dit ma tante, que ces types n'épousent jamais des filles comme toi, surtout, surtout si tu as couché avec lui. Il t'a menée en bateau, il t'a menée en bateau comme une petite dinde. Reviens, Miriam, reviens à la maison.

Cette imbécile croyait que j'étais vierge et que c'était Oscar qui m'avait initiée, alors qu'il était le cinquième ou le sixième. Je ne lui avais jamais raconté ce que m'avait fait ce type, je pensais qu'ils allaient m'en vouloir, qu'ils n'allaient plus s'occuper de moi ou qu'ils allaient me dire « Tu es bien comme ta mère », je ne sais plus ce qui m'était passé par la tête mais je n'avais pas pu le leur dire. Et en plus c'est eux qui l'avaient fait venir à la maison. Mon oncle l'avait invité à dîner, c'étaient de vieux copains d'école. Bien sûr, ce n'est pas ce jour-là qu'il m'a coincée, c'est le lendemain, dans la rue, et il m'a entraînée dans le terrain vague. Quand j'y repense, je le crèverais ! Quelle idiote, j'avais honte de le raconter. Ce qu'il m'avait fait me faisait honte. Ah ! Si c'est une fille, dès qu'elle comprendra un peu, je lui dirai : si un mec t'attrape, te culbute et se met à t'arracher les fringues, bourre-le de coups de pied, défends-toi, et s'il te la met, tu le dénonces, tu le dis à tout le monde. Les fils de putes c'est eux, pas toi.

— *Si une fille était en prison tout ce qui lui venait à l'esprit c'est qu'elle avait voulu tuer celui qui l'avait violée. C'était son univers, son histoire. Miriam n'avait donc pas la moindre idée de ce qui se passait. Beaucoup ne le savaient pas. Ni Eduardo.*

— *Parce qu'ils ne voulaient pas savoir.*

Mais les études, il fallait les payer. La tante Nuncia, impossible de lui demander un sou, Oscar, comme elle me l'avait prédit, s'était évaporé, et c'est là qu'une fille de la pension m'a parlé du bar, le *Harry*, j'y suis allée et ils m'ont engagée, mais c'était toujours avec l'idée d'amasser un pécule pour l'école de mannequins. Alors, quand je suis tombée enceinte, j'ai voulu mourir. Je gagnais bien, j'avais mis du fric de côté, mais je ne voulais pas y toucher pour pouvoir m'inscrire en mars et payer une année d'avance, le boulot ce n'était que pour la pension, la bouffe et quelques fringues.

L'adresse de la Grosse, c'est la Juli qui me l'a donnée, elle m'a dit qu'elle ne me prendrait pas cher. L'endroit m'a un peu répugné, c'était sale, mais la Juli me l'avait recommandé, la Grosse était plutôt sympa et elle m'a pris trois fois rien.

Au bar j'ai dit que j'avais une indisposition passagère, mais le sang ça a duré des jours. Ils m'ont avertie que je ne pouvais pas manquer mais ils m'ont quand même reprise, parce que j'étais bonne, très bonne, je leur remplissais la salle et ils n'allaient pas me virer avec ce que je leur faisais gagner.

Parfois j'acceptais de sortir avec un client, mais seulement s'il me plaisait, pas comme pute. Celle qui a fait de moi une pute c'est cette vieille salope d'Anette. Ah ! que c'était bon quand j'ai pu lui dire que c'était fini et l'envoyer se faire foutre chez sa putain de mère. Anette, oui, elle m'a fait du mal, parce que je la croyais, je l'admirais, quelle conne j'étais ! Elle me disait que j'étais bonne, que j'étais parfaite, que je devais perdre un petit kilo ou deux – son premier conseil le jour où elle m'a connue – et les vêtements m'iraient à merveille parce que c'était tout à fait mon style. Pour elle, j'avais toujours le style idéal pour telle ou telle collection. Et ce n'est pas moi qui suis allée la chercher, c'est elle, Anette, qui m'a sortie de l'école de mannequins, alors que je n'avais même pas terminé les études. On était en train de faire un exercice pratique quand Anette est apparue, assise là, à nous regarder, avec son sourire et ses jambes croisées, et cette langueur dans les mouvements des mains que j'ai eu tant de mal à imiter. Pour des prunes, en plus.

— Épatant, épatant, tu as été fantastique, sublime.

Et je l'ai crue, pourquoi pas. Elle me trouvait des défilés, me payait le coiffeur, les cours de gym, les séances de maquillage, tout. Et elle m'a même emmenée à la télé. Moi, Miriam López. Tiens, toi qui voulais que j'en rabatte, tantine, eh bien, allume la télé ce soir et tu vas voir. Miriam à la télé. Sauf qu'Anette m'appelait Patricia. Patricia, elle disait que ça faisait mieux, que Miriam c'était un prénom un peu..., et elle regardait en l'air comme si elle cherchait le mot précis qui flottait sans vouloir se montrer, un peu...

— Un peu tarte, lança Inés, qui elle non plus ne s'appellerait plus Inés parce qu'on allait changer son prénom.

Ça m'a mis dans une telle rogne que j'ai bien failli la traiter de tout, mais je n'ai rien dit parce que je ne voulais pas être grossière devant Anette. Et si c'était mieux qu'on m'appelle Patricia, qu'est-ce que j'en avais à faire ? Nous disons merci à Patricia, et moi je me retournais et je m'éloignais de ce petit pas rapide que je trouve génial, les bras un peu ballants et les regards enflammés sur mon dos. Les fringues m'allaient à merveille, j'avais appris à marcher, à m'arrêter au moment voulu, à regarder, pas comme au strip-tease mais en cherchant la même chose, parce que pour ça, moi, je suis experte. Ce regard des mecs, je l'accroche toujours. Là, vraiment, je me sentais comme une déesse. Je me sentais à ma place, sur ma voie. Dieu, ce que j'ai pu me gourer !

Je ne sais pas combien de défilés j'ai faits. Défilés, fringues, photos. Un après-midi, Anette m'a invitée à prendre le thé chez elle, elle avait quelque chose à me dire... de très intéressant. C'est ce qu'elle m'a susurré, je m'en souviens, et j'ai passé des heures à essayer de deviner et à décider comment m'habiller, j'ai même filé chez Joseph me faire coiffer, juste pour rendre visite à Anette.

Avenue Alvear, ascenseur avec moquette, un palier, putain fallait voir. Et quand je suis entrée, mamma mia, le luxe ! C'est là que j'ai commencé à avoir la folie des tapisseries et des lampes, et à me dire que je voulais vivre comme ça, avoir le même intérieur, plein de tableaux, d'ornements et de tapis. Je lui ai dit : J'adorerais vivre dans un appartement comme celui-là.

— Pour toi, c'est possible, Patricia. Quelques années de travail, efficacité, discrétion. Être futée, tout est là – qu'elle me dit, en soulignant le mot, comme si elle me transmettait un secret – si tu es futée, tout ça et plus encore tu pourras l'obtenir.

Elle m'a alors montré l'album de la collection de maillots de bain du défilé auquel j'avais participé et elle s'arrêtait sur mes photos. Je me trouvais sublime, une vraie bombe, parce qu'elle me le faisait sentir, et je pensais que tout ce qu'elle me racontait était vrai, que j'apprenais davantage avec Anette qu'à l'école de mannequins, qu'elle m'ouvrait toutes les portes, toutes les possibilités et que tout ce que je voulais, je l'aurais.

J'étais seulement un peu vexée qu'elle ait également invité Inés cet après-midi-là, je croyais que je serais seule.

Anette avait montré ces photos à un monsieur très important, « quelqu'un qui a du poids » et j'avais de la chance parce que j'avais été choisie. Inés et moi.

— Pour présenter une autre collection ?

Et le rire, ce rire de poule couveuse d'Inés, ha, ha, ha !, qui se moquait. La collection ? Laquelle, Christian Dior ? De quoi riait-elle cette bâtarde alors qu'elle était aussi de la partie ? Le fait est que moi, conne ou naïve, ou je ne sais quoi, je croyais qu'on m'avait choisie pour un défilé très important, que j'allais prendre l'avion pour je ne sais où et que le triomphe était entre mes mains. En deux minutes, des milliers d'images m'ont traversé la tête : je me voyais applaudie par des gens qui parlaient une autre langue, par des femmes qui fumaient avec un porte-cigarette, au bras de maris milliardaires qui leur achetaient les modèles que je présentais.

— Non, m'a dit Anette, c'est un autre travail, pas un défilé.

— Devine, me disait Inés, mais il était clair qu'elle se moquait.

J'ai pensé à la publicité, moi sur grand écran, Miriam, Patricia, n'importe, sortant de l'eau en bikini de collection, sirotant une boisson fraîche, à la télé, au ciné.

— Publicité ?

— Froid, froid, pense à quelque chose de plus chaud, tu sais bien, plus chaud, a gloussé Inés.

Je me souviens qu'un instant j'ai eu peur qu'elle soit au courant pour le strip-tease (j'en avais parlé à Silvia qui m'avait promis de garder le secret, mais elle m'avait peut-être fait une crasse) et qu'elle en profite pour me rabaisser aux yeux d'Anette parce qu'elle était jalouse de moi, et moi d'elle, pourquoi le nier ? En effet, la vieille le savait, elle m'a dit que j'avais du talent pour plaire aux hommes, mon expérience au *Harry* ne me desservait pas et le travail en question consistait à assister à une fête de grande classe et à « l'animer ». J'ai failli m'étrangler.

— Faire un strip-tease ? Mais j'ai arrêté, c'était juste pour me payer les études...

— Non, ma chérie, ce n'est pas ça, il s'agit simplement d'être là, de plaire, d'être gaie, amusante.

Et après on verrait bien, mais tout ça avec charme, discrétion et « grande classe ». Quant au strip-tease, si je voulais, si ça me chantait, elle n'y voyait aucun inconvénient. Le strip-tease et d'ailleurs tout ce qui me passerait par la tête, parce qu'elle savait que j'étais imaginative, une fille de qualité. Et qu'elle dise « de qualité », oui ça m'a frappée. Et aussi qu'elle continue à parler et parler, pendant que j'admirais son appartement magnifique, et dise que j'allais gagner plus d'argent qu'avec les défilés.

— Mais je veux continuer les défilés, c'est pour ça que j'ai étudié.

— Bien sûr, ma douce, cela n'a rien à voir. Tu poursuis de toute façon ta carrière de mannequin.

Bon, si ça ne m'empêchait pas de devenir un grand mannequin et si je devais gagner plus de fric, pourquoi pas, et puis si Anette le disait.

Alors je suis allée à la fête. J'ai rencontré celui qui m'avait choisie : Tu es adorable, divine, ils vont être ravis.

Que des types importants, des huiles. Qui aurait pu imaginer que j'allais faire ici connaissance avec la Bête ? Mais lui, rien, il ne s'approchait même pas, pourtant il me dévorait des yeux, comme maintenant, et à vrai dire, j'ai un peu fondu, mais il n'a pas bougé le petit doigt. Ça, jusqu'à la mort, jamais je ne pourrai comprendre, un mec là, tout excité, qui ne bronche pas parce qu'il est avec des officiers alors que lui n'est que sous-off. Mais bon Dieu, on était tous ici frotti-frotta et champagne, alors pourquoi pas lui ? Je l'ai remarqué tout de suite, peut-être parce qu'il ne me touchait pas, mais son regard me déshabillait.

C'est là que j'ai commencé à penser à la Bête, je l'ai revu dans d'autres fêtes, une ou deux, toujours à me fixer, je savais qu'on le surnommait la Bête. Un vieux qui était avec moi quand il est entré l'a appelé, eh, la Bête, et s'est mis à parler avec lui. Quand il est revenu je lui ai demandé pourquoi on le surnommait ainsi, en public, pauvre homme.

— Mais, ma chère, c'est son nom, enfin, son surnom, parce qu'il est très fort, un costaud, et très, très efficace.

S'il est si fort et si efficace, pourquoi pas avec lui, j'ai pensé, au lieu de celui-là qui doit être une couille molle.

Après cette fête, ça n'a plus arrêté, du blé, plein, plein de blé en peu de temps, Anette qui m'encourageait, salon de coiffure chic, fringues, mais pas celles des collections, du soir, de « *soirée* [1] », comme disait la vieille, mais soirée, quelle soirée ? Tu parles ! Toujours la moitié des nichons à l'air, ou sinon ces gazes colorées

1. En français dans le texte.

et transparentes sous lesquelles j'étais à poil. Bon, faut pas non plus exagérer et se plaindre de tout. La vérité c'est que je m'y sentais bien dans ces gazes. Je me regardais dans la glace avant de sortir, wouah ! ça me faisait un effet ! J'avais déjà déménagé et j'avais un miroir à trois faces où je me regardais habillée de cette gaze rouge collée à la peau, qui me montrait et me cachait, et je parcourais lentement mon corps avec mes mains, remontant et descendant, comme les regards des hommes, et je me sentais... je sentais ma peau toute lisse, toute tiède sous la gaze. Je ne sais pas, c'était dingue, comme s'exciter soi-même, se plaire, voilà, je me plaisais vraiment, je jouissais en me caressant, beaucoup plus qu'avec n'importe qui. C'était ça, je crois, qui faisait mon succès, je leur plaisais parce que je passais, avant, un long moment à me faire jouir.

Je ne me rappelle plus comment j'ai glissé des fêtes aux clients, les « rencontres » comme disait Anette, mais ça n'a pas traîné. Toujours quelque chose de « très spécial », un type qui m'avait vue à la fête et qui voulait me rencontrer, en toute discrétion. Quand Anette m'a dit combien on me paierait j'ai failli tomber à la renverse. J'ai accepté, oui, mais je continuais à la tanner avec les défilés, alors de temps en temps elle me dégotait un podium, entre une fête et un appel : il y a quelqu'un qui t'a trouvée adorable et qui aimerait te voir ce soir. Les types, tous très importants, tous des gentlemen. Elle ne me donnait jamais le nom, peut-être même que parfois elle ne le connaissait pas.

— *Certains de ces rendez-vous, c'est la Bête qui les a arrangés avec Anette. Évidemment il était l'homme de confiance des officiers supérieurs. Il se chargeait lui-même de payer les honoraires avant. On peut dire honoraires ? – Luz se mit à rire. – C'est comme ça que la Bête a pu s'immiscer. Il a dit à Anette que c'était pour le lieutenant-colonel, mais qu'elle le garde pour elle. Depuis des mois il était envoûté, obsédé par Miriam.*

— *Chaud.*

— *Plus que chaud, il était amoureux.*

Mais il y avait de moins en moins de défilés et de plus en plus de petites fêtes et de rencontres. Et je me demandais si tout n'était pas en train de tourner en eau de boudin. Mannequin, ce n'était plus qu'un mot dans la bouche des clients : « Mannequin, quel beau métier », ça les excitait de dire qu'ils étaient allés à une fête et qu'ils avaient couché avec un mannequin plutôt qu'avec une pute. Mais puisqu'ils payaient, moi qu'est-ce que j'étais : une pute, une pute.

Alors j'ai décidé d'en parler avec Anette et je l'ai invitée chez moi. À ce moment-là j'avais tout acheté pour l'appartement : rideaux, canapés, tapis, tableaux et un lit de reine. Quelle folle, tout mon fric y passait. Et c'était pour moi, pour moi seule, parce que jamais je n'ai couché chez moi avec un client. Je l'ai dit à la Bête, qui a été le premier et le dernier. L'appartement, c'était mon intimité, mon foyer, c'était chez moi et j'adorais mon chez-moi.

— C'est mignon comme tu l'as décoré, tu as du goût ! elle m'a dit.

Je crois qu'elle était vraiment étonnée que cette petite nana de Coronel Pringles, avec un prénom si tarte, ait su si bien décorer un appartement, pas comme le sien peut-être, mais pas si loin. Je me suis sentie forte et je lui ai dit que ça ne me plaisait pas de travailler plus à l'autre truc que comme mannequin.

Justement elle me réservait une surprise qui allait me plaire beaucoup, beaucoup. Un grand défilé à Punta del Este, dans un mois, une chance formidable pour moi parce qu'il y aurait des gens qui pourraient m'engager et m'emmener en Europe. Et moi, contente, heureuse, me préparant pour le grand défilé, j'avais encore du mal à accepter que j'étais une putain.

C'est pourtant ce que je lui ai dit à ce type : je suis une pute, une pute. Ah ! quand j'y repense j'en ai encore la chair de poule.

— On va jouer, qu'il me dit ce salopard de sadique.

Et il m'a attachée sur le lit avec des sangles qu'il avait apportées, et moi je riais jusqu'à ce qu'il sorte un flingue, là je me suis affolée, assez, je lui ai dit, et lui il me baladait le canon lentement sur les jambes, en débitant des cochonneries. Assez, assez. Quand il me l'a fourré dans la chatte j'ai cru qu'il allait me faire sauter, quelle panique, me déchirer en deux, m'exploser le corps, et ce type qui me confondait avec je ne sais qui. Je vais te montrer, *montonera*[1] de merde, qu'il disait le doigt sur la gâchette, je vais te montrer ce qu'ils ont senti quand tu as fait péter ta bombe. Je ne suis qu'une pute, j'ai fait, mais sans crier, tout doucement, je

1. De *Montoneros*, organisation de lutte armée des années 70.

ne pose pas de bombes, je donne du plaisir, je suis ici pour donner du plaisir. Je suis une pute, une pute. Je ne sais plus ce que j'ai inventé, la peur me donnait de l'imagination, mais le type ne retirait pas son flingue, le bout glacé s'enfonçait dans mon vagin et moi je lui parlais de la chaleur de ma chatte : Anette m'a dit que vous étiez un gentleman, major, je croyais qu'on allait faire plein de petites choses cette nuit, mais avec ce truc-là je ne vais pas pouvoir. Je ne sais pas combien de temps il me l'a laissé, une éternité, jusqu'à ce que j'arrive à le brancher sur autre chose, alors il m'a détachée, j'ai moi-même rangé l'arme et je n'ai plus décroché un mot tellement j'étais morte de trouille. Puis j'ai fait ce que j'avais à faire comme si de rien n'était. Mais après, j'ai engueulé Anette. J'aurais dû me douter à ce moment-là.

— Mais qu'est-ce qu'il t'a fait finalement, rien, il ne t'a pas blessée, tu sais les hommes ont leurs fantasmes et si tu es futée, il y a toujours une manière de les satisfaire.

Mais Anette n'était pas une imbécile, elle a bien vu que j'étais furieuse et n'a pas insisté.

— Allez, ne t'en fais pas, ma douce, je n'accepterai jamais plus une rencontre avec lui, je te le promets, et maintenant, ressaisis-toi, le défilé de Punta del Este est pour bientôt.

Et la voilà qui se met à parler et à parler, à m'en donner le tournis, de la merveilleuse occasion qui s'offrait à moi. Ce défilé allait m'emporter comme un spoutnik vers mon destin, mannequin vedette chez Yves Saint-Laurent, ou Christian Dior, ou je ne sais plus quelle marque, et je laisserais tomber tout le reste. D'ailleurs elle m'avait déjà acheté tout ce qu'il me fallait, et plus encore, et si ce défilé avait du succès j'allais être très bien payée. Je me stabiliserais et je pourrais même me marier pour avoir un enfant. C'était décidé. Mais patatras ! De nouveau j'ai du retard, rien ne vient. J'en deviens dingue. Je fais un test : merde, positif. Qu'est-ce que j'allais faire ? Je devais justement essayer les modèles pour le défilé et ce soir-là j'avais une rencontre avec un « être charmant ». J'ai dit à Anette que je ne me sentais pas bien. Impossible de lui avouer la vérité : tomber enceinte n'était pas professionnel, pas « futé ».

Il fallait que je m'en débarrasse tout de suite, mais à qui j'allais demander ? Aux mannequins ? J'avais appris qu'il valait mieux ne rien leur confier d'intime, parce que tout ce qu'on leur dit, elles s'en serviront pour te baiser. Au mec de ce soir ? Ce n'était pas un militaire et il avait même de l'humour, paraît-il, et bon aspect (il était dans la finance), mais je ne pouvais pas lui dire : *Che*, tu connaîtrais pas quelqu'un qui me ferait un bon avortement, je veux dire de qualité. Non, impensable. Je rencontrais beaucoup de gens importants mais il n'y avait pas une seule personne à qui je puisse raconter ce qui m'arrivait, j'étais seule comme un chien. J'ai pensé à Frank, l'employé du Claridge avec lequel j'avais bavardé deux ou trois fois, mais non, je n'avais pas assez confiance, il allait mal le prendre.

Cette nuit-là je n'ai pas pu dormir, j'ai cherché partout l'adresse de la Grosse, j'y suis allée à la première heure et elle m'a massacrée. Ce n'était pas pour économiser, non, je n'avais pas d'autre solution, le défilé était dans vingt jours et il fallait que je sois en forme. J'ai dit à Anette que je ne pourrais pas essayer les modèles, ni venir ce soir à la fête. J'allais très mal, je perdais des flots de sang : J'ai mes affaires, je perds beaucoup, je ne me sens pas bien.

— Tu n'as pas fait une bêtise, au moins ?

— Non, quelle bêtise ?

— Un avortement.

J'ai nié catégoriquement, mais je me suis demandé ce que j'allais devenir si ça continuait pendant dix jours, quinze jours, les règles ne durent pas dix jours. Le soir même je suis allée à l'hôpital Fernández. Je n'ai réfléchi à rien, ni que l'avortement était illégal et qu'on pouvait m'envoyer en prison, ni qu'Anette pouvait l'apprendre, rien, je voulais seulement que quelqu'un ferme ce robinet ouvert sinon j'allais partir par là, j'allais me vider de mon sang, j'allais crever. On m'a gardée un jour entier et une nuit à l'hôpital. Le médecin a été bien, il a stoppé l'hémorragie et ne m'a pas dénoncée, mais il m'a dit : Vous ne pourrez jamais plus avoir d'enfant, je regrette. Jamais plus. C'était un coup terrible. Quand je me disais, plus tard ce sera très bien, je pensais toujours que j'aurais un enfant, je n'étais pas pressée, je voulais vivre d'autres choses avant, mais quand on m'a dit « jamais plus », c'est devenu une obsession, je n'ai plus pensé à rien d'autre.

Quand j'ai expliqué à Anette que je ne pouvais pas venir à la séance d'essayage parce que j'étais encore indisposée et que je risquais de tacher les vêtements, elle est devenue furieuse. Elle m'a dit que j'avais un rendez-vous jeudi et qu'elle ne pouvait pas envoyer une autre fille parce que la demande était très claire : c'était moi qu'on voulait, aucune autre, et je devais être splendide parce qu'il s'agissait d'une personne très importante.

Ce jeudi-là je me sentais déjà mieux, je perdais peu de sang, mais j'avais une telle déprime que je me demandais comment j'allais me débrouiller pour me montrer joyeuse.

Et qui était là, au Claridge ? La Bête, oui, la Bête en personne. Il avait payé Anette en lui disant que c'était pour un lieutenant-colonel dont il devait taire le nom, parce qu'il n'était pas un habitué, mais que c'était moi qu'il voulait, et si ce jour-là je ne pouvais pas, que ce soit une autre, mais l'ordre était que ce soit moi, moi et pas une autre. Il avait joué son va-tout en mentant, car si on découvrait sa manœuvre il était foutu, lui qui faisait toujours ce qu'on lui commandait de faire. Il avait eu des couilles, il faut le reconnaître, il avait risqué sa peau en disant que c'était pour un autre, une huile, et c'était lui qui était venu.

Tout brillantiné, costume bleu, cravate horrible. Je l'ai vu tellement, comment dire, tel qu'il est, balourd, tocard, me dévorant des yeux, mais avec admiration, pas comme s'il voulait me baiser sur-le-champ, alors quand il m'a servi du champagne, je l'ai dévisagé, il était nerveux comme un gamin à son premier rendez-vous, et j'ai ri.

— Heureusement que c'est toi, la Bête, heureusement.

Il était étonné que je connaisse son surnom. Je lui ai dit que je l'avais déjà remarqué, que bien sûr je me souvenais de lui et ça me plaisait, oui ça me plaisait beaucoup qu'il soit là. Il n'a pas eu le temps de réagir parce que j'ai fondu en larmes, et pas la petite larme, non, de gros sanglots, je pleurais à chaudes larmes, avec hoquets et tout. Je ne sais pas ce qu'il a imaginé mais il m'a prise dans ses bras et m'a bercée en me disant : ne pleure pas. Et moi : s'il te plaît, la Bête, ne dis rien à Anette. Il m'a demandé de ne rien lui raconter non plus parce que ça pouvait lui coûter cher. On devenait complices. C'est sans doute ce qui m'a poussé à déballer tout ce qui me mortifiait : l'avortement, l'hôpital Fernández, l'enfant que j'aurais voulu avoir un jour et que je n'aurais jamais, tout ça devait lui paraître ridicule et le faire rire qu'une femme comme moi veuille... Mais non, il trouvait normal, humain que je veuille être mère, et puis il m'aimait, non seulement je lui plaisais, je le passionnais, mais il m'aimait à cause de ça, et je ne sais quoi encore.

Quand il m'a expliqué qu'il avait dû se faire passer pour un autre, il ne m'a pas dit que j'étais une pute chère réservée aux chefs, non, il a prononcé les mots de reine, la plus belle, très recherchée par ce cercle d'amis haut placés, auquel il n'appartenait pas encore. Pour ça il n'est pas bête, car ce n'est pas pareil de dire cercle d'amis que pute chère, non ? Le soir même je suis allée chez lui. Et la semaine suivante nous vivions ensemble.

Quand j'ai déclaré à la vieille que je m'en allais, que je larguais tout parce que j'étais tombée amoureuse, elle m'a demandé le nom du prince charmant, mais je n'ai pas voulu le lui dire, pour ne pas griller la Bête, bien que je ne comprenne toujours pas pourquoi, puisqu'il payait, il n'avait pas les mêmes droits que les autres. Là, Anette a dit quelque chose qui m'a foutue hors de moi : au moment où je faisais une carrière fantastique et où je pouvais avoir ce que je voulais, tout plaquer pour un seul homme lui semblait une erreur, surtout, elle n'en doutait pas, quand j'étais sur le point de devenir un mannequin de grande classe... J'en ai oublié ma promesse à la Bête.

— Je vais me marier avec Pitiotti.

Je revois la fureur dans ses yeux : Ce type est un minable, un petit sergent. Ce n'est pas possible. Il m'a roulée, il ne peut pas faire ça, c'est un sous-officier. Elle allait le dire à je ne sais qui, et j'allais voir où il finirait ce petit sergent de mon cœur quand elle parlerait. J'ai oublié la voix susurrante et les mines languides que j'avais imitées pendant des mois. Je me suis approchée à un demi-millimètre de son visage et d'une voix que je ne me souvenais pas avoir je lui ai balancé : Écoute bien, si tu parles, la Bête te démolit la baraque, il te détruit, c'est pas pour rien qu'on l'appelle la Bête. Tu m'oublies, un point c'est tout.

Et elle, radoucie, reprenant la pose : c'était désolant, alors que j'avais tout entre mes mains, il n'y a rien à faire, on les sort du ruisseau et elles retournent au ruisseau. Profitant de ce que je m'étais écartée et que je m'éloignais, elle vomit une lave de mépris et de colère : Un sergent, quelle horreur ! Alors, avec toute sa rage accumulée, la Miriam López de Coronel Pringles est revenue vers elle :

— Et pourquoi donc ! Tu crois que la queue des autres est en or et celle des sous-offs en toc ? Écoute, vieille salope, je t'admirais, mais tu es la plus pute des filles de putes, alors fais gaffe parce qu'avec tout ce que je sais, tu n'imagines pas ce qu'ils ont pu me raconter ces gros bonnets, ces bites en or, pendant ces rencontres discrètes, avec tout ce que je sais je peux faire un scandale et ton petit commerce finira aux chiottes.

Et je suis partie. Elle ne bougera pas le petit doigt, j'en suis sûre, elle ne veut pas de scandale.

Ce soir, je vais montrer à la Bête la chambre du bébé. Avec le fric qu'il m'a donné pour le trousseau, j'ai acheté un papier peint ravissant avec des petits ours et un berceau adorable, et le dessus de lit et les petits draps. Je ne voulais pas la lui montrer avant qu'elle soit terminée et comme il n'entre jamais dans cette chambre, il ne s'est rendu compte de rien. J'avais peur qu'il m'engueule, mais quand il verra tout si joli, je suis sûre qu'il sera aussi content que moi.

— *La Bête se montrait si amoureux et si tendre, que Miriam a pensé qu'elle tenait la situation en main.*

Je crois que ça lui plaît l'idée de l'enfant, que ce n'est pas seulement pour moi, ou qu'il est tellement dingue de moi qu'il confond tout et finit par vouloir la même chose, non, lui aussi en a envie. Le tout est d'être un peu futée pour manœuvrer les mecs. Parce que celui-là, il fout la trouille à tout le monde, mais à la maison, celle qui doit lui foutre la trouille, c'est moi, mais d'une autre manière, avec qualité et astuce. Ici, c'est chez moi, et chez moi on fait ce que je veux.

CHAPITRE DEUX

Ce n'était pas ainsi qu'Eduardo avait imaginé ce moment. Il n'y avait pas la voix rauque et criarde d'Amalia – il ne comprendrait jamais comment une voix si grave pouvait ressembler à un cri d'oiseau –, ni les pas martiaux d'Alfonso d'un bout à l'autre de la chambre. Dans l'imagination d'Eduardo, dans ses conversations avec Mariana, pendant les séances de préparation à l'accouchement qu'ils avaient suivies ensemble, il n'y avait que Mariana et ses contractions, ses douleurs, et lui en train de l'aider, de la consoler, de la cajoler, de lui donner du courage. Et le médecin ou la sage-femme entrant de temps en temps pour contrôler la situation.

Pourquoi fallait-il que les parents de Mariana soient ici ? À vrai dire, il ne sait pas si ce sont les douleurs de Mariana et l'imminence de l'accouchement qui le rendent aussi nerveux, ou les voix de ses beaux-parents qui se mêlent de tout, donnent leur avis sur tout et vont même jusqu'à l'écarter de sa femme, comme le fait à cet instant Amalia qui s'assied sur la chaise qu'il vient de libérer pour aller chercher un verre d'eau à Mariana.

— Pourquoi on ne lui fait pas une piqûre pour l'endormir ? vocifère Alfonso. Pourquoi la laisse-t-on souffrir ainsi ?

Eduardo tente de se pencher par-dessus Amalia, sa belle-mère, et parvient tout juste à toucher l'épaule de Mariana et à lui rappeler : Du calme, Marianita, respire, comme cela, et maintenant expire. Amalia le regarde agacée, l'air de dire qu'est-ce qu'il fait ici celui-là, quelles idioties est-il en train de raconter.

Pourquoi n'est-il pas capable de leur demander de partir, de les laisser seuls ? Mais à peine Mariana était-elle en travail, qu'avant même d'appeler la sage-femme elle avait réveillé ses parents et il n'avait pas pu les empêcher de rester à la clinique.

— *Alfonso et Amalia vivaient à Buenos Aires. Ils étaient venus à*

Entre Ríos pour être avec Mariana quand elle accoucherait. Ils logeaient chez Eduardo, ce qui a compliqué la situation.

La douleur de Mariana se loge en lui, le fait souffrir en un endroit imprécis de son corps et lui donne le courage de prier Amalia de se lever de cette chaise où il voudrait s'asseoir, mais stupidement il se justifie : pendant les séances de préparation à l'accouchement on leur a appris ce qu'ils devaient faire au moment des contractions. Mariana lui tend la main, il la serre, oui, elle aussi voudrait qu'ils soient seuls tous les deux. Mariana gémit de nouveau. Mon amour, ma petite, ma toute belle, c'est ce qu'il voudrait dire, mais la présence de ses beaux-parents le bâillonne. Amalia, imperturbable, ne bouge pas de la chaise. Eduardo, qui ne peut la pousser, essaie de s'approcher en l'évitant, se faufile entre le lit et la chaise, trébuche et tombe sur Mariana.

— Eduardo, s'il te plaît, fais attention. Si tu es énervé va donc faire un tour dehors.

Et Alfonso : Je ne comprends pas pourquoi on la laisse souffrir ainsi. Je me demande d'où on l'a sorti ce médecin.

— Pourquoi vous ne partez pas tous les deux, dit Amalia, ce n'est pas l'affaire des hommes. Moi je reste avec Mariana.

Eduardo est paralysé devant le lit, il regarde Mariana en espérant qu'elle fasse taire ses parents.

— Il vaut mieux que tu attendes dehors, papa, avec Eduardo. Si tu restes ici, tu vas t'énerver.

Eduardo accepte de sortir, il n'a pas le choix, si Mariana elle-même... Mais quand elle sera prête, c'est lui qui l'accompagnera en salle d'accouchement, ainsi qu'ils l'ont prévu. C'est ce qu'il dit à Alfonso.

— Quelle folie, et pourquoi, tu es médecin maintenant ?

— Non, mais je veux être là, l'aider, la réconforter et voir naître notre enfant.

Il lui faut encore écouter les arguments d'Alfonso : lui n'y est jamais allé et ses trois filles sont nées sans problèmes, et puis ce n'est pas l'affaire des hommes.

Cela lui est bien égal à Eduardo. Voilà que la sage-femme entre et il la suit, plantant Alfonso dans le couloir où résonne son « n'y va pas ». Qu'on en finisse, qu'on l'emmène en salle d'accouchement.

Amalia ne bouge pas de sa chaise, d'ailleurs Mariana ne le lui demande pas. La sage-femme l'examine d'un air sérieux, sort et revient avec le médecin. Cette fois ils l'emmènent. Dans la salle d'accouchement ni Amalia ni Alfonso ne pourront entrer. Seul Eduardo y est autorisé.

Les couloirs, l'ascenseur, Mariana, mon petit amour, tout ira bien.

Ils entrent dans la salle d'accouchement, Eduardo se place derrière Mariana, lui prend la tête. Mariana souffre beaucoup. Eduardo ne sait plus ce qui se passe. Les voix du médecin et de la sage-femme qui disent, poussez encore, encore, se confondent avec les cris de Mariana. L'expression de Murray est inquiétante. Tout se déroule très vite. Voix, gestes crispés, cris, et le médecin qui ordonne qu'on l'emmène en salle d'opération.

— Je regrette, Iturbe, vous devez attendre dehors. Il y a souffrance fœtale, c'est dangereux, il faut faire une césarienne, vous ne pouvez pas rester.

Cela aurait pu se passer à n'importe quel moment du jour ou de la nuit, le sergent Pitiotti ne restait pas sur place vingt-quatre heures sur vingt-quatre. Mais le hasard voulut (était-ce seulement le hasard ?) qu'il soit là quand il fallut prendre la décision de conduire Liliana à l'hôpital, et la chance qu'à ce moment-là il soit le responsable. Il voulait que l'accouchement soit fait par des professionnels afin d'éviter le moindre problème au bébé.

À peine arrivé, avant sept heures, il fut informé par le surveillant que la détenue M35 commençait à être en travail et que la détenue L23, étudiante en médecine, était en train de contrôler la fréquence des contractions.

— Teresa était à la faculté quand je faisais mes études, expliqua Carlos, et elle avait vu Liliana avec moi une fois. Nous nous connaissions depuis l'enfance, sa famille était de Posadas, comme la mienne. Quand on l'a libérée, elle a pu contacter mon père. C'était un pur hasard parce que Teresa n'avait rien à voir avec nous.

— Nous, qui ?

Carlos détourna le regard.

— Je veux seulement dire que Teresa ne militait pas. Elle était chez des voisins quand ils ont fait une descente, ils l'ont embarquée elle aussi. Le voisin était délégué syndical, c'était tout ce qu'elle savait.

En général, il arrivait plus tard, vers les huit heures et demie. Mais ce matin-là, il s'était réveillé plus tôt que d'habitude, nerveux, il ne savait pas pourquoi, peut-être à cause de ce morveux auquel il n'avait pas réussi à arracher un seul nom, aujourd'hui il allait régler ça. Regarder Miriam profondément endormie près de lui le détendit un instant. Comme il l'aimait. Un petit baiser et une phrase qui n'était pas destinée à la réveiller : je pars au bureau, mon amour. Je t'appelle un peu plus tard.

— *Il disait le bureau, comme s'il allait à une banque ou un cabinet juridique.*

Il devait se hâter et résoudre ce problème afin d'avoir des renseignements à fournir lorsque le chef du groupe de travail arriverait. Pourtant ce n'était peut-être pas cela, mais une intuition qui l'avait tiré si tôt hors du lit.

Existerait-il une intuition de père ? pensa, timidement ému, le sergent Pitiotti quand il apprit la nouvelle. L'image de Miriam, de sa joie quand il lui amènerait le bébé envahirent l'espace et balayèrent d'un seul coup sa haine du prisonnier qui n'avait pas parlé et l'urgence de fournir dans l'après-midi des informations au chef du groupe de travail.

Quand le sergent Pitiotti s'approcha de la cellule exiguë de Liliana, Teresa, qui n'avait pas les yeux bandés, ne put réprimer un sursaut.

— Dans combien de temps ? demanda Pitiotti à Teresa.

— Pas beaucoup, elle a des contractions régulières... C'est moi qui dois l'accoucher ? lui demanda Teresa avec peur et espoir.

— Non, je la conduirai moi-même à l'hôpital. Qu'on lui enlève les fers, mais pas le bandeau, ni les menottes, ordonna-t-il au gardien.

Bien que cela ne fît pas partie de ses tâches habituelles, personne ne s'étonna qu'il prenne cette décision, car on savait que le sergent Pitiotti, la Bête comme on l'appelait, avait une relation spéciale avec Liliana Ortiz, la détenue M35.

— *Il avait beaucoup de pouvoir et il était sous-officier. Probablement parce que ses méthodes pour obtenir des informations avaient fait de lui l'homme de confiance de Dufau, le responsable du camp de détention.*

Depuis le premier interrogatoire, quelques mois plus tôt, Liliana était restée là, saine et sauve, il avait dit qu'il ne voulait pas qu'on la touche, qu'il s'en chargerait lui-même, mais après l'accouchement, parce que « cette guerre n'est pas contre les enfants ». Et si personne ne comprit ses raisons (ni ne les lui demanda), car ce n'était pas la seule femme enceinte, Liliana fut traitée comme appartenant à la Bête. Le chef du groupe de travail avait été tout aussi explicite : personne ne devait toucher la détenue du sergent Pitiotti.

Que la Bête soit excité par Liliana, ou qu'elle lui rappelle sa mère, ou qu'il ait un projet précis et qu'il faille l'épargner pour qu'il puisse en coincer d'autres, c'étaient là pures conjectures chez des gens qui ne s'épuisaient pas en conjectures, mais obéissaient, et l'ordre était de ne pas la toucher. Ce que personne ne pouvait imaginer c'est que le sergent Pitiotti prenait soin de la couveuse de son enfant. Il avait veillé personnellement à ce qu'elle soit bien nourrie et que personne ne la maltraite ou ne l'interroge en son absence.

C'est pourquoi nul ne prêta attention au fait que ce jour-là il conduisît lui-même la voiture. Liliana s'installa à l'arrière, le visage bandé, tourné contre le dossier du siège, comme le lui ordonna Pitiotti. Il lui ôta le bandeau dans la voiture, en arrivant à l'hôpital. Liliana fut éblouie par la lumière, depuis des mois elle vivait dans l'obscurité. Quand il lui dit de ne pas ouvrir la bouche et que lui seul parlerait, il la regarda pour la première fois dans les yeux. Sous le battement des paupières brillait la haine, ou la panique, le dégoût, la douleur (la Bête préféra penser que c'était la douleur). Il eut l'impression d'un coup de fouet d'un vert intense qui s'abattait sur lui.

— Morveuse de merde, pas un mot, je t'ai dit, lui cria la Bête, bien que Liliana n'ait pas prononcé un mot.

Comment osait-elle le regarder ainsi, après tout ce qu'il avait fait pour elle. Alors, pour s'arracher à cet aimant, recracher ce regard, il pensa à Miriam : la joie de Miriam quand il lui donnerait le bébé, Miriam dans sa chambre retapissée de neuf, Miriam baisant avec lui, Miriam et ses gémissements de plaisir quand il la touchait, Miriam pour se détacher de ce regard de Liliana, de cette peau qui semblait brûler et exhaler du venin quand il lui prit le bras pour la mener de la voiture jusqu'à l'entrée de l'hôpital.

Et c'est peut-être à cause de ces images proliférantes de Miriam, auxquelles s'accrochait désespérément la Bête pour repousser la haine de Liliana, qu'il eut l'idée de remplir ainsi la fiche d'admission : Miriam López, née à Coronel Pringles, il n'avait pas en mémoire le numéro de sa carte d'identité. Il faudrait le rajouter d'une manière ou d'une autre, pensa-t-il. Qui va accoucher : Miriam López. Et maintenant, qu'ils l'emmènent en salle d'accouchement.

— *D'après ce qu'il a dit à Miriam, ce fut une impulsion de l'inscrire sous son nom, pas un plan prémédité.*

Ne plus la regarder, ne plus s'exposer à son regard. Et pas un mot, sinon je te démolis, lui glisse-t-il à l'oreille. Et voilà Liliana en route vers la salle d'accouchement. Mais il ne put empêcher qu'elle s'arrête, se tourne vers lui et le fixe de nouveau avec cette haine compacte, longuement forgée. De la haine, dut admettre sans la moindre hésitation le sergent Pitiotti.

Il pouvait à présent retourner au travail et se reposer, par quelque interrogatoire, de la tension que ce regard avait provoquée en lui. Mais c'était l'enfant de Miriam qui allait naître, et il voulait être là, comme un bon mari, un bon père.

Quand il vit la cabine téléphonique en face du banc où il était assis, il résolut de ne pas attendre le soir et d'annoncer la nouvelle à Miriam dès que le bébé serait né.

Il n'a même pas la consolation de pouvoir attendre en paix, car Amalia et Alfonso parlent sans relâche : ils l'ont laissée en plan, avec ces idioties d'accouchement naturel il n'y a plus d'assistance, et après bien sûr ils ne savent plus quoi faire, je me demande d'où on l'a sorti ce médecin.

Il avait été choisi par Mariana et Eduardo. Pourquoi, il y a un problème, Amalia ?

— Écoute, Eduardo, je sais que tu es nerveux, mais parle-moi sur un autre ton. Dans quel état crois-tu que je suis, moi sa mère ?

Il la tuerait, l'assommerait d'un bon coup, c'est insensé mais il pense que si Mariana a eu une césarienne c'est la faute d'Amalia, à cause d'elle qu'elle n'a pu être en travail comme il le fallait. Et de toute évidence Amalia pense que c'est la faute d'Eduardo, parce que c'est lui qui a choisi ce médecin. Heureusement, Alfonso la prend par l'épaule et l'emmène.

— On va boire un café en bas, Eduardo, si Mariana ressort, préviens-nous.

Qu'est-ce qui a pu se passer ? Ses beaux-parents ont peut-être raison, après tout, on l'a fait trop attendre. Eduardo ne sait pas contre qui tourner sa colère, contre Amalia, contre Alfonso, toujours à donner des ordres, comme s'il prenait son entourage pour sa troupe, contre Murray et son équipe, contre lui-même pour s'être laissé séduire par cette théorie de l'accouchement naturel, et maintenant qui sait ce qui va arriver à Mariana. Ah ! Mon Dieu, faites que tout finisse bien. Après tant d'années, Eduardo priait pour que Mariana s'en sorte, sinon il en mourrait de culpabilité. Elle n'était pas très enthousiaste à l'idée d'avoir un enfant, c'est lui qui avait insisté. Avec un bébé, disait Mariana, je ne pourrais pas aller aussi souvent à Buenos Aires.

Quand ils s'étaient mariés, elle avait accepté d'aller vivre à Entre Ríos, où Eduardo devait s'occuper de son domaine, mais plus tard, combien de fois la trouva-t-il en larmes le matin parce qu'elle avait la nostalgie de Buenos Aires. Elle y allait très souvent : C'est ma famille, Eduardo, je t'aime, mais ma famille me manque beaucoup, comprends-moi, sois gentil, viens me chercher samedi et ne proteste pas.

D'où l'urgence d'avoir un enfant. Ce fut pour l'égoïste qu'il était le moyen d'avoir Mariana plus près de lui, de l'obliger à mûrir, à se séparer de sa famille.

Dans le couloir il entend se rapprocher un cri d'oiseau et des pas martiaux, il ne sait lequel des deux bruits l'irrite le plus. Mais voilà Murray. Il court à sa rencontre ; eux aussi. Murray, très sérieux, les tient à l'écart, il veut parler seul à seul avec Eduardo.

Ce n'est pas possible, ce n'est pas possible qu'ils n'aient pas pu sauver le bébé, mais pourquoi puisque tout allait bien.

— Mariana est en salle de réveil, elle est encore endormie, mais elle se remettra. Je suis désolé, je regrette beaucoup ce qui s'est passé, Iturbe.

À voir ainsi Murray au bord des larmes, Eduardo en déduit que le médecin se sent coupable : Il peut passer la voir, un moment seulement.

Quand il apprit la nouvelle, le sergent Pitiotti ressentit une joie bizarre. Miriam lui avait à ce point inoculé son enthousiasme qu'il en était arrivé à croire ce qu'il lui disait au téléphone : Félicitations, mon amour, il y a cinq minutes tu as eu une fille, qui pèse trois kilos trois cent trente grammes et qui mesure cinquante centimètres.

Le sergent savait bien qu'elle ne l'avait pas eue, pourtant non seulement ses émotions lui disaient le contraire, mais l'acte de naissance les corroborait. Car Miriam López y figurait comme la mère de cette enfant née le 15 novembre 1976, à douze heures quinze, qui pesait trois kilos trois cent trente grammes et mesurait cinquante centimètres.

— *Cet acte de naissance qui allait tellement circuler et égarer pas mal de gens.*

— *Une fille ? s'étonna Carlos. Alors ce n'est pas Liliana. Elle a eu un garçon mort-né. Je l'ai appris par Teresa, celle qui s'est occupée d'elle quand elle a eu les contractions. C'est un gardien qui le lui a dit. Après, Liliana a contracté une infection, elle est tombée dans le coma et... elle est morte.*

L'idée vient d'Amalia. Son mari, Alfonso, ne lui a-t-il pas raconté que les bébés des subversives sont parfois donnés à des familles bien, parce que ce n'est pas la faute des bébés s'ils ont de tels parents. Oui, il est vrai que Marianita pourra toujours en avoir un autre, mais elle va se sentir très malheureuse, et puis pourquoi renonceraient-ils à leur premier petit-fils, ils l'ont déjà annoncé à tout le monde. Et ne lui a-t-il pas dit que beaucoup de ces bébés n'avaient pas la peau foncée : on ne remarquerait pas que ce n'était pas le fils de Mariana. En tout cas, il faudrait bien s'assurer que la mère n'était ni juive ni indienne. Ils peuvent bien faire ça, non ? Ce n'est pas pour rien qu'Alfonso est arrivé là où il est. Pourquoi sa fille devrait-elle souffrir de cette déception, pourquoi faire un drame d'un accident stupide alors qu'il y a tant de bébés orphelins à portée de la main. Peut-être Dieu l'a-t-il voulu ainsi. Ils pourraient ainsi faire une bonne action, le père Juan, son confesseur, l'approuverait. Elle a l'intuition, et son intuition féminine est infaillible, son mari l'a souvent constaté, elle a l'intuition de ce qu'ils doivent faire : prendre le bébé d'une subversive, un pauvre petit enfant d'assassins. Mais oui, ils peuvent, ils peuvent, et qu'il ne vienne pas lui dire que non. Alfonso a du pouvoir et Amalia veut qu'il le lui prouve.

Le mot « pouvoir » grimpe lentement sur le corps d'Alfonso

tandis qu'Amalia ne cesse de parler et d'argumenter, exactement comme elle le fait chaque fois qu'elle désire quelque chose. S'il veut, il peut, sa femme a raison. Cela n'avait jamais été aussi clair pour lui que pendant ces mois où il a entrepris de nettoyer le pays. Une excitation semblable – peut-être supérieure – à celle qu'il ressent quand il décide des « transferts » s'empare de lui. S'il peut ordonner la mort, pourquoi pas la vie ?

Le sourire d'Alfonso qui revient de la cabine téléphonique montre qu'Amalia ne se trompait pas. Incroyable ce hasard (non, pas le hasard, la main de Dieu, parce que ces choses-là, c'est Dieu qui décide, lui dira Amalia) : à Buenos Aires, il y a une fille qu'on vient tout juste d'amener à l'hôpital pour accoucher, une petite blonde, très mignonne, très fine. Et c'est la Bête qui l'a accompagnée, un homme qui a toute sa confiance. Il ne sait pas encore si c'est un garçon ou une fille, mais il a ordonné à la Bête d'attendre son appel. Tout semble se présenter très bien. Une fois de plus l'intuition de sa femme a été bonne.

— Maintenant il faut s'assurer de cet idiot d'Eduardo, cette chiffe molle. Et dire qu'il a de l'avenir, des terres et que Marianita l'aime !

Le lieutenant-colonel Alfonso Dufau suggère à sa femme de rester à l'écart, qu'elle fasse comme si elle ne savait rien, ces choses-là il vaut mieux les régler entre hommes.

Bien que l'idée soit d'elle, Amalia n'interviendra pas, elle a toujours aimé agir en coulisse. C'est sa place, elle l'accepte et en jouit. Depuis des années elle ourdit des intrigues et conçoit des projets qu'Alfonso mène à bien avec efficacité. Ce sera elle, avec sa redoutable imagination, qui inventera tout ce que devra faire et dire son gendre. Et son mari qui assurera le succès de ces stratagèmes. Aucun doute, l'un et l'autre se complètent très bien. Un ménage parfait, comme disent leurs amis.

Pourquoi le lieutenant-colonel Dufau veut-il lui parler ? On lui a demandé d'attendre son appel. On l'a donc informé de sa présence à l'hôpital. On va peut-être le sanctionner pour être parti accomplir une tâche qui n'est pas de son ressort et avoir abandonné pendant des heures ses tâches spécifiques alors qu'ils sont si pressés d'obtenir des informations. Son intérêt pour Liliana, la détenue M 35, serait peut-être pris pour une faiblesse, lui, la Bête, que personne ne surpassait en dureté. C'était lui qui obtenait le plus d'informations, lui qui maniait le mieux la *picana*, lui qui déployait des trésors d'imagination pour les faire craquer et se mettre à table. Il savait s'y prendre la Bête, il était subtil. C'est pour cela qu'il donnait des ordres et exerçait des responsabilités bien supérieures à son rang. Et c'était Dufau en personne, le responsable du camp de détention, qui lui avait donné carte blanche et l'avait imposé. Le Major, chef du groupe de travail, avait approuvé, après avoir admiré l'efficacité de Pitiotti. Et s'il n'avait pas été d'accord, cela n'aurait rien changé puisqu'il ne pouvait pas désobéir à Dufau.

Le sergent Pitiotti craignait de tomber en disgrâce auprès du lieutenant-colonel et de perdre son pouvoir. Il trouverait bien un motif valable. Peut-être même lui avouerait-il qu'il voulait le bébé, ce qui expliquerait son attitude. Trophée de guerre. Ils ne pourraient pas refuser cela à un homme aussi efficace que le sergent Pitiotti.

Que je ne dise rien à Mariana ? Mais vous êtes devenu fou, Alfonso. Eduardo est déchiré de douleur, par pitié, ils ne pourraient pas le laisser souffrir en paix, c'est trop demander ? Il comprend que son beau-père se sente mal, mais il n'en peut plus de l'entendre, même quand Alfonso lui dit que c'est urgent, que cela ne peut pas attendre demain, et il parle et il parle, mais Eduardo ne l'écoute plus. Heureusement Amalia s'est tue, elle les observe de loin, faussement distraite.

Alfonso a la solution, il ne faut pas désespérer.

Le bonheur de Mariana, ta femme – insiste Alfonso, l'air grave – est en jeu. Je peux m'arranger pour que tout cela ne soit qu'un malheureux accident que nous oublierons. Mariana n'a pas à le savoir. Quand elle se réveillera, ne lui dis pas que le bébé est mort, ni que c'était un garçon, parce qu'on ne connaît pas encore le sexe de l'autre.

Mais qu'est-ce qu'il croit, que c'est une poupée qui s'est cassée et que lui, gentil papa, va en acheter une autre à sa fille sans qu'elle s'en rende compte.

— Écoute-moi, petit, il n'y a pas de temps à perdre. Attends-moi ici et dans cinq minutes je te dirai ce qu'on va faire.

Mais rien ne se passait comme prévu, et il n'était pas non plus rappelé à l'ordre pour s'être rendu à l'hôpital alors que cela ne faisait pas partie de son travail. Tout au contraire, le lieutenant-colonel Dufau était ravi que ce soit lui-même, la Bête, en qui il avait tellement confiance, qui se retrouve à la tête de cette opération exigeant une discrétion totale. Et baissant la voix, ce murmure qui retentit plus fort qu'un ordre crié : cette enfant est pour moi, affaire familiale, sergent, affaire personnelle.

Seul le sergent Pitiotti devait être au courant, et si au centre on lui demandait des explications, qu'il dise que l'enfant était un garçon et qu'il était mort. Compris ? Le lieutenant-colonel irait en personne chercher le bébé, en attendant il resterait à l'hôpital avec sa mère, sous la surveillance de policiers. Il n'était pas question que la détenue se mette à parler.

Ce fut la tâche que le lieutenant-colonel confia au sergent Pitiotti.

— Vous savez si l'enfant est en bonne condition physique ? Vous connaissez son poids ?

— Positif. Trois kilos trois cent trente grammes et cinquante centimètres, mon colonel.

Quelle efficacité, la Bête, tous ces détails qu'il avait en tête.

— C'est ma mission de me rappeler les détails, mon colonel.

Très bien, Dufau était fier du sergent Pitiotti. Comment lui dire qu'il se souvenait parfaitement de ces détails parce l'enfant devait être celui de Miriam, mais comment pouvait-il refuser la petite fille à son lieutenant-colonel, et surtout comment lui dire que ce bébé, dont il avait besoin pour des motifs personnels, familiaux, était le même que celui que la Bête avait promis et déjà annoncé à Miriam. Elle devrait attendre le prochain, quelle poisse, il aurait mieux fait de ne rien dire. Mais il s'arrangerait. Il lui en trouverait un autre. Et pour que personne ne passe avant lui, il en parlerait directement au lieutenant-colonel. Après s'être occupé de cette affaire, il ne pourrait rien lui refuser.

Eduardo, si on te laisse entrer et qu'elle est réveillée, tu lui dis qu'elle a eu une petite fille. Et ne te fais plus de soucis. Que tout cela reste entre nous. Comme s'il ne s'était rien passé. Motus et bouche cousue. Passe-toi un peu d'eau sur le visage, je ne veux pas qu'on te voie dans cet état. Maintenant tu sais, tu peux lui annoncer que c'est une fille.

— *Alfonso avait probablement tout manigancé et tout imposé à Eduardo. Alfonso était un homme auquel il était difficile de désobéir.*

— *Tu crois que quelqu'un peut obéir à l'ordre de voler un bébé qui n'est pas le sien ? réagit Carlos avec violence. Eduardo était lui aussi un militaire ? De ceux qui justifient tout par l'obéissance due.*

Alfonso est devenu fou, pense Eduardo. Il ne s'est rien passé ? Mariana est en salle de soins et son enfant est mort. Il a du mal à comprendre ce que lui explique son beau-père : Alfonso viendrait à l'instant d'apprendre qu'il y a une fille qui ne veut pas de son bébé, de ces filles qui ne savent pas ce qu'elle font quand elles engendrent.

— *Non, Eduardo n'était pas un militaire. Et il ne justifiait pas tout. Je ne crois pas du tout qu'Alfonso lui ait dit la vérité sur l'enfant. Il a dû lui raconter n'importe quoi, qu'il était d'une femme qui n'en voulait pas. D'ailleurs, je sais qu'il ne lui a pas dit la vérité. Ni même quand... – et Luz baissa les yeux et resta un moment silencieuse. Mais je l'ai su après, des années plus tard.*

— Voilà, quelques papiers à remplir et c'est fait. Tu l'inscris comme si elle était née ici et je te trouve les renseignements exacts : poids, taille, tout. L'acte de naissance est en route. Et on devrait glisser quelques billets à une petite employée pour qu'elle remplisse le document comme si l'enfant était née dans cette clinique, bon, on verra comment organiser tout ça. Il faut être efficace, rapide. Mariana ne va même pas s'en rendre compte, on peut lui dire que le bébé a besoin de soins, et elle aussi, jusqu'à ce que tout soit résolu. Et dès qu'elle pourra rentrer à la maison, je lui amène la petite.

— Pas la petite, c'était un garçon, et il est mort, Alfonso.

— Tais-toi ! – Il regarde autour de lui, craignant que quelqu'un ait entendu la phrase insensée d'Eduardo, et prend un ton clairement menaçant : Oublie, oublie ça, Eduardo, et tout de suite. Vous avez eu une fille, elle va bien – le ton se radoucit – elle est née dans l'heure où Mariana est entrée en salle d'accouchement, quelle chance, c'est Dieu qui l'a voulu.

Je cours dans tout l'appartement, je me regarde dans le miroir, je me peigne, me maquille, je veux qu'elle me voie jolie, qu'elle m'aime. Je mets les draps brodés dans le berceau. Ma petite, ma mouflette.

— *Elle était heureuse, elle ne savait pas encore que l'enfant qu'on lui avait promise allait être emmenée par le lieutenant-colonel.*

— *Elle était donc heureuse, s'indigna Carlos. Quelle salope !*

— *Cette salope, comme tu dis, a risqué sa peau pour me sauver.*

— *Pour te sauver ?*

Luz cilla et continua son récit comme si elle n'avait pas entendu la question de Carlos.

Dans tout ça, je n'ai pas encore réfléchi au prénom. María Pía. Mónica. Non, ça fait mannequin, jamais, pas question. Je suis très énervée. La Bête ne m'a pas dit s'il me l'amenait aujourd'hui. J'espère que oui. Peut-être demain. Le téléphone.

Oui, mon amour, très heureuse, je vous attends. Comment ça pas possible, mais tu ne m'avais pas dit... Écoute, la Bête, si tu ne me l'amènes pas demain, dans deux jours au plus tard, tu vas savoir qui est Miriam López.

Je m'en fous qu'il se fâche, moi il va pas me baiser. Il peut m'expliquer ce qu'il veut, qu'est-ce que j'en ai à cirer de ce lieutenant-colonel. On n'a qu'à lui en donner un autre. Il va falloir qu'on parle. Et je veux pas qu'il m'explique, je veux qu'il me l'amène. Il ne m'a pas appelée il y a deux heures pour me dire qu'il avait la petite, combien elle pesait et mesurait ? C'est pas ce qu'il a dit ? Alors quoi, si c'est un dégonflé c'est pas mon problème. Pour qui il me prend ? La cinquième roue du carrosse ? Et c'est pour ça que je me le coltine ici, chez moi, pour me faire niquer par le premier connard qui lui ordonne autre chose ? Non, ça va pas se passer comme ça.

Pendant ces trois jours, Eduardo a pensé qu'il était aussi fou, peut-être plus que son beau-père.

— *Comment Eduardo en est-il arrivé à penser que son beau-père était devenu fou d'entrer dans ce tourbillon d'actes délirants et de mensonges, c'est difficile à dire : la douleur, la confusion, la personnalité écrasante d'Alfonso.*

Ils étaient là tous les deux quand on les informa qu'Eduardo pouvait y aller. Alfonso : S'il te plaît, fais ce que je te dis, si tu révèles la vérité à Marianita, tu vas le regretter toute ta vie.

— *Cette menace, dans un moment si douloureux, a beaucoup troublé Eduardo.*

Et là, le premier mensonge : Oui, la petite va bien, elle est adorable, elle est en salle de soins parce qu'elle a beaucoup souffert des difficultés de l'accouchement.

— *Et ce mensonge à Mariana l'a précipité dans un tunnel d'où il ne pourrait pas ressortir.*

À tout instant il est sur le point de dire ou de faire quelque chose qui ne correspond pas au scénario de son beau-père, et de se trahir. Il s'étonne qu'on l'ait cru tellement il est mauvais acteur. Pourtant, non seulement la fille de la clinique a fait cela pour l'argent qu'il lui a glissé dans une enveloppe – une petite attention équivalente à trois ou quatre mois de salaire – mais parce qu'elle a cru totalement au mensonge inventé par Amalia : la fille d'un homme qui travaillait pour Eduardo avait eu un bébé dans un hôpital de Buenos Aires et voulait s'en débarrasser en le donnant à quelqu'un.

— *J'ai rencontré l'employée de la clinique. Cela n'a pas été facile, elle était à la retraite. Ce qu'elle m'a raconté m'a induite en erreur. Bref, la recherche inutile de quelqu'un d'inexistant qui ne m'a menée nulle part. Elle se souvenait d'avoir falsifié l'acte de naissance en recopiant les renseignements figurant sur un autre provenant d'un hôpital, mais elle ne se rappelait plus du tout le nom de la mère. C'est de Javier, le frère d'Eduardo, que je tiens le nom de Miriam López. Il savait parfaitement que Miriam n'était pas la fille de seize ans d'un peón de son frère, comme me l'avait dit l'employée de la clinique. En réalité, sans Laura, la femme de Javier, il ne m'aurait rien dit.*

L'employée de la clinique, les larmes aux yeux, le supplie de ne rien dire, oui, c'est elle qui a donné l'acte de naissance pour qu'Eduardo puisse y inscrire sa fille, elle ne veut pas être impliquée, ni avoir des problèmes dans son travail, mais bien sûr qu'elle va accepter, cela lui paraît bien, puisque la mère ne veut pas l'enfant... C'est qu'elle a seize ans, improvise Eduardo.

— Quel âge a Miriam López, la mère de la petite ? demanda-t-il à Alfonso cet après-midi-là.

Alfonso eut une expression qui lui fit peur. Une crispation horrible à la commissure des lèvres, un mépris d'acier dans son regard, la main brusquement levée, comme tranchant avec précision. Eduardo crut voir sa tête rouler sur le sol de la clinique.

— *Il a compris alors qu'il s'était engagé dans quelque chose dont il aurait du mal à sortir indemne.*

— Oublie ce nom tout de suite, il n'a aucune importance. Et rends-moi l'acte de naissance. Je te l'ai donné pour que ce soit plus rapide, pas pour que tu te mettes à fouiner.

— *Eduardo en a fait une photocopie avant de le lui rendre. Javier l'a vue des années après.*

— *Je ne comprends pas l'histoire de l'acte. Comment Eduardo pouvait-il l'avoir ?*

— *Il semble qu'Alfonso voulant des renseignements exacts, on le lui ait fait parvenir immédiatement. Je suppose que c'est la Bête qui le lui a expédié à Entre Ríos. Et comme le temps pressait, Alfonso l'a remis à Eduardo. Moi non plus je ne comprends pas très bien. Mais par chance il est arrivé entre ses mains, sinon il n'aurait jamais appris le nom de Miriam.*

Eduardo devait aussi déclarer le décès de son enfant, l'autre, le garçon, on le lui avait dit à la clinique et donné le formulaire. Et il a donc rempli le faux document.

— Ne t'en fais pas, lui dit Alfonso. Je me charge de déclarer le décès.

Mieux vaut ne pas vérifier ce qu'il fait, ni comment. Tout est tellement absurde. On risque de trouver bizarre qu'Eduardo déclare une naissance et une mort, lui expliqua son beau-père, et il en convint. La famille d'Eduardo était très connue à Entre Ríos, son nom ne passait pas inaperçu et il valait mieux ne pas éveiller de soupçons.

— *Mais, s'il n'était pas d'accord, pourquoi s'est-il compromis à ce point ?*

— *Javier dit que la menace d'Alfonso d'après lequel il risquait d'arriver malheur à Mariana, la culpabilité d'avoir choisi un médecin qui ne l'avait pas soignée correctement, sa douleur, tout cela a fait qu'il s'est laissé dominer par la personnalité d'Alfonso.*

— *Je ne comprends pas que tu puisses justifier ainsi l'attitude de ce fils de pute. S'il a été capable de déclarer comme sienne une enfant volée, arrachée à sa mère, tu ne peux pas dire que...*

— *J'aimerais que tu m'écoutes jusqu'au bout avant de le juger aussi durement, l'interrompit Luz d'un ton sec. Eduardo a payé cette erreur très cher.*

Tout s'arrangera, comme a pu s'arranger le silence de Murray et des infirmières quand Mariana a demandé des nouvelles de sa petite fille.

Alfonso lui avait promis qu'il parlerait à Murray, il le ferait taire, le remettrait à sa place : Il n'a rien à dire cet inutile qui a tout fait très mal.

— Non, s'il vous plaît, ne vous inquiétez pas, je vais régler la situation.

Enfin un sourire, c'est incroyable mais quand Alfonso a souri, Eduardo s'est senti un peu soulagé. Il n'est pas habitué à une telle tension. Dans sa famille tout est tellement différent. Eduardo ne sait comment prendre toutes ces décisions. Alfonso lui pose le bras sur l'épaule et lui dit d'un ton amical : Je vais te donner l'attestation d'un psychiatre qui s'est occupé de Mariana et a déconseillé de lui dire la vérité.

— Un psychiatre s'est occupé de Mariana ? Elle ne m'a jamais rien dit.

— Bien sûr, puisqu'il n'existe pas, l'attestation je l'ai écrite moi-même – un rire clair, sonore, obscène. Il faut agir rapidement, Eduardo, et avec efficacité.

— *Murray se rappelait parfaitement l'affaire qui s'était conclue pour lui par une crise profonde Peu après il s'était installé à Buenos Aires, c'est pourquoi il n'avait pas revu les Iturbe. Maintenant il est à la retraite et vit à Rosario. Il avait très mal accueilli la demande d'Eduardo de mentir à Mariana, il lui avait même conseillé sincèrement de suivre une thérapie. Mais sa culpabilité d'avoir mal maîtrisé le cas et la mort du bébé l'avaient probablement conduit à accepter de ne rien dire à Mariana pendant les deux premiers jours. Puis, quand l'état de Mariana s'était aggravé, il avait été écarté et remplacé par un médecin de Buenos Aires appelé par Alfonso. Murray ignorait totalement les intentions d'Eduardo, il me l'a affirmé à plusieurs reprises, et il a été consterné quand je les lui ai révélées. Il m'a expliqué en quoi avait consisté son erreur, son erreur initiale, celle qui avait provoqué la mort du bébé.*

Tout semble se résoudre comme dans un rêve, ou plutôt un cauchemar, car il se sent dans la peau d'un voleur, d'un délinquant improvisé qui risque d'être découvert à tout moment. Mais Alfonso et Amalia sont là, l'assurant que tout ira bien, lorsque Mariana sortira de la clinique ils iront chercher l'enfant un peu avant et l'amèneront à la maison.

Quand Javier arrive à la clinique, il trouve Eduardo abattu, la tête dans les mains, comme si elle lui pesait.

— *Javier s'est rendu compte tout de suite que quelque chose ne tournait pas rond. Eduardo était très mal, il est allé le voir tous les jours, bien que son frère lui ait demandé de ne pas le faire.*

— Qu'est-ce que tu fais ici ? J'avais demandé à tout le monde d'attendre notre retour à la maison.

— Qu'est-ce que je fais ici ? Mais je suis venu te voir, te tenir compagnie. Qu'est-ce qui t'arrive Eduardo ?

Javier demande des nouvelles de l'enfant et de Mariana. Eduardo explique, peut-être trop, dérape quand il parle de la petite fille, elle n'est pas à la *nursery* [1], non il ne peut pas la voir encore. S'il te plaît, dis-moi ce qui se passe.

— Rien. J'ai mal à la tête. Pars, j'ai envie d'être seul.

Et quand il le voit s'éloigner, d'un pas lent, il sait qu'il n'a pas pu tromper Javier, son frère le connaît trop bien. Il a envie de le rappeler, de tout lui raconter, mais il a peur qu'il pense de lui ce que lui-même est en train de penser. Il est complice maintenant, il a déclaré l'enfant. Il est trop tard pour se repentir.

1. En anglais dans le texte.

CHAPITRE TROIS

D'abord une fièvre persistante, des douleurs chaque fois plus intenses, puis la confirmation que Mariana a contracté une infection en salle d'opération, septicémie et, quelques heures plus tard, coma.

— *Mariana est restée quinze jours entre la vie et la mort. Ce qui a considérablement compliqué les plans d'Alfonso. Et de tout le monde. La vie de la Bête et de Miriam en a été changée. Et pour Eduardo ce fut terrible. La volonté de son beau-père l'avait engagé dans une voie qui n'était pas la sienne. Celle du mensonge, de l'escroquerie, de la mauvaise conscience. Car ce qui avait commencé la nuit où on lui avait appris que sa femme était dans le coma n'allait se terminer que des années plus tard. Et mal.*

Déjà, cette première nuit, Eduardo se dit que si Mariana ne s'en sort pas, pour lui plus rien n'aura d'importance et ses beaux-parents se débrouilleront comme ils le voudront avec cette enfant qu'ils lui ont imposée. Mais comment va-t-il faire puisqu'il est légalement son père ? Il n'aurait jamais eu l'idée d'élever une fille qui ne serait pas de lui, à quoi bon, ils auraient pu avoir un autre enfant. Mais plus maintenant, lui avaient dit Murray ainsi que le médecin qu'Alfonso a fait venir de Buenos Aires. Mariana ne pourrait plus avoir d'enfant.

Amalia et Alfonso sont euphoriques et se félicitent de cette impulsion qu'ils ont eue au moment opportun.

— Rends-toi compte, Eduardo, si tu lui disais maintenant que non seulement elle ne peut plus avoir d'enfant, mais que celui qu'elle a eu est mort, tu la tuerais. Quand Mariana ira mieux...

— Et si elle ne va pas mieux, si elle meurt ? Comment Amalia peut-elle être aussi contente, aussi pleine d'entrain, alors que Mariana est dans le coma ?

— Emmène-le d'ici, Alfonso, je ne peux pas supporter d'entendre quelqu'un d'aussi négatif. Il ne mérite pas ce que Dieu lui a donné.

Un frisson parcourt sa colonne vertébrale, le frappe à la nuque. Il secoue la tête pour écarter cette horrible idée : et si Mariana meurt. Non, elle va guérir. Le tourbillon dans lequel il est pris le plonge dans des idées noires qui semblent surgir et s'avaler les unes les autres.

Le troisième jour, le sergent Pitiotti pressentit que cette affaire de la petite, destinée d'abord à Miriam, puis la délicate et importante mission que lui avait confiée le lieutenant-colonel, risquaient de compliquer sa vie et sa carrière. Il devait reconnaître qu'il ne s'était pas bien débrouillé. Il ne savait plus si l'idée de garder chez lui le bébé et la prisonnière était aussi géniale qu'elle lui avait paru au moment où il avait pris la décision, ou une énorme erreur qui pouvait lui coûter très cher.

— *Pourquoi l'a-t-il emmenée chez lui ? demanda Carlos. C'est insolite, ridicule. Pourtant, à cette époque, il s'est passé tellement de choses plus que ridicules, monstrueuses, que je ne devrais pas être étonné.*

— *Miriam m'a dit que la Bête voulait faire du zèle auprès du lieutenant-colonel.*

Il y avait eu une coïncidence : la menace de Miriam et la demande du lieutenant-colonel.

— Si tu ne me l'amènes pas ce soir, ne remets plus les pieds chez moi, lui avait dit Miriam au téléphone.

Et le lieutenant-colonel lui demandait de trouver un lieu sûr et discret pour y garder le bébé jusqu'à ce que sa fille soit en mesure de s'en occuper, malheureusement son état de santé était préoccupant.

La Bête comprit alors que l'enfant était destiné à sa fille. Après deux jours, ils ne pouvaient pas laisser le bébé ni la mère à l'hôpital. Dufau ne voulait pas qu'on la renvoie au centre de détention, pour le bien-être de l'enfant, évidemment. Mais la Bête savait bien que ce n'était pas la seule raison. Dufau avait pris toutes les précautions pour qu'aucun lien ne soit établi entre cette affaire et lui : il avait ordonné à la Bête de faire courir le bruit que la détenue avait accouché d'un garçon mort-né et qu'elle était dans un état grave. Le personnel qui surveillait Liliana à l'hôpital n'appartenait pas à l'armée mais à la police, étrangère au centre de détention dont Dufau était le responsable. Le seul à le savoir était la Bête. Ce qui lui donnait sans nul doute un certain pouvoir.

— *C'était une situation compliquée car ils ne pouvaient pas emmener l'enfant à Entre Ríos avant que Mariana sorte de la clinique. Personne ne pouvait s'en charger. Et en plus, si Mariana mourait...*

La fille va peut-être mourir, se prit à espérer le sergent Pitiotti, et alors Miriam garderait la gosse. Mais il n'osa pas demander à Dufau des précisions sur la gravité de l'état de sa fille. Il pouvait néanmoins profiter de la circonstance pour faire d'une pierre deux coups : rassurer Miriam, prendre quelques jours pour la convaincre de donner la gosse, s'il le fallait, et marquer ainsi quelques points aux yeux de son supérieur. Il valait donc mieux garder l'enfant avec la mère, et chez Miriam, afin que celle-ci ne se fasse pas d'illusions.

— Ma femme peut s'en charger, elle est discrète et muette comme une tombe. Et avec ça, bonne comme le pain.

Quel meilleur moment pour se confier au lieutenant-colonel et s'assurer de cette enfant, avec un peu de chance, ou du prochain bébé à naître. Une bonne excuse pour expliquer qu'il n'était pas marié. En réalité, lui dit-il en baissant les yeux et la voix, ce n'est pas encore ma femme. Il lui raconta alors son petit feuilleton personnel : sa fiancée, qui rêvait d'avoir un bébé, auquel elle avait dû renoncer à la suite d'une opération désastreuse, était une femme si bonne qu'elle ne voulait pas l'épouser afin de ne pas le priver d'être père. Il avait donc pensé à lui offrir – avec l'autorisation de son lieutenant-colonel – un de ces pauvres enfants qui allaient se retrouver sans parents à la naissance.

— *Évidemment, pour Dufau la confidence tombait à pic. Si sa fille mourait, il pouvait offrir la petite à sa Bête fidèle, dit Carlos amèrement. Après tout, pour eux les enfants étaient des objets, un butin de guerre.*

— *Mais n'oublie pas qu'elle avait déjà été déclarée par son gendre. Mariana était tombée dans le coma après. Je ne sais pas si Dufau y croyait lui aussi, mais Amalia avait toujours affirmé que Mariana allait s'en tirer. Je ne crois pas qu'Alfonso ait dit à la Bête que si sa fille mourrait il allait lui donner la petite. Qui sait ce qu'il a pu penser, en tout cas, pendant des jours il a continué à appeler et à demander des nouvelles de la petite, comme si elle lui appartenait.*

— Mais bien sûr, le prochain bébé sera pour vous. Vous êtes certain que votre fiancée sera d'accord pour surveiller la détenue ?

— Certain, mon colonel. Et elle le fera très efficacement.

— Il faudra poster un garde à la porte. Nous ne pouvons pas laisser cette situation entre les mains d'une seule femme. Ce serait une imprudence.

— *Elle était surveillée à l'hôpital ?*

— *Oui, par des types de la police, les mêmes qui ont surveillé l'appartement de Miriam quand Liliana y a été enfermée. Ils étaient trois.*

Il lui restait quelques jours pour convaincre Miriam, lui expliquer combien il pouvait prendre du galon avec cette affaire, une ascension garantie, un peu de fric et le prochain bébé pour toi, Dufau me l'a promis, il l'a dit. Mais il ne voulait pas la bercer d'illusions sur la possibilité de garder la petite ; non, à Miriam il valait mieux ne rien promettre qui ne soit sûr, sinon elle ferait de sa vie un enfer.

Mais ce n'était pas là le pire, parce que s'il n'arrivait pas à la convaincre, le lieutenant-colonel prendrait de toute façon l'enfant et elle devrait attendre le prochain, que cela lui plaise ou non. Non, le pire était qu'il risquait sa carrière parce que Miriam n'était pas aussi discrète que devait l'être la femme d'un militaire, elle avait désobéi à ses ordres en parlant avec la détenue. Il le lui avait formellement interdit. Aux deux. Mais les questions de Miriam révélaient clairement qu'elles avaient parlé. Et qu'est-ce qu'elle a fait, et qu'est-ce qu'on va faire d'elle, et où est son compagnon... Son compagnon, voilà ce qu'elle lui a demandé, confirmant ainsi qu'elle avait parlé avec Liliana, parce que Miriam ne dirait jamais son « compagnon », elle dirait le mari, ou le petit ami, ou le mec. Compagnon était un mot de cette morveuse de merde qui voulait tirer les vers du nez à Miriam. Quelle idiote, Miriam n'avait pas la moindre idée de ce qui se passait, il ne lui racontait que des généralités : ils étaient en guerre et ils allaient purifier le pays. Miriam n'était pas encore prête à devenir l'épouse d'un militaire, mais elle apprendrait.

Maintenant que le temps presse, le mieux, se dit la Bête le troisième jour, est de la menacer, de lui foutre une trouille bleue. Lui dire que non seulement il allait le payer cher, mais elle aussi, parce qu'il ne l'épouserait pas, et ne lui obtiendrait pas le prochain bébé. Les femmes sont des bestioles incompréhensibles, pensa la Bête devant la réaction de Miriam, des mois à rêver du bébé, et maintenant que Dufau lui avait promis le prochain, elle affichait une totale indifférence, comme si elle n'en voulait plus.

— Si tu continues à te montrer aussi imprudente et capricieuse, tu vas tout gâcher : ma carrière, notre enfant, notre ménage, tout. Miriam lui tourna le dos et se dirigea vers la chambre, il devait la faire réagir d'une manière ou d'une autre, en criant : Si tu adresses de nouveau la parole à la détenue, je te vire à coups de pied au cul !

— De chez moi ? Tu es dingue. Moi, je vais te virer. C'est chez moi ici !

Il eut tellement envie de la frapper qu'il en eut peur, il se jeta sur elle et s'immobilisa un instant, un bref instant, avant de la démolir, et transforma son geste suspendu en une étreinte féroce.

— Où est la petite ? demande Eduardo à son beau-père. (Il pense qu'elle n'est plus à l'hôpital.) Il ne faudrait pas l'emmener à la maison maintenant ?

— Elle est en lieu sûr.

— Où ?

— Ne pose pas tant de questions, Eduardo, tout va bien. Jusqu'à ce que Mariana puisse sortir, je m'occupe du bébé, je te l'ai dit, tout se déroule comme prévu.

— Je ne peux pas savoir où elle est, ni avec qui, mais je l'ai déclarée comme ma fille, je vous le rappelle, Alfonso.

— Elle est en de bonnes mains. Sa propre mère s'occupe d'elle. Les premiers jours, le lait maternel est le meilleur aliment, elle l'allaitera jusqu'à ce que Mariana soit rétablie et puisse se charger d'elle.

— Mais vous disiez qu'elle voulait s'en débarrasser.

— Oui, mais elle a accepté de s'en occuper pendant quelques jours. C'est le moins qu'elle puisse faire, non ? Après, vous l'aurez toute la vie.

Quelque chose de visqueux, qui sent le rance, paraît se répandre dans le hall où Eduardo parle avec Alfonso.

— Je peux aller la voir, la connaître ?

— Non, absolument pas, à quoi penses-tu ! Ne t'en fais pas. Tout est sous contrôle. Il vaut mieux pour tout le monde attendre encore un peu.

Quelle brute, j'ai le visage violet. J'aurais mieux fait de tenir ma langue. Voilà ce qui arrive quand je fais des efforts pour me contrôler, après je dis n'importe quoi, comme hier soir. Mais si je l'envoie chier, qu'est-ce qu'elles vont devenir ?

Il y a huit jours que Lili est ici, à la maison, et je l'aime comme jamais je n'ai aimé personne dans ma vie. Je suis émue de toucher sa petite peau douce comme du pain chaud. Lili est le plus beau bébé du monde.

— Qui est le plus beau bébé du monde ? C'est Lili, Lili ! Après tout, la Bête m'a interdit de parler à la mère, mais pas à la petite.

Je l'appelle Lili, il fallait bien que je trouve quelque chose, alors le premier jour j'ai demandé à la mère comment elle s'appelait et elle m'a répondu Liliana. J'ai dit à la Bête que j'avais choisi Lili à cause de *Ay Lili ay Lili ay lo*, que j'entendais quand j'étais gosse.

Il m'a interdit de parler à la mère, mais je l'ai quand même fait, surtout les deux premiers jours, jusqu'à ce qu'il me menace. La fille ne voulait pas parler, j'ai dû insister à fond. Je n'ai pas eu l'impression qu'elle n'aimait pas la petite, comme l'avait prétendu si souvent la Bête. Je ne lui ai jamais dit que je pensais garder la petite, ça me paraissait trop dur, c'était comme dire : Écoute, elle va être à moi, pas à toi. Horrible.

La vérité c'est qu'elle m'a fait pitié dès que je l'ai vue. Ils l'ont amenée menottée, toute sale, les cheveux poisseux d'une couleur indéfinie, et affublée d'une espèce de masque noir pour qu'elle ne puisse rien voir. La cloison, elle l'appelle. Il y a des mois qu'elle est ainsi. Quand je le lui ai enlevé, elle s'est couvert les yeux avec les mains, comme si la lumière la blessait. Mais du coup elle n'arrivait pas à glisser son mamelon dans la bouche de la petite qui pleurait de faim. C'était difficile au début, Lili ne savait pas téter, je l'ai aidée, je la mettais sur un sein, j'attendais, puis sur l'autre. C'est un peu comme si moi aussi je la nourrissais, puis je lui fais faire son petit rot et je lui chante *Manuelita*, ou la *Reina*

Batata. Je connais toutes les chansons du disque de Maria Elena Walsh.

Pour les menottes, je me suis arrangée avec la Bête. Le premier soir il ne voulait pas.

— Mais qu'est-ce que tu crois ? Que je vais passer mon temps avec cette gosse, quand elle doit manger, quand elle pleure, quand il faut la changer ?

Ce n'est pas la raison, bien sûr (j'adore porter Lili), simplement je trouve sinistre de voir la mère allaiter avec les mains attachées, elle ne peut même pas la caresser. Finalement il a accepté, parce que je commençais à lui faire une scène dans les règles : c'est un service que je te rends, mais je ne suis pas ton esclave. Et en plus, la porte est toujours fermée à clef. N'exagère pas non plus.

Heureusement, il a accepté de lui enlever les menottes le premier soir, mais il m'a obligée à les lui remettre quand elle irait à la salle de bain et à l'accompagner. Le lendemain, dès que la Bête est parti, j'ai conduit Liliana à la salle de bain, sans les menottes, parce que je voulais qu'elle se lave. Je lui ai donné du savon, du shampoing, de l'après-shampoing et je lui ai demandé de ne pas sortir de l'eau avant qu'elle soit toute proprette.

— Elle ne peut pas rester sale comme un peigne avec la petite, j'ai dit à la Bête qui a remarqué le changement. C'était une porcherie, l'appartement commençait à puer.

J'ai menti à la Bête : je l'avais moi-même menée à la baignoire, menottée, et je lui avais lavé les cheveux.

Pendant qu'elle était dans son bain, j'ai cherché des vêtements à moi qui pourraient lui aller, deux ou trois blouses à essayer et un bermuda en coton. Elle est beaucoup plus petite que moi, mais comme elle vient d'accoucher, elle a encore un peu de ventre. Elle est restée une éternité à la salle de bain, j'entendais couler l'eau et j'ai eu peur qu'elle fasse un truc pas net, la Bête me dit qu'elle est très dangereuse. Alors je suis entrée, elle était encore sous la douche.

— Allez, sors maintenant, tu vas te noyer. Voilà des fringues, essaie-les. Prends cette serviette.

Quand elle a écarté le rideau je n'en croyais pas mes yeux. C'était une autre femme. Elle a des cheveux déments, d'un blond lumineux, brillant. Même son expression avait changé avec le bain, elle paraissait plus douce, ce n'était pas exactement un sourire mais presque.

J'ai pensé qu'elle ne s'était pas regardée dans un miroir depuis des lustres et je l'ai laissée seule pour qu'elle se voie, bien proprette et bien jolie, et qu'elle essaie tranquillement les vêtements. Je lui ai remis le bandeau avant qu'elle sorte de la salle de bain.

Au début, je le lui remettais dès qu'elle avait fini de donner le sein ou de se laver, mais maintenant, quand je suis sûre que la Bête est loin, je le lui enlève, ça m'impressionne ce truc noir qui lui couvre le visage. Les premiers jours elle me regardait fixement avec colère, maintenant non, elle me sourit même quand je lui porte la petite. Ou elle sourit à sa fille.

Le premier matin, quand je lui ai enlevé le bandeau dans la chambre, elle m'a dévisagée puis a regardé la chambre, le papier peint avec les oursons, le berceau. J'ai pensé qu'elle allait soupçonner que cette chambre était préparée pour la petite, mais elle n'a pas ouvert la bouche. Là je me suis sentie coupable, et je ne savais pas encore ce qu'elle allait me dire. J'ai d'abord eu l'idée de lui raconter un bobard : cette chambre est préparée pour le bébé de ma sœur qui est enceinte et qui va venir vivre avec nous. Tu aimes le papier ? Ils sont mignons les oursons, non ? On ne sait pas encore si ce sera une fille ou un garçon.

— Qui es-tu ? Qu'est-ce que je fais ici ? Pourquoi on m'a amenée ici ? s'est-elle enfin décidée à me demander.

Et je lui ai dit que mon ami m'avait chargée de m'occuper d'elles pendant quelques jours jusqu'à ce qu'on la ramène en prison, et comme j'aime beaucoup les enfants... Et la tienne est adorable. Elle n'est pas adorable ? Regarde ces petits pieds, ces petits doigts, je les mangerais.

Alors elle m'a dit d'une voix douce mais sévère que je devais savoir qu'on ne la ramènerait dans aucune prison, qu'on allait la tuer, comme toutes les autres, et qu'on allait lui voler sa fille.

— C'est toi qui vas la garder, n'est-ce pas ?

Elle a les yeux verts, Liliana, très brillants et très durs, elle m'a regardée avec une haine à me faire tomber raide.

— Mais non, qu'est-ce que tu vas t'imaginer ?

J'ai eu l'impression d'être une merde, une merde parce que c'est presque moi qui lui vole sa gosse, ou la Bête pour moi.

— *Miriam ne voulait plus ni de ce bébé ni d'aucun autre. Elle m'a avoué que simplement voir Liliana avec sa fille lui avait fait comprendre l'horreur de tout ce que cela signifiait.*

Elle m'a dit qu'elle ne comprenait pas pourquoi elle était ici ni pourquoi on l'avait emmenée à l'hôpital. Et où alors, puisque tu allais avoir un bébé ? N'importe où, comme cette fille qui après des heures à réclamer de l'aide à cor et à cri, a été allongée sur une table de cuisine, assistée par un infirmier qui lui gueulait dessus et les gardiens qui lançaient des obscénités. Elle l'a eu comme ça. Un garçon. Mais on l'a aussitôt emmené, et deux jours après, c'était le tour de la mère.

Le troisième jour, quand elle m'a redit qu'ils allaient la tuer et qu'elle se demandait ce que deviendrait sa fille, je lui ai promis que je ne permettrais pas qu'on touche à la petite. Et je l'ai prise dans mes bras parce qu'elle pleurait, elle pleurait tellement que, sans réfléchir, je l'ai serrée dans mes bras, elle me faisait tant de peine. Elle a d'abord sursauté, comme un réflexe de défense contre moi, puis elle s'est laissée aller. C'est là, pendant que je la tenais contre moi, qu'elle m'a demandé en murmurant des nouvelles de son compagnon, si je savais où il était, s'il avait été tué.

— *Non, au début elle ne lui a pas donné le nom, elle a demandé des nouvelles de son compagnon. Ton nom, elle le lui a dit le dernier jour qu'elle a passé chez elle.*

Quand j'ai posé la question à la Bête, il est devenu féroce, enragé, il a cassé les assiettes du vaisselier et m'a insultée, je n'ai plus osé aborder le sujet. Elle aussi il a dû la traiter de tout, parce qu'après elle ne m'a plus parlé. Et moi non plus. On se regarde et, je sais pas, il se passe quelque chose, ou alors on se regarde en train de regarder et de caresser Lili.

Hier, quand je lui ai enlevé le bandeau et lui ai montré Lili, qui tète maintenant sans problème, elle a ouvert la bouche, on voyait qu'elle crevait d'envie de me parler, mais elle était morte de peur. Je me suis approchée d'elle et tout doucement, bien qu'il n'y ait personne, je lui ai murmuré : Dis-moi, moi non plus on ne veut pas que je te parle, mais personne ne le saura.

Elle m'a redemandé des nouvelles de son compagnon, avait-il été tué, qu'est-ce qu'il était devenu, parce qu'il n'était pas là où elle se trouvait avant, mais il était sûrement tombé, ils ont dû le tuer, elle ne comprend pas pourquoi elle est encore vivante parce que ceux qui s'étaient fait arrêter avec elle étaient morts... mais lui n'était pas là quand ils l'avaient embarquée et pendant tous ces mois jamais, jamais elle ne l'avait revu ni eu de nouvelles. Parce que même si on t'interdit de parler, il y a toujours un moment où quelqu'un te dit quelque chose.

— *J'ai été prévenu par un voisin, qui m'a chopé au vol dans l'avenue, à quelques blocs de la maison, au moment où je rentrais. Ils avaient déjà emmené Liliana et ils m'attendaient, armés jusqu'aux dents, comme me l'a dit le pauvre Ramón.*

Carlos se tut, Luz voulait lui demander tant de choses : qu'est-ce qu'il avait fait, comment avait-il pu survivre, comment avait-il pu abandonner ainsi Liliana, mais elle avait décidé de ne pas le harceler de questions, de le laisser dire ce qu'il voudrait, et de lui raconter tout ce qu'elle savait de l'histoire.

Elle me parlait si bas et si vite, comme si les mots se mangeaient les uns les autres, que je ne comprenais pas. On voit bien qu'elle voudrait lui dire que la petite est née, logique, j'ai pensé.

— Mais tu es sûre qu'il est prisonnier, lui aussi ?

Là, nous avons entendu la clef dans la serrure, en un clin d'œil je lui ai remis le bandeau et j'ai chantonné *Manuelita.*

Non, ce soir il allait m'écouter, la Bête, je me suis dit. Ils les tuaient, pour de bon ? Mais pourquoi, espèces de brutes, pourquoi, qu'est-ce qu'ils ont fait, pourquoi vous les mettez en prison ? Je ne savais pas comment l'affronter, avec le scandale qu'il m'avait fait le deuxième soir je n'osais plus aborder le sujet. La vérité c'est que la Bête me fait de plus en plus peur. Je n'ose même pas lui demander où il en est avec le lieutenant-colonel, il m'a dit qu'il viendrait dès que sa fille sortirait de l'hôpital, mais il y a une semaine que Lili est ici et il ne parle même plus du jour où on viendra la chercher. Hier soir je me suis occupée de lui comme si de rien n'était, je lui ai préparé à manger, servi du vin, mais je ne trouvais pas le bon moment pour lui poser la question.

À la fin, comme toujours quand on baise, il est dans le même état qu'après avoir beaucoup mangé. Je l'ai fait si souvent sans envie, comme un boulot, que je ne sais pas pourquoi c'était aussi pénible ce soir, mais c'est différent. C'est différent de baiser avec un type qui vous paie et de le faire pour lui délier la langue. Et peut-être aussi que c'était pénible parce que parfois, avec la Bête, ça me plaisait, quand je croyais qu'il m'aimait ou que je l'aimais, tandis que là c'était dégoûtant, répugnant.

— La Bête a commencé à la dégoûter. Un dégoût qui s'est transformé en une haine terrible. Et si elle ne le larguait pas c'est qu'elle pensait pouvoir encore faire quelque chose pour empêcher que la petite tombe entre les mains de Dufau et pour sauver Liliana. Elle avait du mal à croire qu'ils allaient la tuer.

Mais j'ai tout de même fait semblant d'avoir du plaisir et un super-orgasme, je lui ai dit qu'il m'avait fait jouir un max et j'ai attendu un peu, pas longtemps, parce qu'après il s'endort. Je m'y suis bien prise, en douceur, je lui ai dit : Te fâche pas, je voudrais te demander quelque chose, tu vas peut-être dire que ça ne me regarde pas, mais, je ne sais pas, comme je la vois toute la journée, je voudrais savoir si on va la tuer.

Je lui casse les pieds, il me dit de rester tranquille, on allait juste la mettre en prison. Mais à force d'encaisser et de feindre j'ai fini par exploser :

— Alors pourquoi on ne lui laisse pas la gosse, il vaut mieux qu'elle soit avec sa mère en prison qu'avec ton archi-fils de pute de lieutenant-colonel.

Il est devenu furieux et m'a collé une beigne, même que j'ai encore la marque des griffes, violacée je suis. Je vais montrer à Liliana. Dès que la petite sera réveillée.

Non, c'est mieux de lui montrer avant, quand la gosse dort encore. Je n'aime pas voir Lili énervée.

— Javier et Eduardo n'étaient pas seulement frères mais amis intimes. Javier trouvait naturel qu'Eduardo se sente mal, à cause de l'état de Mariana, mais il ne comprenait pas pourquoi son frère ne voulait pas le voir, pourquoi il réagissait ainsi quand il le questionnait sur sa fille, pourquoi il le rembarrait et lui disait de le laisser tranquille.

— Non, non je ne vais pas partir avant que tu m'aies dit ce qui se passe, Eduardo, pourquoi tu me parles comme ça. Je sais qu'il y a quelque chose que tu ne veux pas me dire. C'est à propos de la petite ? Elle ne va pas bien ? Pourquoi je ne peux pas la voir ? S'il te plaît, frérot, aie confiance en moi. Je suis ici pour t'aider. Ne me demande pas de partir.

— Pardonne-moi, Javier. Je vais mal à cause de Mariana et de mes beaux-parents, ils se mêlent de tout et ne me laissent pas en paix, ils inventent tout le temps des trucs bizarres, absurdes, qui me font faire n'importe quoi, et moi je suis assez con pour me laisser entraîner dans cette folie. J'étais blessé, désemparé, incapable de résister à l'autorité d'Alfonso. Et maintenant je suis désespéré, désespéré.

Mais Javier ne peut obtenir le moindre éclaircissement aux propos balbutiants et confus de son frère, il ne comprend pas de quels trucs bizarres et absurdes il lui parle, et ses questions ne font qu'accroître l'angoisse d'Eduardo.

— *Il savait qu'il subissait la pression de ses beaux-parents, mais pas ce qu'il avait fait. Il ne le lui a révélé que bien des années plus tard.*

Eduardo lui demande de se taire, s'il te plaît, s'il te plaît, qu'il ne lui pose plus de questions, c'est vrai qu'il a des problèmes mais il ne peut rien dire, il ne veut pas lui mentir, surtout pas à lui qui devine tout. Et quand Eduardo fond en larmes, Javier le prend dans ses bras et le console, comme quand ils étaient gosses. Ils ont toujours eu beaucoup de respect l'un pour l'autre, et il respectera le silence d'Eduardo.

— Liliana, réveille-toi. Tu vois, cette beigne il me l'a collée quand je lui ai posé des questions sur toi, imagine un peu si je lui parle de ton compagnon, je préfère ne pas y penser. Écoute, si je ne le vire pas à coups de pied au cul, comme il le mérite, c'est à cause de Lili. Et aussi de toi. Ce mec est venu vivre avec moi, et ici c'est chez moi, pas chez lui. Pour le moment, je vais jouer le jeu parce que la Bête est très nerveux avec cette histoire, mais quand vous serez parties, je l'envoie se faire foutre.

— On s'en va ? Quand ? Et la petite ? Qu'est-ce qu'ils vont faire de la petite ? Dis-moi la vérité. Tu vas la garder, hein ? C'est pour ça que la chambre est prête.

— Je t'ai dit que non, la chambre c'est pour mon neveu.

Pas question de lui parler du lieutenant-colonel, ça la rendrait dingue, mais pourquoi on l'a amenée ici, je n'en ai pas la moindre idée, la Bête ne veut pas me le dire, et comme je la vois pleurer, j'invente que c'est pour qu'elle ait un peu plus de confort pendant les premiers jours. Je ne sais pas si elle rit ou si elle pleure, les deux, elle rit, elle pleure, elle est comme folle. Je ne sais pas quoi lui dire. Elle me regarde et ses yeux si verts, on dirait des couteaux.

— Tu me mens. Tu vas la garder – couteaux qui se plantent en moi –, c'est pour ça que la chambre est décorée. Et les habits que porte Lili, d'où ils sortent ? C'est aussi pour ton neveu ? Alors pourquoi tu les mets à Lili ?

Et la voilà qui pleure, avec le hoquet. Je suis en rogne contre elle mais elle me fait de la peine, elle n'arrête pas, en tout cas maintenant elle ne m'engueule plus :

— Promets-moi que tu lui diras qui je suis, que je suis sa maman. Et qu'ils m'ont tuée parce que...

— Assez, assez, Liliana. Je ne vais pas la garder, c'est le lieutenant-colonel Dufau qui va l'emmener pour sa fille.

— *Miriam ne voulait pas le lui dire, mais Liliana a dû la désespérer à un moment parce qu'elle lui demandait de me... qu'elle lui dise que... – la voix de Luz s'étrangla et elle se frotta les yeux avec rage. Pardonne-moi, je ne me sens pas bien.*

Et elle pleure de plus belle, en répétant Dufau, Dufau, comme un disque rayé.

— Ne pleure pas, Liliana, qu'est-ce que tu veux que je fasse, je vais demander encore une fois à la Bête qu'il ne lui donne pas la petite, mais c'est un trouillard, il obéit. Je sais pas, je sais pas ce que je peux faire. Pleure pas, je viendrai te voir en prison, je t'apporterai de quoi manger.

— Laisse-moi partir, s'il te plaît, laisse-moi m'échapper.

— Tu es folle, tu veux qu'il me tue ? Et en plus, comment faire, il y a un flic à la porte en permanence, il est remplacé toutes les huit heures, mais il y en a toujours un. Ils me contrôlent tout le temps.

Je lui dis que si elle n'arrête pas de pleurer, elle aura du mal à donner le sein à Lili, les enfants ont besoin de calme. Mais la vérité c'est que moi aussi je commence à dérailler et je sens un nœud dans la gorge que je ne supporte plus.

Je lui remets le bandeau, simplement pour qu'elle ne voie pas mes larmes, et tandis que je lui fais faire son rot j'appuie ma joue sur les petits cheveux de Lili, jusqu'à ce que je me calme.

Manuelita vivait à Pehuajó, mais un jour s'en est allée. Chanter m'a toujours calmée.

— J'aime bien comme tu chantes. Comment tu t'appelles ?

— Miriam.

— Chante, Miriam, continue de chanter. Je veux te dire quelque chose – c'est un murmure que j'essaie de couvrir de ma voix –, je ne sais pas pourquoi tu vis avec la Bête, mais...

Qu'est-ce que je vais lui dire : Je ne sais pas, il m'a plu. Il était tendre, gentil.

Je reprends : *Manuelita vivait à Pehuajó, mais un jour...* Il était tendre, gentil ?

Son étonnement me fait honte. Il vaut mieux que je ne lui réponde pas : *Mais un jour s'en est allée. Personne n'a compris pourquoi, à Paris s'en est allée.*

— Mais tu n'es pas comme eux, sinon tu ne pourrais pas traiter ma fille comme ça, s'il te plaît, laisse-moi m'échapper. Qu'ils me tuent c'était un risque, on le connaissait, mais maintenant que Lili est née, comment je pourrais permettre qu'ils me la volent, que ces monstres la gardent ? Toi tu l'aimes Lili, c'est toi-même qui lui as donné ce nom. Tu trouves bien qu'elle vive avec les assassins de ses parents ? S'il te plaît, laisse-moi m'enfuir. Dufau est le pire de tous, c'est leur chef. Je ne l'ai pas vu, j'avais toujours les yeux bandés, mais parfois on nous sortait, quand il y avait des « visites ». Et je sais que c'est lui, Dufau, qui m'a parlé : il m'a interrogée sur mes parents, le collège où j'avais été, et pourquoi une jeune fille comme toi, si jolie, bien élevée, tu pourrais être ma fille, s'est mêlée à cette racaille. Voilà ce qu'il m'a dit : tu pourrais être ma fille ! Et il va donner Lili à sa fille !

Et elle pleure et pleure, je continue à chanter *Manuelita* en couchant Lili dans le berceau et je ferme la porte à clé, à double tour.

Non, je ne veux pas qu'ils l'emmènent ces fils de putes. Parce que si ce salopard veut la voler, c'est que ceux qui vont s'occuper de Lili doivent être de belles merdes. Tout comme moi, mais je ne me rendais pas compte. Non, je ne savais pas ce qui se passait. C'est donc vrai ce que m'a dit Liliana ? Qu'ils vont la tuer ? Qu'ils les tuent comme ça ? Que les autres, ils les font accoucher en prison ?

Je ne veux plus l'écouter, je vais m'arranger pour qu'elle ne me parle plus. La Bête dit que ce sont des assassins, ils ont dû faire quelque chose pour se retrouver en taule. Mais c'est dur à gober, et en plus Liliana aime sa fille, alors peu importe ce qu'elle a fait puisqu'elle l'aime, et pourquoi je la garderais moi, la petite ?

Le sergent Pitiotti informa le lieutenant-colonel que tout allait très bien : l'enfant grandissait, sa femme accomplissait efficacement sa mission, tout était « sous contrôle », le médecin était passé, le bébé grossissait normalement et ne présentait aucun problème de santé. Il se garda de faire allusion aux baffes qu'il avait dû distribuer pour contrôler la situation.

Le lieutenant-colonel ne s'avança pas davantage quant au terme de cette mission. Le sergent Pitiotti, lui, aimerait qu'elle se termine au plus tôt et que la fille du lieutenant-colonel meure ou se rétablisse une fois pour toutes, car il ne voulait pas continuer à vivre dans cette tension avec Miriam, ni la frapper, ni qu'elle le regarde comme elle le faisait ces jours-ci. Car Miriam avait beau dissimuler et ne plus parler de garder l'enfant, il sentait bien qu'elle n'était plus comme avant. Elle en était même arrivée à lui demander pourquoi on ne laissait pas le bébé avec la mère en prison. Avant, quand elle préparait l'appartement pour le bébé, est-ce qu'elle lui aurait dit ça ? Il avait l'impression qu'elle aimait plus l'enfant que lui. C'était la faute de cette gosse de merde. Qu'ils l'emmènent une bonne fois et que tout recommence avec Miriam. Il allait la reconquérir, il se le promettait. Il ne voulait pas la perdre.

Je m'étais juré de ne plus parler à Liliana, ou plutôt qu'elle ne me parlerait plus, parce que je ne veux plus rien savoir, après quelque chose m'échappe devant la Bête et il me cogne. Mais bon, je ne sais pas ce qui s'est passé, on était toutes les deux à changer Lili, et voilà que son nombril tout mignon est tombé, j'étais si contente, si fière de Lili, que subitement je suis allée à la cuisine et j'ai débouché un petit vin blanc pour qu'on trinque, Liliana et moi, pour le nombril de Lili, parce que maintenant qu'il est tombé, son ventrillot est adorable, tout rose, tout lisse.

Elle est si douce cette petiote. Tous les jours elle fait quelque chose de nouveau, la grimace du début est devenue nettement un sourire. Et ses yeux, verts, brillants, s'éclaircissent de jour en jour. On dirait qu'elle voit maintenant, je crois qu'elle me reconnaît. À chaque nouveauté de Lili, je me sens superheureuse, c'est pour ça que j'ai oublié ma résolution : ne plus parler à Liliana, ni qu'elle me parle. La vérité c'est que toutes les deux on est contentes, on se pisse de rire en buvant le vin, on se lance des conneries, on trinque pour les yeux plus clairs, les petits pieds, le sourire. Chacune a une idée différente et allez, on trinque, un autre verre.

— *Je n'arrive pas à imaginer Liliana en train de boire du vin et de trinquer avec la nana de la Bête. Ce n'est pas possible. Qui te l'a raconté ? Miriam ?*

— *Oui. Pourquoi ne pas comprendre ? Deux pauvres femmes s'autorisant un moment de gaieté dans une situation désespérée. La petite, m'a dit Miriam, était pour elles... – Luz ne dissimula pas son émotion – la vie. Je crois que ce fut là un moment très important, décisif, pour consolider l'alliance entre Miriam et Liliana.*

Peut-être aussi que je ne supporte plus cette douleur sur le visage de Liliana, cette exaspération de ne pas savoir quoi faire, bordel, pour se sortir de là, je ne supporte plus d'être pieds et poings liés, morte de trouille devant la Bête, à penser qu'ils vont emmener Lili, que je ne vais plus la voir, et à ce qui va arriver à Liliana qui m'a laissée vivre ce moment comme je le sentais, sans réfléchir, contente, contentes toutes les deux.

On doit être cinglées, elle et moi, parce que rigoler comme si on faisait la nouba, avec le flic à la porte, dans cette situation, c'est de l'inconscience. Liliana s'est jetée sur le lit morte de rire. C'est ma faute. Je mets un doigt sur ma bouche pour lui faire signe de la boucler.

— Et maintenant on trinque pour toi, me dit Liliana tout doucement.

— Et maintenant pour toi, je lui dis.

Alors elle cesse de rire, la petite lumière brille dans ses yeux et elle lâche cette phrase qui me fait frémir : Miriam, laisse-moi m'échapper.

Je lui remets le bandeau, ce qui est ma manière de lui dire ça suffit, mais en réalité c'est pour qu'elle ne me voie pas, parce qu'elle me désespère. La petite se met à pleurer, je la prends dans mes bras et je commence à fredonner *Les trois tambours,* je me demande comment je m'en souviens, la tante Nuncia la chantait. *Trois jeunes tambours s'en revenaient de guerre, plan, plan, rataplan...*

— Oui, chante Miriam, chante, me dit Liliana.

S'en revenaient de guerre, et je chante plus fort parce que Liliana se met à parler : regarde dans quel état j'ai les chevilles, c'est à cause des fers, j'ai passé des mois avec des chaînes aux pieds, *trois jeunes tambours s'en revenaient de guerre, plan, plan, rataplan,* c'est une guerre, dit la Bête, et Liliana qui ne se tait pas, masquée, enchaînée, sale, les odeurs, *le plus petit portait un bouquet de fleurs, plan, plan, rataplan,* elle me raconte tout : ce qu'on leur fait en « salle d'opération », où on les torture, et elle dit que c'est la Bête en personne qui s'en charge, non, pas elle, elle n'a jamais compris pourquoi, mais les autres c'est lui, moi je comprends pourquoi, parce qu'il prenait soin de Lili pour moi ! *la fille du roi qui était à sa fenêtre plan plan rataplan, qui était à sa fenêtre,* plus fort, plus fort, je ne veux pas entendre mais je ne lui ordonne pas non plus de se taire, je chante plus fort pour que Lili ne l'entende pas : comment ils l'ont emmenée, ce qu'ils lui ont volé, ils l'ont jetée par terre, frappée à coups de pied, les mains sur son ventre pour protéger Lili, *oh beau soldat donne-moi donc tes fleurs, oh beau soldat donne-moi donc tes fleurs plan plan rataplan,* ce n'est pas possible, mon Dieu, ce n'est pas vrai, elle nue et la Bête qui la tripotait, alors comme ça tu es enceinte, petite pute, et tout ce qu'il lui faisait, et moi protégée par mes trois tambours, je ne veux plus qu'elle se taise, je veux qu'elle crache tout ce dégueulis qui est en elle et que j'ignore, que tout sorte, tout, même si ça me répugne, me fait mal, m'éclabousse, m'enveloppe dans son immonde puanteur, je veux que Liliana soit soulagée. Lili est dans mes bras, je lui dis à l'oreille qu'elle m'écoute moi, *je te les donnerai si tu m'épouses,* et pas elle, mais pourquoi, pourquoi, pourquoi ils leur font ça, la radio à fond qui ne peut pas couvrir les hurlements déchirants qui grimpent dans sa cellule, tout comme j'essaie de couvrir ces paroles déchirantes, *je te les donnerai si tu m'épouses, plan plan rataplan, si tu m'épouses,* mais pourquoi, pourquoi, *plan rataplan,* parce qu'on voulait une société plus juste, et moi chantant de plus en plus fort, *bonjour majesté j'épouse votre fille,* parce qu'on voulait une société plus juste, voilà que j'ai oublié les paroles, mais je dois absolument continuer à chanter, *donne-moi donc tes fleurs,* à chanter à tue-tête comme si j'avais très envie que le soldat et la princesse se marient, même si je pleure en chantant, si je pleure quand elle dit : comment supporter l'idée qu'ils vont me tuer et que ma gosse, ma Lili, ta Lili, Miriam, parce que tu l'aimes toi aussi, se retrouve avec ces assassins qui vont me la voler, lui voler son identité, elle ne saura même pas qui étaient ses parents.

La petite s'est endormie étourdie par les strophes confuses des *Trois tambours* chantées à tue-tête et cet atroce murmure de Liliana.

Elle s'est tue. Je sors en courant, je ferme la porte, je me jette sur le lit et maintenant, oui, je chiale. Je hais la Bête, je le hais, il me hait lui aussi. Comment ai-je pu être aussi égoïste, aussi dégueulasse ? Je dois faire quelque chose. Je dois sauver Lili et Liliana.

— Quand Javier a retrouvé son frère euphorique, parce que Mariana était sortie du coma et se rétablissait normalement, il a décidé d'affronter Eduardo : Pourquoi ne pouvait-il pas voir l'enfant, qu'est-ce qu'avaient inventé ses beaux-parents, et lui qu'est-ce qu'il avait fait ? Il l'a très vite regretté, car toute la joie d'Eduardo s'est évanouie.

Quelque chose de trouble semble brouiller les yeux d'Eduardo, son regard se perd dans le mur.

— La petite va bien, on s'occupe d'elle, voilà tout. Tu la verras à la maison, Javier. Dans quelques jours, deux ou trois.

Je ne sais pas quel air je dois prendre après ce qui s'est passé hier. Mais je ne peux pas faire comme si elle ne m'avait rien dit. Alors je lui jure que je ne savais pas, que je ne pouvais même pas imaginer, elle doit me croire, je n'ai rien à voir avec ça, je suis la première étonnée, avec moi il a toujours été tendre, il me raconte qu'ils vont libérer la patrie des idéologies étrangères, des trucs comme ça, mais pas le reste.

— Laisse-nous partir, Miriam. Je sais où me cacher

— Écoute, Liliana, si tu continues à me les gonfler et à me dire des choses horribles comme hier, je te bande les yeux. Si tu ne me parles pas de Lili, tais-toi. Je ne peux rien faire, il va me tuer. Toi-même tu m'as foutu la trouille hier avec tout ce que tu m'as raconté. Qu'est-ce que tu veux ? Qu'il m'arrive la même chose ? Toi tu es là-dedans parce que tu crois en une société plus juste, tu me l'as dit, moi je crois que dalle, tu comprends ? Je crois que tout est merdique et je n'ai pas l'intention de mourir pour un truc en quoi tu crois et moi pas.

— Tu as raison, Miriam.

J'appuie la petite contre elle, Lili adore s'endormir sur le ventre de Liliana, et je les regarde dormir toutes les deux pendant que je leur chante *Manuelita.* Elles sont si jolies. C'est horrible qu'ils lui arrachent sa fille comme ça, monstrueux. Je ne sais pas ce que je pensais avant, peut-être qu'elle ne voulait pas de la petite parce qu'elle était en prison, je ne sais plus, j'ai pensé à moi, c'est tout, et cette brutasse de Bête qui m'a fait croire que tout baignait, quelle ordure, quel fils de pute. Comment peut-on leur faire ça ? Mais est-ce qu'elle n'en rajoute pas un peu ? Je dois faire quelque chose pour sauver Lili et Liliana. Mais je ne sais pas quoi.

Tout d'abord, dissimuler, que la Bête ne se doute pas que je sais qui il est et ce qu'il fait. Et tenter d'obtenir des renseignements qui pourront nous servir.

Quand le sergent Pitiotti s'arrêta chez le fleuriste et choisit une douzaine de roses, il était certain de ne pas se tromper. Non seulement il les achetait parce qu'il avait compris que cette scène violente avec Miriam était dangereuse – après tout c'était une bonne femme, elle pouvait mal réagir et lui pourrir sa mission – mais aussi parce qu'il voulait vraiment se réconcilier avec elle et qu'il l'aimait comme il n'avait jamais aimé une autre femme. Il avait toujours rêvé d'avoir une fille comme elle : un canon, une belle nana, et avec bon cœur par-dessus le marché.

La mission touchait à sa fin, le prochain bébé n'allait pas tarder, il avait donné des ordres pour que la détenue soit bien nourrie et que personne ne la touche. Bientôt il pourrait offrir le petit à Miriam, même si elle ne lui en parlait plus, cette gosse de merde lui avait fait perdre toutes ses illusions.

La carrière comptait beaucoup pour le sergent Pitiotti, mais aussi d'avoir une gentille femme à ses côtés. Alors il lui demanda de lui pardonner, il était très nerveux, trop de tension dans le travail, et puis toutes ses questions l'avaient poussé à bout, mais il avait trouvé logique qu'elle se soit attachée à ces deux-là, bien sûr tu es si gentille, si pure que tu n'imagines pas ce qu'une salope de criminelle comme celle-là, avec son air de sainte nitouche, est capable de faire.

— *Miriam avait décidé de se contrôler, de ne pas lui dire ce qu'elle pensait, elle voulait profiter de cette accalmie pour obtenir des informations.*

— Je suis tellement contente que tu me demandes pardon, la Bête, je me suis sentie mal toute la journée. Ce qui se passe, comprends-moi, c'est qu'en étant ici je me suis attachée à la petite et j'ai peur de souffrir quand on va me l'enlever. Je préfèrerais qu'elles s'en aillent le plus vite possible. Quand vient-on les chercher ?

— Peut-être demain soir, ou après-demain. Il viendra lui-même, sa fille va mieux. Ce sera une bonne occasion pour te présenter. Il m'a promis que le prochain bébé qui naîtra sera pour nous. Probablement la semaine prochaine.

— *Demain soir, ou après-demain, ces mots cognaient dans la tête de Miriam quand elle a mis la petite dans les bras de Liliana.*

Bien sûr qu'il est content, heureux qu'elle soit rétablie. Alors, pourquoi cette tête ? Comment lui dire qu'il est terrifié à l'idée qu'elle lui demande des nouvelles de la petite. Tromper les autres avait déjà été difficile, mais tromper ainsi Mariana, lui dire que la petite est adorable, vraiment, et qu'elle nous attend à la maison... Amalia s'occupe d'elle. C'est ridicule, comment se fait-il que la petite soit à la maison et elle ici, sans l'avoir encore vue ? Mariana va lui demander de l'amener et qu'est-ce qu'il va lui dire ? Mais l'explication d'Alfonso, dont Mariana croit tout ce qu'il dit, a été convaincante car elle ne lui demande rien. Il a l'impression d'être un escroc.

Dans un ou deux jours je ne verrai plus Lili, je ne pourrai plus caresser sa douce petite peau, ni regarder les fossettes de son visage ni ses mains ou ses petits doigts qui s'enroulent autour de mon doigt. Et je ne verrai plus Liliana. Je dois faire quelque chose, mais quoi ? Et si au lieu du poivre je mettais du poison pour tuer la Bête ? Et comment je me barre après ? Le flic est à la porte. Je vais en parler à Liliana. Elle, elle aura une idée. C'est une révolutionnaire. Je laisse la viande dans le four et je me dirige vers sa chambre.

— Qu'est-ce que tu fais ? me demande la Bête.

— Je vais lui approcher le bébé, c'est l'heure de manger.

— Laisse-la se débrouiller, elle n'a pas de chaînes, ni de menottes.

Un sourire, un baiser, je suis écœurée : Je reviens, mon amour, je vais voir un peu la petite et je reviens te faire des câlins. Pourquoi tu ne te reposes pas en attendant que le repas soit prêt ?

— Dépêche-toi, j'ai envie de baiser.

La Bête va dans la chambre, quelle chance, de là-bas on n'entend rien.

J'entre et je ferme à clé. Je ne lui enlève pas le bandeau. Je m'approche tout près de Liliana et je lui murmure : Demain ou après-demain ils vous emmènent. Ne dis rien, il est là. Je retourne avec la Bête, réfléchis, moi je ne trouve pas d'idée – et profitant des braillements de Lili qui, comme si elle comprenait, s'est mise à pleurer – pour qu'on s'échappe toutes les trois.

— *Elle avait moins peur de la Bête que de ses propres paroles, peur de ce qu'elle avait dit, de ce qui l'attendait, de ce coup risqué qu'elle n'aurait jamais cru possible mais qu'elle ne voulait plus différer. Pense à qui était Miriam, à ce qu'avait été sa vie, à ces quelques jours précédents où elle-même voulait cette enfant. Elle m'a raconté qu'à cet instant elle s'est rappelée que la Bête disait que Liliana était une tueuse. Et si elle l'aidait à s'échapper et que Liliana la tue ? Alors la main de Liliana a pris la sienne et Miriam a tressailli en étouffant un cri. Liliana a porté la main de Miriam à ses lèvres et l'a embrassée. Et elle a senti les larmes de Liliana sur sa main.*

Une tueuse, elle ? De toute façon, si Liliana ne me tue pas, c'est la Bête qui me tuera. Elle lui parle à l'oreille : Réfléchis à un endroit où on pourrait se cacher et à la manière de sortir d'ici sans se faire tuer.

— J'ai besoin de renseignements, murmure Liliana, où nous sommes, qui est en bas, la distribution des pièces dans l'appartement, tout ce que tu pourras savoir.

Je sors et referme la porte à clé.

CHAPITRE QUATRE

Quand la Bête s'est réveillé, j'ai fait semblant de dormir, bien que je n'aie pas fermé l'œil de la nuit. Lili, comme si elle pressentait quelque chose, s'était réveillée je ne sais combien de fois. Je me suis levée sur la pointe des pieds, parce que la Bête ça le rend dingue que j'aille la nuit à la « cellule » – comme il appelle l'autre chambre – et grâce aux braillements de Lili j'ai pu donner quelques renseignements à Liliana : la situation de l'immeuble, deux appartements par étage et un escalier derrière la porte du palier, un flic en bas qui change toutes les huit heures, quand je sors il entre dans l'appartement, mais aussi quand il veut prendre un café ou aller aux toilettes, et la nuit, quand la Bête est là, il y a un autre garde.

— On ne fera rien quand la Bête sera là, me dit-elle tout de suite.

Elle en a une peur panique. Moi aussi il me fait peur, mais pas autant qu'à elle, je l'ai vu si souvent baver d'envie pour moi que j'ai du mal à imaginer qu'il puisse me tuer. Bien sûr qu'il te tuerait, et lentement, très lentement, comme il aime.

Je suis repartie rapidement de la chambre car je craignais que la Bête me chope en train de parler avec Liliana, mais aussi parce que je ne voulais pas sentir cette peur que Liliana me transmettait, sinon je ne pourrais rien faire. Mais je n'ai pas pu m'empêcher de penser à ce qu'il me ferait : il m'emmènerait au camp de détention et m'étendrait nue sur ce lit dont m'a parlé Liliana, où il m'attacherait. Je me suis mis les mains sur les yeux, comme je fais quand je regarde un film d'horreur, mais ça ne sert à rien puisque les images sont dans ma tête, pas dehors, comme au cinéma, et je me voyais torturée, subissant tout ce que m'a raconté Liliana pendant que je chantais, le corps tordu de douleur, et ce truc électrique sur le bout des seins, sur les gencives, sur... Ah ! non, assez, je ne veux plus y penser.

Tout à l'heure je suis entrée dans la chambre, mais elles dormaient si profondément que ça m'a fait quelque chose de les réveiller. Quand je les vois ainsi endormies, si jolies, si vulnérables, il me semble que je ne peux pas, que je ne dois pas permettre que cette saloperie continue. Mais je me vois de nouveau en train de hurler, attachée sur ce lit, et la Bête avec ce regard qu'il a quand il est excité, me baladant le truc électrique sur tout le corps. Qu'est-ce qui m'arrive, pourquoi je ne peux pas arrêter ?

Lili s'est réveillée, elle est adorable, elle me sauve, me porte chance, elle va nous porter chance à toutes les deux, j'en suis sûre, je ne dois pas penser à ce qui peut m'arriver, je dois le faire.

— *Ce jour-là Miriam est entrée souvent dans la chambre de Liliana. En quelques heures elles se sont mieux connues que beaucoup dans toute une vie.*

Liliana ne comprend pas pourquoi je veux m'échapper avec elle, elle trouve que c'est un risque inutile, qui va exciter la Bête. Hier soir elle a réfléchi à ce qu'on pouvait faire et elle a décidé qu'elle me laisserait attachée sur le lit, menottée, pour que la Bête pense qu'elle m'a obligée à la libérer.

— Ah, ouais. Et il va le croire ? C'est pas un idiot, la Bête. Tu es prisonnière. Et tu penses que tu pourrais m'obliger ? Je ne suis pas si fragile et tu es beaucoup plus petite que moi, tu n'oserais pas me frapper, et si tu le faisais, j'aurais le dessus, regarde-moi, je suis beaucoup plus grande et plus costaud.

Et j'ai éclaté de rire, mais c'était les nerfs. Et qu'est-ce qu'elle me dit pour me calmer : Tu dois avoir un grand couteau de cuisine, non ?

— Oui, pourquoi ?

— Quand la Bête te téléphonera, tu vas te débrouiller pour lui dire quelque chose qui justifie que tu aies ce couteau à la main. À quelle heure il t'appelle d'habitude ?

— Plusieurs fois par jour. Pour quoi faire le couteau ?

— Pour que tu puisses lui dire que la petite a pleuré et que tu ne t'es pas rendu compte que tu entrais dans la chambre le couteau à la main, tu as refermé la porte, je t'ai arraché le couteau des mains, je te l'ai collé sous la gorge et je t'ai obligée à faire tel et tel truc.

Rien que d'y penser je suis terrifiée. Je n'ai pas accepté ce plan, je veux partir avec elles, pas question que je reste ici. Peu importe que la Bête pense que Liliana m'a obligée, parce que si elles s'échappent alors qu'elles sont sous ma surveillance et qu'il ne peut pas donner la gosse au lieutenant-colonel, sa carrière est foutue, et ça il ne me le pardonnerait pas. Je ne crois pas qu'il me tuerait, mais il me tabasserait, sûr et certain, je préfère ne pas y penser. De toute façon, je me retrouverais dans de sales draps, comment je ferais pour le virer d'ici, pour lui dire, après lui avoir cassé les couilles avec le bébé pendant des mois, que je ne veux plus de bébé, assassin de merde. J'aurais beau me contrôler, je suis sûre qu'à un moment ou un autre ce genre de truc m'échapperait. Je crois que je ne pourrais pas toujours m'en tirer à temps, comme avec ce fils de pute de major, ce sadique qui m'avait attachée et fourré son flingue dans la chatte. Je ne pourrais pas, parce que la haine, le dégoût que j'ai pour la Bête sont très supérieurs à ce que m'avait inspiré ce type que je ne connaissais pas. Et dire que la Bête, j'en étais arrivée, non pas à l'aimer, mais à me sentir émue par son amour, sa tendresse. Tendresse ! Un tortionnaire. Fini de jouer les connes, je n'ai plus le temps. C'est ce que je viens de dire à Liliana et elle a ri.

— Tu n'es pas conne, tu t'es trompée, c'est tout.

Je lui ai raconté que quand j'ai connu la Bête j'étais une pute, et tout ce qu'il avait fait pour coucher avec moi m'avait attendrie. Heureusement que je me suis arrêtée à temps, parce que j'étais tellement emballée que j'ai failli lui raconter l'avortement, et là elle aurait compris toute l'histoire et quelle dégueulasse j'ai été.

C'est bizarre ce qui m'arrive, je n'aime pas raconter ma vie, à personne, les rares fois où je l'ai fait je m'en suis mordue les doigts. Mais avec Liliana, la situation est tellement dingue que j'ai envie de tout lui dire, comme si elle était une amie intime, une sœur que je n'ai jamais eue. Elle a quelque chose qui m'inspire confiance. Ou peut-être que je me suis mise à parler parce que, si on me tue, c'est le moment ou jamais de raconter ma vie à quelqu'un. Mais je me suis sentie un peu gênée parce qu'elle me regardait sans rien dire, rien, alors je lui ai demandé de me raconter quelque chose de la sienne. Comme pour être à égalité, j'avais l'impression que je m'étais mise à nu et pas elle. Mais quand elle a ouvert la bouche, j'ai été paniquée qu'elle recommence à me parler du camp de détention, j'avais encore des images de terreur.

— Quelque chose de bien, pas les trucs de l'autre jour, s'il te plaît, après j'en rêve. Parle-moi de ton ami, ton compagnon. Vous êtes très amoureux ?

Et comme si j'avais allumé, son sourire a tout illuminé. Elle est très jolie quand elle sourit, et quand elle rit aussi. Je ne sais pas comment elle peut rire avec ce qui lui arrive. Ce matin elle a ri plusieurs fois. Elle était de très bonne humeur.

— Oui, je suis contente parce qu'on va s'échapper et que j'ai fini par te convaincre. Et elle a ri de nouveau, de si bon cœur que je me suis sentie pleine d'enthousiasme de penser qu'on allait s'échapper.

Elle m'a enfin raconté que son ami s'appelle Carlos Squirru, et demandé, s'il lui arrivait quelque chose, si on la tuait, que j'essaie de savoir ce qu'il est devenu, et si par hasard il est encore vivant, que je lui dise que Lili était née et avec qui elle était.

— *Et elle lui a donné un nom et un numéro de téléphone où elle pourrait se renseigner.*

— *Quel nom ?*

— *Je m'en souviens encore. Franco.*

— *Ah – un sourire amer se dessina sur son visage et il fit un geste de la main, comme pour chasser une mouche.*

— *Tu le connais ?*

— *Oui, mais je préfère ne pas me rappeler. Il a craqué ou ils l'ont fait craquer. Et il a collaboré. Quand je l'ai su, j'étais déjà en Espagne, pour moi ce fut... décisif, une rupture brutale avec tout ce en quoi j'avais cru jusque-là. C'était un cadre important... et un ami. Le premier que je suis allé voir quand ils ont arrêté Liliana. J'étais désespéré ce soir-là. – Carlos resta silencieux, perdu dans ses souvenirs, que de toute évidence il ne voulait pas partager avec Luz. Enfin il réagit. – Et qu'est-ce qui s'est passé ? Elle l'a appelé ?*

— *Non, jamais. Quand Miriam a voulu noter le numéro, Liliana lui a dit qu'elle devait l'apprendre par cœur, parce qu'elle ne savait pas ce qui allait se passer et que cela pouvait être dangereux, il ne fallait jamais noter un nom, ni un numéro de téléphone. Question de discipline. Miriam ne voulait pas envisager qu'il puisse arriver quelque chose à Liliana, et en plus elle n'avait aucune discipline, elle ne comprenait pas ces choses-là comme Liliana. Le nom elle s'en est souvenue, mais elle a oublié le numéro. Et ton nom, elle n'en était même plus très sûre.*

— Quelque chose de bien, je t'ai dit, et tu me racontes qu'ils vont te tuer. En plus, s'ils te tuent et qu'on est ensemble, le plus probable c'est que je serai moi aussi du voyage.

— Qui sait, la Bête est amoureux de toi. Et quand une femme a autant d'influence sur le pouvoir...

Je lui ai dit d'arrêter de m'emmerder, j'étais fâchée, c'est vrai quoi, je lui avais raconté des moments de ma vie et elle se moquait en jouant celles qui s'y connaissent. Elle m'a demandé pardon, quand elle est très énervée elle a envie de blaguer. Une nuit où les cris d'épouvante du bloc opératoire grimpaient sur les murs de sa cellule, rejaillissaient sur elle, la vrillaient, elle et une autre fille, enfermées ensemble pendant quelques jours, avaient commencé à se raconter des blagues et riaient de plus en plus fort, jusqu'à ce qu'un gardien vienne les tabasser et les insulter.

— Il nous a balancées par terre et il a démoli ma camarade à coups de pied. Moi je n'ai rien eu. Sofi criait et lui...

— Mais tu ne peux pas arrêter de parler de ça ! Ne me raconte plus ces trucs-là, Liliana, s'il te plaît. Il ne t'est rien arrivé de bien dans la vie ?

— Si, tout plein. Quand j'étais gosse, j'adorais faire du vélo. Je partais avec mon père, tôt le matin. Ah ! Comme c'était bien – et aussitôt son sourire s'efface. Pauvre papa ! Je ne voulais pas lui faire du mal. Il n'a jamais compris, il ne pouvait pas comprendre mon militantisme... Il est mort l'an dernier, le cœur, j'avais déjà quitté la maison.

— Quelque chose de bien, Liliana, je t'ai demandé quelque chose de bien.

— Quand j'ai rencontré Carlos, la première fois qu'on s'est aimés, c'était merveilleux, mais merveilleux.

Carlos était le premier homme avec lequel elle avait couché... et le seul. Je n'en croyais pas mes oreilles. Une gamine si mignonne aurait dû avoir des mecs à la pelle.

— Elles ont parlé des heures et des heures. Onze heures m'a dit Miriam. Et pas seulement à préparer leur fuite, mais à se raconter une foule de choses. Je crois que ce qui s'est passé entre elles ce jour-là a marqué à jamais la vie de Miriam. Malgré leurs énormes différences, quelque chose les unissait profondément : leur amour pour... Lili.

J'ai vingt-deux ans, m'a-t-elle dit, comme pour s'excuser. Et on s'aimait beaucoup, vraiment beaucoup. Elle avait les larmes aux yeux. Elle était presque sûre qu'ils avaient tué son ami quand ils étaient venus l'arrêter.

— Tant mieux, elle a continué, parce qu'au camp ils te tuent à petit feu, ils t'humilient, ils te cassent, ils te salissent. Ils te tuent plusieurs fois. Avec la vie qu'on mène là-bas, moi, si je n'avais pas été enceinte, je serais morte. Je comprends maintenant pourquoi ils ne m'ont passé que les jambes à l'électricité, ils ont épargné mon ventre parce qu'ils voulaient que ma fille soit saine pour la donner à la fille de Dufau. C'est lui qui m'a choisie. Ordure immonde, assassin. Et c'est la Bête qui m'a...

— Bon, ça suffit Liliana, je l'ai interrompue. Je ne sais plus où me mettre.

Si elle savait que ce n'était pas pour la fille de Dufau, mais pour moi qu'ils la ménageaient ! Il faut que je les sauve, je leur dois au moins ça, même si je risque ma peau. Quand j'y repense, je me dégoûte.

On ne sait pas encore si Dufau viendra aujourd'hui ou demain. Je dois attendre l'appel de la Bête.

Liliana réfléchit à ce que nous allons pouvoir faire. Je lui ai donné les horaires des tours de garde et le peu que je sais de ces types, toujours les mêmes. Celui qui vient de midi à huit heures est très sympa et crève de désir pour moi. Il s'appelle Pilón, caporal Pilón. L'autre jour il était dans la cuisine où il se préparait un maté, je suis entrée, je me suis penchée pour sortir une tarte du four et quand je me suis retournée, le type versait de l'eau partout sauf dans la calebasse. Je portais une minijupe et j'avais dû lui montrer tout, mais je ne m'en suis rendu compte que lorsque j'ai vu la tête qu'il faisait.

— Qu'est-ce qui vous arrive, Pilón ? je lui ai demandé en lui enlevant la bouilloire de la main. Vous m'inondez toute la cuisine.

— Pardon, madame. Il avait l'air coupable, le pauvre.

Je les hais vraiment, mais sur le moment j'ai bien rigolé. Je suis comme ça, je n'y peux rien. Quand un type me regarde raide d'envie, ça me fait quelque chose. J'ai été tentée de le provoquer un peu, certaine qu'il ne dirait rien à la Bête tellement il a peur de lui. Et s'il lui raconte, tant mieux, il est foutu. Je me suis approchée tout près, il respirait comme un chien, il haletait. Et à un millimètre de lui, je lui ai susurré comme me l'avait appris Anette : Regardez donc où vous versez l'eau, Pilón, au lieu de regarder autre chose, si joli que ce soit. Ou préférez-vous que je le dise à mon mari ?

Et je suis repartie en riant. Plus tard, quand il a frappé à la porte parce qu'il voulait aller aux toilettes, je lui ai ouvert, je m'étais changée et je suis revenue à l'attaque : Vous voyez Pilón, je dois m'habiller comme une bonne sœur pour que vous ne soyez pas distrait.

— Madame, je n'ai pas voulu vous manquer de respect. Je vous regardais, c'est tout. S'il vous plaît ne dites rien au sergent Pitiotti.

— T'en fais pas, mon poussin – ce mot, je l'ai piqué à Inés, les mecs adorent, je ne sais pas pourquoi. Je plaisantais. Bien sûr que non je ne vais pas lui dire – et je me suis collée contre la porte de la salle de bain au moment où il allait y entrer, histoire d'être tout près de lui. Mais ne me regarde pas comme ça... tu me rends nerveuse – et tout en le dévisageant comme si je voulais le dévorer, je me suis passé la langue sur les lèvres, en me les léchant comme il aimerait probablement me le faire sur tout le corps.

Le type a failli se jeter sur moi, il s'est penché mais s'est arrêté net, comme si on l'avait attrapé au lasso. J'en ai profité pour m'éclipser dare-dare et je me suis arrangée pour ne pas être là quand il sortirait de la salle de bain. Il doit crever de trouille à l'idée de se jeter sur moi et que la Bête l'apprenne. Depuis, on se livre à un petit jeu de regards en coin, mais on en reste là.

Je me suis demandé pourquoi j'avais agi ainsi. Peut-être à cause de ma haine pour la Bête : j'aimerais qu'ils pensent, et même qu'ils disent que sa nana est canon, mais qu'il ne doit pas la baiser beaucoup, parce que sinon elle ne serait pas aussi chaude, avec ces regards de traînée. Rien que d'y penser ça me plaît. Et avec la haine que j'ai pour eux après ce que m'a raconté Liliana, planter ce mec comme ça, tout excité et crevant d'envie, ça me fait plaisir. Mais ce doit être aussi pour m'amuser un peu, je manque tellement de *training*[1], enfermée comme je suis toute la journée,

1. En anglais dans le texte.

depuis des mois, avec une tension insupportable, sans savoir quoi faire. Alors, que ce mec pense à moi toute la sainte journée, comme la Bête au début, et qu'il ne puisse rien faire parce que je suis la nana de son chef, ça me plaît, je ne vais pas le nier. Aussi, quand Pilón est là je porte une mini ou ces jeans tellement serrés qu'on dirait des collants, et un petit chemisier qui me laisse le nombril à l'air. Après, je me change, bien sûr, avant le retour de la Bête.

Si par hasard des ragots parvenaient aux oreilles de la Bête, évidemment je nierais tout, jusque sur la table d'autopsie (c'est ce qu'il faut faire avec les mecs). J'ai même imaginé la conversation si la Bête me faisait des réflexions : Et alors, ça ne t'est jamais arrivé de t'exciter sur la nana de tes supérieurs ? Tu ne vas tout de même pas engueuler ce pauvre gars, c'est normal, non ? Je n'ai pas fait attention, je ne sais même pas quelle tête il a ce Pilón, je ne le regarde pas.

Mais il ne s'est rien passé. J'y pense simplement parce que ça me fait plaisir que la Bête puisse souffrir, passer pour un con, un impuissant, un cocu. Parfois j'ai même envie d'aller un peu plus loin pour qu'il soit très nettement cocu. L'épouse de Pitiotti, comme il dit, s'envoyant en l'air avec un petit caporal. Mais je me contente de regards furtifs et de temps à autre d'une petite exhibition de mes charmes. Ça le tue, Pilón, il en bave.

J'ai une idée géniale. Liliana se torture les méninges à imaginer ce qu'on devrait faire pour échapper au gardien, alors que c'est très facile. Je vais lui dire.

— Mais pourquoi pas ? Pourquoi tu dis non et non ? Mon plan est parfait. Beaucoup moins compliqué que celui du couteau. J'attire Pilón dans ma chambre et en passant devant la tienne je fais tomber quelque chose, le vase qui est sur la table, pour que tu saches que je suis entrée. Je te laisse la porte ouverte, tu attends dix minutes et tu te barres. Au bout d'un quart d'heure je lui dis que je vais aux toilettes, qu'il m'attende, je m'assure avant qu'il n'a pas joui – parce que sinon ils oublient tout les mecs, ils redeviennent infects et font comme s'ils ne t'avaient jamais vue – et je le laisse à poil sur le lit à attendre sa petite bombe. Pourquoi tu me regardes avec cet air de reproche ? On dirait ma tante Nuncia, de Coronel Pringles, même face de carême, comme pour dire : elle a pas honte celle-là. Les mecs sont comme ça, Liliana, écoute la voix de l'expérience, tant qu'ils sont excités, ils acceptent tout, mais après... Donc, je le laisse là, à attendre. Dans la salle de bain mes vêtements sont prêts, je m'habille presto, je fonce et je te retrouve à l'angle d'Ayacucho et Posadas. Ah ! je peux aussi fermer à clé pour qu'il mette plus de temps à sortir, ils sont pas tous taillés comme la Bête pour enfoncer une porte. Arrête de faire non de la tête. Je t'apporte tout sur un plateau et ça ne te va pas.

— Tu vas coucher avec lui, te laisser tripoter par cette ordure ? Tu es capable d'avoir des rapports intimes avec un type comme lui, un assassin ? Je sais qui est Pilón, je l'ai vu à l'hôpital. Des Pilón, j'en ai connus beaucoup dans ces moments d'horreur. Celui qui nous a balancées par terre et piétinées : pas elle, lui a dit son collègue, et il m'a relevée, mais à Sofi ils lui ont imprimé sur la peau une danse électrique, macabre. Et cet autre Pilón qui nous a apporté du cidre, invité à trinquer et, quand nous étions en train de boire, nous a tout à coup arraché les verres et s'est mis à nous insulter et à nous tabasser. Ce sont des sadiques, des monstres. Non, Miriam, tu ne peux pas faire ça, c'est dégradant.

— Mais où est le problème ? Je ne le fais pas par plaisir, c'est pour qu'on s'échappe. Pour désarmer l'ennemi. Allez, arrête tes conneries.

— Ça ne me plaît pas. J'ai un plan que tu n'as même pas écouté, tellement tu es excitée par le tien.

— Mais tu es incroyable, Liliana. Qu'est-ce qui ne te plaît pas ? Que je couche avec ce type ? Et alors ? Je l'ai fait très souvent pour gagner de l'argent. Là, c'est une question de vie ou de mort, la vie de Lili, la tienne, la mienne. Ce que tu es conne parfois, quelle importance de tirer un petit coup. Ne me fais pas ces yeux-là, ça me tue. En plus, je t'ai dit que je n'allais pas baiser avec lui, sois tranquille, je vais l'arrêter au bon moment en lui disant que je dois me mettre le diaphragme, et pendant que je m'habille, je lui crie : un instant, mon chou, je ne le trouve pas. Donc, moi je m'habille, toi tu te barres et tu m'attends au coin de la rue et c'est fini. Tout ce que nous avons à faire c'est de régler nos montres.

— Je ne comprends pas pourquoi Liliana repoussait le plan de Miriam avec autant d'insistance, dit Luz. Dans de telles circonstances il me semble...

— *Moi, je le comprends parfaitement. Elle était, comme nous tous, très stricte sur ces questions. C'est pour cela que j'étais tellement étonné qu'elle se confie à une pute. On méprisait la tolérance de cette morale bourgeoise qui...*

— *Tellement stricts, fit Luz goguenarde, tellement purs... Vous auriez pu vous douter que les conditions n'étaient pas idéales pour avoir un enfant.*

— *On le désirait.*

— *Tu ne crois pas que les grands experts en révolution que vous étiez auraient pu se demander s'ils avaient le droit d'exposer un enfant au risque de disparaître, comme vous-mêmes, de se voir voler son identité. Ces gosses n'ont pas eu, comme leurs parents, le choix de courir ce risque en fonction de telle ou telle idéologie. C'est vous qui le leur avez imposé – et la rancœur scintilla dans les yeux de Luz. C'était la morale révolutionnaire ou du pur égoïsme ?*

— *Quand je te parle de morale, Luz... et puis on ne savait pas, comment pouvait-on imaginer que...*

— *Je veux dire, l'interrompit Luz, qu'un de ces gosses pourrait déclarer aujourd'hui : ce sont eux qui m'ont fait disparaître, les assassins, mais mes propres parents m'ont exposé à ce terrible destin : disparaître... en restant en vie.*

— Non seulement ton plan est immoral, mais il est plein de failles. En premier lieu : et si le mec ne te suit pas dans la chambre ? S'il ne veut pas ? Tu imagines la peur panique que lui inspire la Bête, il ne va pas aller au lit avec sa femme, voilà tout.

— Ah ! Liliana, ou tu es un peu idiote, ou tu me sous-estimes. Regarde-moi, tu crois qu'un mec va me résister ? Ça, je peux t'assurer, aussi vrai que je m'appelle Miriam López, ou Patricia quand j'étais pute, que c'est impossible. Je sais parfaitement ce que je dois faire, et en plus je te dis qu'il est prêt à craquer depuis des jours. Ce type, quand il me reluque, le foutre lui sort par les yeux. Et toi ne me regarde pas comme ça, Liliana. Vraiment, ma vieille, je croyais que tu étais une révolutionnaire, pas une nonne. Allez, trouve-moi une autre faille dans mon plan. Celle-là n'en est pas une.

— Si tu l'enfermes dans la chambre et qu'il n'en sort pas, la Bête va comprendre tout de suite que tu nous as laissées filer. Par contre, avec mon plan...

— Quelle importance, puisqu'on sera loin. J'en ai rien à foutre de ce que pense la Bête.

— Avec mon plan, tu es hors de cause. La Bête aura peut-être des soupçons, mais il n'aura jamais la preuve que c'est toi la responsable. Mais dans l'autre cas, qui m'aura donné la clé pour sortir, qui aura enfermé Pilón ? Toi, toi. Et s'il te rattrape, il te tue. Non, je ne peux pas accepter ça, ni que tu t'humilies en te laissant tripoter par un tueur. Je ne peux pas accepter cette violence. Je me fiche de ce que tu as fait avant, tu ne le ferais plus maintenant. Non, ne dis rien. Écoute mon plan. Tu entres dans ma chambre avec le grand couteau de cuisine parce que tu es distraite, sans faire attention.

— Oui, j'y ai pensé. Quand la Bête m'appelle, je lui raconte que je suis dans la cuisine en train de couper de la viande pour lui mitonner un ragoût. Il peut parfaitement croire que je suis allée répondre au téléphone le couteau à la main. Là je lui dis : Bon, je te laisse, la petite pleure. Il va penser que je suis entrée dans ta chambre avec le couteau. Ça te plaît, hein, tu vois que je suis bonne moi aussi pour faire des plans, même si je ne suis pas une révolutionnaire.

— *Elles ont passé la journée à élucubrer des plans, mais elles étaient si différentes ! Miriam voulait démontrer qu'elle était capable d'inventer quelque chose d'efficace, elle voulait que Liliana la reconnaisse. Ce que Liliana pensait d'elle comptait beaucoup, elle s'est donc toujours efforcée de lui cacher qu'elle avait voulu sa fille. Et Liliana l'a crue, probablement parce qu'on l'avait amenée chez elle. La situation était tellement absurde. Je pense que c'était mieux qu'elle ne l'ait pas su, sinon leur relation n'aurait pas pu aller aussi loin.*

— Très bien. Mais avant, il faut attendre que Pilón entre dans la cuisine ou la salle de bain. À quelle heure vient-il d'habitude ? L'appel de la Bête ne va pas coïncider avec l'arrivée de Pilón, ce serait trop beau.

— Pas de problème. Je le fais entrer quand je veux. Je descends et je l'invite à prendre un maté. Si la Bête ne m'appelle pas à ce moment-là, mais avant ou après, aucune importance, il ne va pas passer son temps à consulter sa montre.

— Bon, on verra, on règlera ces détails après. Tu entres dans la chambre avec le couteau, je te le prends et te le pointe sur le cou, je te fais ouvrir la porte et nous passons dans le couloir, toi devant et moi derrière très lentement. Si Pilón sort de la cuisine, je menace de t'égorger s'il ne jette pas son arme, je la rapproche avec le pied et je te demande de la ramasser.

— Tu vas prendre son flingue ! ! ! Non, je n'aime pas ça.

— Je dois le désarmer. On referme à clé la porte de l'appartement pour gagner du temps et on file. Laisse la clé sur la porte dès maintenant. À quelle heure arrive le remplaçant ?

— À huit heures, huit heures moins le quart. Mais je n'aime pas ça. Et si tes nerfs lâchent et que tu me tranches la gorge ? Et que tu prennes son arme me plaît encore moins. S'ils nous courent après, tu vas te mettre à tirer, avec la petite ? Tu sais te servir d'une arme ?

— Bien sûr.

— Je ne l'aurais jamais imaginé. Et qui porte Lili si tu me tiens par le cou ?

— Toi. Ils savent combien tu aimes Lili, c'est logique que tu ne la laisses pas tomber.

— Mais pauvre petite, ces couteaux, ces flingues. Tu es dure à comprendre. Tu trouves violent que je baise avec Pilón et pas cette orgie d'armes que tu es en train de préparer. Tu ne pourrais pas imaginer quelque chose de plus tranquille ? Si tu fais ce que je te dis, la petite sort seulement avec sa mère et n'assiste pas à des scènes de violence qui plus tard ne la laisseront pas en paix. J'ai lu dans un livre que les enfants comprennent beaucoup plus de choses que ce qu'on croit, même les tout petits.

Mais qu'est-ce que je raconte ? Elle va avoir des soupçons, pourquoi j'aurais acheté un livre sur les bébés ? Je l'ai lu dans un magazine de la salle d'attente du dentiste.

Heureusement, Liliana est tellement concentrée sur son plan qu'elle ne m'écoute pas. Je m'éclipse avant de commettre une autre bourde. Je lui dis de bien réfléchir à mon plan et de se demander s'il n'est pas le meilleur, je reviens dans un moment, qu'elle fasse vite. Il est déjà trois heures de l'après-midi. Si jamais ils venaient aujourd'hui, nous n'aurions presque plus de temps. Je ne crois pas que ce soit pour aujourd'hui, car la Bête ne m'a pas prévenue. Il vaudrait mieux agir demain matin, ou à midi. Nous aurions plus de temps et peut-être nous apprendrions d'autres détails.

Ma voix est naturelle lorsque je demande à la Bête s'il sait quand doit venir Dufau, et avant qu'il me réponde je lui donne des explications : je voudrais que la maison soit bien rangée quand le lieutenant-colonel arrivera, et avoir le temps de me pomponner, qu'il ne me surprenne pas dans une tenue négligée. Préviens-moi à l'avance.

— Ce soir, probablement assez tard. L'heure n'est pas encore confirmée.

Aujourd'hui, aujourd'hui même, aïe, on ne va pas avoir le temps. Je pense au couteau, mais ma voix n'est plus aussi naturelle : Figure-toi que je suis en train de préparer un ragoût avec la viande que j'ai achetée hier. Je vais la couper en dés.

Pourquoi elle me raconte ça ? doit se demander la Bête. Il faut que je le lui dise à l'heure où je suis censée entrer dans la chambre avec le couteau.

J'essaie de me rattraper comme je peux : Ça te dirait, mon amour, que le lieutenant-colonel reste dîner avec nous ?

« Négatif », qu'il répond, et j'ai envie de hurler, bien que depuis belle lurette je sois habituée à ce qu'au lieu de dire « non », il réponde « négatif », quel connard, il doit croire que ça fait bien parce que c'est militaire. Négatif quoi ? je lui demande, hystérique. Le lieutenant-colonel ne restera qu'un moment, le temps de les emmener, et qu'elle ne prépare rien parce qu'il aura encore un travail à terminer après.

Et moi, mais si, mais si, j'ai envie de préparer un bon plat de viande coupée en petits morceaux, ne me dis pas non. Il va se douter de quelque chose, pourquoi cette idée fixe, je suis stupide, je vais tout faire foirer. Je change vite de sujet : Qu'est-ce que je me mets ? Qu'est-ce que tu aimerais que je porte ce soir ? Heureusement il ne s'attarde pas, ce que tu voudras, il me dit, je serai belle de toute façon, quelque chose de simple, il choisira les vêtements quand il rentrera.

— À quelle heure ? Je tremble déjà, pourvu qu'il ne rentre pas trop tôt.

Entre huit et huit et demie. S'il y a du changement, il m'appellera.

— *Miriam est devenue très nerveuse. Si elles voulaient agir, elles n'avaient plus une minute à perdre. Elle a dit à Liliana de se dépêcher et que le plan consistant à dire à la Bête qu'elle coupait de la viande avec le couteau n'était plus bon et qu'il valait mieux faire ce qu'elle avait prévu avec Pilón.*

Liliana, déchaussée pour qu'on ne l'entende pas marcher, est en train d'étudier la distribution de l'appartement pour décider des mouvements qu'on va faire. Elle insiste sur le couteau. Elle dit qu'il vaut mieux que Pilón soit dans la cuisine. De sorte que s'il me demande d'aller aux toilettes, je l'attends, je lui prépare un maté à la cuisine et je le fais asseoir dos à la porte. Je cherche un prétexte pour tenir le couteau à la main, la viande sur la table, par exemple, et là, Liliana se débrouille pour que Lili se mette à pleurer, ou je prétends que c'est l'heure de manger et je file en courant à la chambre avec le couteau à la main. Je n'aime pas ça, et encore moins l'histoire du flingue : et si Pilón ne jette pas l'arme, qu'est-ce qu'elle va faire, m'égorger ?

— *Elles ont beaucoup discuté. Miriam était devenue intransigeante, elle ne voulait pas de ce plan. Les armes lui faisaient peur. Liliana s'impatientait.*

— Tu veux que tout soit fait exactement à ta guise. Mais sans moi tu ne peux pas t'échapper. Alors, suis mon plan, ça vaudra mieux.

— *Le temps filait et elles ne trouvaient pas de solution. Il était presque sept heures quand elles ont convenu que le plus important était de s'échapper et qu'il fallait donc choisir le plan le plus adapté. Liliana a accepté d'envisager le plan de Miriam, et Miriam le recours au couteau, s'il le fallait. Peut-être pouvaient-elles combiner les deux plans. Liliana a voulu parcourir une nouvelle fois l'appartement pour vérifier comment était située la salle de bain où Miriam se changerait et si, de sa chambre, on pouvait l'entendre quand elle partirait, au cas où la petite se mettrait à pleurer.*

— Aucune importance, Liliana, je parle à l'oreille de Pilón sans m'arrêter, je me débrouille pour qu'il ne fasse attention qu'à moi pendant qu'on est dans la chambre, et là tu t'échappes. Il n'entendra rien.

— *Mais Liliana voulait étudier ce plan de plus près. Juste à cet instant, Lili s'est mise à pleurer, Liliana s'est enfermée dans la chambre de Miriam et lui a demandé de sortir la petite de l'autre chambre pour savoir si le plan était viable. Si on entendait les pleurs, cela ne marcherait pas. À cet instant le timbre de l'entrée a retenti. Elles ont couru en sens contraire et se sont bousculées dans le couloir.*

Lili pleurait à chaudes larmes. Il était sept heures dix, tous les détails n'étaient pas encore au point et Pilón était à la porte. « N'oublie pas le couteau », dit Liliana alors que Miriam sortait de la chambre. « Et toi n'oublie pas que si le vase tombe, tu attends cinq minutes et tu t'en vas », lui dit Miriam. Elle ouvrit la porte à Pilón avec un sourire éclatant. Il lui demanda la permission d'aller à la salle de bain.

— *Là où Miriam devait se changer ?*

— *Non, il y avait deux salles de bain. Il allait dans l'autre, celle qui était près du living.*

— Entrez, entrez.

Dans la précipitation, j'avais oublié de me changer. Je voulais le recevoir en mini noire et haut fuchsia, les fringues ça aide. Mais je n'ai plus le temps. J'ouvre un peu mon chemisier, et je suis prête. Je sors la viande du frigo et la pose sur la table. Le couteau, merde. Où est le grand couteau ? Mais pourquoi le couteau puisqu'on suit l'autre plan. Liliana m'a dit de ne pas oublier, elle va râler. Le voilà, mais je ne veux pas embarquer ce mec au pieu avec le couteau à la main. Je l'emporterai après, dans la rue. En attendant, je le laisse dans ma salle de bain, ah, et les habits aussi, parce quand je vais y aller, je serai à poil, et si j'emporte mes fringues il risque d'avoir des soupçons. Je cours au placard chercher les vêtements. Aïe, faites qu'il ne sorte pas encore, par pitié, qu'il ait une chiasse terrible, qu'il reste des heures aux toilettes. Qu'est-ce que je mets pour m'échapper ? Je n'ai pas le choix. Aucune importance. Un jean, un chemisier. Et du fric. Merde, la porte de la salle de bain, il a fini ! Je n'ai pas le temps de prendre le fric. Ni les clés de la maison. Je cours et le rattrape au moment où il va sortir de l'appartement. Je regarde l'heure, sept heures vingt.

— Vous buvez un petit verre avec moi, Pilón ? Je l'invite avec ce sourire qui fait fondre les mecs.

— Non, merci madame, je ne bois pas pendant le service.

— Un maté, alors. Tenez-moi donc un peu compagnie, je suis si seule.

Et voilà, il est assis là où le voulait Liliana. Mais pour quoi faire si je dois l'emmener là-bas ? Surtout ne pas me montrer nerveuse, mon Dieu, je ne me rappelle plus très bien de son plan. On a tellement parlé que j'en avais le tournis. La bouilloire tombe par terre, bon, il va penser que je suis nerveuse parce que j'ai envie de lui. En me penchant pour la ramasser, je trébuche, tombe, et lui, c'était inévitable, me vient en aide. Tant mieux, on gagne du temps, il me prend la main et se penche pour m'entourer la taille de son bras. Je passe mon bras autour de son cou. Je sens son haleine de chien pendant qu'il me relève, et il me renvoie presque par terre tellement il est fébrile. Il me tient droite. Comment poursuivre le petit jeu ? Je suis si énervée que je ne sais plus quoi faire. Pas de temps à perdre en subtilités. Je me colle contre lui, bouche entrouverte, humide, et là le type craque, d'une poussée il me plaque sur la table et me mord les lèvres, aïe, quelle brute, il va me faire des marques, je sens mon dos sur le marbre froid et lui, si chaud, qui ouvre ma braguette d'une main tremblotante et de l'autre baisse son pantalon, avec fureur, et maintenant sa bouche sur mon cou, il descend, mais voyez-vous ça le Pilón, je ne l'imaginais pas si vorace, si passionné. J'en suis tout excitée... la peur de la fuite, ses mains agiles qui se faufilent dans mes vêtements et la Bête qui va se pointer d'un moment à l'autre. Et s'il arrive ? J'aimerais qu'il me voie ainsi, jambes en l'air dans la cuisine, mon corps glissant sur le marbre et la bouche avide de Pilón qui descend sur mes seins, mord un mamelon, puis l'autre, comme s'il était ivre, sa langue sur mon ventre, oh, oh, je suis toute chaude maintenant, c'est vraiment pas le moment, et Liliana qui attend, la pauvre, elle doit se demander ce qui se passe. Combien de temps s'est écoulé depuis qu'il est entré ? Pourvu que Liliana ne fasse pas une connerie, qu'elle ne sorte pas maintenant, j'aurais dû lui laisser les clés. Mais non, puisqu'elle attend mon signal. Est-ce qu'elle se rappellera le vase qui doit tomber ? Le voilà qui m'arrache la culotte avec les dents et me lèche à bouche que veux-tu, ma main cherche son sexe, voilà, bien chaud je te veux, non, c'est pas possible cette envie folle de m'abandonner, mais comment je peux être aussi excitée au moment où je dois m'échapper, peut-être à cause de ça, de l'énervement, moi le sexe ça me détend, et sa bouche ouverte, toute humide, qui me bouffe les poils, sa langue qu'il me fourre. Mais ce type est l'un d'entre eux ! L'un d'entre eux ! Je me vois, je me vois en train de glisser de la table vers le bas, de le toucher, je me rappelle subitement ce que m'a raconté Liliana, et ma main lâche brusquement sa queue en un geste que j'essaie de cacher, ce qui était tiède il y a un instant est maintenant une sueur glacée, et son immonde salive me souille le corps, me dégrade, je l'attrape aux cheveux, en réprimant l'envie de les arracher, de lui cracher dessus, de l'insulter, et il continue, vas-y que je te fourre et que je te pétris les nichons, et moi tout doucement : Viens, viens au lit, je dois presque le repousser et le tirer par la main, cette main qui a si souvent cogné, je jette un coup d'œil sur ses pieds pendant qu'il me suit, doux comme un agneau, et je pense aux coups de pied à la camarade de Liliana, son corps brûlé à l'électricité, et ce dégénéré, lui ou un autre, qui la piétine, je presse le pas comme si j'avais hâte de m'envoyer en l'air avec lui, mais c'est pour en finir rapidement. Ce n'est pas comme avec la Bête, c'est beaucoup plus, autre chose, c'est une haine qui s'étend à tous ces mecs, et à celui qui m'a violée, maintenant je comprends Liliana qui ne voulait pas que je m'humilie, mais je n'en ai plus pour longtemps, dans un moment je m'échappe et je ne me souviendrai pas de toi, Pilón de merde, ni de la Bête ni de tous ces tueurs, je pars avec Lili et Liliana, je ne sais pas où, mais ce sera sûrement mieux qu'ici, mieux qu'Anette et le *Harry*, mieux que le terrain vague. Je suis morte de trouille et voilà que Pilón m'arrête dans le couloir et me plaque contre le mur, on voit qu'il aime baiser dans toute la maison, cuisine, couloirs, partout sauf au lit. Ah ! pressée comme je le suis il a fallu que je tombe sur un tordu ! Et s'il lui prend l'envie de le faire dans la salle de bain et qu'il me suive quand j'irai chercher le diaphragme ? Non, je fermerai la porte à clé, je me débrouillerai. Je le tire par la main vers la chambre. Comment va faire Liliana pour calculer les cinq minutes alors que je n'ai encore rien fait tomber dans le couloir ? On avait dit cinq ou dix minutes ? J'ai oublié, j'ai oublié le temps et j'ai oublié de faire tomber le vase. Je le ferai en allant à la salle de bain et j'y resterai un peu plus longtemps, mais ma salle de bain est de l'autre côté, après tout il ne connaît pas l'appartement, donc je sors de la chambre, je balance le vase, je vais à la salle de bain, je sais que ce n'est pas ce qui est prévu mais... Pilón m'ôte tous mes vêtements, puis ôte les siens, je l'attire au lit et tout à coup il se redresse comme frappé par la foudre et me dit, les yeux exorbités, injectés de désir et de trouille : Et ton mari, à quelle heure il rentre ? Aïe, aïe, aïe, s'il me file maintenant entre les doigts, je suis foutue, heureusement que je n'ai pas cassé le vase, Liliana serait sortie et ils se seraient croisés, ça elle n'y avait pas pensé, je dois à tout prix l'empêcher, je dois empêcher qu'il se taille. Je suis géniale, j'ai résolu le problème du vase et celui des clés.

— Pas tout de suite, dans une heure ou plus, mais attends, au cas où, je vais mettre la clé dans la serrure, s'il arrive il sera obligé de sonner et on aura le temps de se rhabiller.

Sa grimace ne me plaît pas du tout, je vois bien qu'il se refroidit, il faut agir vite, je lui mets la main au paquet pendant que de l'autre je cherche fébrilement ces putains de clés, là, là, les voilà, et le type a son truc tout raide. Je suis futée, comme dirait Anette, très futée, je l'astique un peu plus pour qu'il n'ait pas le temps de débander avant que je revienne, il faut qu'il attende sa reine, c'est la meilleure façon de le manœuvrer.

— Je vais fermer et je reviens tout de suite, allonge-toi et attends-moi.

Je le regarde comme si je mourais d'impatience, ce porc, il me touche encore une fois et je vomis, pourtant il va falloir que j'en supporte bien d'autres. Maintenant c'est bon, je sors et je casse le vase au bout du couloir de la chambre de Liliana, la petite ne pleure pas, heureusement, et je mets les clés dans la serrure, comme ça elles seront là au moment de nous échapper, je retourne en courant à la chambre et je referme la porte. Le mec est à poil sur le lit, avec un sourire lumineux sur sa peau foncée et une envie de moi qui pourrait m'émouvoir mais ne me fait ni chaud ni froid parce que ce mec est une bouse, ce mec est l'un d'entre eux ! Liliana doit être en train de sortir de la chambre quand je me jette sur lui et lui dis tout lentement : Ce que tu me plais, j'avais une envie dingue de baiser avec toi, je lui dis n'importe quoi pour qu'il n'entende rien. Comment faire pour calculer le temps ? Je compte jusqu'à vingt ? Sa main sur mon cul, sa rudesse, son tremblement, et il me pince, me repince, je me plains en riant et j'ai un peu peur de ces pincements qui se font plus violents. Et s'il lui prenait l'envie de me torturer ?

— Ah ! Quelle idiote, j'ai oublié de me mettre le diaphragme, tu me rends tellement folle que je ne peux plus penser à rien – ce type voudrait me tuer, ça se voit qu'il voudrait me tuer là, tout de suite. Désolée, mais si je tombe enceinte ça va chauffer, parce que la Bête...

Et je remue le doigt d'un côté et de l'autre, en signe de négation, puis vers le bas, comme pour dire : Eh oui, il ne bande plus.

Et j'adore imaginer comment Pilón va raconter ça aux autres, la Bête impuissant avec sa nana canon, et moi loin déjà, libre, alors je me penche et je le suce comme si j'étais chavirée de plaisir et non de ce dégoût brutal, cru, nauséabond, mais l'important c'est de le laisser bien à point pour m'attendre. Ce mec ne voudra pas bouger d'ici avant de m'avoir clouée, percée de partout, ouais, mais tu pourras pas, fils de pute, parce qu'avant que tu aies débandé, moi j'aurais mis les bouts.

Et je file à la salle de bain, Liliana a déjà dû sortir, j'espère, je n'ai rien entendu, ni la petite ni elle, il faut dire que c'était difficile avec la respiration de l'autre à l'oreille, son halètement de chien et les conneries que je lui disais. Je m'habille, quelle poisse que je ne puisse pas prendre du fric, avec tout ce que j'ai oublié et raté si le plan réussit et si on arrive à s'enfuir ce sera parce que Lili nous aura porté chance, si j'avais voulu braquer des banques, je serais sûrement déjà en taule, avec mon manque de discipline. Le mot discipline est de Liliana, je remonte la fermeture du jean et je prends le couteau, où le mettre ? Je n'ai pas de sac, je le glisse dans mon jean et le cache sous le chemisier, on ne le remarque pas, mais pourquoi le couteau puisqu'on sera loin ? Ça ne fait rien, Liliana m'a dit de ne pas l'oublier. La clé est sur la porte, je la retire et je referme à double tour, verrou et tout. Pilón, Pilón, comme tu es grand [1], tu n'as pas bougé de la chambre. Et Miriam seule en tête !

Je dévale deux étages par l'escalier et j'appelle l'ascenseur au cinquième, cette Liliana qu'elle est compliquée avec ses plans. Je croise la voisine d'en bas, on n'y avait pas pensé, ah si, Liliana y avait pensé, mais je ne me souviens plus de ce qu'elle m'a dit. Avec un peu de chance elle oubliera qu'elle m'a croisée et que j'étais seule. Est-ce que la Bête va interroger tous les voisins quand il saura ? Il est capable de me griller avec tout le monde. Il ne s'est jamais habitué à vivre dans un immeuble de gens distingués. Après tout, je m'en fous puisque je n'en reverrai plus aucun. Surtout ne pas courir, m'a dit Liliana, marcher tranquillement jusqu'au coin de la rue comme si de rien n'était. Et Pilón, est-ce qu'il va lui dire qu'il était au lit avec moi, non, ça m'étonnerait,

1. Allusion au slogan « Perón, Perón, comme tu es grand ».

j'aimerais bien que la Bête le trouve au pieu, ainsi il saurait que je l'ai doublement niqué, elles seront contentes de ce que j'ai fait, Liliana et les autres, celles qu'il a torturées. J'arrive au coin de la rue l'estomac retourné, morte de peur. Et si je tombe sur la Bête ? Et si Liliana n'y est pas ? Et si j'avais mal calculé et qu'elle ne soit pas encore sortie de l'appartement ? Je n'ai aucune idée du temps écoulé depuis que j'ai cassé le vase, beaucoup il me semble, mais comment savoir avec tout ce dégoût, tout ce qui est arrivé, comment savoir. Et si je l'avais laissée enfermée et qu'elle croise le mec à poil ? Elles ne sont pas là. Liliana et Lili ne sont pas là ! Je jette un coup d'œil mine de rien. Si, là derrière. Liliana et Lili, ah, si, mon Dieu, quelle joie. Je les appelle et leur fait signe. Liliana me foudroie du regard et de la tête m'indique quelque chose. Quoi ? Qu'est-ce que je dois faire ? Elle cesse de me regarder, comme si je n'étais plus là, elle s'appuie contre le mur, je la rejoins.

— Le couteau, me dit-elle et elle guette de tous côtés en me tendant la petite.

Elle fait des mimiques. Qu'est-ce qu'elle veut ? Ah, oui, que je le lui passe sous Lili et elle le glisse dans sa manche. Elle marche derrière moi, très collée.

— Qu'est-ce que tu fais, Liliana, tu es complètement cinglée. Tu es devenue folle.

— Ne te retourne pas.

— *Miriam ne comprenait rien à ce que faisait Liliana.*

— Mais il n'y a personne, tu es folle, tu vas nous faire remarquer. Liliana, ne sors pas le couteau ici, je suis avec la petite, les gens vont trouver ça bizarre.

— *Le couteau ne se voyait pas, Liliana le tenait caché dans la manche. Probablement parce que si on les coinçait, elle voulait faire croire qu'elle enlevait Miriam sous la menace d'un couteau.*

Nous marchons, dans la rue Posadas, le long d'un interminable pâté de maisons. Je dis à Liliana qu'on ne peut pas prendre un taxi parce que je n'ai pas d'argent. Elle ne me répond pas, je continue à marcher et elle me dit : Traversons. Je ne comprends pas pourquoi nous allons vers la place, peut-être pour nous éloigner de la rue. Elle doit penser qu'ils vont nous chercher. Pilón a déjà dû se rendre compte, mais comment saurait-il où nous sommes ? Nous nous dirigeons vers la place. Je lui demande où on va, elle ne répond pas. Bon, il vaut mieux que je ne lui parle pas, elle doit avoir son idée et savoir comment on peut faire pour ne pas payer, peut-être que quelqu'un lui prêtera de l'argent quand on arrivera.

Nous sommes au milieu de la place. La Bête ! Mon cœur bondit, s'échappe de mon corps.

— *Quand Miriam l'a vu braquant son pistolet sur elles, la seule chose qu'elle a pu dire a été : Ne tire pas, et c'est là qu'elle a senti le froid du couteau sur son cou.*

Mais d'où il sort ? Maintenant je comprends pour le couteau, c'est pour me mettre hors de cause. Mais il me fait peur ce couteau, aïe, pourvu qu'elle ne s'énerve pas et qu'elle ne me coupe pas.

— Lâche le couteau ou je te descends – c'est la voix du type qui est de garde à huit heures, ils sont tous les deux.

— Non, eh, je suis là, moi, je crie et je me colle bien à Liliana pour qu'ils comprennent que s'ils lui tirent dessus, ils me tuent. Dis-lui de ne pas tirer, j'implore la Bête dont les yeux brillent d'une lueur folle, que je n'avais jamais vue, et ne se détachent pas de moi. Cette haine sourde n'est pas pour Liliana, elle est pour moi.

— *Tout s'est passé si vite, qu'elle ne s'est rendu compte de rien, elle ne sait pas si c'est la Bête ou l'autre. Quelqu'un a poussé violemment Miriam et elle a chancelé. Aussitôt, un coup de feu et Liliana par terre. Elle était touchée à la jambe. Sans réfléchir Miriam s'est jetée sur Liliana pour lui servir de bouclier, pensant qu'ils n'oseraient pas tirer si elle la couvrait de son corps... la petite – la voix de Luz est une corde sur le point de rompre –, Liliana m'a donné un baiser et dit à Miriam : Sauve-la, dis-lui et... elle a répété ton nom et le sien, elle saura alors que... – les larmes retenues sur le point de couler ici-même, sur la table du café Comercial – tandis que la Bête empoignait Miriam par le bras et l'arrachait à Liliana.*

Je résiste mais la Bête me traîne, Lili dans mes bras pleure à grands cris, elle doit se rendre compte, pauvrette.

— *Alors elle a entendu les coups de feu : Ne regarde pas, lui a aboyé la Bête, mais elle a regardé et elle a vu Liliana, immobile... morte.*

À la table voisine, le couple se demandait ce qui arrivait à cette fille qui pleurait avec des sanglots lents, étouffés, et qui faisait peine à voir. L'homme qui était avec elle – son père, un ami, un vieil amant ? – posa sa main sur la sienne en un geste d'une tendresse infinie. Lui aussi était au bord des larmes.

Ils restèrent un long moment silencieux, Luz baissait la tête. Quand elle la releva et vit que Carlos la regardait, les yeux rougis, elle n'eut plus aucun doute qu'il savait avec certitude qu'elle était cette petite. Qu'elle était sa fille.

— Ils l'ont tuée ces salauds, ils l'ont tuée. Ce n'était qu'une gamine.

Je sens sur moi son haleine immonde qui me souille la peau : Comme tu es bonne, Miriam, tu as de la peine et il y a quelques minutes elle allait t'assassiner. Calme-toi, mon amour, tout est fini.

Il y a donc cru ? Pas possible, pas possible. Il fait semblant, quelque chose dans sa voix me dit qu'il ment, dans « comme tu es bonne » on entendait « quelle ordure tu es ». De toute façon je ne peux rien lui dire, les pleurs m'étouffent, je me laisse emmener. La sauver, m'a dit Liliana. Je ne vais pas permettre qu'ils la prennent. Mais qu'est-ce que je vais faire maintenant, je ne peux plus m'échapper. Ce n'est pas pour rien qu'il me raccompagne, sinon il serait resté avec les autres.

— Qu'est-ce qu'ils vont faire de Liliana ?

— Ils vont s'en occuper. N'y pense plus, tout est fini.

Je reprends le même chemin en ne pensant qu'à Lili qui n'arrête pas de pleurer.

— Fais-la taire.

— Elle doit avoir faim. Il faut acheter du lait, quelque chose, elle n'a plus sa maman – et j'étouffe un sanglot, je vais crever de tristesse, de désespoir, comme si c'était moi qui me retrouvais sans maman – va lui acheter quelque chose à manger.

Et on s'échappe dès qu'il aura tourné le dos.

— Il y a de quoi à la maison, l'autre jour j'ai acheté ce que m'avait dit le médecin. Et arrête de pleurer, Miriam, c'est fini maintenant.

Ah ! Lili, Lili chérie, le monstre ne part pas. Mais on va se débrouiller, je te le promets, je ne vais pas laisser les méchants t'enlever. Je vais te sauver comme me l'a demandé ta maman.

CHAPITRE CINQ

Dans un coin de la chambre, Eduardo observe le docteur Jáuregui qui parle à Mariana : Ne vous faites pas de soucis, tout est en bonne voie, demain vous pourrez rentrer chez vous. Dormez bien cette nuit, reposez-vous, parce qu'à partir de demain, et pendant vingt-quatre ou vingt-cinq ans – et il éclate d'un rire retentissant – vous ne pourrez pas dormir. Ne croyez pas que seuls les bébés donnent du fil à retordre.

Jáuregui sait parfaitement que Mariana a eu un enfant mort-né. Eduardo est étonné du naturel avec lequel il ment. Lui n'y arrive pas. Chaque fois que quelqu'un parle de la petite, il craint que son visage ne le trahisse, qu'on découvre qu'il est un escroc.

Il n'aime pas du tout ce médecin. Mais quand Alfonso l'a fait venir, Eduardo n'a pas osé s'y opposer. Il croit en effet que Murray a commis une erreur en ne prévoyant pas la césarienne à temps, mais qu'il n'est pas responsable de l'infection que Mariana a contractée en salle d'opération. À peine l'a-t-il insinué, que ses beaux-parents lui ont bondi dessus. C'était lui qui s'était trompé et il devait en payer le prix : ils décideraient de tout, ils allaient corriger ses erreurs, un autre médecin rendrait la santé à Mariana et un autre bébé remplacerait celui qui était mort.

Puisqu'il est mort, on en trouve un autre, voilà tout. Il sent monter en lui une indignation qui le révulse tandis que le médecin lui parle de l'enfant en toute spontanéité : Oui, bien sûr je l'ai vue, j'ai parlé avec le pédiatre qui s'occupe d'elle. Tout est parfait et elle est adorable. Il faut dire qu'avec une maman et un papa comme vous, on pouvait s'y attendre.

Comment est-elle cette petite ? Et si elle ne leur ressemble pas du tout ? Mariana ne va-t-elle pas se méfier ? Si elle découvre qu'il lui a menti, elle ne le lui pardonnera pas. Est-ce qu'il pardonnerait, lui, si Mariana faisait passer pour sa fille une enfant qui n'est pas la sienne ? Probablement pas. Et comment réagirait-elle s'il lui avouait la vérité ? Dans quelques jours, peut-être, il lui dirait tout, cela le rassure, tandis que le médecin lui serre la main et le gratifie d'une tape amicale sur l'épaule.

Comment peut-il se montrer si aimable en sachant ce qu'il a fait ?

La Bête m'a donné des boîtes de S-26 et deux biberons pour que je prépare à manger à Lili. J'aimerais bien savoir pourquoi le médecin qui est venu la voir l'autre jour ne m'a pas donné ces indications alors que j'étais là quand il l'a examinée. Il n'en a parlé qu'à la Bête après. Pourquoi ? Il n'a pas osé me dire : Écoutez, quand Liliana aura été tuée, préparez cela pour la petite. Tout est prévu. Je n'ai pas pu m'empêcher de tout lâcher comme ça à la Bête. Et il a très mal réagi : Ce n'était pas prévu que vous vous échappiez – et son regard perçant s'est enfoncé en moi comme une aiguille rouillée, j'ai senti qu'il savait que j'étais responsable, et qu'il me haïssait, mais il a aussitôt essayé de se reprendre – Il n'était pas prévu qu'elle te coupe la gorge sur la place, il a fallu la tuer. Mais il était bien prévu que la petite serait remise aujourd'hui au lieutenant-colonel Dufau et c'est ce qui va se passer.

Son regard menaçant et sa main qui martelait la table m'ont fait comprendre que la Bête n'a pas avalé le bobard, que la Bête sait, ou se doute, que c'est ma faute si les choses se sont passées comme ça, et qu'il vaut mieux ne pas tenter une autre entourloupe parce qu'il m'écraserait comme une mouche.

— Tu as compris, Miriam ?

J'ai fait oui du bout des lèvres. Une haine muselée, allez savoir pourquoi, semblait suinter par tous ses pores, et il l'épongeait avec un mouchoir.

— Quelle saloperie de chaleur, il a lancé en allant à la chambre, probablement parce qu'il lui était très difficile de se contrôler, de ne pas m'insulter et me tabasser comme il devait en crever d'envie.

Pourquoi a-t-il décidé de dissimuler ? Peut-être pour éviter un gros bordel avant l'arrivée de son merdeux de lieutenant-colonel, il n'a pas du tout envie de reconnaître devant Dufau que sa nana l'a entubé. Ce serait mauvais pour lui. Sa carrière serait foutue.

Pendant que nous revenions à la maison, il a voulu me faire

gober qu'il me considérait comme une victime et m'a même avoué son angoisse quand Pilón lui a dit que la détenue s'était échappée en me prenant en otage, et comment il avait fait pour nous retrouver rapidement, parce qu'il est très efficace et qu'il ne pouvait pas supporter qu'il m'arrive quoi que ce soit. Mais maintenant il me paraît évident, même s'il tente de le dissimuler, qu'il sait que je me suis échappée avec elles. Est-ce qu'il sait aussi ce que j'ai fait avec Pilón ? Parce que s'il me ment pour la fuite, il peut tout aussi bien me mentir pour Pilón. Il l'a peut-être trouvé à poil, dans mon lit, et il ne le dit pas parce qu'il mijote une torture lente et sauvage, un traitement spécial pour moi, son chef-d'œuvre de cruauté, sa surprise.

— Voilà ton petit repas, mon bébé, ne pleure plus ! Bois, bois.

Lili arrache la tétine et pleure. Elle ouvre la bouche comme désespérée, cherchant dans l'air le sein de sa maman, je lui colle de nouveau cet horrible bout de caoutchouc et elle le recrache.

— *Mes recherches ont commencé par ce simple contact avec le caoutchouc de la tétine d'un biberon que m'avait donné Mariana, à la naissance de Juan. C'est curieux, je pense, je suis même sûre qu'en un endroit de la mémoire, ou de mon corps, ce jour-là était marqué.*

Je la prends contre moi pour qu'elle sente ma chaleur, comme le faisait Liliana quand elle lui donnait le sein, et enfin elle s'agrippe, elle doit être morte de faim.

— Oui, bois, Lili, ma jolie, bois ce lait, même s'il n'est pas aussi bon que celui de ta maman. Elle n'est plus là, chérie, tu vas devoir te contenter de ça.

Je tremble, Lili va s'en rendre compte. Elle recrache la tétine, pleure et s'agrippe de nouveau. Je marche dans la cuisine et lui chante *Manuelita.* Je revois Liliana, son sourire quand je chantais pour Lili. Si je n'avais pas voulu m'échapper, elle serait peut-être encore vivante. Mais pour combien de temps ? C'était sûr qu'ils allaient la tuer, après l'avoir torturée. Ils te tuent plusieurs fois là-bas, m'avait dit Liliana. Il vaut mieux alors qu'ils l'aient tuée une fois pour toutes.

Je suis sûre que la Bête avait donné l'ordre de la tuer, parce que sur place il n'a rien dit, les autres sont restés et il est parti avec moi. Mais c'est la Bête qui a assassiné Liliana, même si ce n'est pas lui qui a tiré.

Et quand le lieutenant-colonel sera parti, il va me tuer ? Probablement d'une autre façon. Comment ? Non, je ne veux plus voir les images de ce que m'a raconté Liliana.

Je jette un coup d'œil par la porte de la cuisine, d'où je peux voir la porte d'entrée de l'appartement. La Bête est dans la chambre. Et si j'en profitais pour filer pendant que Lili tète son biberon et ne pleure pas ? C'est maintenant ou jamais.

Je me colle au coin du mur pour ne pas être vue, j'ai l'estomac noué, une bulle de peur danse dans mon corps : Non, non, garde la tétine, encore un peu, ma douce, retiens-toi. Je ne suis plus qu'à cinquante centimètres de la porte quand j'entends l'ascenseur qui s'arrête. Je ne peux pas prendre le risque de tomber sur les voisins. Je ne bouge pas jusqu'à ce que j'entende la porte de l'autre appartement se refermer, allez, on fonce. Trop tard, la sonnette, et les pas de la Bête. Je me précipite à la porte et je l'ouvre comme si de rien n'était, avec naturel, la bonne maîtresse de maison. Pilón !

— Votre mari est là ? Il paraît moins m'en vouloir qu'avoir peur, il fait non de la tête avec insistance, il veut me dire quelque chose, mais quoi ? Qu'il n'a rien dit ?

La Bête est déjà là.

— Laisse-nous, Miriam.

Je vais dans la chambre de Lili en essayant d'imaginer ce qu'ils se racontent.

Je prépare le biberon de Lili et je la presse contre moi, je sens sa peau toute douce, tiède, mes larmes mouillent sa petite tête qu'elle pousse en arrière, avec une énergie qu'elle n'avait pas jusque-là. Pourvu que tu aies assez de force, beaucoup de force, pour survivre à ces monstres, si je ne peux pas te sauver, Lili.

— Qu'est-ce qui t'arrive ? Tu as l'air sombre.

Rien, il ne lui arrive rien, comment oserait-il s'indigner de ce que font les autres après ce qu'il a fait lui.

— Le médecin n'a pas l'air de te plaire, tu n'es pas très aimable avec lui.

Mais si, il l'aime bien, autre mensonge, il ne peut pas arrêter, comment lui dire qu'il ne lui plaît pas parce qu'il ne semble pas réprouver sa conduite. Il aimerait tant pouvoir se confier à Mariana, lui demander pardon de lui avoir menti, lui poser franchement la question : Est-ce qu'elle veut cette enfant que son père lui a trouvée Dieu sait où ? Est-elle disposée à accepter comme sienne la fille d'un autre couple ? Parce que si c'est ainsi, il n'y a pas de problème, mais... si elle ne veut pas, c'est trop tard. Il s'est érigé en maître de son destin : il a déclaré cette enfant sous le nom de Luz Iturbe, fille de Mariana Dufau et de Eduardo Iturbe. Alfonso est déjà parti la chercher à Buenos Aires. Tous ont décidé pour Mariana. Eduardo, désemparé, la prend dans ses bras, lui dit qu'il l'aime, qu'il l'aime beaucoup, qu'il a eu si peur quand elle était au plus mal.

— C'est fini, Eduardo, réjouis-toi. Demain nous serons à la maison avec notre fille. Elle est jolie, non ? Elle te ressemble ? Tu as mis le tapis rouge ou tu as oublié ? Et Mariana éclate de rire.

Eduardo se rappelle maintenant cet après-midi où Mariana, encore sensible aux contes pour enfants, lui avait demandé, lorsqu'ils entreraient chez eux avec leur premier enfant, de dérouler un tapis rouge pour l'accueillir. Et Eduardo avait pensé à lui faire ce plaisir. Il avait acheté un rouleau de moquette rouge et s'était bien amusé à imaginer la scène. Il était sûr que Mariana aurait oublié son caprice à son retour de la clinique, comme elle rirait alors quand elle découvrirait le tapis rouge et entendrait la musique qu'il avait achetée chez le disquaire. Il y était resté un long moment à chercher un morceau de circonstance. Il avait demandé conseil à Willy, l'employé, qu'il connaissait depuis des années : Une musique... comme celles qu'on jouait dans les palais, dans les films de Sissi, Sissi impératrice. Mariana lui avait souvent parlé de ces films qui inspiraient ses rêves d'adolescente. Il raconta à Willy la surprise qu'il lui préparait. Ils trouvèrent des airs de fanfares romaines qui les firent beaucoup rire. Fanfares, tapis rouge et leur enfant faisant une entrée triomphale chez lui.

Combien de temps s'était écoulé depuis ? Trois semaines, à peine trois semaines. Quel lien y avait-il entre ces tunnels sombres qu'il traverse à présent et cette conversation avec Willy, cette joie qu'il ressentait en cachant le rouleau de tapis dans le garage où Mariana ne pourrait pas le trouver ?

Eduardo cherche sur le cou de Mariana un parfum qui lui rendrait pour un moment la fraîcheur de ces jours de jeux, d'entrain, de gaieté, d'amour. Il enfouit son visage dans la peau tiède de Mariana pour se protéger un instant de cet écheveau asphyxiant de mensonges qui a envahi sa vie.

Ni fanfares romaines, ni tapis rouge, ni rires. À la faveur des ombres de la nuit, Alfonso introduira furtivement le bébé chez lui. Amalia l'attendra.

Comment peut-il caresser Mariana, en lui disant qu'il l'aime plus que jamais et en lui cachant quelque chose d'aussi essentiel que sa fille en réalité n'est pas sa fille.

— Maman m'a dit que Luz a les yeux clairs. Ils sont verts ou bleus ?

— Je ne sais pas, je n'ai pas bien remarqué.

Comment lui dire qu'il ne l'a même pas vue et qu'Amalia dit n'importe quoi parce qu'elle non plus ne l'a pas vue ? Comment sa belle-mère peut-elle mentir aussi effrontément ? Et lui, comment peut-il inventer de telles excuses ?

— Chez les bébés la couleur des yeux n'est pas définitive, ta mère ne peut pas être sûre qu'elle aura les yeux clairs.

Il se comporte déjà comme un délinquant, il se couvre. Va-t-il vivre ainsi, à coups de mensonges et d'excuses ? Non, il ne pourra pas. Il doit avoir du courage et dire la vérité à Mariana.

— *Eduardo avait l'intention de dire la vérité à Mariana, mais il a toujours eu peur de sa réaction. Et il s'est passé ce qui se passe avec les mensonges, on en dit un qu'on cherche à rendre vraisemblable par un autre, puis un autre et on se trouve pris dans un essaim de mensonges d'où il devient difficile de s'extraire. Il y a des gens qui mentent toute leur vie et que cela ne dérange pas, mais Eduardo n'était pas un menteur.*

Pas maintenant, non, elle voudrait se reposer, comme le lui a conseillé le médecin, parce que demain est un jour très important et elle veut être en forme pour prendre soin de sa fille.

— Qui est le petit amour qui adore sa petite chérie et qui va rester ici, bien gentiment, à me faire des câlins pendant que je m'endors ? Toi, toi.

Et Mariana lui donne un baiser sur la bouche, pose sa main sur sa tête et ferme sagement les yeux pour s'endormir.

Le caporal Pilón l'informa que tout s'était déroulé selon ses ordres et sans problème. La voiture était garée là où il le lui avait indiqué. Ils avaient facilement éloigné les curieux de la place en braquant leurs armes sur eux, puis ils avaient placé le cadavre dans la malle de la Falcon avec la plus grande discrétion.

Le sergent Pitiotti avait pensé qu'ils devraient informer la presse de l'affrontement de la place, au cours duquel avait été abattue une subversive, afin de neutraliser les soupçons de ceux qui avaient assisté à la scène. Puis il en écarta l'idée, mieux valait ne pas prendre le risque que la famille réclame le corps et exige une autopsie. Encore qu'il n'y aurait pas de problèmes : ils lui avaient déchiqueté le ventre à coups de feu, jamais on ne détecterait un état puerpéral. Il en avait donné l'ordre au préalable, par précaution. Mais à quoi bon ? Il n'avait pas voulu non plus ramener le cadavre au centre de détention où il risquait d'être vu et de provoquer des rumeurs. Non, il ne devait pas oublier que le lieutenant-colonel avait été très clair : une discrétion totale autour de cette affaire. Personne, hormis la Bête et les trois policiers de garde, ne devait être au courant de la situation, personne ne devait apprendre ni même soupçonner que la détenue M35 avait donné le jour à une enfant destinée à devenir la petite-fille du lieutenant-colonel. Depuis quelques jours la Bête se couvrait en affirmant que la détenue était tombée dans le coma et qu'elle était morte.

Le sergent Pitiotti observait une règle stricte dans l'usage du mensonge : toujours répéter la même chose. Au centre de détention il n'y avait pas moyen d'empêcher les rumeurs de filtrer, et si des informations sur Liliana parvenaient à un détenu (il y a toujours des gardiens trop bavards) il valait mieux que circule une seule version.

— C'est pour cela que j'ai été tellement impressionnée quand tu m'as rapporté les déclarations de cette fille qui avait assisté Liliana avant l'accouchement. Parce que l'histoire de l'enfant mort, des soins intensifs et du coma, qu'elle tenait de la bouche d'un gardien, était celle de Mariana, pas de Liliana. Ils ont dû le faire exprès.

— Plusieurs témoins qui ont pu sortir ne connaissaient que cette version.

— Est-ce que quelqu'un a essayé de la corroborer à l'hôpital ? – Luz ne put réprimer un ton de reproche. – Est-ce que quelqu'un a essayé de vérifier dans quel hôpital s'était produit ce fait ?

Carlos accusa le coup.

— Je l'ai appris en février 1977, parce que Teresa a été libérée et l'a dit à mon père. Je l'ai cru. Pour moi, il n'y avait plus que la douleur... et le soulagement qu'elle soit morte ainsi et non sous la torture.

Il valait mieux attendre les ordres du lieutenant-colonel avant de prendre une décision, c'est pourquoi le sergent Pitiotti, assuré que les deux policiers tueraient la fugitive, leur avait demandé de déposer le cadavre dans la malle de la voiture, garée dans un endroit discret. Il pourrait s'y rendre plus tard et faire ce que le lieutenant-colonel lui ordonnerait. Il était certain que son plan plairait à Dufau, mais il lui fallait son feu vert.

Sa tâche accomplie, le caporal Pilón lui demanda la permission de se retirer. Le sergent Pitiotti avait l'impression que Pilón lui cachait quelque chose. Cette façon de détourner le regard quand il lui parlait. Il avait eu la même impression quand il l'avait trouvé dans l'appartement, mais le temps pressait. Pilón s'était montré confus dans son récit des faits.

— *Quand la Bête a voulu ouvrir la porte, il a remarqué qu'elle était fermée à double tour et que le verrou était engagé. Il a donc sonné, impatient. Les deux minutes qu'il lui a fallu pour donner les tours de clés et ouvrir les deux serrures ont dû permettre à Pilón de se rhabiller et d'aller dans le séjour. Pendant qu'ils regagnaient à pied l'appartement, la Bête a raconté à Miriam qu'à peine entré, Pilón lui a dit que la détenue s'était enfuie pendant qu'il était aux toilettes, et que Madame non plus n'était plus là, tout s'était déroulé très vite et dans le plus grand silence, et que, en voulant sortir de l'appartement, il avait trouvé la porte fermée à clé. Il avait alors pressenti que quelque chose ne tournait pas rond et s'était mis à inspecter les lieux, justifiant ainsi sa présence dans le séjour, où la Bête l'avait surpris en entrant. Miriam se souvenait qu'en chemin la Bête lui avait dit à plusieurs reprises que Pilón avait l'air très perturbé. Et elle pensait : c'est le contraire qui serait étonnant.*

Serait-il possible que Pilón, comme lui, soupçonne Miriam d'avoir collaboré à l'évasion de son plein gré et non sous la menace d'une arme blanche ? Il ne pouvait pas se le permettre et moins encore de le laisser commettre l'imprudence d'en parler. Il eut envie de lui faire répéter le récit des faits tels qu'ils s'étaient déroulés, mais il craignit que Pilón ne se contredise et qu'il soit obligé de réagir. Le mieux était encore de lui imposer silence, de le menacer sans trop d'explications.

— Avant que vous repartiez, caporal Pilón, je tiens à vous signaler que votre attitude ne correspond pas aux faits, vous parlez de ce qui est arrivé comme d'un simple accident, et non comme d'un manque de responsabilité de votre part. Quand la prisonnière s'est enfuie, vous étiez de garde, et dans l'appartement ! De plus, vous avez mis la vie de ma femme en danger. Vous vous rendez compte, caporal, de la gravité des faits ?

Avant que Pilón ait pu prononcer un mot, la Bête leva la main pour l'interrompre : Toutefois, en raison de l'heureux dénouement, grâce à sa prompte réaction, et considérant que tout cela s'est déroulé sous son propre toit, le mieux sera de ne faire aucun commentaire sur ces événements. Dans le cas contraire, il se verrait obligé de le sanctionner. Et très sévèrement.

Pilón n'ignorait pas jusqu'où pouvait aller la Bête. Quels que fussent ses soupçons, ou ses certitudes, il se garderait d'en faire part.

Le sergent Pitiotti lui demanda de se tenir prêt car il l'appellerait probablement cette nuit pour accomplir une mission secrète, dont il l'informerait en temps voulu.

Le caporal fit le salut militaire et se retira.

Elle l'étendit sur la table à langer et lui ôta ses petits vêtements. Elle la lava avec du coton. J'ai la gorge serrée quand je regarde Lili. Ce que je peux l'aimer. Et comme si elle savait ce que je ressens, elle me fait un sourire, un sourire fugitif mais qui me comble de plaisir, et le nœud dans ma gorge se relâche. Elle remue ses gambettes, elle est contente d'être toute nue, toute propre... et avec moi. Elle aussi m'aime, j'en suis sûre, elle me le montre. Elle est tranquille, les yeux grands ouverts, clairs, très clairs. Je ne lui mets pas encore les couches, qu'elle en profite un peu.

— Ma Lili, tu es si gentille et si jolie, que tu me fais oublier les méchants.

Et de nouveau ce petit sourire qui illumine tout. Ne plus sentir que la tiédeur de Lili, combien nous nous aimons, et effacer toute l'horreur derrière cette porte. Et si je la fermais à clé et qu'on ne les laisse plus entrer ? On resterait là.

Inutile, la Bête l'enfoncerait. Rien que d'évoquer son image, tout mon plaisir est gâché.

J'allonge Lili sur la table à langer et je prépare les couches : En haut la petite pointe, très bien, Lili, très bien, et maintenant les couches, et un autre bisou sur les bras, les menottes, les joues. La porte s'ouvre avec violence.

— Prépare-la, Dufau vient la chercher dans un moment – il m'inspecte lentement de la tête aux pieds.

Pour surmonter ma peur, je lui demande : Qu'est-ce qui se passe ? Pourquoi tu me regardes comme ça ?

— Pour rien, pour voir ce que tu as sur le dos. Tu ne voudrais pas t'arranger un peu ? Laisse la petite et va t'habiller.

Je dois faire quelque chose, vite, mais quoi, je me demande en lui enfilant son petit peignoir.

— Allez, vas-y.

— Je n'ai pas envie de me changer, ni de me maquiller, je veux rester avec Lili – je dois avoir les yeux rouges de tant retenir mes larmes.

Alors il s'approche et m'empoigne le bras : Fais ce que je te dis, Miriam. Son immonde main si près de la peau rosée de Lili me donne envie de vomir, je dégage mon bras : Laisse-moi, je vais la remettre dans le berceau.

Lili pleure, la Bête fait une grimace d'impatience.

— Il vaudrait mieux qu'elle s'endorme avant, je lui dis.

— T'occupe pas, je reste avec elle.

Je ne veux pas la laisser avec ce tueur mais je n'arrive pas à trouver un prétexte comme avant, je pourrais l'embrasser et lui dire : Allez, laisse-moi rester là, mais je ne peux pas, je le hais tellement, jamais, jamais je n'ai autant haï quelqu'un.

— Je l'emmène dans ma chambre pendant que je me change, comme ça tu ne t'énerveras pas si elle pleure. Et sans attendre sa réponse, je file avec la petite dans les bras.

Tout en marchant je pense que si j'arrive à embobiner la Bête, j'ai peut-être encore une chance de m'échapper.

— *Jusqu'au dernier moment, Miriam a essayé de s'enfuir avec moi, mais la Bête qui s'en doutait, sans en être certain, ne la lâchait pas d'une semelle.*

J'ai à peine couché la petite sur le lit que la Bête arrive et s'y assied. Lili se met à pleurer, de dégoût probablement, les petits comprennent beaucoup plus qu'on ne le croit. Je vais la relever, mais la Bête s'interpose et m'en empêche : Change-toi maintenant.

C'est un ordre et je sais que je ne peux pas désobéir.

— Pourquoi tu restes là ? Tu me rends nerveuse, et la petite aussi, elle pleure.

— Tu ne voulais pas mon avis sur ce que tu vas mettre pour recevoir Dufau ? Ce n'est pas ce que tu m'as dit au téléphone ?

Je me retourne et j'ouvre l'armoire pour cacher mon envie de le cogner, de le tuer, et j'imagine, par pur plaisir, que je lui plante les ongles et lui balance des coups de pied dans les couilles. Quel sadique, il ne reste là que pour me gâcher ce moment avec Lili.

Je prends un pantalon et un chemisier. Je ne veux pas me changer ici, exposée à son regard obscène, mais ce serait pire d'aller à la salle de bain et de laisser Lili seule avec l'assassin de sa mère. Je sens les larmes revenir, je lui tourne le dos et me change en un tournemain, il a un sourire cynique aux lèvres quand je m'approche pour emmener Lili.

— Tu es très jolie, mais maquille-toi, on voit que tu as pleuré.

Je prends Lili dans mes bras : Et quoi encore, il faudrait que j'aie l'air d'être au nirvana après tout ce qui s'est passé aujourd'hui ? – Je profite d'un relâchement de son regard haineux pour observer ses réactions. – On m'a menacée d'un couteau, j'ai vu comment ils ont tué Liliana et je vais être privée de Lili.

Il me l'enlève des bras, je ne veux pas résister, j'ai peur qu'il lui fasse mal. Il la jette sur le lit et me saute dessus. Je crois d'abord qu'il va me frapper, son bras tendu m'attrape au moment où je cours vers la salle de bain, il m'enlace la taille et me serre contre lui. Son bras d'acier me presse l'estomac, ses doigts m'égratignent, la Bête se colle à moi de tout son corps, me salit, m'étouffe, je sens sa raideur : Ah ! si tu n'étais pas aussi belle, Miriam, aussi femelle.

Sa respiration se fait courte, son autre main me palpe brutalement les seins. Si je ne réagis pas, je vais m'évanouir de dégoût.

— Laisse-moi, je vais me maquiller. Je le repousse mais il me retient fermement.

— Conduis-toi bien, Miriam, ne fais pas de bêtises – et l'haleine puante de son désir me souille l'oreille. Tu es trop belle pour finir... mal. Son bras mollit mais il ne me lâche pas. Je veux être fier de ma femme quand je te présenterai au lieutenant-colonel. Tu as compris ?

Enfin il me lâche et j'entre dans la salle de bain, je me maquille à la va-vite en essayant d'imaginer ce que mijote la Bête. Me tuer quand le lieutenant-colonel sera reparti ? Il n'a pas l'air de vouloir me dénoncer. Il doit sûrement avoir envie de me tuer à petit feu, comme me l'a dit Liliana, qui le connaissait mieux que moi. Et même s'il ne me torture pas à l'électricité ou autre chose, il suffit qu'il reste ici, à me brutaliser par sa présence, avec ses mains, son corps sale, pour me tuer à petit feu.

Quand Alfonso Dufau déclencha le portier électronique de l'immeuble de la rue Ayacucho, il fut très étonné que la Bête et son amie vivent ici. Il avait noté l'adresse depuis plusieurs jours, mais n'y avait pas prêté attention. L'appartement devait être à elle. Était-il possible que la Bête se soit trouvé une amie argentée ? Il ne put réprimer un sourire complaisant, c'était un garçon intelligent, Pitiotti, pas seulement une brute. Alfonso Dufau avait confiance en lui depuis longtemps. Mais en vérité la Bête l'étonnait ; qui aurait dit que ce petit gars vivrait dans un appartement de cette classe !

Le lieutenant-colonel Alfonso Dufau se félicita de sa décision d'avoir fait garder la petite ici et accordé sa confiance à la Bête. Il n'aurait pas aimé que sa petite-fille passe ses premiers jours dans un endroit sordide. Mais qui était donc cette femme ? Comment Pitiotti l'avait-il séduite ? Il lui a peut-être menti en prétendant qu'il était officier. La Bête aimait beaucoup le pouvoir, et cela Dufau l'appréciait. Il se sentait dans les meilleures dispositions à l'égard de ce garçon. Il lui donnerait du galon le plus vite possible. Et il vanterait la beauté de sa femme, même si c'était une guenon, se promit-il quand l'ascenseur s'arrêta au septième étage.

Il s'était étonné en arrivant que la Bête habite dans un tel immeuble, mais quand il vit Miriam il eut du mal à croire que cette femme superbe était la petite amie de la Bête.

— *Il n'avait pas peur qu'elle le reconnaisse ? Elle participait à leurs petites sauteries, non ?*

— *La Bête devait savoir qu'il ne l'avait jamais vue. Alfonso n'allait probablement pas avec des putes, ni à ces fêtes. Rappelle-toi que lorsqu'il a sollicité son premier rendez-vous avec Miriam, il a laissé entendre que c'était pour Dufau. Et Miriam ne le connaissait pas.*

Qu'il eût déniché un gros tas plein de fric et veuille monter en grade, lui paraissait déjà d'un grand mérite, mais que cette brune affolante, qui réveilla en lui au premier regard un désir qu'il ne ressentait plus depuis bien longtemps, fût la fiancée de la Bête, le troubla tellement qu'il parvint à peine à articuler : Enchanté, madame.

Mais ce soir-là, le lieutenant-colonel Dufau n'était pas au bout de ses surprises. Le sergent Pitiotti demanda à sa femme de se retirer (avec une autorité innée, plutôt étrange quand on les voyait : lui, si médiocre, elle, éblouissante) et de préparer la petite, car il voulait parler seul à seul avec le lieutenant-colonel.

Le sergent Pitiotti lui rapporta très succinctement ce qui s'était passé ce soir-là, arrangeant les détails à sa guise pour faire ressortir le rôle de Miriam (c'était elle qui, en apercevant la Bête, avait repoussé la détenue, permettant ainsi de l'abattre et de mettre sa petite-fille hors de danger). Il avait agi avec rapidité et efficacité, tout était résolu. Il avait pensé que, malgré les témoins de la scène, il valait mieux ne pas faire état d'un affrontement, car il avait compris que cette affaire exigeait la plus grande réserve. Le cadavre de la détenue se trouvait encore dans la malle de la voiture, dans l'attente de ses instructions. Il avait une idée derrière la tête, mais il voulait consulter son lieutenant-colonel avant de la mettre à exécution.

Le sergent avait très bien agi, le lieutenant-colonel ne tenait pas à ce que cette affaire s'ébruite, Pitiotti devait s'assurer que les policiers qui étaient intervenus, bien qu'ils ne soient pas liés au centre de détention, s'abstiennent de tout commentaire.

Il fallait se débarrasser du corps au plus vite, et que personne ne soit au courant. Il ne voulait pas, il le lui avait déjà dit, que l'on apprenne un jour que sa petite-fille était l'enfant d'une de ces femmes. Encore que les enfants n'y soient pour rien. Mais peu importe, il préférait qu'il en soit ainsi. Est-ce que le sergent Pitiotti – ce n'était pas un ordre, mais plutôt un service personnel, presque une faveur, qu'il lui demandait – pourrait faire disparaître ce cadavre dans la plus grande discrétion ?

C'était justement ce que le sergent Pitiotti voulait lui suggérer. Il y avait réfléchi. Il pouvait compter sur l'aide du caporal de garde.

Dufau fit non de la tête.

— Je préfère que vous agissiez seul. C'est possible, sergent ?

— Bien sûr, mon colonel !

Bien que les plans de la Bête s'en soient trouvés un peu modifiés, car ce soir-là il ne voulait pas s'absenter de la maison aussi longtemps que sa besogne allait l'exiger, il accepta. Il ne croyait pas que cela modifierait beaucoup la situation, il avait été très clair avec Miriam : Ce serait vraiment dommage, jolie comme tu es, que tu finisses mal.

Il se lève et va dans le hall pour allumer une cigarette. Il y a quatre ans qu'Eduardo a cessé de fumer, mais depuis cette cigarette qu'il a demandée à l'employée qui a falsifié l'acte de naissance, il ne peut plus arrêter. Il a l'impression que le tabac le salit et c'est presque un plaisir de se sentir sale de fumée, de nicotine, de goudron, de n'importe quoi sauf de ses mensonges et de son imposture. Parce que ce n'est pas seulement Mariana qu'il est en train de tromper. Qu'est-ce qu'il dira à cette enfant quand elle sera grande ? Il devra également lui mentir. Cette nouvelle douleur l'a poussé hors du lit vers le couloir. Il n'avait éprouvé jusque-là que de la peur, de l'appréhension, mais maintenant que s'approche le moment de rencontrer cette petite fille, une réalité qu'il affrontera demain, il ressent une grande honte. Parce que s'il n'ose rien dire à Mariana, il devra aussi mentir à Luz.

Quelle sorte de père peut donc être un homme qui ment dès le premier jour ? Il tire sur sa cigarette et se sent sale. Le moins qu'il puisse faire est de chercher à savoir qui est la mère. Et un jour, il verrait bien, ils décideraient avec Mariana, il dirait tout à Luz.

— *Bien qu'il ait fait de nombreuses démarches pour découvrir qui était la mère, il n'a jamais pu m'en parler. Jamais – et Luz se tut brusquement, elle regarda ailleurs, comme si ses pensées la ramenaient vers une autre scène qu'elle ne voulait pas évoquer devant Carlos, mais finalement elle laissa venir les mots, comme si elle se parlait à elle-même. – Et à la Banque nationale de données génétiques, il n'y avait rien non plus...*

— *Comment ?*

— *Rien, dit-elle en relevant les yeux. Cette banque à été créée en 1987, bien que depuis des années on ait fait ce type de démarche. En 1987, Carlos – la répétition avait un net accent de reproche. Il y a là le sang de centaines de parents de disparus pendant la dictature, afin d'aider à les identifier. J'ai fait une analyse d'histocompatibilité, puis la banque a cherché, mais cela n'a rien donné... il n'y avait aucun échantillon de sang correspondant au mien. Moi, personne ne m'avait recherchée.*

Qu'est-ce qui flamboyait au fond de ces yeux verts ? se demanda Carlos. De la haine ? Non, mais un sentiment d'une même intensité que Carlos subissait sans pouvoir le nommer. Il ne parvenait pas à se détacher de cette espèce de fouet vert, tout comme la Bête, vingt ans plus tôt, n'avait pas pu chasser ce regard de Liliana sur la banquette arrière de la Falcon. Carlos le soutint en silence pendant un moment qui lui parut interminable, tant cette lueur dans l'œil de Luz ne pâlissait pas.

Il se leva et frappa la table de sa main. Luz sursauta et se leva à son tour. Elle ouvrit la bouche pour parler, mais se tut, elle voulait lui dire de ne pas se fâcher, de comprendre sa rancœur. Carlos se rassit en posant sa main sur le bras de Luz pour qu'elle en fasse autant et hocha la tête pour la rassurer, non il n'allait pas s'en aller.

— J'ai cru que c'était un garçon et qu'il était mort en naissant. Je te l'ai déjà dit. Mais moi, ce qui me faisait souffrir c'était qu'on me l'ait arrachée, elle. Plus jamais sa peau tiède, son rire, plus jamais son enthousiasme, cette envie d'agir, de se bagarrer, de changer le monde. Oui, je l'ai cru, je n'en ai pas douté... je ne sais pas comment te dire, j'avais mal, oui, mais comment ressentir « ta mort » à côté de la perte brutale de Liliana.

Luz parut s'attendrir et se ressaisit aussitôt.

— Mais je n'étais pas morte, j'étais, je suis encore... vivante, Carlos.

Lili, adorable Lili, tu ne me pardonneras jamais de te livrer aux méchants. Mais que veux-tu que je fasse, la Bête m'a menacée. Si je reste en vie, un jour je reviendrai te chercher ; morte, il n'y a aucun espoir. Lili chérie, je veux que tu saches que je t'aime beaucoup, beaucoup, ce que tu m'as donné pendant ces quelques jours, et ta maman aussi, ta pauvre petite maman, personne ne me l'avait jamais donné. Lili, si la Bête me tue, tu dois te rappeler, écoute-moi bien, tu dois te rappeler que ta maman s'appelait Liliana et qu'elle était très gentille. Et ton papa, Carlos. Et qu'on les a tués parce qu'ils voulaient une société plus juste. Et souviens-toi aussi de moi, quand je te chantais *Manuelita* et que je te disais :

— Qui est la plus jolie petite fille du monde ? Lili, Lili. C'est ainsi que Miriam m'a dit adieu – et la voix de Luz se brisa en

miettes – parce que la Bête l'appelait, elle a séché ses larmes, mais elles étaient difficiles à cacher. Elle ne voulait pas pleurer devant Alfonso, elle ne voulait surtout pas se faire remarquer, car ce soir-là elle avait commencé à imaginer un de ses nombreux plans pour me sauver et, bien sûr, elle ne devait pas attirer l'attention de Dufau qui pourrait, par la suite, se souvenir d'elle. Quand elle est entrée dans le salon, il la regardait, selon Miriam, « avec cet air répugnant que prennent les mecs quand ils ont envie de toi » ; c'était elle qu'il regardait, pas la petite. Et la haine, la peur, la douleur accumulées, Miriam a éclaté en larmes, alors qu'elle voulait absolument éviter de montrer à quel point elle souffrait de se séparer de moi, mais elle n'a pas pu se retenir. Elle en tremblait, tout ce qu'elle a trouvé à dire fut de lui demander de l'excuser, elle avait vécu tant de choses horribles ce jour-là.

— Je vous en prie, madame, ne vous excusez pas, c'est normal après tout ce qui vous est arrivé.

Et moi assise avec Lili dans les bras, je ne peux pas, je ne peux la lui donner.

— Quel courage, quelle trempe ! Je vous félicite.

La Bête tend les bras pour prendre Lili, il sait que je ne peux pas me résoudre à la donner, ni le montrer, chacun la tire imperceptiblement à soi.

— Miriam s'est attachée à la petite, c'est un peu dur à passer, tente-t-il de se justifier devant son lieutenant-colonel, comme si j'étais un objet qui avait des ratés et qu'il fallait graisser, mais il finit par m'enlever Lili des mains et j'éclate en sanglots, je me mets à bramer.

La Bête me regarde d'un air réprobateur et le monstre, au lieu de prendre la petite, me pose une main sur l'épaule :

— Consolez-vous, dans quelques jours vous aurez le vôtre.

Les hoquets qui me secouent sont la manière la plus efficace de lui faire retirer sa main puante de mon épaule, et je reste tête basse, je ne veux pas voir la Bête lui donner la petite. Heureusement que Lili est endormie, heureusement qu'elle ne voit pas ces deux salauds qui se la passent de mains en mains. C'est probablement fait car la Bête s'approche de moi et, sur un ton faussement affectueux où je sens percer le fiel, il me dit : Chérie, dis au revoir au lieutenant-colonel, il s'en va. Je reviens tout de suite.

Je me lève, je ne suis pas vivante, c'est un rêve, un horrible cauchemar, le monstre la tient droite, dans une position inconfortable, et la scrute, mais à peine suis-je debout que son regard se détourne de Lili pour se clouer avec insolence sur moi.

— Une fois de plus, merci pour tout, madame.

Je ne sais pas si lui et la Bête se disent autre chose, je ne sens plus rien, je ne pleure plus. La porte s'est refermée. Je ne peux pas bouger.

Le sergent Pitiotti raccompagna le lieutenant-colonel Dufau à sa voiture et l'aida à installer le bébé dans le berceau. Puis cala le sac qu'il avait demandé à Miriam de préparer, contenant des langes propres, deux biberons et plusieurs tétines qu'il avait lui-même achetées. Au cours du trajet entre l'appartement et la voiture ils avaient traversé la place où la détenue avait été abattue.

— Quel courage, votre fiancée, mariez-vous vite, sergent, c'est un ordre. – Et tous deux éclatèrent de rire. – Je suis sûr que vous n'avez jamais reçu un ordre aussi agréable.

Ils parlèrent de la beauté de l'enfant et de leur chance que tout se soit aussi bien terminé.

Il m'a dit, je reviens tout de suite. Peut-être qu'il l'accompagne seulement à la voiture. Quand il revient, il me tue. Je ne sais pas exactement quel est son plan, mais je ne peux pas me permettre le moindre doute, la moindre hésitation. Je me barre tout de suite. Portefeuille, argent. Les clés. Trois étages par l'escalier. Ascenseur. Pourvu que la Bête ne soit pas en bas. Liliana chérie, aide-moi si tu me vois. Il n'est pas là. Béni soit ce taxi.

— Prenez par le bas.

CHAPITRE SIX

Quand j'ai demandé au chauffeur de taxi de prendre par le bas, je ne savais pas où aller. Où serions-nous allées avec Liliana ? Où est-ce que je pourrais aller ? Au Claridge, pourquoi pas ? Et m'y voilà, dans une de ces suites où j'ai si souvent bossé. Je pensais m'inscrire comme une cliente ordinaire, c'est vrai quoi, puisque je peux me le payer, je me le paie. Mais cela n'a pas été nécessaire. J'étais à peine entrée que je suis tombée sur ce brave Frank, le réceptionniste.

— Patricia, quelle surprise, je croyais que tu avais arrêté... j'étais content pour toi.

— Frank, elle l'avait connu quand elle allait à ces rendez-vous, habituellement au Claridge. Un jour ils avaient bavardé et il lui avait proposé de la retrouver après le travail. Ils étaient un peu sortis ensemble, au restaurant, au cinéma. Frank, fils d'un Américain et d'une Argentine, était bilingue et voulait faire carrière dans l'hôtellerie. Il s'intéressait à la vie de Miriam, bien qu'elle ne lui ait jamais raconté grand-chose. Miriam aimait bien Frank.

— Ils avaient été amants ?

— Non, amis seulement. Elle aurait bien couché avec lui, mais Frank ne le lui avait jamais proposé.

Il m'a demandé à quelle suite j'allais, l'agence ne l'avait pas prévenu. Et là, ça lui en a bouché un coin : Je ne travaille plus pour Anette, ni pour personne, je viens en cliente, je vais m'inscrire et tu sais quoi, Frank ? Je ne m'appelle pas Patricia, je m'appelle Miriam. Alors, contente-toi de noter, je lui ai dit tout en cherchant mes papiers dans mon sac.

Frank a hoché la tête. Et combien de nuits Madame va-t-elle rester ? s'est-il moqué en prenant une clé et me la tendant. Je fais monter vos bagages – il montrait du doigt mon petit sac à main –

ou vous les monterez seule ? La 603 est libre, je crois qu'elle vous plaira.

Je lui ai souri et j'ai filé vers l'ascenseur avant que l'autre ne se pointe, ce vieux de la réception que je n'aime pas du tout. Frank m'a fait une fleur pour que je n'aie pas à payer.

Maintenant que j'y pense, c'est mieux qu'il ne m'ait pas inscrite. Si la Bête me cherche dans les hôtels et qu'il demande ici, parce que c'est ici que j'étais avec lui la première fois que... je préfère ne pas me rappeler. Dire que j'avais été contente de découvrir que c'était la Bête.

Zut, le téléphone. Et si Frank m'avait quand même inscrite ? Non, je ne lui ai dit que Miriam, il ne connaît pas mon nom. Et si la Bête exige de voir toutes les Miriam de l'hôtel ?

Je décroche sans rien dire, on ne sait jamais :

— Patricia ? C'est Frank. Je peux monter ? Je voudrais te parler.

— Oui, bien sûr, mais je suis très fatiguée.

Qu'est-ce qu'il veut ? Me baiser ? Il y a encore quelqu'un qui te rendrait service pour rien ? Un jour qu'on buvait un verre, je lui ai posé la question, parce que j'étais intriguée qu'il s'intéresse tant à moi et qu'il ne tente rien : Tu n'as pas envie de me baiser ? Et lui, avec son petit sourire : Je n'ai pas les moyens, tu dois prendre cher et je suis pauvre. Je peux te faire un prix, si tu veux, ce serait en extra, pas pour l'agence.

Je lui avais dit ça pour m'amuser, pour le provoquer, parce qu'il ne m'en parlait jamais, et je me rappelle que ce jour-là j'avais eu envie. Il y avait longtemps que je ne le faisais pas par plaisir, pour moi-même, c'était toujours pour le boulot. Et j'aimais bien Frank. Il était sympa. Bien sûr je n'allais pas le faire payer, mais je n'ai pas eu le temps de le lui dire parce qu'avant que j'ouvre la bouche, il m'avait répondu non, la vérité est que je ne paierais pas pour toi, je ne donnerais pas un peso pour coucher avec toi, cela ne m'intéresse pas. Moi, ça m'avait fichu en rogne.

Et c'est de ça qu'on parle maintenant, je plaisantais, c'était une blague, mais qu'il m'ait à ce point méprisée, si durement, que je ne lui aie pas plu comme femme, j'en avais été blessée.

— Tu n'as rien compris, Patricia, ce que je ne voulais pas, c'était tes services. Je m'étais attaché à toi... tu comptais, c'est évident. Je te désirais, bien sûr, mais j'aurais voulu que tu fasses l'amour avec moi parce que je te plaisais. Les putes ne m'ont jamais excité, dans ce sens je suis un peu différent des autres mecs.

— Mais, idiot, j'aurais couché avec toi parce que toi aussi tu me plaisais, c'était pour rigoler que j'avais proposé de te faire un prix.

Frank se frappe la tête de la main : Si je ne suis pas plus con c'est que je n'ai pas le temps. Et j'éclate de rire : C'est exactement ce que j'ai dit hier à une amie.

Une amie, oui, Liliana était ma véritable amie, ma seule amie, et elle est morte, et Lili est avec ce militaire. Et la Bête, qui est sûrement rentré, doit être dingue que je me sois barrée. En ce moment même il est peut-être en train de me chercher, tout à coup je suis paniquée : Tu ne m'as pas inscrite sous le nom de Miriam, au moins ? J'espère que personne ne sait que je suis ici.

— Mais non, je ne t'ai pas inscrite. Le vieux a dû s'absenter et je t'ai donné cette suite parce qu'elle était libre. Il y a eu une annulation. Mais demain tu seras obligée de...

— Ouf ! je suis rassurée. Parce que je n'y avais pas du tout pensé, mais il pourrait avoir l'idée de venir fouiner ici.

Frank se rapproche : Qu'est-ce qui se passe, Patricia ? Tu trembles. Qui te cherche ? De qui as-tu peur ?

Je ne lui réponds même pas, mais je me rends compte que ma panique est impossible à cacher. Je laisse Frank me prendre dans ses bras, j'appuie ma tête sur son épaule et je pleure, je pleure. Ah ! Frank, comme je me suis trompée, comme je me suis trompée !

— Tu pleures comme si tu avais perdu quelqu'un.

Bien sûr que j'ai perdu quelqu'un. Mais je ne laisse venir que ces larmes qui le trempent. Il me caresse les cheveux sans rien dire. Qu'est-ce qu'il va imaginer ce pauvre Frank ? J'ai envie qu'il me console. Je me laisse tomber sur le lit et il me regarde, mais quand j'aperçois cette lueur dans ses yeux, je me dis que j'ai été imprudente d'aborder ce sujet et qu'il faut que je sois claire. Je suis peut-être trop directe : Frank chéri, ce n'est pas le moment de baiser, tu ne sais pas tout ce que j'ai vécu ces derniers jours. Il réagit mal, mais non je ne veux pas te baiser, mais si, ne mens pas, et je continue à pleurer, ces regards-là je les connais trop bien.

— Si je te regarde ainsi c'est parce que tu me plais, mais je ne vais pas te faire l'amour alors que tu pleures, je ne suis pas une bête.

Frank ne sait pas pourquoi le mot *bête* provoque en moi cette peur qui monte des pieds à la tête, me fait trembler. Peur et dégoût, un dégoût infini, sans fond. Ne prononce pas ce mot. Je te dis simplement que je ne suis pas une bête au point de... Je sais ce que tu m'as dit, c'est le mot *bête* que je ne supporte pas, j'ai vécu avec un mec ces derniers temps, je pensais même me marier, on l'appelait la Bête, c'est son surnom, tu te rends compte, j'ai vécu avec lui, comme si de rien n'était. Bête, c'est encore trop peu, c'était un assassin, un type immonde, un sadique.

Frank ne comprend pas comment j'ai pu me mettre à la colle avec un type pareil. Parce que je croyais qu'il m'aimait, qu'il me comprenait, je te jure, je le trouvais tendre, et tu sais ce qu'il est : un tortionnaire.

— Mais qui c'est ? Parce qu'ici on les connaît tous.

— Non, lui il n'est venu qu'une seule fois, tu ne le connais pas.

Mais alors, qu'est-ce qui s'est passé ? me demande-t-il. Je ne devrais pas, mais je lui raconte que j'allais très mal, à la suite d'un avortement, quand je l'ai connu, et que lui, non, je ne peux pas lui dire qu'il m'a promis un bébé, lui il a été gentil avec moi, mais que je ne savais pas qui il était vraiment, un monstre, après quand je l'ai su... après il s'est passé de tout.

Comment il va y piger quelque chose si je commence une phrase sans la terminer, d'ailleurs je ne veux pas qu'il me comprenne, mais parler seulement parce que je suis en pleine hystérie, j'ai besoin de me libérer, Frank a beau me mettre à l'aise, je ne peux pas lui raconter ce qui est arrivé, je lui dis que je me suis enfuie et que ce mec va me tuer.

Frank me serre dans ses bras, me demande de ne pas avoir peur, de lui raconter, il va m'aider. C'était un de tes clients ? Un militaire ? Il savait où tu habitais ? Mais il est chez moi, il s'est installé chez moi. Et je pense aux meubles, à mes affaires, je dois les récupérer d'une manière ou d'un autre.

— Frank, tu n'irais pas chez moi avec un camion de déménagement pour tout sortir ? Je ne peux pas y aller.

— Mais si c'est chez toi, dis-lui qu'il s'en aille, que c'est terminé, point final. Si tu veux je fais semblant d'être ton nouvel ami pour que ce type ne puisse pas te frapper.

— Ah ! Frank, tu as raison, si tu n'es pas plus con c'est que vraiment tu n'as pas le temps. Si on va tous les deux là-bas, il nous tue, sans problème. Pourquoi tu crois qu'on l'appelle la Bête ? Ce type, je l'ai niqué, pas seulement comme nana, j'ai niqué sa carrière, et c'est un militaire ! Maintenant qu'il n'a plus aucun doute que c'est moi qui ai tout fait, il va vouloir me tuer, même s'il est dingue de moi.

Frank ne dit rien, mais il doit sentir mon désespoir, ce trou noir où je m'enfonce, Liliana criblée de balles sur la place, Lili perdue, sa petite peau douce, il écarte doucement mes cheveux qui me tombent sur le front et me caresse le visage comme pour éteindre ce foyer d'images horribles qui brûle en moi.

— Je veux dormir maintenant, je n'en peux plus. Tant que je n'aurai pas dormi je ne pourrai pas réfléchir.

Frank me couvre, m'embrasse sur la joue, éteint la lumière et s'en va.

— *Frank n'avait rien compris au récit confus de Miriam, mais il ne doutait pas qu'elle était en danger. Si ce type était dangereux, il ne fallait pas qu'elle reste ici, parce que l'hôtel était, ou avait été, son lieu de travail. Il l'a donc réveillée à sept heures du matin, lui a donné les clés de son appartement, l'adresse et lui a demandé de l'y attendre, sans bouger.*

Il me dit qu'à cette heure je vais passer inaperçue. Mais pourquoi tu n'écris pas l'adresse au lieu de me la faire répéter, tu es comme Liliana, Frank, la discipline. Mais qu'est-ce que je lui raconte, il ne sait même pas qui est Liliana.

— *Frank ne voulait pas qu'elle ait son adresse au cas où ce militaire la retrouverait. C'était du bon sens, pas de la discipline. Il a raconté plus tard à Miriam que son voisin s'était fait arrêter uniquement parce que son nom figurait dans l'agenda d'un type qui était paraît-il un montonero. Il ne pouvait pas faire le lien entre Patricia, son amie, une pute, et une subversive, mais si elle avait des ennuis avec un militaire, ce n'était pas le moment de courir des risques. C'est aussi pour cela qu'il n'a pas voulu l'accompagner, ni se trouver à la réception quand Miriam sortirait de l'hôtel. De toute façon, il avait fini son service.*

Et si quelqu'un me voit quand je sors, me dit Frank, je dois me contenter de sourire, et surtout que je ne m'avise pas de raconter que c'est lui qui m'a donné la suite. Et il a raison, parce que le portier qui me reconnaît immédiatement m'adresse un sourire auquel je réponds quand il me demande si je veux un taxi. Non, merci, je préfère marcher. Il faut faire attention au moindre détail, disait Liliana. Au fait, je ne sais pas qui était à la réception, j'ai bien pris soin de ne pas regarder. Mais je ne crois pas que la Bête aura l'idée de venir aujourd'hui même au Claridge. J'exagère, Frank ne sait rien, mais j'ai dû l'affoler hier soir, parce qu'aujourd'hui il était plus nerveux que moi, et ça m'a fichu encore plus la trouille.

Frank ne s'arrêta pas chez ses parents comme il l'avait prévu. Il rentra directement chez lui et attendit Miriam assis dans l'escalier. Dans sa hâte, il ne s'était pas rendu compte qu'il lui avait donné son unique jeu de clés. Dès qu'ils furent entrés, Miriam lui demanda d'aller devant chez elle pour voir si la Bête ne sortait pas. D'habitude il sort à sept heures et demie, huit heures. Frank ne savait pas pourquoi, mais il allait le faire si elle lui promettait de ne pas sortir de l'appartement.

Il descendit à l'angle d'Ayacucho et Alvear et marcha tranquillement vers Posadas. Il n'eut aucun mal à reconnaître immédiatement la Bête. Il était à la porte de l'immeuble et regardait de tous côtés, comme s'il ne se résolvait pas à quitter les lieux. Ce n'était pas de la fureur, comme le lui avait laissé présager Miriam, mais autre chose, de la douleur. Ces traits durs, grossiers, ne parvenaient pas à dissimuler un désarroi profond. Il n'y avait pas de gardien à la porte et Frank était sûr que la Bête ne l'avait pas repéré. Il l'avait suivi jusqu'au parking de l'autre bloc. Et la Bête ne s'était à aucun moment retourné.

Maintenant il voulait se coucher et dormir. Elle resterait dans sa chambre, il irait dans l'autre. Miriam s'approcha et lui donna un baiser : Merci Frank, tu es merveilleux. Pardonne-moi si hier je n'ai pas voulu coucher avec toi, mais maintenant si tu veux...

— Non, Patricia, maintenant celui qui va dormir c'est moi.

Heureusement qu'il a dit non, je n'avais pas du tout envie. Il faut que je prenne une décision. Je ne supporte pas que la Bête reste chez moi, avec mes affaires, mais pas question d'y aller pour le virer, il me tuerait. Le mieux serait de voir le propriétaire de l'appartement pour essayer d'annuler le contrat. Et qu'il se charge, lui, de virer la Bête, du moins s'il n'est pas encore parti. Frank ne refusera pas de faire le déménagement pour moi.

— *Elle a appelé le propriétaire. Elle lui a dit qu'elle devait partir en Italie et qu'elle déménagerait dans la semaine, ou la suivante, et qu'elle lui rendrait les clés. Le propriétaire a accepté, le contrat arrivait à échéance dans trois mois et elle avait déjà tout payé.*

Et maintenant, comment faire pour retrouver la petite ? Je ne sais même pas comment elle s'appelle. Elle porte probablement le nom du gendre de Dufau. Il doit bien y avoir un annuaire ici. Oui, le voilà. Dufau, Dufau...

— *Encouragée par l'accent de Corrientes de la bonne qui lui a répondu, elle a dit qu'elle était une amie d'enfance de la fille de Dufau et qu'elle voulait son numéro de téléphone.*

— Laquelle des trois ? me demande-t-elle.

Je ne savais pas qu'il avait plusieurs filles. Je ne connais même pas son prénom. Je reste muette, sans savoir quoi dire, mais la verve de cette femme de Corientes me fournit quelques renseignements. Tu étais une amie des jumelles ? Oui, je réponds avec assurance. Elles reviennent vers six heures. Si elles habitent chez Dufau, c'est raté, mais je ne peux plus dire : Ah, non, j'étais une amie de l'autre.

— *Elle a dit qu'elle rappellerait plus tard, ou un autre jour, mais quand elle en a parlé à Frank, après tout ce qui s'est passé par la suite à Coronel Pringles, elle a abandonné l'idée. Cela pouvait être très dangereux. Elle m'a raconté que c'est pendant ces jours-là qu'elle a cherché ton nom dans l'annuaire. Mais, comme je te l'ai dit, elle a cherché un nom commençant par un « e ».*

— *Elle n'a pas beaucoup insisté, dit Carlos un rien méprisant.*

— *Non, elle croyait que tu étais mort.*

— Dis, tu ne pourrais pas aller chercher mes meubles aujourd'hui, ou demain, je demande à Frank quand il se réveille.

— Mais tu es folle, et si la Bête se pointe ?

Je ne crois pas qu'il ait changé la serrure, il doit encore m'attendre, ce connard. Frank dit qu'on en reparlera. Je suis sûre de pouvoir le convaincre.

Le sergent Pitiotti ne pouvait obtenir aucune information, il était distrait, angoissé. La retrouverait-il en arrivant ? Il appela plusieurs fois dans la journée. Elle n'allait pas partir comme ça, en le laissant chez elle. En plus elle avait laissé tous ses vêtements. Elle reviendrait. Il était certain qu'elle reviendrait.

La petite pleure tout le temps. Mariana est épuisée. Eduardo l'engage à se reposer, il restera avec l'enfant jusqu'à ce qu'elle s'endorme. Il prend le biberon. Il la promène et les pleurs diminuent. Il va au jardin. La nuit est chaude. Il essaie de lui donner le biberon et cette fois Luz s'y agrippe. Comme le silence est agréable. Il regarde Luz, sa fille. La ressent-il comme sa fille ? Oui, mais elle ne l'est pas. Il s'assied sur un banc à l'écart de la maison. Maintenant que personne ne nous entend, je vais te le dire. J'ai besoin de te le dire, Luz, ma petite, à toi je ne veux pas mentir.

Et bien qu'il n'ouvre pas la bouche, il raconte à Luz la vérité, il promet de tout lui expliquer quand elle sera plus grande, il fera toutes les recherches qu'elle voudra, et enfin, oui, il se sent un peu soulagé, il peut déposer un baiser sur le duvet de sa petite tête avant de la recoucher dans le berceau.

Pendant quelques jours, le sergent Pitiotti s'accrocha comme un amoureux au moindre espoir, Miriam allait peut-être revenir pour lui demander de quitter la maison et il saurait la convaincre de rester avec lui. Elle ne partirait pas définitivement sans essayer de récupérer ses meubles. Miriam était toquée de ses meubles, des potiches, des tapis, il n'avait jamais compris pourquoi. Oui, un de ces jours elle reviendrait, et quand il lui amènerait le bébé, elle oublierait tout. Au fait, Miriam était partie depuis trois jours et il avait oublié d'aller voir la détenue qui était sur le point d'accoucher.

— Dans combien de temps ? demanda-t-il à Teresa, la fille qui avait contrôlé les contractions de Liliana.

— Je ne sais pas exactement, mais je peux l'examiner, proposa-t-elle.

Elle n'avait jamais fait d'examen gynécologique, mais elle trouva préférable que ce soit elle qui s'en charge plutôt que l'infirmier, une brute épaisse. Teresa lui introduisit un doigt dans le vagin et fit mine de calculer, puis elle palpa le ventre : Il est encore haut et il n'y a pas de dilatation. Une dizaine de jours, peut-être deux semaines.

Quand la Bête repartit, Teresa chuchota à l'oreille de la détenue qu'elle avait dit n'importe quoi, mais qu'il valait mieux continuer à jouer le jeu, car ainsi il l'emmènerait à l'hôpital, comme Liliana. Elle y serait plus en sécurité et qui sait s'il n'y aurait pas une possibilité de prévenir sa famille.

Oui, elle avait raison, et un pauvre sourire se dessina sous la cagoule de la détenue.

— Teresa m'a raconté, dit Carlos, que peu après avoir appris la mort de Liliana, ils ont fait accoucher à l'extérieur une autre fille que la Bête avait désignée. Mais ce n'est pas la Bête qui l'a emmenée.

— Où ? Dans un hôpital ? Peut-être le même que celui où ils avaient envoyé Liliana.

— Je ne sais pas, Teresa ne me l'a pas dit, elle ne le savait peut-être pas. La fille n'est jamais revenue et aucune information n'a filtré, comme avec Liliana.

— Tu n'as pas cherché à en savoir plus ? Quand les commandants ont été jugés, tu n'as pas remarqué s'il était question de cette fille dans un témoignage ? Une piste qui aurait pu te mener à Liliana... à moi. Moi, j'ai pris les témoignages un par un et j'y ai cherché toutes les Liliana qui étaient mentionnées... et tous les Carlos...

Carlos posa sa main sur celle de Luz.

— Je t'ai dit que je croyais notre enfant mort-né, je l'ai appris bien avant le procès des commandants. Carlos se redressa sur sa chaise. Il regarda Luz. Son tour était venu de parler. J'étais au Paraguay, caché à la campagne, juste en face de Posadas, où vivait ma famille. Mon beau-frère m'avait aidé à m'enfuir, on avait traversé le fleuve sur une barque, de nuit. C'était dangereux de rester là, mais je n'ai pas voulu partir, même quand ma sœur m'a obtenu un faux passeport. Je ne pouvais rien faire, mais j'étais au moins plus près de Liliana. J'avais encore l'espoir de la voir revenir. J'avais prévenu Nora, la mère de Liliana, qu'elle avait été enlevée, elle a fait une demande d'habeas corpus et remué ciel et terre. Mais cela n'a rien donné. Comme toujours on lui a dit que Liliana était introuvable.

— Elle s'appelle Nora ? l'interrompit Luz, les yeux brillants de joie. Et... elle vit encore ?

— Oui. Mes parents étaient en contact avec elle, mais ils ignoraient bien sûr où je me trouvais. J'ai beaucoup bougé, mais toujours dans la même zone. C'était désespérant d'être là, au Paraguay, sans pouvoir rien faire pendant des mois. J'appelais pour avoir des nouvelles, ma sœur et mon beau-frère me suppliaient de partir. Eux aussi ont fini par s'enfuir, en décembre. En février 77, mon père m'a rapporté ce que lui avait dit Teresa. Alors je suis parti en Espagne.

— Et tes parents, ils sont vivants ?

— Mon père, oui. Maman est morte en 1980. Je n'ai pas pu la revoir.

Pendant la semaine où elle resta chez lui, Frank l'aida sans compter, bien qu'il ne fût pas arrivé à comprendre son histoire, qu'elle ne lui racontait que par bribes. Elle lui parla enfin de Liliana l'après-midi où ses meubles furent entreposés dans un garde-meuble et qu'il lui donna les lettres de la Bête.

— Quand Frank est entré, une demi-heure avant l'arrivée des déménageurs, il a trouvé des lettres et des messages disséminés dans l'appartement. Il les avait probablement laissés au cas où elle viendrait chercher ses affaires en son absence.

— Ils ont déménagé l'appartement de Miriam dans cette situation ? Mais pourquoi ?

— Miriam a tellement insisté que Frank a fini par accepter d'aller récupérer ses affaires le jour même. Le garde-meuble a été loué au nom de Frank. Je ne comprends pas non plus ce qui a pu se passer dans la tête de Miriam. Cela tient sans doute à ce que tous ces objets représentaient affectivement pour elle : un rêve qu'elle avait pu réaliser. Et c'était aussi une façon de dire à la Bête : Ça suffit. C'est incroyable, mais il n'avait encore rien tenté. Et plus d'une semaine s'était écoulée.

Tout en lisant les lettres à voix haute, Miriam insultait la Bête, « Miriam, notre enfant arrive la semaine prochaine, attends-moi. » « Il faut que je te parle, ne fais pas de folies. » « Je t'aime, je t'adore. » Et cette longue lettre d'un mielleux infect où il lui rappelait comment ils s'étaient connus, leurs projets, combien ils avaient été heureux jusqu'à ce que tout se complique avec la petite du lieutenant-colonel – de Liliana, pas de Dufau, assassin – ce n'était pas sa faute, « mais son devoir ». Son devoir, quel fils de pute.

Frank avait enfin appris toute l'histoire : la fuite avec Liliana et Lili, l'assassinat de Liliana, Lili et le lieutenant-colonel, sa propre fuite.

— *La Bête ne l'a pas recherchée ?*

— *Il a appelé Anette pour savoir si elle était retournée travailler avec elle. Il me semble que c'était le même jour, mais, bien sûr, avant de découvrir que dans l'appartement il ne restait plus que ses vêtements. Ainsi que Miriam l'avait demandé à Frank.*

Aussi, quand Frank arriva à l'hôtel le lendemain et qu'on lui demanda si par hasard il n'avait pas vu Patricia récemment, il ressentit une peur panique. Si la Bête était à sa recherche, comment allait-il réagir en trouvant l'appartement vide ?

— Non, il y a longtemps que je ne la vois plus.

Pourtant, le portier l'avait vue sortir de l'hôtel un matin, il y a neuf ou dix jours. Il n'était pas à la réception cette nuit-là ?

Il ne sait plus, c'était quel jour ? Lui, il y a des mois qu'il ne voit plus Patricia. Il aurait aimé en apprendre un peu plus, mais il valait mieux changer rapidement de sujet, ne pas se montrer intéressé, ne pas éveiller le moindre soupçon.

Quand le sergent Pitiotti entra dans l'appartement vide où il ne restait plus que ses vêtements, il martela les murs de coups de pied et de poing, et, impuissant, il se laissa tomber sur le sol nu jusqu'au lendemain. Au matin, il demanda au concierge et aux voisins s'ils avaient vu un camion de déménagement. En effet, ils en avaient vu un, mais personne ne se souvenait du nom de l'entreprise, ni ne savait à quelle adresse ils devaient livrer les meubles. Le sergent Pitiotti ne voulut pas insister. Il n'aimait pas se voir ainsi, dans le rôle de l'homme abandonné.

— *La seule chose que Miriam a su, c'est que lorsque le propriétaire est arrivé, il n'y avait plus trace de la Bête dans l'appartement. Il avait dû emporter ses affaires ce jour-là. Il ne voulait sans doute pas se compromettre en posant trop de questions. Et je sais qu'il n'a pas entrepris de recherches officielles.*

— *Ça lui coûtait de dire que sa nana l'avait baisé. Qu'est-ce qu'il a pu inventer pour Dufau ?*

Ce même après-midi, après une entrevue avec le lieutenant-colonel, dont il était ressorti humilié, la Bête retrouva toute son efficacité pour obtenir des informations.

Dès que la prisonnière arriva, elle lui fut livrée, et au souvenir des paroles de Dufau : « Alors, sergent, c'est pour quand la noce ? » il la frappa brutalement parce qu'elle ne voulait pas se déshabiller. Ils lui attachèrent les pieds et les mains à un lit à sangles. Il avait dû répondre à Dufau que sa fiancée et lui s'étaient un peu éloignés l'un de l'autre. Mais ce n'était qu'une crise passagère. Sûrement.

Il avait beau avoir expliqué plusieurs fois – le sergent Pitiotti était considéré comme un expert en la matière – qu'il fallait d'abord appliquer la picana sur les muscles longs, bras et jambes (atteindre le seuil de la douleur, mais ne pas le franchir car au-delà le prisonnier devient insensible et ne parle plus), cet après-midi-là, il semblait avoir tout oublié de sa science et était passé rapidement des jambes au vagin. Elle a très mal vécu les événements de l'autre jour, mon colonel, c'est une femme très sensible, mais elle s'en remettra. Une décharge pas plus, quinze mille volts à trente milliampères. Miriam s'en remettrait.

— Et maintenant, vide ton sac, petite pute de montonera.

Les trois premières heures étaient fondamentales ; la Bête, qui le savait, mettait tout en œuvre et faisait preuve d'imagination pour obtenir des aveux rapides. Au bout de trois heures le plan d'urgence serait déclenché, la cellule dissoute, et il serait plus difficile de les coincer.

Ce jour-là, la bête voulait se surpasser afin d'effacer l'image de mollesse qu'il avait dû offrir à Dufau un moment plus tôt : sa fiancée était allée dans sa famille, il lui rendrait visite bientôt et ils se réconcilieraient. Au moment où il appliquait la picana sur les mamelons de la prisonnière, il lui vint une idée : Est-ce qu'elle ne serait pas à Coronel Pringles ? Alors qu'il l'imaginait revenue chez Anette. Dès qu'il serait libre, dimanche, il irait faire un tour là-bas. Qu'ils notent tout ce que disait la prisonnière, rapidement, avant que la cellule soit démantelée. Il aurait besoin d'aide, mais il ne voulait pas qu'on soit au courant de cette opération, il s'agissait de sa femme, non d'une subversive. Pilón ? Oui, il appellerait Pilón. Celui-là, c'était sûr qu'il ne dirait rien.

Le sergent Pitiotti pouvait encore la retrouver et la convaincre de rester avec lui.

Quand Laura et Javier leur rendirent visite, Amalia était encore là. Pour aider Mariana, car les premiers jours sont difficiles. Et la petite pleurniche beaucoup. Vous avez vu comme elle est jolie. À qui elle ressemble ?

Et maintenant, comme toujours, pensa Laura qui avait vécu cette expérience à la naissance de son fils, chacun allait trouver à la petite des ressemblances avec les membres de sa propre famille. Aussi fut-elle étonnée d'entendre Amalia dire qu'elle était le portrait craché d'Eduardo et non de Mariana ou d'elle-même. Tu ne trouves pas, Javier ?

— Oui, peut-être, mais quand ils sont si petits je ne me rends pas compte.

La mère d'Eduardo donna raison à Amalia : la petite avait quelque chose d'Eduardo, ajoutant pour être gentille : bien qu'elle ait les yeux de Mariana.

Mais non, pensa Laura, Mariana a les yeux marron et cette gosse a de toute évidence les yeux clairs.

— Ta mère affirme n'importe quoi pour être aimable, dit-elle à Javier en sortant, mais ce qui est très bizarre, c'est l'attitude d'Amalia. Pourquoi tant d'insistance à vouloir que la petite ressemble à Eduardo ? Et tu as vu le regard furieux d'Eduardo quand elle l'a dit ?

— Non, il m'a semblé qu'Eduardo était bien, content.

— Oui, mais pas quand Amalia s'obstinait sur les ressemblances, il la regardait d'une drôle de manière. Il y a là quelque chose de bizarre, Javier.

Mais non, tu délires. Pourtant, toi aussi tu m'as dit qu'il se passait quelque chose de bizarre avec la petite à l'hôpital. Pourquoi personne ne pouvait la voir ? Oui, c'est vrai, mais maintenant elle est là, tout va bien, et Eduardo, moi il m'a l'air... bien... peut-être un peu soucieux, tu as raison, ou fatigué, mais c'est logique, un bébé te change la vie, moi aussi cela m'est arrivé les premiers jours avec Facundo.

Non, ce n'était pas pareil, Laura ne pouvait pas lui dire quoi, mais quelque chose ne lui plaisait pas, lui semblait étrange, obscur. Mais elle préférait se taire parce que ses commentaires mettaient Javier mal à l'aise. Et puis, il avait peut-être raison, elle trouvait les beaux-parents d'Eduardo tellement antipathiques, que tout ce qui venait d'eux lui paraissait louche.

Je demande à Frank de ne pas s'en aller dans l'autre chambre et de rester avec moi.

— Pourquoi ? Tu as peur ?

— Oui, je réponds, bien qu'il semble avoir plus peur que moi. Mais ce n'est pas ça. J'aimerais passer la nuit avec toi, je ne te plais pas ?

Bien sûr que je lui plais, mais il est mon ami, pas mon client. Il s'est conduit comme un ami, un ami loyal. Et c'est vraiment ce qu'il est. Mais il n'y a pas de mal à être des amis et à faire l'amour, non ? Et Frank sourit. Bon, bon si tu le prends mal, je n'insiste pas, je voulais juste dormir avec toi, seulement dormir, je te jure que je ne ferai rien, compte sur moi.

Et nous nous couchons tous les deux dans son lit. C'est moi qui me rapproche de lui : Tu vois, je veux seulement m'appuyer ici, me reposer. Et il me prend dans ses bras, je ne le crois pas du tout quand il dit qu'il ne veut pas. Une main en appelle une autre.

— On fera ce que tu voudras, rien de plus, je le rassure.

Et lui m'embrasse doucement, fait glisser sans hâte ma chemise de nuit, sa bouche parcourt mes épaules, ma poitrine. Et je lui dis que je l'aime, que je veux faire l'amour avec lui, non parce que je lui suis reconnaissante et que je veux lui offrir un service gratis, non parce que... Il m'embrasse sur la bouche pour que je me taise.

Il a raison : les corps expliquent mieux que les mots, je sens combien il me plaît, combien il m'aime, et nous nous laissons aller à ce qui nous faisait tellement envie, à tout ce qui nous chante, tendresse, amour, passion, et quand enfin j'arrive là où Frank m'a emmenée, si haut, ma cuirasse tombe et je suis bouleversée. J'aime ces larmes qui coulent de moi, si différentes de celles de ces derniers jours. Je suis heureuse, et triste aussi, non seulement de ce qui vient d'arriver mais parce que je ne vais plus revoir Frank. Je ne veux pas qu'il s'en aperçoive, je me blottis contre lui et j'attends qu'il s'endorme. Putain de vie, juste au moment où je ressens pour la première fois quelque chose de si fort, je dois y renoncer.

Je l'ai décidé aujourd'hui, quand il m'a raconté l'incident du Claridge, voilà pourquoi j'ai tellement insisté pour qu'on dorme ensemble, je voulais lui dire adieu. Je ne veux pas le compromettre davantage, tôt ou tard quelqu'un apprendrait qu'il me cache et il se retrouverait sans boulot. Et pour moi aussi c'est risqué. Demain, quand Frank sera parti, je pars à Coronel Pringles. Je ne crois pas que la Bête ira me chercher là-bas. S'il a appelé Anette, c'est qu'il pense que j'ai recommencé à faire la pute. Donc je ne suis pas censée aller à Coronel Pringles.

Je le regarde dormir en réfléchissant à ce que je vais écrire dans la lettre que je lui laisserai demain.

Deux jours après le départ de Miriam, Frank fut de nouveau interrogé à son sujet. Mais pourquoi, qu'est-ce qui se passe avec Patricia, demanda-t-il tout en consultant négligemment le registre. Le vieux ne savait pas, mais il avait reçu quelques jours plus tôt un appel de l'agence, et cet après-midi un type s'était présenté, en civil, probablement un militaire, et avait posé des questions sur elle et l'avait même menacé : il risquait gros à cacher des informations, le type reviendrait le lendemain en espérant que le vieux aurait du concret : avec qui elle était et où.

La Bête, pensa Frank, et il tenta de masquer son trouble par une blague : Peut-être un type qu'elle excitait beaucoup, et maintenant qu'elle ne bosse plus, il veut à tout prix la retrouver.

Mais s'il en était au point de la rechercher ouvertement, il pouvait très bien aller à Coronel Pringles. Il devait coûte que coûte prévenir Miriam.

Elle n'en revenait pas la tante Nuncia de me voir débarquer. Elle n'avait plus de nouvelles de moi depuis des lustres.

— Tu vas rester vivre ici ? elle m'a demandé en regardant mon énorme valise.

— Non, je suis juste venue vous rendre visite pour quelques jours. Mais je peux aller à l'hôtel si c'est trop compliqué.

— Mais non, pas du tout, reste à la maison.

Et me revoilà dans la chambre que je partageais avec Noemí, qui attend maintenant son troisième enfant. Elle a trouvé bizarre que je sois aussi émue de voir mon petit neveu.

— Je ne savais pas que tu aimais tant les bébés.

Bien sûr que je les aime et j'étais toute larmoyante au souvenir de Lili. Noemí se réjouissait que je m'en sois si bien sortie, que je fasse une bonne carrière et que je sois riche, mais si tu aimes tant les gosses, c'est dommage que tu n'en aies pas, tu devrais te marier. Oui, un jour, mais avant je devais voyager, continuer ma carrière de mannequin. Je lui ai raconté qu'on m'avait engagée en Italie et qu'après je travaillerais probablement en France.

Me marier, avoir un enfant, tout ce que me disait la tante à l'époque, c'était comme si je pénétrais dans le tunnel du temps. Aussi, quand elle m'a demandé, pendant qu'on buvait le maté, de lui raconter ma vie, est-ce que j'avais un ami, je m'en suis inventé un. Et je lui ai fait le portrait de Frank, châtain clair, presque blond, sympathique, gentil, travailleur, et un de ces sourires !

— Ah ! Miriam, quelle joie de te voir amoureuse !

Et tandis que la tante gobait mon roman-feuilleton, je me mettais à y croire de plus en plus et j'avais une envie folle d'appeler Frank. Pourquoi tu ne te maries pas alors ? Non, je ne peux pas encore, j'ai des contrats importants en Europe, mais peut-être au retour.

Au retour de quoi, je ne sais même pas où aller. Je ne peux pas m'éterniser ici, ni aller à Buenos Aires avec la Bête à mes trousses. Frank, mon chéri, qu'est-ce que je dois faire ? Je ne peux même pas te demander de l'aide.

Je vais faire un tour au bar. Je le retrouve tel quel. Je suis toute contente d'entendre le Gros me saluer : Miriam, la reine ! J'avais oublié que j'avais été élue Reine de Coronel Pringles, mais pas eux. Je lui demande un whisky tout en lui chantant le même couplet : les contrats en Europe, le succès, avant mon départ je voulais revoir ma famille.

Mais ni la joie d'être reconnue par tout le monde ni cette affection avec laquelle ils m'accueillent ne peuvent étouffer l'angoisse : Lili avec des assassins, Liliana morte et Frank... je lui ai dit qu'on ne se reverrait pas.

Il faut que je l'appelle, tout de suite, je demande au Gros de me prêter son téléphone.

— *Heureusement qu'elle a eu cette impulsion d'appeler Frank. Il lui a ordonné de partir immédiatement, la situation était très sérieuse et il craignait que la Bête aille la chercher là-bas. C'est ce qui l'a sauvée, ils ont dû se croiser, avec la Bête et Pilón, parce que c'est le lendemain qu'ils ont tout cassé chez la tante.*

Il n'eut pas de difficulté à la trouver. C'est le Gros lui-même, au bar, qui lui a dit qu'elle était chez sa tante. Mais bien sûr la Bête ne voulut pas croire qu'elle était partie le matin-même, il l'écarta d'une bourrade et fouilla de fond en comble la maison, en renversant tout ce qui se trouvait sur son passage. C'est Pilón qui appuya le pistolet sur la tempe de doña Nuncia pour qu'elle donne l'adresse de sa fille Noemí. Mais pourquoi, puisque je vous dis qu'elle n'est plus là, elle devait partir en Italie.

Pas la moindre trace de Miriam chez Noemí non plus. La Bête s'acharna sur la chambre du bébé, il démolit tout, et si Pilón n'était pas intervenu, s'il n'avait pas réussi à lui arracher le bébé des mains pour le rendre à sa mère, la Bête l'aurait écrasé par terre au premier braillement.

Elle n'en savait pas plus que sa mère : Miriam était partie ce matin, sans même lui dire au revoir. La Miriam avait toujours été une ingrate, elle ne l'aimait pas. Et ils avaient tout cassé à cause d'elle.

Le caporal Pilón ne croyait pas qu'elle se soit cachée ici. Le plus probable, en effet, c'est qu'elle était partie ce matin même. Et en plus, sergent, il vaudrait mieux arrêter de faire trop de foin. Lui-même avait dit que tout devait rester absolument secret. En continuant, ils pouvaient éveiller des soupçons, et c'était une affaire personnelle, pas de subversifs, votre femme n'est pas une subversive, non ?

Le sergent Pitiotti ne répondit pas, monta dans la voiture et prit le chemin du retour. Il rumina la phrase pendant une cinquantaine de kilomètres, qu'est-ce qu'il avait voulu dire, que savait Pilón, il croyait peut-être que la fuite de la prisonnière... Il se rabattit sur le bas-côté et freina violemment.

— Maintenant Pilón vous allez me donner la véritable version des faits qui ont eu lieu le 7 décembre.

Il perçut un tremblement sur les lèvres du caporal Pilón : il ne comprenait pas. Pourquoi avez-vous insinué que ma femme était une subversive ? Non, il n'avait rien insinué, il ne savait rien. Mais la pression menaçante de la Bête était trop forte, alors Pilón bredouilla : Cette femme que vous cherchez, sergent, je crois pas que ce soit une subversive, mais je crois qu'elle ne vous mérite pas. Le sergent Pitiotti lui ordonna de s'expliquer.

Eh bien, parfois, elle l'avait provoqué, c'est peu de le dire, et sous son propre toit ! Mais bien sûr, pour lui pas question de se laisser embobiner, il respectait trop le sergent Pitiotti. Alors, lui raconter ça aujourd'hui, comprenez-moi, c'était violent.

Pitiotti redémarra et ils roulèrent en silence. Il aurait presque préféré apprendre que Miriam avait été complice de la prisonnière, plutôt que ce que venait de lui avouer Pilón. Il aurait pu le questionner davantage, mais un nœud lui serrait la gorge. Il ne voulait pas subir l'humiliation des détails que Pilón risquait de lui donner. Mais il les demanderait à Miriam parce que, maintenant il en était sûr, il la retrouverait, et alors il lui ferait payer ses affronts, à sa manière, avec toute la cruauté dont il était capable, et très lentement. Il allait jouir de la douleur de Miriam autant qu'il avait joui de son amour.

— Je ne crois pas nécessaire de vous dire que cette mission, comme celle que vous avez accomplie chez moi, n'a jamais existé, dit-il à Pilón.

Je suis avec Frank à l'hôtel où nous nous sommes inscrits sous le nom de monsieur et madame Harrison. Frank devait repartir tout de suite, on n'avait pas le temps, mais on l'a fait quand même et c'était merveilleux. Il m'a demandé de ne pas sortir et de ne parler à personne jusqu'à son retour. Il va faire quelques démarches : Ne t'en fais pas, je me charge de tout, je vais te tirer de là.

Je fais les cent pas dans la chambre. J'ai envie d'appeler chez Dufau pour voir si je peux apprendre quelque chose sur la petite, ou le numéro de la fille. Comment savoir son nom ? Mais j'ai peur et Frank serait fâché. Quand je lui ai raconté que je projetais d'enlever Lili, il m'a dit que j'étais complètement dingue.

Il y a un service d'étage, un menu, j'ai faim, je sonne et demande qu'on me monte un hamburger et un jus d'orange. Je suis madame Harrison, 328.

Madame Harrison ! Je ris toute seule en raccrochant le téléphone. Je me demande comment je peux être aussi joyeuse, alors que mon amie, la seule amie que j'aie jamais eue, a été assassinée, que Lili est entre les mains de ces porcs qui l'ont volée, que la Bête me traque pour me faire la peau, maintenant c'est sûr, et que je dois renoncer à ce que j'ai découvert : le plaisir de faire l'amour avec un ami, ou comme on voudra, un égal, qui me soutient vraiment, bien que je sois très différente, qu'il n'aime pas les putes et que pour lui je sois encore Patricia. Malgré tous ces coups durs, je m'amuse à jouer le rôle de celle que j'aimerais être un moment : madame Harrison, pas pour faire plaisir à la tante Nuncia, mais parce que c'est bon de se sentir la femme de quelqu'un qui est capable de risquer sa vie pour moi. Donc en ce moment je m'amuse à jouer à madame Harrison. Pourquoi chercher un prétexte pour être contente ? Tout semble indiquer que le mieux serait encore de me trancher les veines, mais la vérité est que je me sens plutôt bien. Je suis comme ça.

C'est peut-être ce qui me pousse à appeler ma tante, je voudrais m'excuser d'être partie comme une voleuse, en laissant juste un mot, et lui dire que je suis avec mon fiancé, et contente.

Alors elle me raconte tout ce qu'ils ont fait. Pourquoi ils me cherchent, qu'est-ce que j'ai fait, dis la vérité. Je ne sais pas quoi lui dire. Je n'y comprends rien, c'est la première réponse qui me vient, mais je dois à tout prix inventer un bobard aussi gros qu'elle : c'étaient sûrement des tueurs payés par un homme avec lequel je n'ai pas voulu me marier, riche mais méchant, et, comme elle le sait, je suis amoureuse d'un autre. Elle se radoucit, oui, ce garçon, comment il s'appelle ? Boby, j'improvise, heureusement je ne lui avais pas dit le nom. Qu'elle ne s'en fasse pas, demain je pars en Italie, je vous écrirai. Je vous enverrai un peu d'argent avant mon départ pour payer ce qu'ils ont cassé.

Quand Miriam raconta ce qui était arrivé à sa tante, Frank se félicita d'avoir demandé à Charly de la prendre sur son bateau : Tu pars en Uruguay demain, sur le bateau d'un copain.

— *Frank avait des amis riches, il avait fait ses études au collège Lincoln, boursier, bien sûr, parce que ses parents étaient fauchés, mais il était américain. Il continuait de voir un copain qui avait un bateau et qui allait souvent à Carmelo, en Uruguay, où il y avait moins de contrôle. Il lui a demandé s'il pouvait y emmener une fille, qu'il rejoindrait après à Montevideo. L'ami ne s'est pas montré trop curieux, il a cru à une histoire de cul, ce que Frank avait insinué, et il a accepté. – Et Luz se met à rire.*

— *De quoi ris-tu, lui demanda Carlos.*

— *Je me souviens d'une phrase de Miriam quand elle me l'a raconté : « En plus, quand il a vu le beau morceau que j'étais, à l'époque, il a dû se sentir fier de son copain. Et faire un gros effort pour ne pas me toucher, ses mains le démangeaient ». Et comme elle savait ce que Frank avait insinué, elle s'est confiée : elle s'était séparée de son mari parce qu'elle était tombée amoureuse de Frank, mais comme le divorce n'avait pas encore été prononcé et que son mari la tenait à l'œil, ils s'étaient donné rendez-vous en Uruguay pour ne pas être vus ensemble.*

— Je ne veux pas partir demain, bien sûr que je suis morte de peur, mais personne ne viendra me chercher ici. Sinon, pars avec moi.

Après ce qu'elle lui avait elle-même raconté, comment ne voyait-elle pas le danger qu'elle courait : si tu ne pars pas, c'est moi qui t'emmène. Mais il ne vaut mieux pas qu'on fasse le lien entre nous.

Non, il avait raison, lui dit Miriam, elle ne voulait pas qu'il se mouille davantage pour elle. Tu risques de te faire descendre à cause de moi.

Ils allaient faire ce que Frank avait prévu. Il ne fallait pas qu'on les voie quitter ensemble le pays, parce que si on m'arrête, je sais où tu habites et c'est dangereux.

— *Ce n'est pas pour se protéger, mais pour protéger Frank, que Miriam a décidé de ne pas l'appeler pour lui donner son adresse.*

— *Et elle ne l'a jamais appelé, après tout ce qu'il avait fait pour elle ?*

— *Non, elle a voulu rompre radicalement, elle savait qu'il aurait très envie de la revoir et elle ne voulait plus lui causer d'ennuis, parce qu'elle l'aimait, pour le sauver, même si Frank ne l'a pas compris ainsi. Quelque temps plus tard, il a obtenu un travail aux États-Unis et il est parti vivre là-bas. Il l'a retrouvée des années plus tard, dans la rue Gorlero, à Punta del Este. Il était allé passer les fêtes dans sa famille. Cet hiver-là, il avait pris deux mois de vacances et était revenu en Uruguay. Uniquement pour la revoir. Mais c'était beaucoup plus tard, pendant l'hiver 83.*

— *Et Lili ?*

— *Lili – Luz sourit, se tut un instant, et prononça lentement la phrase suivante, comme si elle y avait mûrement réfléchi : Luz a grandi avec ces parents-là, dans une angoisse congénitale, comme disait Mariana, mais avec bonheur aussi... jusqu'en 83. Mais avant de te raconter tout ce qui s'est passé en 83, il vaudrait mieux que je commande un peu de vin.*

DEUXIÈME PARTIE

1983

CHAPITRE SEPT

Tout se passait bien pendant l'anniversaire de Laura, quand Carola Luccini eut l'idée de parler de l'enlèvement de ses amis. Le dîner était terminé et les invités se retrouvaient en petits groupes.

— Ils n'avaient rien à voir là-dedans.

— Comment le sais-tu ? l'interrompit Mariana, impertinente.

— Parce que je les connaissais très bien, depuis l'enfance. Nos mères étaient amies. Elle, elle travaillait dans un collège et n'a jamais été mêlée à quoi que ce soit. Quant à son frère, qu'est-ce qu'il a pu faire ? Il avait dix-sept ans quand ils l'ont embarqué.

— Quand ils l'ont quoi ? réagit Mariana. Je ne comprends pas.

Alberto Luccini fit un signe à sa femme, qui ne passa pas inaperçu à Eduardo.

— Quand ils les ont enlevés. C'était une erreur, mais ils ne sont jamais réapparus. La mère était effondrée. Lettres, demandes d'*habeas corpus*, entrevues avec des militaires, des marins, des évêques. Police, Église. Personne ne savait rien, comme si la terre les avait avalés. Le plus probable est qu'ils ont été tués.

— Si on les a arrêtés, il devait y avoir une raison. Qu'est-ce que tu en sais ? Que tu les aies connus quand tu étais gosse n'a rien à voir. Ils pouvaient avoir changé. Si ça se trouve c'étaient des enfants bien, mais les communistes leur ont lavé le cerveau et ils sont entrés dans la guérilla. La mère doit être une de ces femmes qui ferme les yeux sur tout ce que font leurs enfants, elles n'en ont même pas idée, et maintenant elle pleure, mais c'est trop tard. Il fallait les surveiller avant.

Eduardo et Alberto voulurent mettre un terme à cet échange, mais tant le « Je vous apporte un verre ? » d'Eduardo, que le « Allons les filles, ne vous chamaillez pas » d'Alberto, rebondirent sur cette bulle électrisée où elles étaient enfermées.

Carola sortit ses griffes : qu'est-ce qu'elle en savait, elle ne les connaissait même pas, c'étaient des gamins fantastiques, et très catholiques, la mère était avec eux d'un dévouement absolu, et puis qu'elle arrête de parler comme ça, c'était intolérable. Comment, tu veux bien me dire comment un gosse qui vient d'avoir dix-sept ans peut faire quelque chose de mal ?

Eduardo pressa sa main sur le bras de Mariana et, du regard, la supplia de se taire, car ce qu'il sentait monter en elle, pendant que Carola parlait, allait éclater avec violence. Et lui, non seulement il n'aimait pas les scènes violentes, mais ils se trouvaient chez son frère, c'était l'anniversaire de sa femme, Laura, et pour rien au monde il ne voulait que se produise ce qui paraissait maintenant inévitable, car Mariana était furieuse, autant ou plus que Carola.

— Et alors, tu ne te souviens pas de cette gamine de quinze ans qui est devenue amie de la fille du commissaire et qui s'est introduite dans la maison pour y poser une bombe. Quinze ans, elle avait, et elle était déjà une meurtrière. Et ton petit copain ne pouvait rien faire parce qu'il en avait dix-sept ?

— Il n'a rien fait, je te le répète – on aurait dit qu'elle allait la frapper –, on lui a ôté la vie et ses parents n'ont pas eu droit à la moindre explication. Détenus, tu dis, mais où ? Allez, dis-moi où, parce que leur famille l'ignore. Tu aimerais qu'il arrive la même chose à ta fille ?

— Cela n'arrivera pas. Moi je vais bien l'élever.

Alberto voulut l'arrêter, mais Carola s'était levée et le doigt pointé lui criait :

— Tu dis n'importe quoi, Mariana. Il y a des années que des gens disparaissent sans raison, et non seulement on les enlève, mais on leur vole tout, et on les fait...

— Mais qu'est-ce que tu veux ? l'interrompit Mariana. Qu'on reste les bras croisés ? Ça t'est égal qu'on pose des bombes, qu'on séquestre des industriels, qu'on soit tous en danger ? Tu es d'accord avec eux, alors.

Si Luccini n'était pas intervenu, qui sait jusqu'où elles seraient allées, et qui sait comment il s'y prit pour entraîner Carola un instant à l'écart et lui dire quelques mots.

— Mais pourquoi tu te mets dans cet état ? dit Eduardo à Mariana. Tu ne comprends pas qu'elle parle de gamins qu'elle aimait beaucoup, des amis d'enfance.

— Tais-toi, Eduardo, c'est toi qui ne comprends rien. Tu es trop gentil, trop naïf, ou trop con.

Il n'eut pas le temps de répliquer, Carola et Alberto revenaient vers eux avec des verres à la main. Le visage encore en feu après un tel emportement, les yeux rougis, au bord des larmes, Carola d'une voix douce et contenue dit à Mariana : Excuse-moi, je crois que je me suis exaltée parce que je les aimais beaucoup. Bien sûr que je ne veux pas qu'on pose des bombes, ni rien de tout cela. Nous – dit-elle en regardant son mari – nous sommes totalement contre les guérilleros.

Après sept ans d'absence, Dolores trouva Buenos Aires irréel. Mêmes rues, mêmes arbres, mêmes carrefours, et pourtant tout était si différent.

— *Ce qui a beaucoup influencé Eduardo, ce sont ses retrouvailles avec Dolores. Son histoire l'a entraîné sur une voie qu'il n'allait pas pouvoir quitter. La belle-sœur de Dolores était enceinte quand elle avait été enlevée.*

— *Qui était Dolores ? lui demanda Carlos.*

— *Dolores était la nièce d'un voisin des Iturbe. Elle et son frère Pablo vivaient à Buenos Aires et passaient régulièrement les mois d'été à Entre Ríos, à la ferme de leur oncle. Elle avait quelques années de moins qu'Eduardo. Quand on est enfant, la différence est plus sensible, c'est peut-être pour cela que leur relation était impossible. Javier m'a raconté qu'à l'époque Eduardo était très amoureux de Dolores, qui passait des heures à lui écrire des lettres. Mais la vie les a séparés, ils ne sont plus venus à Entre Ríos, Eduardo est parti faire ses études à Rosario, ils ont cessé de se voir et probablement de penser l'un à l'autre. Il y avait douze ans qu'ils ne s'étaient pas revus quand ils se sont rencontrés par hasard à Buenos Aires, pendant l'hiver 1983. Dolores revenait en Argentine après sept ans d'exil. Mais non pour s'y installer, elle préférait rester en France. Elle voulait entrer en contact avec les Grands-Mères de la place de Mai.*

Le taxi file sur l'avenue Libertador sous une pluie fine. C'était aussi par un jour pluvieux qu'il l'avait emmenée étrenner la voiture que ses parents lui avaient offerte pour ses dix-huit ans. À toute vitesse sur Libertador, tous les deux morts de rire. Aujourd'hui encore Dolores peut entendre ce rire, le revivre comme alors. Mais des cris de douleur se mêlent au rire. Ces cris, elle ne sait s'ils viennent de l'extérieur, où Pablo n'est plus, ou d'elle-même, parce que ces cris, qu'elle n'a entendus qu'une nuit, sont à jamais gravés en elle.

Quand Luz lui apporta le cahier pour qu'elle vérifie que ses devoirs étaient faits, Mariana n'y jeta qu'un coup d'œil distrait.

— Très bien, très bien, fit-elle en refermant le cahier.

— Non, maman, regarde tout. Sur l'autre page j'ai fait un petit dessin.

Mariana le feuilleta rapidement et appela Carmen : Luz devait prendre son bain. Non, pas encore, s'il te plaît. Luz voulait qu'elles jouent un moment à monter des maisonnettes avec les nouveaux Lego.

Elle était énervée par cette façon qu'avait Luz d'insister quand elle voulait quelque chose : Allez, maman, sois gentille, laisse-moi. Elle était énervée que Carmen ne vienne pas sur-le-champ quand elle l'appelait. Elle alla à la porte et cria : Carmen, emmène Luz faire sa toilette et se changer.

En réalité, ce qui l'avait mise de mauvaise humeur n'était ni Luz ni Carmen, mais la discussion qu'elle avait eue avec Eduardo hier soir. Mariana pensait qu'Eduardo n'avait rien compris aux propos de Carola Luccini, ni à sa réaction. Quand ils avaient quitté la soirée d'anniversaire de Laura, Mariana aurait aimé continuer la discussion, mais Eduardo avait changé de sujet, puis il s'était montré tellement câlin que sa colère avait fini par s'estomper et ils s'étaient endormis dans les bras l'un de l'autre après avoir fait l'amour.

Eduardo parvenait toujours à la désarmer par des gestes tendres et elle renonçait à lui dire tout ce qu'elle pensait. Mais cette fois elle ne se laisserait pas faire et dès qu'Eduardo reviendrait de Buenos Aires elle éclaircirait cette affaire avec lui. Si elle avait répondu ainsi à Carola, alors qu'ils étaient chez le frère d'Eduardo, c'était parce qu'elle le méritait. Et elle recommencerait avec quiconque prendrait, devant elle, la défense des subversifs. Eduardo, lui, admettait que les autres puissent penser et sentir comme bon leur semblait, sans jamais chercher à combattre leur erreur ; elle, non. Cette désinvolture la mettait hors d'elle. Mais il était très difficile de se disputer avec Eduardo, son habileté à la détourner de toute discussion par des petits jeux et des câlins était, pour Mariana, irrésistible. Cette fois, pourtant, elle ne pouvait pas laisser passer, parce que demain un sujet semblable pouvait arriver aux oreilles de Luz, et eux, responsables de son éducation, devaient se montrer clairs dans les valeurs qu'ils défendaient. Eduardo était un naïf, il ne se rendait pas compte de la situation du pays, ce qui expliquait que des gens comme Carola lui inspiraient de la compassion, alors qu'il aurait dû se demander pourquoi elle défendait des subversifs avec tant de virulence. C'était peut-être une communiste camouflée, Carola.

Aussi, quand Eduardo appela pour la prévenir qu'il rentrerait le lendemain, car sa dernière réunion se terminerait tard, Mariana lui demanda de bien vouloir rentrer le soir même, parce qu'elle avait à lui parler.

Dolores regarde à droite et s'étonne de voir le *Dandy*. Tant d'années ont passé, tant de choses, et ce bar est toujours là, immuable. Sans réfléchir elle demande au chauffeur de taxi de s'arrêter. Elle paie et descend. Elle traverse la terrasse d'hiver et entre dans le bar. C'est incroyable que le *Dandy* soit là, comme toujours, alors que Pablo, son frère, n'est plus là.

Toutes ces années en France ont formé une mince croûte sur sa blessure, mais depuis qu'elle est à Buenos Aires, la douleur s'est réveillée, elle peut la palper, la respirer, la sentir remuer dans son corps. C'est une douleur qui ne la laisse pas en paix, qui exige d'elle action, vengeance, réparation. Et la seule réparation possible, pense-t-elle, sera de remuer ciel et terre pour retrouver cet enfant, sa nièce ou son neveu, si du moins il a survécu.

Elle s'assied à une table près de la fenêtre et demande un café au lait et un toast. Elle promène son regard sur le bar. Et les souvenirs défilent : elle, en uniforme, à la sortie du collège, retrouvant Pablo et ses copains, lui racontant qu'elle est amoureuse d'Eduardo « pour de vrai », et que si on ne la laisse pas aller à Entre Ríos cet été, elle va se tailler de la maison, et ces tournées de *lomitos* et de bières avec les copains après les fêtes ou le ciné, et Pablo, sérieux et euphorique, lui annonçant son engagement militant.

Pablo lui avait donné rendez-vous au *Dandy*, ce qui n'étonna pas Dolores, car depuis qu'elle avait treize ans et lui quinze, ils avaient pris l'habitude d'échanger des confidences au *Dandy*, comme si la présence de leurs parents les empêchaient d'en faire autant à la maison. À cette époque ils se voyaient moins souvent. La faculté, des horaires distincts, de nouvelles amitiés qu'elle ne connaissait pas retenaient Pablo hors de la maison plus longtemps qu'auparavant. Peu à peu il avait pris ses distances avec le groupe de copains dont elle faisait partie. Aussi avait-elle été très contente quand il lui proposa un rendez-vous au *Dandy*, ce samedi après-midi.

Ce n'était pas qu'il l'aimait moins qu'avant, ni qu'il ne trouvait plus amusant de sortir et de bavarder avec sa petite sœur, comme Dolores le lui reprochait, mais sa vie avait changé depuis qu'il avait compris certaines notions fondamentales sur la société dont il n'avait jusque-là pas conscience. Il lui parla de la lutte des classes, de l'injustice du système bourgeois. Pablo s'était lié à « l'unique » force révolutionnaire capable, selon lui, d'organiser et de conduire les masses vers une situation plus favorable. Il avait décidé de militer au PRT [1]. Il le lui annonça, tout fier : pour la première fois il se sentait utile, et protagoniste d'un moment historique incomparable.

Le mot « révolution » illuminait son regard, il le savourait dans sa bouche comme la plus recherchée des friandises, l'alcool le plus excitant.

Il voulait partager cela avec elle, sa meilleure amie, sa chère petite sœur. De plus, le parti avait décidé qu'il était plus sûr pour ses militants que certains parents sachent où leurs enfants militaient. Comme il ne lui semblait pas encore possible d'en parler à ses parents, il avait décidé de le dire à sa sœur, mais ne le raconte pas à papa et maman, s'il te plaît.

— Non, ils ne comprendraient pas, ils ont déjà très mal pris que tu refuses la voiture qu'ils t'avaient offerte, parce que tu avais honte d'avoir une auto à ton âge alors que d'autres n'avaient rien à manger. Tu n'aurais pas dû les blesser comme ça, lui reprocha Dolores.

Pablo lui demanda d'essayer de réfléchir et de ne pas rester enfermée dans les limites des relations personnelles, mais de franchir celles de la lutte des classes. Les limites individuelles rendent

1. Parti Révolutionnaire des Travailleurs.

tout pénible et obscur. Tandis que les limites objectives de l'histoire nous plongent dans la souffrance et les joies des masses, dans leurs perspectives, dans la lutte.

Combien de temps avait passé entre cet après-midi-là et cet autre rendez-vous que Dolores lui avait proposé, entre les pleurs de sa mère et la colère de son père, le jour où Pablo leur avait annoncé qu'il quittait la maison ? Six mois ? Un an ? Pendant tout ce temps elle avait gardé le secret, comme il le lui avait demandé, non seulement avec la famille, mais avec les amis. Pablo lui avait fait lire le journal *Nuevo Hombre* pour en discuter, mais Dolores lui avait dit qu'elle ne voulait pas faire de politique et il avait mal réagi : Ouvre les yeux, Dolores, ce n'est pas bon d'être volontairement aveugle, comme dit Larralde.

Ils ne se disputèrent pas, mais la vie quotidienne que chacun menait de son côté les éloigna de plus en plus.

L'après-midi du rendez-vous au *Dandy*, elle apprit qu'il allait vivre avec Mirta, sa compagne, dans un quartier ouvrier : il allait se prolétariser. Se prolétariser ? Qu'est-ce que tu veux dire ? Tu vas devenir ouvrier ? C'est sérieux ? Pablo, tu es fou. Pourquoi ? Et il lui expliqua, mais Dolores eut du mal à comprendre, elle s'emporta : Pourquoi tu dois tout faire comme ça, de façon extrême ? Tu ne peux pas parler avec « les masses » sans te déguiser ?

Bien que Dolores ait recours à ce jargon qu'elle découvrait à la faculté, elle ne comprenait pas la décision de Pablo. Il ne lui reprochait rien : c'était son éducation, et tous ces gens pleins de bonnes intentions, mais dans l'erreur, qu'elle devait sans doute écouter. De toutes façons ni les montos ni les maoïstes, personne en dehors du PRT ne pouvait diriger une lutte véritable. Il était temps qu'elle se réveille et qu'elle regarde autour d'elle.

— On ne peut pas esquiver un engagement réel en faisant joujou avec des spéculations intellectuelles, Dolores, on doit marcher avec les masses, partager leur route. Dans la lutte révolutionnaire, la seule alternative c'est la victoire ou la défaite.

Mais beaucoup de temps allait s'écouler avant que les lettres de Pablo, écrites dans la clandestinité, donnent une dimension plus authentique de la passion qui animait sa vie. Parce qu'il croyait en la vie, et en cela son père avait terriblement tort, elle aussi avait commis la même erreur : Pablo n'était pas suicidaire. « Tu te trompes, Dolores. La vie ne m'est pas indifférente. Nous luttons pour la vie, mais pour une vie différente de celle que propose le système bourgeois, nous luttons pour la vie au sens plein et précis du mot, une vie digne de toute une humanité collectivement réalisée », lui avait écrit Pablo. Il était heureux, enthousiaste, sûr de son chemin.

Eduardo décide d'aller prendre un verre au *Dandy* en attendant l'heure de son rendez-vous avec Urrutia. Qui sait à quelle heure se terminera cette réunion. L'idée de conduire en pleine nuit et par ce temps ne lui plaît pas. Mais Mariana lui a demandé de rentrer avant demain parce qu'elle veut parler avec lui, c'est urgent, et Eduardo a du mal à refuser. Elle est probablement de mauvaise humeur à cause de l'incident d'hier soir à l'anniversaire de Laura.

Il aurait peut-être mieux valu ne pas la contredire, mais après tout c'était passé. Pourtant, en vérité, tu as été indigné qu'elle se montre si bête et si insensible dans cette discussion avec Carola.

Pourquoi Mariana lui avait-elle parlé aussi durement ? Elle ne connaissait même pas ces jeunes. Quand tu l'entends s'exprimer ainsi, jugeant plutôt que donnant son avis, sans même connaître la situation, tu ne peux pas t'empêcher d'entendre derrière sa voix celle de ses parents. Cet aplomb qui est le leur, comme si le monde leur appartenait et qu'ils étaient là pour décider dans quel sens il doit tourner.

— Un Old Smugler avec de la glace, s'il vous plaît.

Eduardo observe la femme assise près de la fenêtre. Il a l'impression de la connaître.

Dolores ? Impossible. Ses traits sont différents, bien sûr elle doit avoir changé pendant toutes ces années. Elle tourne la tête, il ne peut plus la voir. On lui a dit que Dolores et Pablo vivaient en Europe depuis des années. Il se lève avec l'intention de s'approcher, mais si ce n'est pas Dolores ? Il se rassoit et remarque alors l'angoisse sur son visage. Elle pleure ? Oui, elle sèche ses larmes. Maintenant tu en es sûr : c'est Dolores. Tu as l'impression de sentir dans ta bouche la chair douce et fraîche des pêches que vous cueilliez aux arbres pendant les siestes chaudes d'Entre Ríos. Et il t'arrive encore, de temps à autre, de mordre une pêche et de te souvenir de cette envie irrésistible que tu ressentais alors pour elle.

Eduardo boit une gorgée de whisky. La saluer en ce moment serait lui faire violence.

Qu'est-ce qui lui arrive ? Il est bien difficile de retrouver derrière sa douleur le merveilleux sourire de ses quinze ans. Elle avait quinze ans cet été-là à Entre Ríos. Quinze ans ! Et Eduardo, fort de ses vingt-deux ans et des quatre ou cinq femmes avec lesquelles il avait couché, ce qu'il imaginait alors comme un long chemin parcouru, se sentait un homme mûr. Un vieux encore vert, tu te disais. Non, cette histoire était impossible, mais aucune autre fille ne t'avait autant troublé que Dolores. Parler, rire, s'amuser, se rouler par terre, partir à cheval, nager dans le fleuve, tout devenait avec elle une expérience fascinante.

Tu t'étais interdit de franchir la limite de ces petits jeux, non tant à cause de l'âge que de la peur que t'inspirait l'intensité de ton désir. Te rapprocher davantage d'elle risquait de te plonger dans un tourbillon de plaisir dont tu ne pourrais sortir qu'en la possédant. La toucher, l'embrasser, sentir sa peau tiède, ses seins dressés contre ta peau, planter tes dents dans la pêche et sentir ton corps s'enfoncer dans le sien : ces fantasmes te dominaient jour et nuit. Mais c'est Dolores qui avait pris l'initiative, comme elle la prenait pour grimper aux arbres et cueillir les pêches, courir jusqu'au fleuve, se baigner, s'éloigner des autres gamins et chercher des occasions de rester seule avec toi.

Eduardo se souvient maintenant, tant d'années plus tard, combien il avait été bouleversé par la posture de son invite, probablement inspirée d'un film hollywoodien, la tête tournée vers lui, les lèvres entrouvertes et les yeux clos. À peine avais-tu pressé tes lèvres sur les siennes, que tes mains cherchaient fébrilement ce corps tiède, frais et pulpeux comme une pêche. Ce fut difficile de t'arrêter, et plus encore le lendemain. Vous vous retrouviez au bord du fleuve. Ta main avait déjà parcouru la courbe de ses seins, tes lèvres sa nuque, son cou. C'est le troisième après-midi, alors que ta main remontait le long de ses jambes, lente mais précise, qu'avait surgi la mère de Dolores.

Plus que les cris de la mère l'accusant il ne sait plus trop de quoi après tant d'années (mais il se souvient vaguement qu'il lui avait donné raison), il avait été étonné par la réaction de Dolores alors qu'il se relevait et rajustait ses vêtements : Ce n'est pas lui, pourquoi tu lui cries après, c'est moi qui lui ai demandé, où est le mal, on s'aime, comme papa et toi, pourquoi tu es si furieuse, tu devrais être heureuse, comme moi, comme moi !

— Rentre immédiatement à la maison ! Ce fut la seule réponse de la mère.

Tu étais resté debout devant sa mère sans savoir quoi dire.

— Je suis heureuse, heureuse ! criait Dolores en s'éloignant. J'ai beaucoup aimé, Eduardo, merci.

Que cela ne se répète pas, Eduardo, lui avait dit très sérieusement la mère de Dolores, les yeux tournés vers sa fille, tu es un jeune homme, Dolores n'est qu'une gosse. Tu lui avais promis que cela ne se répèterait pas, mais tu n'avais pas pu cesser de désirer Dolores jour et nuit. Après il y avait eu quelques lettres enflammées, des promesses d'amour jusqu'à la mort, de fuite si les parents continuaient à s'interposer, et tous ces fantasmes auxquels tu t'abandonnais. Mais elle n'était pas revenue l'été suivant, et le temps avait fait le reste.

Quand Dolores découvrit la petite maison de San Justo où s'étaient installés Pablo et Mirta, elle fut rassurée. Voir l'endroit où vivait Pablo lui permettait d'effacer les décors désolants de son imagination. Il vivait là, et de cette façon, parce qu'il l'avait choisi, il est content, se dit-elle, et c'était l'essentiel. Dolores n'était pas venue pour le critiquer mais pour partager avec lui tout ce qui était possible. Pablo avait quitté la maison depuis plus de quatre mois. Cela aurait dû lui suffire, mais malheureusement ce n'était pas le cas. À la faculté de Lettres et Philosophie, Dolores était séduite par le programme de la FAUDI [1], et même si elle n'avait pas encore adhéré au PCR [2], elle se sentait plus proche de Pablo. Il se chargea de détruire cette idée avec beaucoup plus d'arguments que Dolores n'en aurait souhaités. Et bientôt ils se lancèrent dans une discussion absurde qu'elle parvint à arrêter : elle était là pour le voir, pour passer un bon moment avec lui, et depuis des heures ils ne parlaient que de l'impérialisme sovié-

1. Fédération Argentine Universitaire de Gauche.
2. Parti Communiste Révolutionnaire.

tique, de Mao, de Perón, de Santucho, et de la véritable alternative révolutionnaire. Ce n'était pas pour ça qu'elle était venue, tu me manques tellement, idiot, arrête un peu de faire chier, je te promets que je n'entrerai dans aucun parti sans te consulter, je vais me donner un peu de temps, et maintenant parle-moi de toi, de ta vie. Il était heureux, parce qu'il avait constaté que se prolétariser était possible, et même salutaire, les gens du quartier leur témoignaient une grande solidarité, Mirta travaillait dans une usine textile et le parti gagnait la confiance des masses.

Dolores était un peu effrayée par la ferveur militante de Pablo, mais elle avait décidé de ne pas le contredire, elle voulait continuer à le voir et craignait, par ses doutes, que Pablo ait la même réaction qu'avec ses parents, qu'il ne voyait plus depuis des mois. Sa mère pleurait tous les jours.

— Oui, je vais appeler maman, je te le promets, rassura-t-il sa sœur.

Ils convinrent de se voir la semaine suivante, le dimanche, Dolores leur apporterait des pâtes fraîches et Mirta préparerait une bonne sauce tomate, on s'en lèche les babines, avait dit Pablo presque aussi fier que lorsqu'il parlait de la croissance de son parti.

Quelques jours plus tard il l'appela et lui donna rendez-vous à la station Retiro : il s'en était fallu d'un cheveu qu'on le chope, un voisin l'avait prévenu au coin de la rue qu'ils étaient chez lui et il était reparti en courant. Mirta, heureusement, était cette semaine à l'école du parti. Ces types avaient tout détruit et peint les trois A [1] sur les murs. Maintenant ils devaient passer dans la clandestinité.

Dolores ne comprenait pas encore ce que ce mot signifiait : un autre nom, ne plus jamais savoir où il vivait, des appels téléphoniques réduits au minimum, la peur palpitant dans chaque mot, les lettres qu'elle ouvrait avec impatience, les rencontres dans des endroits bizarres, en se cachant, parfois en marchant l'un derrière l'autre, comme de parfaits inconnus, jusqu'à ce que Pablo décide qu'il n'y avait pas de danger et qu'ils pouvaient parler.

Dolores l'avait dit à ses parents, elle ne supportait pas de les

1. Alliance Anticommuniste Argentine.

voir souffrir ainsi de se sentir abandonnés par leur fils, privés de son affection, il les aimait ou ne les aimait pas ?

— Bien sûr que je les aime, Dolores, je n'ai pas du tout envie de leur faire du mal, s'ils réagissent comme ça, en dernière instance c'est la faute du système.

Pablo l'approuva d'avoir dit aux parents qu'il était dans la clandestinité, il valait mieux qu'ils le sachent, ainsi ils seraient préparés s'il tombait, car il savait qu'il prenait des risques sérieux.

Dolores repense à cette veille de Noël où, écoutant les nouvelles sur les événements de Monte Chingolo [1], ils avaient eu si peur, elle et ses parents, et ils faisaient les cent pas en silence devant le téléphone. Faites qu'il appelle, qu'il ne lui soit rien arrivé, qu'il ne soit pas parmi ceux qui ont été abattus à Monte Chingolo. C'est son père qui avait gagné la course au téléphone : Pablo allait bien, il avait dû raccrocher, il leur souhaitait un joyeux Noël. Quand il était parti se coucher, il avait dix ans de plus.

Il y avait longtemps que Pablo était dans la clandestinité quand se produisit le coup d'état militaire.

Lorsqu'ils se sont rencontrés à Morón, sa mère était venue, s'engageant, selon les instructions de Dolores, à ne pas contredire Pablo, à se contenter de le voir, l'embrasser, lui dire combien elle l'aimait, rien de plus. Mais, terrorisée par ce qui pouvait lui arriver, elle voulait, confia-t-elle à Dolores dans le train, le supplier de quitter le pays, ils savaient comment le faire sortir, ils avaient déjà fait quelques démarches discrètes, un ami de papa les emmènerait à Entre Ríos dans son avionnette. La suite du plan que sa mère avait soigneusement tricoté, point par point, comme elle le faisait avec leurs pull-overs quand ils étaient petits, elle le détailla dans cette pizzeria qui sentait le fromage brûlé et l'huile, où elles avaient retrouvé ce dimanche-là Pablo et Mirta. Elle n'arrêta pas de parler : après Entre Ríos, le copain de ton père vous emmènera au Brésil, et là-bas...

Pablo l'interrompit en ouvrant la veste de Mirta : Regarde, maman.

1. Attaque d'une caserne par l'ERP, Armée Révolutionnaire du Peuple, bras armé du PRT.

Jamais elle ne pourrait oublier le sourire de Pablo, ce regard fier : Ton petit-fils, maman, il grandit.

— *Quand il est tombé, elle en était à l'avant-dernier mois de grossesse.*

Elle ne se rappelle plus si c'est elle qui parla la première, ou sa mère. Elle est enceinte ? Oui, et de cinq mois, on dirait qu'elle a tout juste avalé un noyau de pêche. Raison de plus pour s'enfuir le plus vite possible. Comment allaient-ils avoir un enfant dans ces conditions, à courir par monts et par vaux ? Pablo fut catégorique : Non, ils ne partiraient pas, il était responsable de beaucoup de gens, il n'allait pas les abandonner en ce moment. Et sans doute leur dit-il qu'il promettait d'y réfléchir pour qu'elles acceptent de repartir, car il n'était pas prudent de prolonger cette rencontre. Dolores dut tirer sa mère par le bras et lui parler sans arrêt afin qu'elle retienne ses larmes, son émotion, sa peur. Qu'est-ce qu'ils avaient fait de si mal, elle et son père, pour que les choses en arrivent là, pour que leur fils soit ainsi, à ce point inconscient, convaincs-le, Dolores, s'il te plaît, quand il t'appellera essaie de lui faire quitter le pays au plus tôt, toi il t'écoute. Promets-moi, ma chérie, promets-moi que tu vas le convaincre.

La lettre suivante de Pablo laissait peu d'espoir que Dolores puisse le convaincre, ils ne pourraient pas se voir jusqu'à ce qu'il fasse signe, c'était un moment difficile, de nombreux camarades étaient tombés, mais lui était en lieu sûr.

Dolores y avait réfléchi méthodiquement, si elle avait de nouveau l'occasion de parler en tête à tête avec Pablo, elle se promettait de le faire changer d'avis. Elle avait étudié ses arguments un à un, envisagé les réponses de son frère et ce qu'elle lui dirait après : son plan, un plan parfait pour qu'ils s'enfuient, pour qu'il ne se laisse pas tuer. Elle demanda donc à ses parents de ne pas répondre au téléphone, elle seule pourrait prononcer les mots qu'il fallait pour que Pablo accepte une nouvelle rencontre. Peu lui importait de mentir, elle devait faire le nécessaire pour obtenir cette rencontre. Et elle l'obtint.

Quand elle y repense, Dolores est prise d'un haut-le-cœur. Si elle n'avait pas insisté de cette manière, peut-être que... Et si elle n'avait rien raconté à Mónica...

— *Elle s'était contentée de dire à son amie que Pablo avait accepté de la voir ce lundi à sept heures. Elle n'avait pas dit où.*

Jamais, elle n'avait jamais rapproché ces deux faits, elle s'était demandé maintes fois pourquoi on les avait arrêtés là, justement, et comment ils savaient que Pablo viendrait. Ils avaient dû la suivre à partir de chez elle et dès qu'ils les avaient vus ensemble... Ils étaient huit ou dix, tout s'était déroulé très rapidement. On leur avait enfilé une cagoule sur la tête et on les avait emmenés.

— *Elle ne se rappelait même pas avoir raconté quoi que ce soit à Mónica, c'est elle qui le lui a dit trois ans plus tard, quand elle se sont retrouvées par hasard, à Madrid. Mónica était sa meilleure amie.*

Mais il n'y a pas d'amis, d'affections, de fidélités, il n'y a rien qui résiste à la torture.

— *Plus de vingt ans avaient passé quand j'ai connu Dolores et elle était encore hantée par son imprudence. Elle se sent en partie responsable de l'enlèvement de son frère.*

— *Tu as donc connu Dolores ?*

— *Oui, il y a quelques mois. Grâce à Delia, une des Grands-Mères.*

— *Et pourquoi se sent-elle responsable ?*

— *Parce que quand elle a retrouvé son amie, celle-ci lui a raconté, désespérée, qu'on l'avait torturée et qu'elle avait lâché que Dolores avait rendez-vous avec son frère.*

Mónica avait été claire le soir où elles s'étaient soûlées : non, Dolores ne lui avait jamais dit où, mais seulement qu'elle allait rencontrer Pablo, et si elle avait parlé c'est qu'elle n'avait pas supporté la douleur, l'électricité sur la pointe des seins, elle ne savait rien d'autre, rien, sur personne, elle n'était pas « dans le coup », elle ne savait pas pourquoi ils l'avaient embarquée, peut-être parce qu'on la voyait avec ce garçon qui était *monto*, ou par erreur, comme tant d'autres, elle aurait avoué n'importe quoi pour faire cesser cette douleur lacérante, mais elle ne savait rien, le seul vrai militant qu'elle avait connu, c'était Pablo, aussi quand elle s'est rappelée que Dolores devait le voir... Tu pourras me pardonner un jour, Dolores ? Oui, elle avait pardonné à Mónica, mais pas à elle-même, jamais. Elle ne se pardonne pas.

— Dolores ? – Cet homme debout devant sa table la connaît, son sourire lumineux est une fausse note, en discordance totale avec ses pensées. – Tu te souviens de moi ? Ou je suis devenu trop vieux ?

Dolores fait timidement oui de la tête sans pouvoir prononcer un mot. Elle le connaît, sans doute, mais les fantômes qui la traquent depuis qu'elle est entrée au *Dandy* se bousculent dans sa mémoire, l'empêchant de situer ce regard bouleversé que l'homme lui adresse.

— Et dire que tu m'as écrit que j'étais l'homme de ta vie, que la vie avec moi serait une fête du début à la fin, maintenant tu ne me reconnais même plus.

Et les chauds après-midi d'Entre Ríos, cette bulle d'émotion de ses quinze ans, ce cœur fou, entrent comme une bouffée d'air frais.

— Eduardo ! C'est toi, Eduardo, je suis si heureuse !

— Quand est-ce qu'il revient, papa ? lui demanda Luz.

— Tard, tu seras endormie. Tu le verras demain.

— Alors, toi raconte-moi l'histoire.

— *J'ai gardé le souvenir très net de papa me racontant des histoires avant de m'endormir. – Carlos ne fut pas sans remarquer cette tendresse avec laquelle Luz évoquait Eduardo. – Je lui réclamais toujours la même, celle d'une petite extraterrestre qui s'appelait Luz, comme moi, et qui vivait des aventures qui me fascinaient. Papa les inventait au fur et à mesure, chaque soir, c'était vraiment génial. Je me souviens encore de quelques-unes.*

Carlos s'interdit d'avouer à Luz ce qu'il ressentait à cet instant, et d'ailleurs il n'aurait pas pu trouver les mots justes. C'était un sentiment confus, sans doute mesquin, pensa-t-il. Avait-il le droit de demander à Luz, qu'il ne connaissait que depuis quelques heures, de ne pas appeler cet homme papa ? Avait-il le droit de troubler ses bons souvenirs d'une enfance qu'il n'avait pas partagée avec elle ? Luz était-elle coupable d'aimer cet homme qui l'avait volée ?

C'était curieux comme le timbre de la voix de Luz et même son visage s'animaient pendant qu'elle racontait à Carlos une aventure de l'extraterrestre Luz. Lui seul pouvait essayer d'imaginer la fillette de cinq ou six ans derrière cette femme en face de lui, cette fillette qu'il ne pourrait jamais connaître. Il lui fallait chasser ce sentiment de gêne, desserrer l'étau de la rancœur, oublier les circonstances, les haines, pour se laisser emporter dans cette atmosphère que Luz était en train de créer, et partager avec elle, même tard, même venant d'un autre, ces histoires qu'il n'avait pas pu lui raconter. C'était Luz qui le lui demandait, sinon pourquoi aurait-elle interrompu le récit dont il ignorait encore tant d'éléments pour lui raconter un conte enfantin.

Et Carlos put rire avec Luz de la fin du conte. Oui, c'était génial, et elle le racontait très bien.

Mariana préférait lui lire des contes plutôt que de les inventer. Elle était fatiguée et de mauvaise humeur, mais elle lui fit la lecture car elle voulait que Luz s'endorme vite et calmement. Ce soir, elle se sentait incapable de supporter une de ces crises qui réveillaient Luz de temps en temps, les yeux écarquillés comme des soucoupes, ces yeux si clairs et si brillants qui semblaient s'enflammer, et ces cris de terreur comme si on voulait la tuer.

— Des cauchemars, avait déclaré le pédiatre.

Mais à quoi peut-elle rêver, si petite, se désespérait Mariana. Elle ne savait pas quoi faire pour la calmer et parfois même se mettait à pleurer avec Luz. Alors Eduardo prenait la petite dans ses bras et la berçait avec une patience que Mariana reconnaissait ne pas avoir.

Il y avait déjà un moment que Luz s'était endormie quand Eduardo la rappela pour lui dire qu'il était désolé mais qu'il ne pourrait pas rentrer cette nuit. Sa dernière réunion s'était prolongée, ils devraient remettre leur discussion au lendemain. Il partirait demain à midi pour Entre Ríos.

Eduardo n'avait pas menti à Mariana : il devait en effet rencontrer Urrutia le jour suivant. Mais il est vrai aussi que c'est lui qui avait proposé de reprendre la réunion le lendemain matin, sous prétexte qu'il y avait encore plusieurs questions à traiter. Et la première chose que tu as faite fut d'appeler Dolores pour l'inviter à dîner.

— Pourquoi pas ? te répondit-elle.

Elle ne trouva pas étrange qu'Eduardo l'appelle le soir même et non, comme il lui avait dit, la prochaine fois qu'il viendrait à Buenos Aires. Qui sait du reste si elle serait encore là, elle n'était venue que pour effectuer quelques démarches, et projetait de rentrer dès que possible en France, où elle vivait depuis six ans. Cette impulsion de l'appeler avait saisi Eduardo en pleine réunion.

Dolores avait l'air si mal. Mais ce n'est pas la seule raison, ne te raconte pas d'histoires, la vérité c'est que tu as envie de la voir, d'être avec elle, ne dis pas que c'est seulement pour la consoler.

L'occasion ne se représentera peut-être pas si elle s'en va. C'est pour cela que tu as été aussi évasif avec Mariana.

Est-ce que tu pourrais dire à Mariana ce qui est arrivé à Dolores ? Elle réagirait encore plus mal qu'avec Carola, parce qu'il était clair que Pablo militait dans un groupe de gauche. Les méchants, pour Mariana, sont tous pareils et tous sans cœur. N'est-ce pas ce qui t'a incité, quand Dolores t'a demandé avec qui tu étais marié, à te contenter de répondre : avec une fille de Buenos Aires. Tu as peut-être dit qu'elle s'appelait Mariana, mais tu t'es bien gardé de prononcer son nom de famille. Tu mourrais de honte d'avouer à Dolores que ton beau-père est un militaire après ce qu'elle t'a raconté. Elle hait les militaires. Et comment ne pas les haïr ? Si Javier et Laura avaient disparu, que ressentirais-tu pour les militaires ?

Tu repenses à l'incident d'hier soir et tu sais maintenant ce qui t'a le plus gêné : pourquoi, après tout ce qu'elle avait dit, Carola avait-elle éprouvé le besoin de présenter ses excuses à Mariana ? Pourquoi était-il si important que Mariana ne pense pas qu'ils étaient d'accord avec les guérilleros ? Une seule explication : parce que Mariana est la fille de Dufau et Luccini doit avoir peur de lui. Quand tu lui as demandé dans la voiture pourquoi elle ne laissait pas chacun libre de penser et de sentir à sa guise, elle est devenue furieuse : alors c'est comme ça que tu veux élever Luz, en lui disant que chacun est libre de penser ce qu'il veut, et si demain elle devient guérillera ou droguée... Et là a commencé cette salade de drogué-guérillero-homosexuel qu'elle place du côté des « méchants », tandis que de l'autre se trouvent les « bons », son papa, par exemple. Dans les schémas de Mariana, Dolores ferait partie des méchants. Si Carola lui a paru suspecte par ses propos, que penserait-elle de Dolores ? Parfois, l'infantilisme de Mariana t'amuse, mais sur ces questions-là il te rend malade. Bien sûr que tu vas parler avec Mariana, tu ne vas pas laisser les choses ainsi, c'est elle qui ne voit pas ce qui s'est passé dans le pays pendant ces années. Dolores n'avait jamais milité et pourtant elle aussi ils l'ont enlevée.

— Je m'en suis tirée par miracle. Je pourrais être morte, lui dit Dolores pendant qu'ils dînent.

— Mais puisque tu n'étais pas dans la guérilla, ils n'avaient pas de raison de te tuer.

Dolores lui jette un regard où se mêlent tendresse et dégoût, et se demande comment elle peut se confier à quelqu'un qui lui fait une telle réponse. Mais trop tard, il l'a dit. Elle devrait peut-être comprendre qu'elle est à Buenos Aires, qu'Eduardo n'est pas comme ceux avec lesquels elle a parlé en Europe, des exilés, et que c'est aussi cela être argentin en 1983, même sous un gouvernement de transition démocratique. Pourtant, c'est plus fort qu'elle :

— Non, je ne militais pas. Mais quel rapport ? Tu penses que c'est pour cela qu'ils m'ont relâchée ? – Elle se tait un instant, pour revenir à la charge, avec plus de rage encore. – Ou tu penses que ceux qui militaient, ou qui avaient simplement des idées différentes des tiennes, méritaient qu'on leur mette le corps en bouillie, qu'on les humilie, qu'on les assassine, ou qu'on les brise idéologiquement en les obligeant à une trahison douloureuse ? Voyons, explique-moi un peu.

Eduardo ne voulait pas la blesser, sinon il ne presserait pas sa main sur la sienne, sans dire un mot, il ne la regarderait pas ainsi, effaré mais plein d'amour pour elle. Elle est trop extrême dans ses jugements, il y a des nuances. Qu'il n'ait conscience de rien n'est peut-être pas sa faute. Mais qu'il n'aille pas non plus imaginer que ceux qui ne pensent pas exactement comme elle sont, à ses yeux, semblables à tous ces salauds. Ses parents, par exemple, le mal qu'ils ont eu à comprendre : Mais non, ils ne vont pas les tuer. Mirta est enceinte, l'armée de San Martín ne va pas maltraiter une femme enceinte, disait son père avec une conviction ancrée en lui par une tradition si étrangère à celle de ces temps sauvages, non il ne pouvait vraiment pas comprendre. Toutes ces heures à attendre dans le couloir de ses chers amis d'autrefois pour essuyer un rejet, un refus, une fin de non-recevoir, toutes ces demandes d'*habeas corpus*, de formalités inutiles, tant de douleur, les pauvres, tant de douleur et d'impuissance, tout ce qu'ils avaient dû endurer avant de pouvoir dire ce que cet après-midi même sa mère avait lancé en un murmure exaspéré : Ces fils de putes, ces assassins, ils ont dû donner le bébé à quelqu'un. En effet, il y a des nuances.

— Je suis désolé, je ne voulais pas te blesser. J'ignore sans doute beaucoup de choses, personne dans mon entourage n'a vécu une situation semblable. Mais ne crois pas que je trouve bien qu'on tue ou qu'on torture, ni que quiconque puisse le mériter. Et puis, je veux que tu saches que la mort de Pablo me fait très mal, parce qu'elle te fait mal.

— Pardonne-moi, j'ai eu tort. Je n'aurais pas dû m'emporter. J'ai tellement de haine en moi. Ce que tu m'as dit m'a fait supposer que tu étais du côté de l'ennemi. C'est injuste, qui sait ce que je penserais si je n'avais pas vécu tout cela, si je n'étais pas allée ce soir-là...

Et Dolores s'interrompt. Elle regarde Eduardo suspendu à ses lèvres, buvant ses paroles comme autrefois, quand il était « le grand » et elle « la petite », et pense, comme c'est drôle, aujourd'hui, c'est moi l'adulte et lui le garçon naïf.

Tout doux, tout doux, sortir de là et simplement passer un bon moment, me détendre, se dit Dolores, pour me rappeler comme c'était bien quand ce garçon qui est en face de moi m'a fait sentir que mon corps existait, quel bonheur, quelle émotion ; pour me rappeler, ne serait-ce qu'un instant, comment était la vie avant toute cette horreur. Mais elle n'arrive pas à trouver les mots qui pourraient les replonger dans ces après-midi au goût de pêche, car Eduardo, encore sous le coup de la réaction de Dolores, tente de se justifier :

— Je voulais dire, je ne sais pas, je pensais, enfin puisque tu n'avais rien à voir là-dedans, ils étaient obligés de te laisser libre. Mais je ne sais plus...

— Je m'en suis sortie parce que le type qui était là, à ce moment, se sentait d'humeur à me relâcher. Il aurait pu être d'une autre humeur et je serais morte. « Tire-toi loin, parce que la prochaine fois on te tue, petite pute bolchevique », voilà ce qu'il m'a dit.

— *Ils ne l'ont gardée qu'une nuit, le lendemain ils l'ont relâchée. Mais son frère est resté, elle a entendu ses cris quand ils l'ont torturé.*

Assez, assez, elle voulait un répit, penser à autre chose, Eduardo n'est pas l'un d'entre eux, sinon il n'essaierait pas de s'excuser, de comprendre, d'accepter ce que dit Dolores, mais elle aura le temps de tout lui expliquer, maintenant elle doit sortir de ces couloirs obscurs, dehors il fait soleil, ici même, en face, dans le regard chaud d'Eduardo, son amour d'adolescence.

Le sourire esquissé de Dolores est une main tendue qu'Eduardo s'empresse de saisir.

— Raconte-moi, je veux savoir.

— Non, s'il te plaît, ne parlons plus de ça, j'ai besoin de souffler un peu.

— Dolores, si je peux t'aider en quoi que ce soit, dis-le moi.

— Oui, tu peux m'aider, en me rappelant ces après-midi d'Entre Ríos : comment tu étais, comment j'étais à cette époque – et cette seule image floue, tous les deux au bord du fleuve, modifia ses traits. Tu sais que j'étais éperdument amoureuse de toi ? Tu devais en rire, j'étais une gamine. Et ces lettres que je t'envoyais ! Je lisais *Vingt poèmes d'amour et une chanson désespérée* et je m'enfermais pour t'écrire. Je recopiais les vers de Neruda. Ce que tu as dû t'amuser...

Pour la première fois depuis qu'ils se sont retrouvés, Eduardo entend le rire clair de Dolores.

— Moi aussi, j'étais très amoureux de toi, vraiment.

Dolores ne le croit pas, il exagère.

— Quand je pensais à toi, je me disais que tu devais rire de mes lettres, qui étaient un curieux mélange d'Amalia, de Corín Tellado et de Neruda.

Rire, non, elles l'émouvaient, l'exaltaient.

— Je préfère ne pas te dire tout ce qui me passait par la tête... ou plutôt par le corps, quand je lisais tes lettres.

Et là, c'est Dolores qui retrouve le rire d'Eduardo.

Dolores répond que cela lui est égal, qu'il choisisse l'endroit où ils iront après le restaurant.

Tu aimerais lui dire : Allons à mon hôtel. Ce n'est qu'une pensée qui te traverse l'esprit, tandis que tu l'aides à passer son manteau, une pensée fugitive, mais tu es frappé, presque comme autrefois, par l'intensité – et l'inopportunité – de ton désir. Aussi t'empresses-tu de prononcer le nom d'un bar qui n'est pas très loin.

Mais ce ne sont pas les siestes au goût de pêche et de désir, ni ces lettres enflammées, qui occupent la conversation.

Non, Eduardo veut savoir, Dolores ne peut plus éviter le sujet. Tu la questionnes, tu la pousses à parler, tu souffres avec elle, et quand vous êtes dans ce bar Dolores te raconte tout : les trois A chez Pablo, les cagoules, les coups de pied et les cris, les hurlements qu'elle a entendus cette nuit-là, les tortures, les vols, l'enlèvement de Mirta enceinte de sept mois, Dolores n'était déjà plus là, car aussitôt relâchée, elle était partie au Brésil en empruntant la filière que ses parents avaient prévue pour Pablo, qui avait disparu. Puis la France, ses contacts en Europe avec les associations de défense des droits de l'homme, ses projets pour Buenos Aires : se mettre en rapport avec les Grands-Mères, rencontrer des gens, aider ses parents à se dégager de l'emprise de la douleur et les inciter à se battre.

Mais dans quel monde, dans quel pays as-tu vécu pendant que se passait tout ce que te raconte Dolores ?

— *Avant que Dolores lui parle du bébé de son frère et de sa belle-sœur, il n'avait jamais eu l'idée que je pourrais être une fille de disparus.*

— *Impossible. Je ne sais pas pourquoi tu veux croire cela, peut-être parce que tu aimais beaucoup Eduardo et...*

— *Oui, peut-être, l'interrompit Luz d'un ton tranchant. Je te dis simplement que jusque-là il ne savait pas qu'on volait les enfants de ceux qu'on séquestrait. Et moi-même qui le savais, parce j'entendais parler de cas, celui des jumeaux et d'autres, je n'ai jamais pensé que je pouvais être l'un d'eux.*

— *Mais comment y aurais-tu pensé puisqu'ils ne t'avaient pas dit que tu n'étais pas leur fille. Ils te l'ont dit ?*

— *Non. Mais je me suis souvent douté que je n'étais pas la fille de maman, à cause de ce qu'elle me disait parfois, quand je faisais quelque chose qui ne lui plaisait pas : c'étaient les gènes, l'héritage, j'avais un démon en moi, une chose obscure et bien d'autres sornettes. Et puis je me rappelais cette phrase de Miriam quand elle était venue me chercher au collège, je ne l'avais jamais oubliée, pourtant j'étais toute petite.*

— *Miriam ? Qu'est-ce qu'elle t'a dit Miriam ? Quand ?*

— *Je ne te l'ai pas encore raconté, tu vas être étonné. Ce que je veux te dire c'est que jusqu'à la naissance de mon fils il ne m'est jamais passé par la tête que j'avais pu être un de ces bébés nés en captivité. C'était une idée folle, comme surgie du néant, mais si je n'avais pas été obsédée par cette idée, nous ne serions pas en ce moment à Madrid, toi et moi, en train de parler.*

— Mais comment y as-tu pensé, alors que personne ne t'avait rien dit ?

— Laisse-moi te raconter dans l'ordre. Je te disais qu'Eduardo a commencé à avoir des doutes à partir de ses conversations avec Dolores, pas avant. Et je le crois. Tout ce qu'il a fait après prouve qu'il a pris des risques, et pas des moindres, pour trouver la vérité.

— Mais qu'est-ce qui s'est passé, il ne l'a jamais trouvée cette vérité ? – Carlos ne put réprimer un ton mordant. – Ou il a oublié de te la dire pendant toutes ces années ? Comment peux-tu défendre quelqu'un qui t'a privée de ton identité ?

Le regard de rage que lui jeta Luz fut plus éloquent que tous les mots qu'elle se retenait probablement de prononcer. Carlos se dit une fois de plus qu'il devait éviter de trahir ce sentiment qui s'emparait de lui chaque fois qu'il constatait combien Luz aimait cet homme ; ce n'était ni prudent ni opportun de le laisser transparaître ainsi. Elle resta silencieuse pendant un moment interminable, jusqu'à ce que les mots reviennent lentement, comme si continuer à parler lui demandait un énorme effort.

— Je préfèrerais que tu écoutes davantage avant de te montrer aussi catégorique dans tes jugements.

Il est très tard quand Eduardo raccompagne Dolores chez ses parents. Il l'appellera dès qu'il reviendra à Buenos Aires.

— Oui, j'ai passé un bon moment, je suis très contente de t'avoir revu.

Dolores ne se doute pas de l'effet que ses paroles ont produit sur Eduardo, dont le trouble se lit sur le visage. Excuse-moi, lui dit-elle, je n'avais pas l'intention de te mettre mal à l'aise, non, vraiment, j'aurais préféré qu'on parle gaiement d'Entre Ríos plutôt que de t'imposer ce fardeau, mais c'était plus fort que moi.

— Ne t'en fais pas, c'est vrai que je me sens mal, mais ce n'est pas ta faute, pas du tout, je te remercie de ta confiance, de m'avoir raconté tout cela, je ne savais pas, crois-moi, pas à ce point.

Il l'embrasse : Bonne chance, Dolores.

— La prochaine fois ce sera ton tour de me raconter ta vie. Promis ? demande Dolores en le quittant.

CHAPITRE HUIT

Depuis qu'elle les avait vus cet été-là à Punta del Este, Miriam ne pouvait pas se sortir cette idée de la tête. Elle avait beau avoir décidé depuis longtemps que son plan d'enlever Lili, fuir avec elle, s'occuper d'elle et lui dire toute la vérité, était insensé, dès qu'elle reconnut Dufau tenant par la main une fillette qui devait être Lili, impossible que ce soit une autre, son cœur se mit à battre si fort qu'elle sut, à l'instant même, que sa détermination restait aussi vive que le soir où elle avait dû livrer la petite au militaire.

— *Pendant ces sept années, elle s'était dit que c'était une folie, qu'elle ne pouvait pas prendre un tel risque, que tout était perdu, mais elle n'avait jamais cessé de s'y préparer. On ne sait jamais, pensait-elle. Ainsi, avant de quitter Buenos Aires, elle avait téléphoné et découvert qu'il y avait trois sœurs Dufau : l'aînée et deux jumelles qui vivaient avec leurs parents. Installée en Uruguay elle avait commencé à faire des économies afin que nous puissions quitter le pays si jamais elle arrivait à m'emmener. Elle préparait son plan comme malgré elle, en se persuadant qu'elle ne ferait rien, tout en réfléchissant aux détails de l'opération. Par ailleurs, les circonstances avaient changé. Quand l'idée l'a de nouveau obsédée et qu'elle a décidé de la mettre à exécution, la guerre des Malouines venait de s'achever par la défaite. Le climat n'était plus le même. C'était la transition vers la démocratie. L'exil n'était peut-être plus nécessaire.*

— *Miriam n'était pas exactement une exilée, dit Carlos avec un certain dédain. Sinon elle ne serait pas allée en Uruguay. Les militaires uruguayens agissaient de concert avec les Argentins.*

— *Si, c'était une exilée car elle ne pouvait pas revenir dans son pays. Elle savait que la Bête allait la tuer. Et tu crois qu'après ce qu'elle avait vécu, elle n'avait pas aussi peur que n'importe lequel d'entre vous ? Qu'est-ce qui fait de toi un exilé ? Le militantisme ?*

– Carlos répondit par un haussement d'épaules – Elle avait vraiment très peur, elle savait qu'elle ne pouvait rien faire pour moi, et pourtant... les papiers, elle y a pensé quatre ans après s'être installée, ce qui prouve qu'elle n'avait jamais abandonné l'idée. Elle s'est mise en relation avec un type d'une discothèque de Punta del Este qui fabriquait de faux documents, elle lui a demandé son prix, comment il les faisait, elle a inventé que c'était pour une amie que son mari battait et qui voulait s'enfuir avec sa fille. Elle avait renoncé à son plan mais elle faisait tout ce qu'il fallait pour être prête si l'occasion se présentait.

Elle ne pouvait plus penser à autre chose. La veille, alors qu'elle dînait avec Frank et qu'il lui racontait sa vie aux États-Unis, sa maison, son jardin, elle l'interrompit :

— Tu crois que la Bête continue à me chercher ? Il y a sept ans que je suis partie.

— Je ne sais pas. Pourquoi ? Tu veux quitter l'Uruguay ?

Elle ne savait pas, elle se posait la question. Elle avait un bon travail, stable, sans surprises, elle gagnait bien sa vie, elle pouvait même se permettre de prendre un mois de vacances en juillet. Elle l'avait fait l'année dernière. Pas de spectacles, de rendez-vous, rien. Un mois pour elle toute seule. Repos absolu.

— Tu n'as pas envie de voyager ? lui demanda Frank.

Et dans le regard de Frank, Miriam perçut une lueur d'espoir, peut-être faisait-il des projets avec elle, dont il ne lui avait pas encore parlé. Il n'était venu que pour la voir. Miriam avait nuancé : Allez, tu exagères, tu es aussi venu pour voir ta mère, tes amis, et tu as fait un petit détour en Uruguay. Tu n'as pas passé tes vacances qu'avec moi. Frank avait légèrement souri.

Non, elle n'avait jamais vraiment eu envie de voyager. Sauf quand elle voulait être mannequin et triompher sur les podiums du monde entier. Depuis belle lurette elle avait renoncé à ces rêves-là... et à d'autres. Et elle avait souligné ces derniers mots afin que Frank comprenne bien que ce qui s'était passé de si fort entre eux n'avait pas d'avenir.

Elle avait été heureuse de le rencontrer cet été par hasard, dans la rue, et d'avoir pu lui expliquer – bien qu'il ait paru n'en rien croire – que si elle ne l'avait jamais appelé c'était pour le protéger et ne plus lui causer d'ennuis. Mais la nuit qu'ils avaient passée ensemble cet été-là, chez Miriam, avait dissipé la rancœur de

Frank. Elle lui demanda de venir la voir, quand il reviendrait en Amérique du Sud, mais elle ne s'imaginait pas que quelques mois plus tard, à peine, il frapperait à sa porte.

— En tout cas, c'est un heureux hasard, lui dit Frank avec une ironie un peu amère, d'être venu te rendre visite ce mois-ci, où nous sommes tous les deux en vacances, sinon tu n'aurais pas une minute à me consacrer.

— *Qu'est-ce qu'elle faisait en Uruguay ? Toujours la pute ?*

— *Au début elle s'est contentée de travailler dans un cabaret de Carrasco : un spectacle érotique. Ensuite, elle a eu beaucoup de mal à accepter un premier rendez-vous, mais après... comme dit Miriam, qu'est-ce qu'elle risquait, rien, et c'était tout ce qu'elle savait faire. C'est le patron du cabaret qui l'a mise en contact avec une agence de Punta del Este, où elle s'installait en été. Et elle gagnait beaucoup d'argent. Oui, Miriam a continué à faire la pute jusqu'à son retour en Argentine, quand elle est venue m'enlever. Après, sa vie...*

— *Elle est venue t'enlever ? – Et Carlos se redressa et s'exclama admiratif : Elle avait de sacrées couilles cette femme !*

Luz fut amusée par cette expression si espagnole et fit un sourire approbateur. De toute évidence Miriam n'était plus aux yeux de Carlos ce personnage méprisable, auquel il trouvait impensable que Liliana se fût confiée. Et cela plut à Luz, parce qu'elle aimait bien Miriam, elle l'aimait tout court, elle pouvait le dire sans exagérer.

— Et pourquoi tu veux quitter l'Uruguay si tu t'y trouves si bien ? Tu en as marre de la vie que tu mènes ?

Miriam sourit. Frank ne pouvait pas dissimuler l'aversion que lui inspirait son mode de vie, mais elle fit la sourde oreille, se limitant à répondre : Non, elle n'en avait pas trop marre, mais elle avait trente-deux ans, et si tout allait bien pour le moment, elle savait que son travail ne durerait pas très longtemps. D'ailleurs elle avait d'autres projets. C'est pourquoi elle avait pris ce mois de vacances, pour réfléchir. Ah bon, s'étonna Frank, quels projets ? Et de nouveau cette lueur dans ses yeux et cette façon de bien se caler sur sa chaise pour écouter avec intérêt, qui suggéraient à Miriam que Frank n'était venu en effet que pour la voir et lui proposer quelque chose qu'elle n'accepterait pas, parce qu'elle n'avait qu'une idée en tête : sauver Lili.

— Je pourrais t'aider à réfléchir à tes projets, proposa Frank, te donner des idées.

— Non, en aucun cas. Ils sont ultra-secrets, esquiva-t-elle en riant.

Que dirait Frank si elle lui racontait que son projet était d'enlever Lili et de fuir là où personne ne pourrait les retrouver ? Qu'elle était folle, probablement.

Pourquoi lui avait-elle posé cette question sur la Bête, voulut savoir Frank, il ne pouvait pas croire qu'elle veuille revenir en Argentine. Lui n'y retournerait jamais, sauf pour un bref séjour, mais rien de plus. Il ne pourrait plus vivre à Buenos Aires.

— Je vais peut-être y revenir. Je ne crois pas qu'il y ait autant de danger, la Bête doit m'avoir oubliée. Et maintenant que les militaires s'en vont, je pense que je ne risque pas grand-chose.

— Je ne sais pas. Que ce type t'ait oubliée me paraît impossible. Après ce que tu lui as fait. Et puis, tu n'es pas facile à oublier. Moi je ne t'ai jamais oubliée.

Elle ne voulait pas qu'il continue sur ce ton, elle ne voulait pas qu'il se fasse des illusions. Si elle ne les avait pas vus sur la plage cet été, elle aurait peut-être accueilli favorablement son invitation encore informulée, mais réelle. À présent elle n'avait plus qu'une idée fixe : enlever Lili, et elle n'allait certainement pas l'avouer à Frank.

Elle préférait qu'il s'imagine autre chose : une affaire qu'elle monterait à Buenos Aires, ou en province, un établissement nocturne qu'elle dirigerait, les autres femmes travailleraient pour elle. Mère maquerelle, voilà, et tous deux éclatèrent de rire, bien que Frank ne trouvât pas cela très drôle.

Plus tard, chez elle, quand elle le vit poser ses vêtements sur la chaise, elle pensa qu'elle ne devrait pas le regarder, ni lui offrir cette place à côté d'elle, parce que Lili risquait de s'effacer de ses pensées. La main tiède de Frank se faufila sous le chemisier qu'elle portait encore, elle ne devrait pas le lui permettre parce qu'elle voulait se concentrer sur une autre image : la fuite en voiture avec Lili, mais les caresses de Frank sur ses cuisses étaient si chaudes que Miriam se laissa glisser dans cette tiédeur, dans cette exaltation des corps qui se désirent.

Bien qu'elle eût pris tant de plaisir à faire l'amour avec Frank, elle éprouva le besoin de s'écarter de lui, de lui tourner le dos dans le lit et de ne pas se dissoudre dans ce bien-être. Elle devait sauver Lili.

— Miriam – non, elle ne voulait pas l'écouter, elle ne voulait pas entendre ce que Frank allait lui dire – Pourquoi tu ne viens pas vivre avec moi ? On verrait bien ce qui se passe.

— Ne sois pas fou, lui répondit-elle en riant. Qu'est-ce que je ferais avec toi là-bas, si loin ? Et puis je te dis que j'ai d'autres projets.

Que Frank ne s'avise pas, quel que soit le plaisir qu'elle ait à être avec lui (elle devait bien le reconnaître), à la détourner de son idée, de son seul et unique objectif. Elle avait avancé, elle se sentait mieux préparée. Quand elle les avait vus à la plage, elle s'était dit qu'il était exclu d'arracher la petite des mains de Dufau et de partir en courant avec elle, c'était impensable, mais par contre il ne serait pas inutile de recueillir le plus de renseignements possibles, si un jour elle se décidait à agir. C'est pourquoi elle les avait suivis discrètement et s'était installée au soleil, le dos tourné, non loin du groupe où était Lili. Elle ne savait pas comment ils avaient appelé Lili et ne connaissait pas son nom de famille ni son adresse.

— *Comment elle a fait pour trouver ton nom et ton adresse ? lui demanda Carlos.*

— *L'été 83, nous sommes allés à Punta del Este. Nous étions invités par des amis des Dufau : les Ventura. – Luz semblait se parler à elle-même – C'est là que j'ai connu Daniel, je ne m'en souvenais même pas, il était avec sa femme et ses enfants, ils n'étaient pas encore séparés.*

Luz resta un long moment silencieuse, il y avait quelque chose d'obscur, de douloureux que Carlos ne pouvait pas comprendre.

— *Qu'est-ce qui t'arrive ?*

— *Rien, ça n'a rien à voir. Je repensais à cet été-là et j'étais un peu perdue. C'est que Daniel Ventura a été très présent dans ma vie, plus tard. Quand Miriam m'a vue avec Alfonso en train de marcher sur la plage, il ne l'a pas reconnue. Ils allaient toujours à la même plage et Miriam s'arrangeait pour s'installer assez près afin d'écouter les conversations. Un jour elle s'est baignée à côté de moi un après-midi où je jouais seule au bord de l'eau, elle m'a aidée à faire un château de sable, mais quand Alfonso s'est approché, elle est partie, elle ne pouvait pas risquer d'être reconnue. J'ai été émue quand elle m'a raconté ces heures qu'elle avait passées à m'observer. C'est curieux qu'une inconnue, ce qu'elle était alors pour moi, m'aime à ce point, et que tant de ses pensées soient liées à moi sans que je le sache. En écoutant les conversations à la plage, elle a appris qu'ils s'appelaient Mariana et Eduardo Iturbe, qu'ils vivaient à Paraná, dans la province d'Entre Ríos, et qu'ils dirigeaient un domaine. Quand elle a pris sa décision, tout était plus facile : elle connaissait le nom, la ville, trouver l'adresse a été un jeu d'enfant.*

Peut-être parce qu'elle avait du plaisir à être avec lui mais craignait qu'il ne la détourne de son objectif, Miriam demanda à Frank de partir, il ne devait pas rester dormir avec elle. Ils se verraient un autre jour, c'était promis.

Et peut-être que Frank lui-même, à son insu, précipita les plans de Miriam. Car cette nuit-là, quand il fut parti, Miriam décida de ne plus perdre de temps en divagations : elle agirait dans le mois. Elle se rendrait d'abord à Buenos Aires, puis à Entre Ríos. Là elle trouverait le meilleur moyen d'emmener Lili. Si elle se faisait repérer, elle quitterait le pays. Si elle parvenait à enlever Lili, elle partirait aussi, et très loin.

Le lendemain, elle rencontra l'homme des faux papiers et le chargea de lui établir son passeport et celui de la petite. Elle dut broder une autre histoire pour justifier sa photo et non celle de l'amie imaginaire, bien que le type semblât moins soucieux d'explications que de se faire payer la somme demandée, et un peu plus, parce que tirer, pour établir le passeport de l'enfant, une photo de ce cliché pris sur la plage était très compliqué, mais quelques dollars supplémentaires viendraient à bout des problèmes techniques.

Elle revit Frank plusieurs fois, toujours déchirée entre désir de s'abandonner et résistance. Elle lui dit qu'elle devait effectuer un voyage d'affaires, mais qu'elle passerait par Buenos Aires, où ils pourraient se retrouver.

Eduardo, très perturbé, roule vers Entre Ríos. Tout ce que lui a raconté Dolores l'a fortement impressionné, mais s'il devait dire ce qui l'a le plus touché, ce serait l'épisode de sa belle-sœur enceinte ; ils n'avaient jamais eu la moindre nouvelle du bébé, ni même la certitude qu'il fût né.

Ce seul détail a fait tomber les murs épais d'un souvenir endormi dans les plis de ta mémoire. C'était comme chuter dans un tourbillon qui t'aspirait, et tu avais beau tendre les bras, tu t'enfonçais de plus en plus. Et si Luz était ce bébé que cherche Dolores ?

Eduardo lui a demandé quel mois et quelle année sa belle-sœur avait disparu, il voulait savoir et ne pas savoir, au cas où les dates coïncideraient...

Dolores ne savait pas exactement, mais l'enfant aurait dû naître en juillet. Quel soulagement ! Ce n'était pas Luz, elle était née en novembre.

Mais peu importe qu'elle ne soit pas la fille de la belle-sœur de Dolores. Elle pourrait parfaitement être celle d'une autre femme victime des mêmes circonstances. Tu n'y avais jamais pensé, jamais, tu ne savais pas qu'on pouvait faire quelque chose d'aussi aberrant.

Mais est-ce que tu as vraiment voulu savoir ? Tu as accepté la version d'Alfonso sur la mère : une de ces femmes qui ne savent même pas ce qu'elles font quand elles engendrent, et qu'il vaut mieux pour tous ne pas connaître.

Et de fait, pendant toutes ces années Eduardo n'a jamais fait, devant Alfonso, allusion à l'origine de Luz.

Mais maintenant, alors que tu roules très vite, tu sens de nouveau le poids malodorant de cette histoire rongée par le mensonge, l'impunité. Tu te replonges dans cette nuit à la clinique où tu as entrevu que ce malaise dans ton corps et dans ta conscience ne serait pas facile à extirper. Il y avait eu des périodes, les premières années de la petite, où tu ne ressentais ce malaise que par intermittence, mais avec quelle intensité. Puis tu t'es laissé porter par le bonheur : ce plaisir que te donnait ta fille jour après jour, ce bien-être partagé avec elle et Mariana. Mais après ce que t'a dit Dolores, tu laisses croître ce malaise, tu lui permets de s'installer dans ton corps, dans ta tête, parce que tu sais confusément que tu le mérites, et tu revis ce que tu as ressenti la première nuit où Mariana est tombée dans le coma.

Peut-être que si Mariana s'était demandé, comme Eduardo l'avait craint au début, pourquoi Luz était si blonde, pourquoi elle avait les yeux si clairs, alors qu'elle et lui ont les cheveux châtains et les yeux foncés, il se serait inquiété. Mais Mariana n'avait jamais eu le moindre doute sur sa fille. Et tout le monde s'était comporté avec un tel naturel que depuis des années tu ne te poses plus de questions, comme si tu avais oublié que Luz n'est pas ta fille.

Tu as voulu oublier. Tu aimes tellement Luz, tu la sens si tendrement tienne qu'il t'est difficile de te souvenir qu'elle n'est pas du même sang que toi.

Quand Eduardo arriva, Mariana l'avertit qu'elle voulait lui parler, c'était urgent. Mais lui voulait prendre un thé, jouer un moment avec Luz. Ils ne pourraient pas parler après dîner ? Luz lui montra ses cahiers : Regarde, papilou, le petit dessin que j'ai fait. Et lui, sans attendre la réponse de Mariana, regarde le cahier et parle comme si de rien n'était, comme si elle n'attendait pas : Très joli ! Je te félicite.

Mariana pensait parfois qu'Eduardo aimait Luz plus qu'elle, comment pouvait-il continuer à parler avec la petite, à lui montrer la boîte de crayons de couleur qu'il lui avait achetée, alors qu'il savait pertinemment qu'elle voulait lui parler, elle le lui avait répété au téléphone.

— Eduardo, je t'attends, lui dit-elle d'un ton impatient.

Le regard agacé d'Eduardo lui fit comprendre que non seulement il n'avait pas conscience qu'il la méprisait, mais qu'il n'avait pas l'intention de bouger. Seuls comptaient les crayons de couleur, les gribouillis et ses questions à Luz sur le collège, comme si Mariana n'existait pas.

— Puisque ta fille compte tellement pour toi – elle ne criait pas, mais en donnait l'impression – ce serait bien que tu viennes parler avec moi tout de suite. Je t'attends dans la chambre.

— *À partir de là, ils ont commencé à se disputer, parfois pour des raisons idéologiques, d'autres fois pour des broutilles, mais l'idéologie était toujours en toile de fond. Eduardo a raconté plusieurs de ces disputes à son frère, qu'il voyait plus souvent que par le passé. Javier s'est rendu compte à quel point sa rencontre avec Dolores l'avait changé. Car avant, Eduardo était plutôt du genre à ne pas faire grand cas de ce que disait Mariana et à rechercher toujours la paix.*

Quand Eduardo entra dans la chambre, il ne lui demanda même pas de quoi il s'agissait : qu'est-ce qui se passait, pourquoi elle lui parlait ainsi, on dirait que ça t'embête que je joue avec Luz, il n'aimait pas son attitude, il ne la laisserait plus jamais lui parler sur ce ton devant Luz.

C'était justement parce que sa fille comptait aussi beaucoup pour elle, qu'elle s'inquiétait de l'éducation qu'Eduardo voulait lui donner. Car l'autre jour, sa réaction stupide aux propos de la femme de Luccini, son inconscience, ses commentaires insensés, forcément, tu ne sais pas dans quel pays tu vis, tu n'as pas idée de ce qui s'y passe, tout cela la conduisait à penser qu'ils devaient se mettre d'accord sur ce qu'ils diraient à Luz si un sujet semblable était évoqué en sa présence. Ils ne pouvaient pas être aussi irresponsables dans l'éducation de leur fille, il fallait lui transmettre des idées claires, et non que tout se valait, qu'elle sache où étaient le bien et le mal.

Habituée, quand elle faisait une scène, à ce qu'Eduardo se comporte tendrement pour la calmer, Mariana fut déconcertée non seulement du ton de sa réplique, mais de la véhémence avec laquelle il défendit ses arguments : c'était elle qui n'avait aucune idée de ce qui s'était passé ces dernières années, et puis elle n'écrirait aucun scénario visant à lui dicter ce qu'il devait dire à Luz, ou à quiconque, et si elle voulait croire dur comme fer tout ce que racontait son père, c'était son affaire, mais lui savait pertinemment que les militaires avaient commis des atrocités, et en aucun cas il n'adopterait la position de Mariana, parce qu'il ne pensait pas comme elle.

Mariana n'en croyait pas ses oreilles : quelle mouche avait piqué Eduardo ? C'était plus grave que l'autre soir, il semblait clairement défendre les subversifs. Et ce ton insolite. Il était devenu fou, ce fut sa première pensée, mais cette phrase dure, blessante, qu'elle mâchait depuis un moment, elle n'eut pas l'occasion de la prononcer, car Eduardo, après ce torrent d'énormités, lui lança : Je vais retrouver Luz, si tu viens, fais une autre tête et prends un autre ton.

Tu ne peux pas t'en empêcher. Tu la regardes dessiner, et quand elle te dit « Tu aimes, papilou ? », tu sens que tu n'as pas droit à ce papilou, à ce baiser qu'elle te donne quand tu lui affirmes que c'est très joli.

À cet instant il ne veut pas penser à la belle-sœur de Dolores, ni à celle à qui on a volé l'enfant ni à celui à qui reviennent ce papilou et ce baiser. Cela ne s'est peut-être pas passé ainsi. Il est très impressionné par tout ce qu'il a appris hier soir et son sentiment de culpabilité a pris des proportions énormes. Ce n'était peut-être qu'une femme qui ne voulait pas de sa fille, essaie-t-il de se rassurer.

N'es-tu pas injuste d'avoir traité Mariana aussi rudement ? De quoi l'accuses-tu ? Est-elle responsable de l'histoire de la petite, alors qu'elle en ignore tout ?

Au moment où Eduardo songe à aller la chercher dans la chambre et à détendre l'atmosphère, Mariana lui passe devant et se dirige vers la cuisine sans lui accorder un regard. Eduardo la rejoint et lui donne un baiser. On fait la paix, ma jolie ?

Mariana le regarde sévèrement, ne répond pas et poursuit son chemin. Il se propose alors de lui parler plus calmement et d'essayer de lui faire comprendre certaines choses. Le mieux sera de ne pas mentionner Alfonso.

Mais cette conversation qu'Eduardo voudrait calme lui file entre les doigts. Mariana considère comme un affront les paroles qu'il a prononcées, au début elle a pensé qu'il était devenu fou, mais maintenant elle est sûre que quelqu'un lui a lavé le cerveau, parce que c'est un naïf. La naïve c'est toi.

Alors, c'est inévitable, les paroles t'échappent : tout n'est pas comme tu le crois, Mariana, des gens qui n'étaient pas des militants ont été séquestrés et torturés. Et ceux qui étaient engagés, tu trouves qu'on avait le droit de les enlever, de les torturer, de les tuer sans même les juger ? Tu ne sais plus ce que tu dis, elle rive sur toi des yeux écarquillés, elle est stupéfaite. Tu sens maintenant combien te fait mal tout ce qui s'est passé dans ton pays et devant quoi tu as gardé les yeux obstinément fermés.

Eduardo se méprend sur le silence et la consternation de Mariana, il continue de parler avec l'intention de partager cette douleur avec sa femme et l'espoir d'ouvrir ses yeux à une réalité qu'elle non plus n'a pas vue, jusqu'à ce que Mariana le coupe abruptement : Mais d'où tu sors tous ces mensonges, qui te les a racontés ? Tu as dû rencontrer quelqu'un à Buenos Aires qui t'a bourré le crâne. Avant tu ne disais pas de telles énormités. Tu as rencontré quelqu'un à Buenos Aires ? Qui ? Dis-moi la vérité.

— Mais, bien sûr, je ne lui ai rien dit de ma rencontre avec Dolores.

— Pourquoi ? Tu crois que cela déplairait à Mariana ? Elle sait que tu as été amoureux de Dolores ? lui demande Javier.

— Oui, je le lui ai raconté il y a des années. Mais si je n'ai rien dit, c'est pour une autre raison. Je me suis rendu compte que Mariana ne voulait rien savoir, elle n'est pas prête à entendre certaines choses et je n'ai pas été capable de lui faire comprendre ce que je ressentais. Si je lui avais rapporté tout ce que m'a dit Dolores, j'aurais d'emblée disqualifié son histoire. Pour Mariana, Dolores et Pablo sont de l'autre bord. Elle serait folle de rage d'apprendre que j'ai dîné avec quelqu'un qui n'est pour elle qu'une ennemie, une subversive, et que par-dessus le marché j'ai été bouleversé par ce qu'elle m'a raconté, cela m'a fait mal. Elle y verrait une trahison à la patrie, à elle-même, et surtout à son ordure de père.

Javier n'avait jamais aimé Alfonso, mais cette haine sourde que son frère semblait avoir pour lui l'intriguait. Ce sentiment ressemblait si peu à Eduardo. Que lui avait fait Dufau ? Javier avait toujours soupçonné qu'il s'était passé quelque chose qu'il ignorait.

— Tu sais quand je m'en suis aperçu ? À la naissance de Luz, à la clinique, tu étais furieux.

Eduardo ne voulait pas en parler maintenant. Non, il voulait juste partager avec lui ce que lui avait dit Dolores, parce que cela lui pesait beaucoup. Javier trouvait également ces faits monstrueux, mais il n'était pas aussi étonné qu'Eduardo, il en connaissait d'autres. Pourtant il ne comprenait pas pourquoi c'était un tel poids pour lui : parce que tu penses que ton beau-père a été directement lié à la répression ? Mais si c'était le cas, Eduardo, n'exagère pas, tu n'es marié qu'avec sa fille. Tu n'es tout de même pas responsable de ses actes. Je comprends qu'il doit être difficile d'aborder ce sujet, avec l'admiration délirante de Mariana pour son père.

Mais il y avait sans doute autre chose, sinon Eduardo ne serait pas dans cet état. Quelque chose qu'il ne saisissait pas.

— *Quand Eduardo a commencé à se réveiller...*

— *Se réveiller ?*

— *Disons à se rendre compte, à craindre que je sois une fille de disparus. Alors il s'est rapproché de son frère Javier. Il m'a raconté combien Eduardo souffrait, c'est pourquoi j'insiste à dire que tu as tort, Carlos. Et pourtant, il n'a parlé à Javier que quelques jours après ce qui s'est passé avec Miriam.*

Ce soir-là, à Buenos Aires, la veille de son départ à Entre Ríos, Miriam sortit dîner et passa la nuit à l'hôtel où était descendu Frank. Elle avait très peur, mais ne le laissa pas paraître. Elle pressentait qu'il pouvait lui arriver quelque chose et elle avait besoin, ce qui ne lui ressemblait guère, d'un peu d'affection, de tendresse. Et Frank, ce *yankee* dingue, comme l'appelait Miriam, lui prouvait qu'il l'aimait. Cette nuit-là, elle s'endormit dans ses bras et prit même plaisir à l'écouter parler de ses projets aux États-Unis : ils vivraient ensemble dans une maison avec un jardin, elle n'aurait pas besoin de travailler, à quoi bon, mais bien entendu il ne lui imposerait rien, si elle voulait mener sa vie à sa guise qu'elle le fasse, il lui demandait seulement de s'accorder un long repos, de se laisser aller, de se laisser aimer tout doucement, de se laisser vivre et cajoler. Et Miriam l'écouta, car c'était ce dont elle avait besoin.

— Si l'affaire tourne mal, je pars avec toi, et tu me gardes bien au chaud chez toi jusqu'à ce qu'on m'ait oubliée.

Et un brusque frisson lui parcourut le dos : et s'ils me prennent et m'enferment... ou pire, s'ils me tuent, si le militaire le raconte à la Bête et qu'ensemble ils me font... non, elle ne voulait pas se souvenir de Liliana cette nuit-là. Sa terreur était bien suffisante.

Frank réagit et se redressa dans le lit : qu'est-ce qu'elle allait faire si ça tournait mal, pourquoi devrait-elle se cacher ? Qu'elle lui dise la vérité.

Pauvre Frank, il s'inquiétait de nouveau pour elle, comme à l'époque où il l'avait beaucoup aidée.

— Ne t'en fais pas, je parle de cette boîte que je voudrais monter à Entre Ríos, avec un associé, c'est une bonne affaire. Mais on ne sait jamais avec qui... – et un bref mais incontrôlable tremblement des lèvres l'empêcha de poursuivre sa fiction.

— À Entre Ríos ? Tu ne me l'avais pas dit. Et qui vit à Entre Ríos ? La fille de Dufau ? – Miriam contemplait ses ongles comme si elle ne l'écoutait pas. Frank prit son visage entre ses mains et l'obligea à le regarder. – Miriam, tu n'es quand même pas cinglée à ce point ? Tu sais très bien de quoi je veux parler, cette idée folle d'arracher la petite au militaire. Miriam lui opposa un regard liquide en s'efforçant courageusement de rien montrer qui la trahît.

Sentant la peur la gagner elle eut envie de tout lui avouer, de lui demander de l'aider à récupérer Lili, mais elle s'y refusa, elle se blottit dans ses bras et voulut qu'il lui parle encore de sa maison aux États-Unis et comment il allait l'aimer si elle était assez folle pour partir avec lui.

Qu'est-ce qui tracassait tant Javier, se demanda Laura pendant qu'ils dînaient, il avait l'air distrait, la mine grave, il répondait du bout des lèvres à ses enfants. Mais elle attendit que ceux-ci aillent se coucher pour lui poser la question.

— Eduardo ne va pas bien.

Qu'est-ce qui lui arrivait ? Il était très affecté parce qu'il venait tout juste d'apprendre les... les séquestrations, les tortures. Il faut dire qu'avec la femme qu'il a, fille d'un salopard de militaire, allait dire Laura, mais elle tint sa langue parce que Javier n'aimait pas qu'elle dise du mal de la femme de son frère, c'est une gentille fille et Eduardo l'aime.

Oui, gentille, mais plutôt insupportable, une fille à papa et avec une idéologie de merde. Alberto Luccini lui avait raconté ce qui s'était passé avec Carola le soir de son anniversaire, et elle s'était félicitée de ne pas avoir assisté à cette scène qui lui aurait gâché sa fête.

Laura, très prudente, s'était toujours gardée du moindre commentaire sur la répression en présence de Mariana. Quelques années plus tôt, quand son ami Enrique avait été arrêté et que la Negra et son fils s'étaient réfugiés chez elle avant de pouvoir s'enfuir, Laura en avait été malade. Mariana lui avait demandé ce qui n'allait pas, elle semblait si mal, mais plutôt crever que de lui dire la vérité. Elle lui avait vaguement répondu que sa meilleure amie partait vivre à l'étranger et qu'elle ne savait pas si elle la reverrait. Et Mariana : Pourquoi elle s'en va ? Comment dire à sa belle-sœur, fille d'un lieutenant-colonel : elle s'en va parce qu'on a enlevé son mari et qu'elle en a réchappé d'un cheveu, si elle ne part pas, on la tue, alors, sans réfléchir Laura lui avait dit : Parce que son mari vient de décrocher un contrat en Europe. Ah, bien sûr, elle suit son mari, c'était une explication que Mariana pouvait croire, elle qui parlait toujours du mérite qu'elle avait de vivre à Entre Ríos, si loin des siens : puisque le mari avait un contrat à l'étranger, qu'est-ce qu'elle pouvait faire d'autre ? Tu parles, un contrat avec la mort que ton vieux, entre autres, administre, voilà ce qu'elle avait eu envie d'ajouter.

Ce fut la première fois que Laura comprit qu'elle se sentait mal à l'aise avec Mariana parce qu'elle cherchait toujours des sujets de conversations futiles : comment vont les jumelles, ont-elles un petit ami, ou bien recettes de cuisine, tennis, n'importe quoi, et si Mariana commençait à parler de son père, Laura trouvait un prétexte pour s'éclipser. Gentille, en effet, et gaie, sympathique même, tant qu'il n'était pas question des « ennemis de la Patrie ». Laura s'étonna qu'Eduardo ait pris conscience de ce qui se passait, car lorsqu'elle le voyait, il lui donnait l'impression d'être totalement immergé dans le monde de Mariana. Alors, Javier lui rapporta la rencontre avec Dolores, une fille dont Eduardo avait été très amoureux. Laura éclata de rire : Eh ! Si ça se trouve elle va être cocue, ça lui ferait du bien. Et Javier rit à son tour : On dirait que tu ne peux pas penser à autre chose qu'au sexe, toi, tu l'as ici, dit-il en indiquant sa tête.

— Et là, lui répondit Laura.

Ils se jetèrent sur le lit et commencèrent à rire et à batifoler, et Javier changea son air sévère pour celui que Laura aimait tant. Elle pensait qu'Eduardo et Mariana donnaient l'apparence de s'aimer, mais qu'ils ne pouvaient pas avoir cette complicité qui les unissait elle et Javier. Pourtant, quand Javier lui raconta l'histoire de Dolores et de son frère Pablo, dont elle se souvenait très bien, un gars génial, Laura cessa de rire et lui dit qu'elle était contente qu'Eduardo soit touché par cette histoire, parce qu'elle l'aimait bien son beau-frère, elle trouvait que c'était un type bien, certes un peu fragile, ça l'embêtait de le voir autant dans les nuages. Elle insista pour savoir ce qui l'avait bouleversé dans le récit de Dolores, et qu'est-ce que Javier savait du beau-père, est-ce qu'Eduardo lui avait tout dit, mets-toi à sa place, c'est difficile pour lui, ton frère est un type très respectueux et Dufau est le père de sa femme.

— Mais il faut voir comme il m'en parle, il le hait de manière radicale, or Eduardo est un type qui ne hait personne.

Et si Luz était un de ces enfants, une fille de disparus ? dit brusquement Laura. Mais tu es folle, ou quoi ? Tu n'as pas vu Mariana enceinte ? Pourquoi auraient-ils fait cela ? Il y a eu des choses bizarres quand la petite est née, répondit Laura, personne ne pouvait la voir et Eduardo était très mal, Javier lui-même le lui avait raconté. Elle poursuit : et après, tu te souviens comme Amalia répétait que la petite ressemblait à Eduardo, c'était vraiment très curieux, d'autant que Luz ne ressemble à personne. Qui sait, le bébé est peut-être mort et le beau-père en a volé un pour le remplacer.

Javier explosa, la traita de folle, lui ordonna de la fermer parce que ce n'était pas drôle, jamais, tu m'entends, jamais son frère ne tremperait dans un truc aussi dégueulasse, Luz était leur fille, qu'elle se le dise une fois pour toutes sinon il allait vraiment se fâcher. Laura : qu'il lui pardonne, elle était une imbécile, parfois elle se laissait emporter, qu'il ne se fâche pas, elle l'aimait beaucoup, et Eduardo aussi, tu le sais.

Laura dormit mal cette nuit-là à cause d'une bêtise proférée sans réfléchir. Javier lui tourna le dos dans le lit et elle osa à peine une caresse, à laquelle il ne répondit pas.

Miriam descendit dans un hôtel du centre de Paraná. Elle trouva facilement l'adresse d'Eduardo Iturbe : son nom était dans l'annuaire. Les deux premiers jours elle resta des heures dans un petit café à guetter par la fenêtre. De là elle observait la maison des Iturbe. Elle les voyait sortir, entrer. Mais en restant assise elle ne pouvait pas savoir où ils allaient. Il lui fallait une voiture. Heureusement, en Uruguay elle avait appris à conduire. Elle avait longtemps résisté parce qu'elle n'aimait pas prendre le volant, mais le patron du cabaret de Carrasco lui avait dit qu'il était indispensable d'avoir une voiture à Punta del Este.

— *Pendant des années elle avait tout planifié, des faux papiers jusqu'à l'argent pour survivre à l'étranger, mais curieusement elle n'avait pas réfléchi au moyen de m'emmener avec elle. Elle pensait qu'elle trouverait sur place, à partir de ce qu'elle observerait. Elle avait eu quelques idées extravagantes, vite abandonnées tellement elles étaient compliquées et risquées.*

— *Lesquelles, par exemple ?*

— *Se faire engager comme bonne. Mais c'était un risque énorme, on pouvait la reconnaître. Une bêtise.*

Si on l'engageait chez les Iturbe comme cuisinière, femme de ménage ou n'importe quoi, elle serait plus près de Lili et attendrait le moment propice pour l'enlever, se dit Miriam dans le bar.

Elle demanda à la patronne d'une épicerie voisine comment faire pour obtenir une place de domestique.

— Il faut avoir des références. Vous en avez ? lui demanda-t-elle en la détaillant de la tête aux pieds.

Et ce regard méfiant révéla à Miriam quelque chose à quoi elle n'avait pas pensé. Avait-elle le physique de quelqu'un qui cherche une place de domestique ? Probablement pas, son allure dénotait une autre classe. Elle rit de sa propre pensée : il fallait dire une autre vie, pourquoi une autre classe ? Est-ce qu'on devinerait sa « profession », malgré sa tenue discrète : jean, veste sport, talons plats, maquillage minimum, cheveux attachés.

— *Elle a eu peur que la bonne femme de l'épicerie se méfie et elle a inventé une histoire.*

Non, elle n'avait pas de références parce qu'elle n'avait encore jamais travaillé comme domestique. Son mari était employé dans une banque de Buenos Aires et elle, qui était réceptionniste, avait abandonné son travail à la naissance de sa fille. Son mari l'avait quittée pour une autre, sans lui laisser un sou, alors... la honte devant sa famille, ses amis... elle voulait oublier le passé et elle était venue à Entre Ríos où rien ne lui rappellerait sa douleur.

Le regard de la femme avait complètement changé, ainsi que le ton de sa voix quand elle lui demanda : Et la petite, elle est avec vous, ou vous l'avez laissée à Buenos Aires ? Elle l'avait perdue, dit Miriam en baissant la tête et en étouffant un sanglot qui n'était pas feint.

— *Miriam sentait qu'en perdant la fille de Liliana elle avait perdu sa propre fille.*

La femme sortit de son comptoir et s'approcha de Miriam : Pauvre petite, elle allait l'aider, elle lui donnerait elle-même des références. La quitter après qu'elle ait perdu sa fille ! Quel salaud !

La femme pouvait lui trouver un travail, mais pourquoi justement chez les Iturbe ? Miriam lui dit alors qu'elle se sentait mal, qu'elle allait réfléchir et chercher peut-être un emploi de réceptionniste et d'abord, bien sûr, un logement.

Au bar, elle décida qu'elle louerait une voiture pour les suivre. Elle savait déjà que Lili sortait à huit heures et demie, dans la voiture d'Iturbe, et qu'elle rentrait habituellement à cinq heures avec la fille au tablier à pois, probablement une employée de la maison.

— *Et finalement, qu'est-ce qu'elle a fait ?*

— *Elle a loué une voiture et nous a suivis. Elle a donc su où était le collège et la maison du professeur d'anglais. Elle s'est postée pendant des jours à la porte du collège.*

La première semaine, elle observa la sortie du collège et remarqua que la fille qui venait chercher Lili était arrivée deux fois en retard. Attendre son retard et s'approcher de Lili, tel était son plan.

— *Quelle folle, qu'est-ce qu'elle pouvait bien inventer pour que tu la suives ? Et si la fille arrivait au moment où vous partiez ?*

La première fois qu'elle s'approcha, elle dit à Lili : Tu te souviens de moi ? On a fait ensemble un château de sable à Punta del Este.

— Ah, oui, lui répondit Lili, bien qu'elle ne parût pas s'en souvenir. Comment tu t'appelles ?

— Miriam.

Elle allait lui proposer de manger une glace quand elle vit la fille tourner au coin de la rue : Ciao, ma jolie. Et elle s'éloigna discrètement dans la direction opposée. Elle était sûre de ne pas avoir éveillé de soupçons, mais peut-être avait-elle été imprudente de dire son prénom à Lili.

Ce n'était pas la première fois, depuis le jour où ils s'étaient rencontrés, que l'image d'Eduardo s'imposait inopinément à Dolores. Mais là, à la sortie de la réunion avec les Grands-Mères, c'était vraiment incongru. Mais parce que cette réunion lui a redonné courage, elle souscrit à ce petit symptôme de bonne humeur, à ce signe de la vie. Ce serait bien de faire l'amour maintenant qu'ils sont adultes tous les deux, et de se retrouver un moment comme autrefois. Dolores s'étonne de ressentir cela, car l'autre jour, quand elle était avec lui, elle ne se souvient pas de l'avoir désiré. Ou peut-être si, à l'évocation de cette époque lointaine, si lointaine. Pourtant, quand il l'avait appelée le soir même pour l'inviter à dîner, elle avait bondi de cette petite joie qui était la sienne quand elle ouvrait ses lettres, il y a si longtemps.

Mais elle n'est pas venue à Buenos Aires pour se compliquer la vie, et du reste si elle veut... elle doit bien admettre que maintenant elle se touche le genou, et revoilà Eduardo, son sourire, ses mains, oui, si elle veut, enfin, une petite aventure, si elle en a besoin pour quelque mystérieuse raison qu'elle ne tient pas à approfondir, il vaudrait mieux que ce soit avec un inconnu avec qui elle ne pourrait même pas parler de ce qui lui est arrivé. Car si Eduardo s'était mis en tête de vivre une nuit passionnée avec un ancien amour et l'avait donc appelée aussitôt après, elle avait, en laissant cette immense horreur s'immiscer entre eux, enseveli en lui tout désir. Ce vomissement aigre l'avait écrasé. Eduardo allait très mal quand ils s'étaient séparés.

Quand il repense à sa conversation avec Javier et à ce qu'il ressent lorsqu'il regarde Luz, Eduardo a du mal à supporter la mauvaise humeur de Mariana, ses airs outragés à cause de la discussion qu'ils ont eue.

Il fait semblant de travailler à son bureau pour éviter une nouvelle scène avec Mariana. Depuis quelque temps ils se disputent à tout propos. Il t'apparaît désormais que derrière chaque dispute, au-delà des mots, il y a tout ce que tu ne peux pas dire à Mariana.

Eduardo ne sait plus que faire. Il a besoin de parler à quelqu'un. Mais à qui ? Dolores ? Non, tu n'as jamais eu le courage de révéler quoi que ce soit à Javier, comment oserais-tu te confier à Dolores ?

Mais tu dois savoir, tu dois en savoir plus, tu en as impérativement besoin.

Et si tu en parlais à Alfonso ? Si tu lui demandais directement ce que tu n'oses même pas imaginer : Luz est-elle une fille de disparus ?

À l'idée de la réaction d'Alfonso, Eduardo est paniqué. Il le menacerait, l'insulterait, et pire encore, ferait obstacle à ses recherches. Avant d'affronter Alfonso, il vaudrait mieux que tu essaies d'en savoir un peu plus, d'avoir plus de renseignements, de certitude. Et si tu appelais Dolores ? Tu pourrais au moins l'écouter, sans avoir besoin de lui raconter ton histoire.

Cela lui ferait du bien de sortir un peu, de se distraire, pense Dolores. Et de nouveau, inopportune, l'image d'Eduardo. Elle s'allonge sur le lit de sa chambre, la même que sept ans plus tôt.

Sa mère n'y a pas touché, c'est comme si sa fille était partie pour de courtes vacances et non pour cet exil dont elle ne savait même pas si elle reviendrait un jour. Cette longue journée l'a épuisée, la réunion avec les Grands-Mères, les conversations avec ses parents.

Ce qui captiva le plus Susana, sa mère, quand Dolores lui raconta son après-midi avec les Grands-Mères, fut leur rapport sur les analyses de sang. Elle lui demanda une foule de détails sur cette association américaine qui aidait les Grands-Mères. Les progrès des recherches hématologiques allaient permettre de déterminer l'identité et la filiation des enfants disparus. Le projet, qui prendrait bien sûr du temps, était que tous les parents déposent un échantillon de leur sang dans une banque afin de prouver la filiation.

— *Les études de compatibilité ont été faites au service d'immunologie de l'hôpital Durand, qui était parfaitement équipé. Ironie du sort, c'est un inculpé, l'ex-intendant Cacciatore, qui avait créé ce centre, presque en cadeau à son médecin personnel qui voulait réaliser des transplantations rénales. Qu'il ait servi plus tard, quand les recherches étaient plus avancées, à établir, par la consanguinité, l'identité de ces enfants, c'est amusant, non ?*

Oui, c'est formidable, ils allaient pouvoir démontrer – les yeux de Susana brillent d'une lueur fiévreuse – que le petit, ou la petite, de Pablo et de Mirta, était bien de leur sang et non de celui des voleurs. Leur en donnerait-on la garde ? Bien sûr que oui, ou aux parents de Mirta, il leur faudrait se mettre d'accord. En parler c'était déjà le rendre possible. Susana se demandait quelle chambre occuperait l'enfant s'il restait avec eux : celle de Pablo, ou la tienne, qu'est-ce que tu en penses, Dolores ?

Sa mère allait trop loin, elle n'avait pas été prudente de lui communiquer cet enthousiasme qu'elle avait ressenti après sa rencontre avec les Grands-Mères. Son père, évidemment, craignait la même chose. Si ce projet était mené à bien, il collaborerait, donnerait son sang, mais il ne se faisait aucune illusion.

— Surtout, Dolores, ne raconte pas d'histoires à ta mère. Nous ne savons pas ce qui s'est passé, ni même si l'enfant est né. Ces salauds ont peut-être tué Mirta quand elle était enceinte.

Que de temps s'était écoulé depuis le jour où il lui avait affirmé qu'il était impensable que l'armée de San Martín s'en prenne à une femme enceinte. Des siècles. Les antichambres de l'horreur chez ses ex-amis, l'impuissance, le désespoir avaient fait de lui un homme saturé de poison. Dolores s'approcha et lui caressa les cheveux.

— Justement, papa, il faut faire tout ce qui est encore possible, continuer à lutter. Je n'ai pas dit à maman qu'on allait le retrouver, mais qu'on allait le chercher.

Julio hochait la tête de droite à gauche, non, il ne fallait pas nourrir de faux espoirs : Dolores vit à l'étranger, lui il est tous les jours avec Susana.

— Dolores a raison, Julio, quand on cherche, on trouve. Il ne faut pas se décourager. Et puis, avec la démocratie, beaucoup de choses vont changer. Ils vont être poursuivis, c'est sûr. J'ai bon espoir qu'on retrouve notre petit-fils.

Dolores prendrait rendez-vous avec la mère de Mirta, ce serait plus facile pour elle que pour ses parents de lui parler. Ils étaient si différents qu'ils risquaient d'avoir du mal à se comprendre. Non, lui dit Susana, elle inviterait la mère de Mirta à prendre le thé, il valait mieux lutter ensemble, elle la convaincrait peut-être de rejoindre l'organisation des Grands-Mères.

Ah ! si tu la voyais maintenant, Pablo, en train de tout organiser pour que rien ne vienne assombrir cet espoir, si tu la voyais encourager papa, faire des plans, maladroits, naïfs, pour récupérer ton enfant, comme elle a changé !

— Dolores, c'est Eduardo.

Pourvu qu'il vienne à Buenos Aires, se surprend-elle à penser en allant vers le téléphone. Mais Eduardo ne lui dit rien de tel : comment se passent tes démarches, est-ce qu'il peut faire quelque chose pour elle, il tient à la remercier de leur conversation, elle ne sait pas à quel point ça a été important pour lui. Que signifie ce ton embarrassé ? Elle ne sait pas mais elle en est profondément touchée, jusque dans son corps. Elle réagit :

— Pourquoi tu ne viens pas me voir à Buenos Aires ? Je vais rester quelques jours de plus.

Il n'a pas encore répondu que déjà elle regrette. Pourquoi se créer des problèmes ? Y a-t-il une place dans sa vie pour une telle invitation ?

— Oui, je vais venir. Je te préviendrai.

Pourquoi a-t-il raccroché aussi vite, pourquoi l'a-t-il appelée à cette heure ?

Elle n'a pas le temps de réfléchir à la conduite d'Eduardo, car Susana frappe à la porte de sa chambre et lui offre un visage qu'elle avait oublié depuis longtemps. Elle a vu sa fille souriante en allant répondre au téléphone, qui est ce garçon, un ami d'autrefois ou quelqu'un qu'elle vient de rencontrer ? Il te plaît ?

Pauvre maman, pense Dolores, qu'est-ce qu'elle raconte, la tension a été trop forte pour elle aujourd'hui. Mais c'est aussi cela être mère : s'exalter parce que sa fille a un nouvel amour. Respirer.

— Non, maman, c'était Eduardo, tu te rappelles ? Le garçon d'Entre Ríos, celui que tu n'aimais pas du tout. Je l'ai rencontré dans la rue l'autre jour et nous avons parlé un moment.

Mais il est marié, non ? Mon frère m'a dit qu'il s'était marié avec... une lueur d'alarme dans son regard, la petite brise est étouffée, les ennemis guettent : Il a épousé la fille d'un militaire. C'est Pepe qui me l'a dit. Attention, Dolores, ne lui dis rien, absolument rien.

Le petit climat de douceur est détruit, si au moins elle avait pu lui raconter qu'elle avait rencontré un gentil garçon qui lui plaît, comme dit sa mère, parler d'amour aussi et de toutes ces choses dont personne ne se souvient aujourd'hui. Il ne reste que la peur qui s'infiltre dans le moindre recoin.

— Ne te tracasse pas, maman, je crois que je ne le reverrai pas.

Elle lui aurait ouvert les yeux ? Voilà peut-être l'explication du comportement d'Eduardo. Était-il aveugle à ce point ? Le téléphone sonne.

— C'est encore Eduardo – elle n'aime pas l'expression de Susana. Il est tard. Pourquoi il t'appelle si tard ?

Il vient demain. Oui, il veut lui parler. À cinq heures, ça va ? Au *Dandy*, oui.

— Tu vas le revoir ? Méfie-toi, Dolores.

Pourquoi a-t-elle si peur, qu'est-ce qu'elle sait du beau-père d'Eduardo ? Susana peut vérifier auprès de son frère, elle sait seulement qu'au mariage d'Eduardo, il a rencontré les beaux-parents et leur a raconté que ses neveux étaient partis en Europe parce qu'il avait peur de dire la vérité. Je l'appelle et je lui demande ? Non, laisse maman

Mais le lendemain, avant que Dolores parte retrouver Eduardo, Susana lui dit que son beau-père s'appelle Alfonso

Dufau, un militaire chargé du corps je ne sais trop quoi, en tout cas un poids lourd de la répression. N'y va pas. Et s'il cherche quelque chose sur toi ?

Non, son intuition lui dit autre chose.

CHAPITRE NEUF

Si elle avait eu quelque doute après avoir écouté sa mère, au bout d'une demi-heure passée avec Eduardo, Dolores est certaine de ne pas s'être trompée, Eduardo ne ment pas, il ne poursuit pas un sombre dessein. Ce qu'elle lui avait dit le soir de leur rencontre l'avait profondément affecté et aujourd'hui Eduardo veut en savoir plus : Est-ce que les organisations des droits de l'homme possèdent une liste des disparus ? Qui s'occupe des cas d'enfants disparus, comment procèdent-ils ? Depuis quand fonctionne l'organisation des Grands-Mères ? – Ses questions se bousculent. – Comment ont-ils appris que sa belle-sœur et Pablo avaient été tués ? Ils en ont été officiellement informés ou bien l'ont-ils su par quelqu'un qui avait pu sortir du camp de détention ? Combien y avait-il de centres clandestins et dirigés par qui ? Depuis qu'il a rencontré Dolores, Eduardo s'est posé toutes ces questions et bien d'autres encore, et maintenant il voudrait savoir, bien que ce soit douloureux pour elle d'en parler.

— Je te le demande comme une faveur. Je ne peux plus rester dans cette ignorance, cette cécité, comme tu voudras.

— Non, Eduardo, l'autre jour on a parlé de moi, de mon histoire, maintenant c'est ton tour. Moi aussi je veux savoir, ta femme, ta fille, ta vie à Entre Ríos.

Il n'y a rien de spécial dans sa vie, il ment mal, énumère des informations sans importance. De son beau-père, pas un mot.

— Mariana comment ? Quel est le nom de famille de ta femme ?

Cette fois, aucun doute, Dolores a fait mouche.

— Dufau – sa honte rend le mot presque inaudible.

Le silence s'étire comme seuls le font les silences chargés de mots imprononçables. À la fin Dolores décide qu'il vaut mieux ne plus tourner autour du pot.

— Ce n'est pas un de ces militaires... ?

Il fait oui de la tête.

Et du silence il passe à une volubilité nerveuse : C'est pour ça, Dolores, peut-être, ou pour d'autres choses que je n'ai pas voulu voir, pas pu voir. Là-bas, j'étais dans une bulle, avec ma femme, ma fille, le domaine, les amis, et je n'ai pas vu ce qui se passait. Et quant à mon beau-père, ce qu'il a fait, n'imagine pas qu'il s'en vante. Pour Mariana c'est une idole, un héros, un saint.

Dolores sent la haine d'Eduardo pour Dufau, une rancœur au-delà de l'agacement que suscite en lui l'admiration de sa femme pour son père.

— L'autre jour, j'aurais voulu expliquer à Mariana ce qui m'arrivait, mais comment, sachant ce qu'elle pense de son père, comment lui dire que j'étais avec toi et ce que tu m'avais révélé ? J'ai essayé, mais c'était impossible.

Voilà, pense Dolores, voilà pourquoi il est venu me voir. Eduardo est silencieux, perdu dans ses pensées, puis il laisse enfin sortir de lui ces mots qui sentent le moisi d'être restés si longtemps enfermés.

— Ce n'est pas sa faute. Le seul responsable c'est moi.

La faute à qui ? Dolores n'en sait rien et ne demande pas.

La faute pèse sur Eduardo comme un magma qui l'empêche de respirer, étouffe ses paroles.

— J'aimerais te parler de ce qui m'arrive, de quelque chose qui s'est passé il y a des années, mais je ne peux pas, il s'agit d'une affaire... familiale, privée.

Dolores ignore ce qui tourmente Eduardo, mais elle trouve plus prudent de ne pas insister, il le dira sûrement. Eduardo souffre, souffre beaucoup, et plus forte que la curiosité de connaître la raison de sa souffrance est cette tendresse qui monte en elle, cette envie de le consoler, de le serrer contre elle et de le laisser pleurer sur son épaule s'il en a envie. Mais comment va-t-il pouvoir pleurer ici, au *Dandy* ?

— Allons dans un endroit plus tranquille, propose Dolores.

— Où ? lui demande Eduardo en réclamant l'addition.

Dolores hausse les épaules et sourit : On trouvera bien.

Guidé par son sourire, qui est toujours là, intact, tu roules sur l'avenue Libertador, certain qu'il vaut mieux ne pas parler. Tu tournes et tu prends Norte. Un léger doute se dissipe quand Dolores pose sa main sur ton cou et que tu sens cette chaleur complice. Quand tu arrêtes la voiture devant le lac du bois de Palermo, tu te sens obligé de dire quelques mots pour justifier ton attitude, pourtant elle ne te demande rien.

— Je suis très mal, Dolores, mais je ne peux pas te dire pourquoi.

Sa main tiède sur ta joue est sa seule réponse. Et quand elle t'ouvre ses bras tu t'enfouis dans cette étreinte par laquelle elle veut te consoler. Tu lui embrasses l'oreille, tes lèvres entrouvertes cherchent son cou et il suffit d'une simple expression de son visage, d'un bref tremblement de son corps pour que revienne aussitôt, comme au temps des jours heureux, ton envie de Dolores. Ta main avide cherche sous ses vêtements le contact de sa peau et déjà tu es emporté par ce désir généreux qui a effacé en un instant toutes les balafres de la vie, quand brusquement elle s'écarte de toi, rajuste ses vêtements et regarde par la fenêtre de la voiture. Tu te demandes ce que tu as fait, comment tu as pu entraîner son amitié consolatrice dans cette frénésie.

Quand Dolores prononce doucement ton prénom, et se tait, les yeux encore tournés vers l'extérieur, tu essaies de trouver une excuse mais les mots refusent de s'enchaîner. Dolores, je... Elle te regarde et rit de ta confusion.

— Eduardo, trouvons un endroit plus discret, sinon maman risque de nous pincer comme la dernière fois.

Alors c'est une explosion de rire, la clé de contact de la voiture, vite, ne pas perdre une seconde, ta main quitte le levier de vitesse pour son genou et sa main, complice, se pose sur la tienne : peu importe si ce n'était pas ton intention, ni celle de Dolores, pas besoin d'explication, son corps et le tien s'appellent, la vie est là, dans l'instant.

Frank lui avait téléphoné la veille au soir pour lui proposer de venir la voir, car il devait repartir aux États-Unis dans quelques jours, ses vacances touchaient à leur fin. Miriam lui répondit qu'elle était encore très occupée, mais qu'elle le préviendrait si elle pouvait prendre un peu de repos et le rejoindre.

Depuis combien de jours Miriam attendait-elle à la sortie du collège ? Dix, douze ? Cet après-midi, se dit-elle, elle aurait de la chance. Son cœur battait la chamade comme sept ans plus tôt, quand elle avait abandonné le caporal Pilón sur son lit et refermé à double tour la porte de son appartement. Il y avait cinq minutes que Luz était sortie et la fille n'arrivait pas. Sa petite copine venait de partir. C'était maintenant ou jamais.

— Bonjour ma jolie, ça va ?

— Oui, et toi ?

— Tu veux une glace ?

— *Elle avait passé des heures à se demander s'il valait mieux m'offrir une glace ou des bonbons, ou me dire qu'elle avait dans sa voiture quelque chose qu'elle voulait me montrer, une babiole susceptible de m'attirer, puis démarrer sur les chapeaux de roue, avant l'arrivée de la fille. Elle s'était garée de l'autre côté de la place. Le plan était un peu grossier.*

Elle s'étonna que ce soit si facile. Luz regarda vers le coin de la rue et lui dit : Tu me l'apportes ou on traverse ? Carmen est toujours en retard.

— Accompagne-moi, on revient tout de suite.

— *Non, je ne me rappelle pas. Seulement ce qu'elle a dit après, quand maman est arrivée. Mais c'est parce que...*

— *Tu as dit maman ?*

— *Mariana, je l'ai appelée maman toute ma vie. – Et Luz détourne les yeux. – Maman, c'est un mot auquel on s'habitue avec le temps. Tu te souviens, toi, du moment où tu as eu conscience que ta maman était ta mère ? Pour moi, maman c'était Mariana, celle que j'ai appelée ainsi quand j'ai appris à associer des sons à une personne.*

Luz se tut, elle avait du mal à poursuivre son récit.

— *Je ne vais plus t'interrompre, pardonne-moi, je n'arrive pas à m'y faire, c'est plus fort que moi. S'il te plaît, continue. C'est donc Mariana qui est venue te chercher, pas l'employée de maison ?*

Il était cinq heures dix quand Mariana sortit de chez son amie. Elle avait donc appelé Carmen à la maison pour lui dire de ne pas aller chercher Luz, mais personne n'avait répondu. Eduardo était à Buenos Aires. Elle parcourut à la hâte les trois pâtés de maisons qui la séparaient du collège. Elle ne vit pas Luz à la porte de l'établissement, mais elle ne sait pas pourquoi, la main de Dieu sans doute, comme elle le raconterait plus tard à sa mère, elle tourna la tête et l'aperçut un peu plus loin, de dos, en train de traverser la place avec une femme qui la tenait par la main. Elle pensa que c'était une mère d'élève qui l'emmenait téléphoner chez elle. Mariana se sentit inexplicablement inquiète. Elle pressa le pas, se mit presque à courir, heureusement, sinon elle l'emmenait, maman, je te jure, papa et Eduardo peuvent dire ce qu'ils veulent, cette femme voulait enlever Luz.

Quand elle la vit contourner la voiture, elle n'eut plus aucun doute. Luz allait-elle monter dans cette voiture ? Qui était cette femme ?

— Luz ! cria-t-elle, bien qu'elle fût encore loin.

— Maman ! lui répondit Luz en souriant.

Alors la femme regarda Mariana et leva la main en guise de salut, dit quelques mots à Luz et monta rapidement dans la voiture.

— *Qu'est-ce qu'elle t'a dit ?*

— *Ce n'est pas ta maman.*

Qui était cette femme, où voulait-elle l'emmener ? Fébrile, elle secouait le bras de Luz. Une dame qui l'a invitée à manger une glace. Et toi tu suis n'importe qui, tu es complètement folle. Qu'est-ce qu'elle t'a dit, pourquoi est-elle partie si vite ?

— *Je ne lui ai rien raconté, elle était tellement furieuse que j'avais peur. Mais après, quand elle l'a su, elle me l'a répété si souvent que je n'ai jamais pu l'oublier. Elle me le reprochait, comme si c'était moi qui avais prononcé cette phrase. Pendant des années, chaque fois qu'on se disputait, elle me sortait : « De toute façon, toi tu es partie tranquillement avec une folle qui disait que je n'étais pas ta mère. » C'est cette phrase qui a gravé en moi l'apparition de Miriam. Et parfois, pendant l'adolescence, quand je pensais que ce n'était pas possible que je sois la fille de Mariana, ce souvenir revenait.*

— *Tu pensais que tu n'étais pas sa fille ?*

— *Oui, comme tout adolescent en crise avec ses parents, je le pensais mais je ne le croyais pas. Mais il y avait le souvenir de cette femme à la sortie du collège. Qu'est-ce qu'elle avait voulu dire ? Je crois, mais bien sûr je n'y ai pensé que beaucoup plus tard, quand j'ai entrepris ces recherches, je crois que lorsqu'on vit avec quelque chose qu'on ignore, on pressent que c'est horrible, inquiétant. Pendant des années cette inquiétude m'a habitée... l'angoisse de quelque chose d'amorphe qui ne tenait à rien de précis, qui surgissait comme ça, sans raison, comme faisant partie de moi-même. C'est quand même fou que Mariana n'ait pas cessé de me rabâcher qu'une femme avait dit qu'elle n'était pas ma mère. Si elle n'en avait jamais reparlé, je l'aurais probablement oublié. Je n'avais que sept ans à ce moment-là.*

Luz lui raconta que la femme l'avait invitée à manger une glace et qu'en voyant Mariana arriver elle était partie. Oui, elle l'avait déjà vue, à la sortie du collège.

Mariana attendit avec impatience l'appel d'Eduardo qui était à Buenos Aires. Elle avait déjà tout raconté à Amalia et Alfonso, lequel l'avait assuré qu'il n'y avait aucune raison qu'on veuille enlever Luz. Même Eduardo lui dit de ne pas se tracasser, ce n'était rien, pourtant dans sa voix avait percé l'inquiétude : Enlever Luz, comment ça ? Mariana lui expliqua au téléphone que Luz s'était montrée très confuse sur cette femme : elle la connaissait, ne la connaissait pas, ne lui avait rien dit, mais je l'ai vue lui dire quelque chose avant de s'échapper et Luz prétend que non. Eduardo lui demanda d'arrêter d'interroger Luz, qu'elle lui lise plutôt un conte ou lui parle d'autre chose, elle devait être effrayée.

— Non, pas du tout, elle s'en allait tout tranquillement avec une inconnue, et futée comme elle est, elle joue les idiotes. Tu dois sérieusement la gronder, Eduardo.

— Ne t'en fais pas, je lui parlerai demain.

— Il faut que tu reviennes tout de suite.

— Non, je regrette, je ne peux pas. J'ai des réunions prévues demain. Mais dès que j'ai fini je rentre.

Comme s'ils avaient attendu ce moment de longues années, Eduardo et Dolores s'aimèrent avec une telle intensité que tout ce qui les entourait sembla disparaître. Ce soir ils iraient dîner, puis se promener sur le port et, plus tard, s'endormiraient dans les bras l'un de l'autre.

Eduardo devait, sans faute, passer un coup de fil, et Dolores décida de prendre une douche pour qu'il puisse parler librement.

Quand elle ressort de la salle de bain, elle se rend compte que l'ambiance est brisée. Le visage d'Eduardo est bouleversé, bien qu'il ébauche un faible sourire. Se sent-il coupable, en pensant à sa femme et à ce qui vient de se passer ? Le mieux serait de s'en aller, de trouver un prétexte, pour ne pas prolonger une situation qui risque de leur attirer des ennuis. Elle avait voulu le consoler, qui sait de quelle obscure douleur, et il s'était passé autre chose, elle ne savait pas comment, mais d'une telle force que Dolores n'avait pas voulu y résister. Pour le moment, elle préfère ne pas rester avec lui, ce ne serait pas prudent. Ils se verront un autre jour, cela vaut mieux, d'ailleurs elle a oublié qu'elle devait dîner avec ses parents et des amis. Et Eduardo, si différent de ce qu'il était quelques minutes auparavant, quand il la caressait fiévreusement, réinventant inlassablement son corps, projetant une nuit de plaisirs infinis, hoche à peine la tête, comme s'il n'avait plus la force de parler.

— Eduardo, je ne sais pas ce que tu as, mais sache que tu peux compter sur moi, lui dit-elle avant de partir.

— Je sais. – Il l'embrasse tendrement. – Merci, Dolores.

Dolores referme la porte en pensant qu'elle aurait dû trouver les mots qui auraient aidé Eduardo à parler, à se confier à elle. Elle sent son estomac se nouer. La peur, oui, c'est idiot, mais elle a peur pour Eduardo.

— *Dolores m'a raconté qu'avant d'apprendre la vérité, elle pressentait qu'il était en danger. Peut-être parce qu'elle... J'ai eu l'impression, bien qu'elle ne me l'ait jamais dit ni, bien sûr, que je ne le lui aie jamais demandé, qu'elle était amoureuse d'Eduardo. Leur histoire avait dû être très forte. Jamais elle n'a cherché à qualifier par un mot sa relation avec lui. Mais les inflexions de sa voix, ses silences, tout ce qu'elle taisait, son visage quand elle me parlait d'Eduardo tant d'années après, m'ont donné la certitude que pour Dolores il était quelqu'un de... très spécial. Ce fut pour moi très important de parler avec elle, parce qu'elle m'a fait découvrir un Eduardo que je ne connaissais pas il y encore quelques mois.*

Qu'est-ce qui lui arrive ? Est-ce que cela n'avait pas été une erreur de se laisser emporter par le plaisir et de ne pas avoir donné à Eduardo la possibilité de parler ? Mais non, s'ils avaient vécu ce moment de cette façon c'était parce qu'il devait en être ainsi. Elle aurait peut-être dû... Suffit, se dit Dolores en montant dans le taxi, elle lui a offert son aide, et puis Eduardo saura quoi faire. Et s'il ne la rappelait pas ? De nouveau cette angoisse, cette sensation de danger. Non, elle ne veut pas se laisser gagner par ce malaise après le merveilleux après-midi qu'ils ont passé ensemble. Elle se blottit contre le siège, elle sent la chaleur de l'amour sur tout son corps et remercie la vie. Elle se rappelle cet après-midi d'Entre

Ríos, sa mère furieuse et elle criant : Merci, merci, j'ai beaucoup aimé ! Malgré tout ce qu'elle a vécu, elle continue d'aimer la vie.

Miriam se demandait si elle n'avait pas éveillé les soupçons de la fille de Dufau. Elle l'avait saluée de la main et croyait même avoir souri avant d'entrer dans la voiture et de démarrer. Était-ce suffisant ? Que lui a dit Lili ? A-t-elle entendu : « Ce n'est pas ta maman » ? Lili l'avait regardée un instant, comme si elle entendait un bruit, mais Miriam n'avait rien vu d'autre, elle avait dû fuir rapidement.

— *Elle n'avait pas prémédité cette phrase. Elle m'a raconté que cela lui était venu spontanément. Elle craignait peut-être de me voir pour la dernière fois et que sa promesse à Liliana...*

— *Elle allait te parler de Liliana, ou elle voulait simplement t'emmener avec elle ?*

— *Bien sûr que oui, je te l'ai déjà dit. Pour elle c'était très important ce que lui avait demandé Liliana sur cette place, quand Miriam avait tenté de la protéger avec son propre corps – et la voix de Luz se brisa. Carlos, Miriam voulait réellement me sauver. Crois-tu, sinon, après ce qu'elle avait fait, après m'avoir dit cette phrase folle, qu'elle aurait pris le risque d'une nouvelle tentative ? Pourtant elle l'a fait. Elle a attendu quelques jours et elle est revenue à la sortie du collège. Elle se cachait derrière un arbre et attendait l'occasion de pouvoir s'approcher. Elle avait peur, mais elle avait aussi l'espoir que l'épisode de la glace était déjà oublié.*

Mariana parle sans arrêt de cette femme qui, selon elle, a voulu enlever Luz. Sinon, pourquoi faire entrer la gosse dans la voiture, et qu'est-ce qu'elle faisait là si elle n'était la mère d'aucune élève du collège ? Mais comment le sais-tu ? J'ai posé des questions à Luz, elle dit seulement qu'elle l'a invitée à manger une glace, rien sur la voiture, et pourtant j'ai passé la journée à le lui demander. On dirait que cela t'est égal. Mariana est furieuse contre Eduardo : son père, lui, aurait agi tout autrement.

Eduardo fait un effort surhumain pour ne pas lui répondre ce qu'il pense d'Alfonso. Il ne tient pas à une nouvelle scène violente avec Mariana, car il ne sait pas jusqu'où cela pourrait aller.

Il voudrait parler seul à seul avec Luz, Mariana est tellement nerveuse et en colère que Luz doit avoir peur d'être grondée si elle dit le moindre mot.

Mais il a déjà parlé avec Luz, ne lui a-t-il pas lui aussi posé la question ? En effet, mais toujours devant Mariana.

En vérité lui aussi s'est inquiété dès que Mariana l'a appelé à Buenos Aires pour lui raconter ce qui s'était passé.

— *Je n'ai avoué son nom et ce qu'elle m'avait dit que quelques jours plus tard.*

— *Comment il a réagi ? demanda Carlos. Il a dû être complètement paniqué.*

— *Je ne m'en souviens pas. J'avais sept ans. Tout cela je l'ai appris dans mes conversations avec Javier et Laura, sa femme.*

Tu t'es inquiété parce que tu as mauvaise conscience. Si tu as volé Luz, on peut aussi te la voler.

Puis il pensa que le ton de Mariana avait amplifié l'incident et qu'il y avait probablement une explication : la mère d'une petite copine de Luz, il y avait peut-être une autre gamine dans la voiture et Mariana ne l'a pas vue. Comment Luz pourrait-elle parler si Mariana se met dans cet état chaque fois qu'elle la questionne ? Il essaiera d'en savoir un peu plus, mais s'il te plaît, Mariana, laisse-moi seul avec Luz.

Eduardo va dans la pièce où Luz est en train de jouer avec les Lego et s'assied par terre. Il attend un peu avant d'aborder le sujet de la dame et de l'auto, et en lâche négligemment quelques mots. Et Luz répète ce qu'elle a déjà tant de fois raconté.

— Tu n'avais pas peur de partir avec quelqu'un que tu ne connaissais pas ?

— Si, je la connaissais, je l'ai vue d'autres fois – elle pose un Lego sur un autre. On le met là, papa ?

Eduardo place la pièce : À la sortie du collège ?

Et tu respires, c'était sans doute la mère d'une autre gosse et non ce que tu imaginais.

— Je sais pas, j'ai jamais vu sa fille.

— Mais elle va au même collège que toi ?

— Je sais pas. Je la connais pas. Donne-moi ce bleu, papa.

Et alors, comment elle l'a vue là-bas ? Pourquoi ? Je sais pas, Luz se rappelle seulement qu'une ou deux fois elle lui a dit ma jolie, et qu'elle est très jolie. Elle a trouvé que c'était une dame gentille, de celles qui aiment bien les enfants, pas comme la maman de sa copine qui ne les supporte pas. Et elle t'a dit autre chose ? Non... elle a le regard fixé sur les Lego, ah, oui, qu'elle m'avait aidée à faire un château de sable à Punta del Este.

Tu n'aimes pas ça du tout. Et s'ils étaient surveillés depuis un moment par quelqu'un de cette organisation des Grands-Mères dont t'a parlé Dolores ? Une araignée grimpe le long de ta colonne vertébrale, une main de fer te serre la nuque.

Auraient-ils été dénoncés ? Tu veux encore t'accorder un répit : Ce n'est pas une amie des Ventura ? Luz ne sait pas, elle ne se rappelle pas grand-chose, si, il lui semble qu'une dame l'a aidée un jour à faire un château. Elle s'appelle...

— Comment, comment elle s'appelle ? Tu t'efforces de masquer l'anxiété de ta question, surtout que Luz ne perçoive pas ta crainte.

Mais Luz ne se rappelle pas et Eduardo sent que s'il continue à la harceler comme le fait Mariana, elle ne dira plus rien. Il la rassure. Elle a bien fait de parler avec elle et même d'accepter une glace si la dame était gentille, mais monter dans son auto, ça non, bien sûr si tu la connaissais...

Il vaut mieux ne pas insister, Luz commence à jeter les Lego, à s'énerver, à faire cette tête qui n'augure rien de bon, il le sait. Il vaut mieux continuer de jouer et lui raconter un conte. Et attendre un autre jour.

Mariana est très anxieuse. Qu'est-ce qu'elle t'a dit ? Qu'elle a vu plusieurs fois cette femme à la sortie du collège. À moi elle ne me dit rien, elle n'a parlé que de la première fois, après elle ne se souvient pas. Et au moment où Mariana veut partir en courant, Eduardo la retient par le bras. Comment veux-tu qu'elle te dise quoi que ce soit si tu la grondes pour un oui ou pour un non ? Luz a peur de toi.

— Ne raconte pas de bêtises. Qu'est-ce qu'elle t'a dit de plus ?

Non, l'histoire de Punta del Este, il ne veut pas lui en parler. L'important c'est d'abord de calmer Mariana : Qu'elle l'appelait ma jolie et qu'elle était sympathique, tu ne dois pas te mettre à ce point en colère avec Luz, quel gosse refuserait une glace de quelqu'un qui a l'air gentil ? Mariana ne supporte pas que tout lui semble si bien : C'est ainsi que tu comptes éduquer Luz ? Qu'elle parte avec n'importe qui pourvu qu'il soit sympathique.

Non, mais c'est tout ce que j'ai réussi à savoir. Calme-toi, si elle l'a vue plusieurs fois, ce doit être la mère de... De qui ? Elle te l'a dit ? Je lui ai demandé cinquante fois et elle n'a pas répondu. Non, Luz ne la connaît pas.

— Écoute, si ça recommence, je vais à Buenos Aires pour parler à papa et lui demander d'envoyer quelqu'un pour enquêter sur cette femme.

Une enquête, c'est bien la dernière chose qu'il voudra faire, pense Eduardo.

Et maintenant tu sais, tu as la certitude que Luz est une fille de disparus, tu en es convaincu, tu l'as clairement pressenti quand tu as parlé avec Dolores, et c'est sans doute pourquoi ta rencontre avec elle est si cruciale dans ta vie, c'est ce qui explique ce désir, cette manière si vitale de l'aimer. Elle t'a ouvert les yeux et tu crains maintenant que cette femme qui cherche Luz soit une de celles qui recherchent leurs petits-enfants. Tu dois demander à Dolores de t'en dire plus.

Mariana n'arrête pas de crier, de récriminer : son père saurait déjà tout. Comment peut-elle être aussi stupide pour croire que son père est Dieu en personne, elle ne sait donc pas ce que fait son père : tuer, torturer, voler des enfants.

— Qu'est-ce que tu dis, tu es fou ! La fureur déforme ses traits.

— Peut-être pas lui directement, mais c'est lui qui donne les ordres.

Est-ce qu'Eduardo sait ce que veut dire lutter pour la patrie comme le fait son père ?

Tu ne peux plus te contenir : Lutter pour la patrie, c'est disposer de la vie et de la mort ? Voler des enfants de séquestrés pour les donner à d'autres en les privant de leur identité ?

Heureusement, Mariana l'interrompt par une gifle retentissante qui le fait taire. Heureusement, car jusqu'où serait-il allé ? Jusqu'à la vérité sur Luz ? Après tout, qu'est-ce que tu as à reprocher à Mariana, elle ne sait rien, tu lui as menti pendant toutes ces années. Aussi, tu t'approches d'elle et tu lui demandes pardon, mais elle pleure sur le lit et rejette tes caresses.

Eduardo ne veut pas insister, ni par les gestes ni par les mots. Il est très énervé et craint de perdre à nouveau son sang-froid.

Il quitte la chambre et va à la cuisine. Luz est avec Carmen, elle a pris son bain, enfilé sa chemise de nuit et s'apprête à dîner.

— Tu veux que je dîne avec toi ?
— Tu ne vas pas dîner avec maman ?
— Si, mais je peux manger deux fois. Tu sais que je suis un goinfre.
Elle ne le lui dit pas sur le moment, mais un peu plus tard quand il la borde et s'apprête à lui raconter un conte.
— Miriam, je crois qu'elle s'appelle Miriam, la dame qui m'a invitée à prendre une glace.
Ton cœur bondit. Miriam, ce n'était pas le nom de la mère ? Où as-tu rangé la photocopie de l'acte de naissance ? Dans un tiroir, au bureau. Pendant toutes ces années tu ne l'as jamais relu. Seulement au tout début, quand Mariana était encore à la clinique.
— Et elle t'a dit quelque chose cette Miriam ? Maman a vu qu'elle te parlait. De Punta del Este ?
Luz est de toute évidence perturbée par la question, car elle se retourne dans son lit et évite son regard : La glace, elle l'a dit plusieurs fois, et que la dame était jolie. Tu me racontes une histoire, papilou ?
Tu aimerais lui raconter l'histoire d'un homme qui est désespéré parce qu'il a menti à tout le monde, à sa femme, à sa fille – la fille de qui ? Mais, bien sûr, tu ne vas pas le faire. Il te revient en mémoire cette nurse, quand tu étais petit, qui te disait que tu n'étais pas le fils de tes parents mais celui du ramoneur. Tu ne l'avais confié à tes parents que beaucoup plus tard, quand ils l'avaient congédiée, tu ne te souviens même plus pour quel motif. Alors, tu ne sais pas pourquoi, mais tu lui racontes qu'il était une fois un enfant un peu polisson et qu'un jour la méchante femme qui s'occupait de lui...
— Qui, la maman ?
— Non, la nurse, un jour elle lui montra un monsieur dans la rue, habillé tout en noir et tout sale, et lui dit que s'il continuait à mal se conduire, elle allait l'envoyer chez lui, le ramoneur, qui était son vrai papa, parce qu'il n'était pas le fils de son papa et de sa maman.
Mais qu'est-ce que tu lui racontes, tu deviens fou ? Où sont les petits lapins, les écureuils, les grottes et l'extraterrestre qu'aime Luz ?
— C'est ce que m'a dit la dame de la glace – et Luz ouvre à

peine les yeux, mais lui serre fort la main –, que maman n'est pas ma maman. – Et elle ferme les yeux. – Continue l'histoire.

Il doit délivrer Luz de cette peur, qui n'était chez lui qu'une peur toute bête, alors que chez elle... Il invente rapidement une fin qui la rassure. Elle avait peur, c'est ce qui explique qu'elle n'ait rien dit plus tôt.

— À la fin, l'enfant qui était très inquiet s'est approché un jour du ramoneur et lui a posé la question. Et l'homme a ri et lui a répondu qu'il avait quatre enfants et qu'il n'était pas l'un d'entre eux.

— C'était une invention de la méchante dame ?

Il pourrait lui dire maintenant que la dame de la glace est méchante et que ce qu'elle lui a dit est une invention, mais il n'y tient pas. Il vaut mieux poursuivre le conte.

— Oui, et l'enfant et le ramoneur sont devenus amis, il l'a raconté à ses parents et à la méchante dame...

— Celle qui m'a invitée à manger une glace, elle est méchante, papilou ? Elle voulait me voler, comme dit maman ?

— Tu as peut-être mal entendu, ce n'est pas ce qu'elle a dit.

— Quoi ?

— Que maman n'est pas... – tu ne peux pas finir ta phrase – tu as dû mal entendre, elle a peut-être dit : « C'est ta maman ? », parce qu'elle ne la connaissait pas.

Luz sourit, ferme les yeux et Eduardo continue à voix basse, cherchant le sommeil de Luz : ils ont dit à la méchante dame de partir, l'enfant n'a plus eu peur et ils ont tous été heureux, et l'histoire s'arrête là.

Il dit à Mariana que Luz n'a rien révélé de nouveau, et ce soir-là il tente une caresse que Mariana esquive pour lui montrer qu'elle se sent encore blessée. Eduardo se sent soulagé quand Mariana éteint sa lampe de chevet signifiant ainsi que cette nuit il ne se passera plus rien : ni reproches, ni amour, ni haine.

Il ne peut cesser de penser à ce que lui a dit Luz, à ce papier, la photocopie du document.

Le lendemain, en effet, il est là, dans le troisième tiroir du bureau. Miriam López.

La mère ! Tu as peur, mais en même temps tu as envie de sauter de joie : alors ce n'est pas ça, elle n'a été volée à personne. Et c'est fou, cela n'a rien à voir mais tu cours appeler Dolores, maintenant tu peux le faire, tu étais mal, oui, mais ce n'était pas cela, ce n'était pas une enfant arrachée à une mère, mais une enfant dont sa mère ne voulait pas : la mère existe, son nom est sur l'acte de naissance. Bien sûr, il ne va rien lui révéler de tel. Mais il peut lui dire que c'était merveilleux l'autre jour, qu'il le sent encore dans son corps et que c'est meilleur, meilleur qu'autrefois, quand ils étaient jeunes, parce que maintenant Dolores lui a donné autre chose, un grand plaisir, mais aussi l'accès à la douleur, à la vérité, elle lui a donné une conscience, de la force. Grâce à elle tu te sens un homme, pas un être pusillanime.

Dolores est complètement déconcertée par ce discours confus, mais elle sent qu'elle représente beaucoup pour Eduardo, bien qu'elle n'en comprenne pas la raison. Et puis il lui plaît, elle le sent dans son corps qu'il lui plaît, dans cette petite démangeaison qui lui donne le tournis.

— Pourquoi tu ne viens pas me voir ? Je m'en vais la semaine prochaine.

— Demain, on se voit demain à six heures. Au *Dandy*.

Elle lui demandera ce qui lui arrive, Dolores se le promet. Il y a plus que le plaisir dans cette rencontre, il a quelque chose qu'elle ignore, elle doit obtenir qu'Eduardo le lui dise. Cela lui fera probablement du bien.

Et en elle, qu'y a-t-il ? Qu'est-ce qu'elle veut ? Elle ne le sait pas non plus. Elle ne peut pas le définir. De toute façon, dans quelques jours elle repartira en France. Ce qu'elle est venue faire à Buenos Aires est en bonne voie. Et ce qui tourmente Eduardo n'a rien à voir... enfin, peut-être... ce qu'il a dit sur la conscience. Quoi qu'il en soit elle est heureuse de le revoir, elle le ressent ainsi, c'est plus fort qu'elle, pourquoi ne pas l'accepter.

Eduardo prévient Mariana qu'il doit aller à Buenos Aires le lendemain, si elle est trop inquiète qu'elle aille elle-même chercher Luz à la sortie du collège, mais qu'elle y soit à l'heure. À partir de mercredi, il ira la chercher tous les jours pour que Mariana soit rassurée. Et il fera son possible pour se renseigner.

— Il avait déjà décidé de rechercher Miriam, mais ce n'est

qu'après en avoir parlé à Javier, quelques jours plus tard, qu'il a imaginé la marche à suivre.

— Il était temps que tu te remues. Aujourd'hui j'ai appelé papa et je lui ai demandé s'il pouvait prendre un jour ou deux pour m'aider, puisque tu es incapable de découvrir qui est cette femme et ce qu'elle veut.

Si Mariana ne cesse pas de te provoquer en citant son père en exemple, tu vas finir par tout révéler, cela va t'échapper. L'autre jour tu étais à deux doigts de le faire.

— Mariana, je ne veux plus entendre l'éloge de ton père, je parle sérieusement, je ne peux plus le supporter.

Cette harpie, ce masque de dégoût et de rage, ces cris, est-ce bien Mariana, ta Mariana ? Il subsiste si peu d'elle dans cette femme qui t'insulte, qui devient laide tant la haine durcit ses traits : tu es jaloux de papa, parce que, lui, il sait nous protéger, pas toi. Avec toi je me sens plus que jamais dans l'insécurité.

Eduardo s'impose de ne pas lui répondre, il ne peut pas, il ne doit pas. Il va au bureau et commence à imaginer comment il va s'y prendre pour aborder Miriam, si elle revient. Il est important qu'elle n'ait pas peur afin qu'ils puissent parler.

Une mère qui a abandonné sa fille et qui aujourd'hui le regrette : cette seule idée, quels que soient les problèmes qu'elle pose, t'est presque agréable, parce que ce n'est pas cette horreur que tu redoutais tant : ce qui est arrivé à la belle-sœur de Dolores.

Elle avait beau s'être répété que c'était une folie, Dolores ne put s'empêcher d'éprouver ce bonheur soudain avec lequel elle se réveilla et qui ne la quitta pas de la journée.

Certes ce n'était pas le seul motif. Quand elle parla avec sa mère pendant le déjeuner, celle-ci était contente, enjouée. Qui aurait dit, Pablo, que maman allait avoir le courage, le cran de défier le scepticisme de papa et de se joindre à la lutte des Grands-Mères de la place de Mai ? Toi qui pensais qu'elle n'avait rien fait d'autre dans sa vie qu'obéir. Susana n'arrêtait pas de parler de ces femmes admirables qui se battaient depuis 1977 et de tout ce qu'elles avaient été capables de faire pendant ces années, menacées, persécutées, et elle ne se lassait pas de raconter le congrès de New York où elles étaient intervenues sur « le signe de la *abuelidad*[1] », et c'était grâce à elles que l'on allait pouvoir prouver le lien familial. Et c'est elle, Pablo, elle dont tu croyais que les déviations bourgeoises la faisait regarder de travers ta compagne à cause de ses origines modestes, c'est elle qui essaie de convaincre la mère de Mirta qu'elle se trompe, que beaucoup de femmes enceintes ont résisté à la torture et ont accouché, et qu'elles doivent lutter ensemble. Ensemble, avec toutes les autres, elles pourraient aller plus loin, et retrouver leur petit-fils, ou petite-fille, elle en était persuadée, son cœur le lui disait. La mère de Mirta n'attend plus rien, ses deux enfants sont morts, trop de douleur.

— Si Pablo te voyait, il serait fier de toi, maman, tout comme moi. Ne t'en fais pas pour papa, il n'en a peut-être pas la force, mais il va finir par comprendre.

— Et si tu lui parlais, Dolores, convaincs-le de ne pas m'empêcher de travailler avec les Grands-Mères. Je ne veux pas de problèmes. Ton papa, le pauvre, ce n'est pas par faiblesse, mais il est vidé, après tout ce qui s'est passé, ces évêques, ces généraux, tous ces salauds qui lui ont tourné le dos, lui ont menti.

Oui, elle lui parlerait, mais pas ce soir. Dolores dit à sa mère qu'elle va retrouver des amis. Mais le temps des mensonges est fini :

— Méfie-toi, Dolores, je t'ai dit que le beau-père d'Eduardo...

— Ne t'inquiète pas, maman. Je sais ce que je fais.

---

1. De *abuelos*, grands-parents.

CHAPITRE DIX

Samedi, Frank viendrait la voir. De toute façon, Miriam lui a dit qu'elle l'appellerait si elle changeait d'idée et décidait de venir à Buenos Aires. Elle fut de nouveau tentée par cette idée folle : Est-ce que Frank accepterait qu'ils partent tous les trois ? Non, c'était idiot, si elle parvenait à emmener Lili, elle invoquerait n'importe quel prétexte. Elle l'appellerait de l'aéroport pour qu'ils n'aient pas le temps de se voir, fût-ce une minute. Elle ne pouvait pas une fois de plus le compromettre. Mais il lui fallait sauver Lili rapidement. Elle ne supportait plus cette tension.

Miriam était dans la voiture quand elle la vit sortir du collège, maintenant elle connaissait bien son sourire, ses sautillements. Faites que j'aie de la chance, s'il vous plaît, qu'ils arrivent en retard. Elle s'était garée en face, s'ils avaient du retard, elle pouvait sortir facilement de la voiture. Je ne sais pas comment je vais faire, mais je te promets, Liliana, que je vais la tirer de là et lui dire la vérité, je vais l'emmener loin, là où on ne nous retrouvera jamais.

Au moment où Miriam ouvrait la porte, le cœur battant la chamade, Lili courut vers la Peugeot grise. Miriam rentra promptement dans la voiture. Elle était sûre que personne ne l'avait vue.

Ils ont à peine échangé quelques phrases au *Dandy*. Dolores n'a pas compris ce qu'Eduardo lui a dit au téléphone sur la douleur, la prise de conscience.

— C'est en rapport avec ce que je t'ai raconté l'autre soir ?

Eduardo ne répond pas. Comment lui dire ce qui lui arrive ? Un seul mot et ce serait une cataracte impossible à arrêter, elle le haïrait. Dolores n'insiste pas, elle presse seulement sa main sur celle d'Eduardo : Tant de douleur, c'est tout ce qu'il dit.

— On s'en va ? lui demande Dolores.

A l'hôtel, tu l'aimes lentement, passionnément, comme si en touchant, léchant, buvant ce corps réel, ferme, tu revenais à la vie, à la vérité. Perplexité de sentir que tes mains et les siennes connaissent depuis toujours les labyrinthes du plaisir, comme si vos corps s'exploraient depuis des années et se mettaient au défi de découvrir du nouveau. Cette complicité sans faille que seul donne le temps, cette parfaite progression de la tendresse vers la passion. Tu l'embrasses au creux de la nuque et elle se blottit dans ce creux de ton corps qui semble avoir été créé pour son repos.

Grâce peut-être à cette magie d'un temps partagé qui n'a jamais existé et qu'Eduardo et Dolores ont cependant la sensation d'avoir vécu ensemble, elle lui parle à présent, comme si elle était sa femme, sa compagne, de tout ce qu'elle a éprouvé ces derniers jours : la lutte et les réussites des Grands-Mères de la place de Mai, sa mère qui a tellement changé, l'espoir.

Eduardo lui pose des questions : Comment s'y prennent-elles pour rechercher les enfants ? Comment savent-elles où ils sont ? Dolores lui raconte les dénonciations que reçoivent les Grands-Mères (certaines anonymes, d'autres à visage découvert) à propos de femmes qui n'ont jamais été enceintes et qui, du jour au lendemain, ont un enfant. Les Grands-Mères se rendent alors sur les lieux où vivent les usurpateurs dans l'espoir d'y retrouver leurs petits-enfants.

Miriam serait-elle une de ces femmes qui cherchent ? Qu'elle porte le même prénom que celui de l'acte de naissance n'est peut-être qu'une coïncidence. Mais non, Mariana était enceinte, qui pourrait la soupçonner ? Pourquoi les suivrait-on ? Peut-être la dénonciation d'une infirmière de la clinique qui sait que ton fils est mort à la naissance, celle-là même, va savoir, qui a établi le faux document. Et tandis que Dolores continue de te raconter comment elles agissent, monte en toi la nausée que provoque ta propre imposture. Dolores aussi tu la trompes, quand tu sembles t'intéresser à sa vie, c'est à la tienne que tu penses.

— Je suis une ordure, lâches-tu.

Et elle, mais pourquoi, elle veut que tu lui parles, elle sait que quelque chose te tourmente, elle a perçu cette douleur quand vous étiez au bar. Mais comment pourrais-tu le lui dire, comment va-t-elle réagir en apprenant que l'homme qu'elle a aimé est peut-être un de ces voleurs d'enfants que les Grands-Mères recherchent.

Eduardo reste silencieux, ferme les yeux, Dolores le caresse, elle essaie de le consoler, de le calmer, de l'apaiser. Tu ne la mérites pas, tu ne mérites pas le sourire de Luz, tous ceux qui t'aiment. Je ne mérite pas tes caresses, tu lui dis.

Mais pourquoi, pourquoi. Dolores se rapproche et l'embrasse, mais si, il les mérite, elle le sait, le sent. Eduardo la serre dans ses bras. Tu aimerais laisser sortir ce sanglot noué dans ta gorge. Il y a des années que tu n'as pas pleuré, depuis ce jour à la clinique où ton frère Javier avait posé son bras sur ton épaule.

Si tu pouvais lui parler. Mais comment te regardera-t-elle ? Pourtant si Miriam est vivante et qu'elle est la mère... mais tu n'en es pas sûr. Alors tu lui demandes pardon, pardon pour quelque chose que tu ne peux pas dire, mais elle n'est pas la seule à qui tu devrais demander pardon, à ta femme aussi, à ta fille.

Pourquoi, pourquoi, Dolores demande à Eduardo de parler, non seulement avec des mots mais avec tout son corps, ce corps qui a aimé, qui aime.

Mariana a eu une césarienne, ses parents étaient là, depuis le début. Peu à peu, tout vient, en désordre, en titubant.

Dolores s'écarte d'Eduardo, elle se redresse et s'assied au bord du lit. Tu as peur de son air sévère, de ses yeux brillants, écarquillés. Alors Eduardo insiste sur Miriam, le même nom, parce que si c'était elle à la sortie du collège, alors ce n'est pas un de ces cas dont elle vient de lui parler. Mais il a l'impression que ce qu'il dit de Miriam n'intéresse pas Dolores. Elle a enfilé la chemise d'Eduardo, qu'elle a chiffonnée un moment, puis boutonnée, nerveuse, pendant qu'il parlait sans répit.

— *Il semble qu'Eduardo ait mis du temps à tout relater à Dolores. Quand il a terminé, elle s'est sentie terriblement mal. Pense à l'histoire de Dolores, pourquoi elle était venue à Buenos Aires, Eduardo lui avait en quelque sorte raconté l'autre extrémité de son histoire.*

Elle ne t'a pas une seule fois interrompu, elle te regarde, très tendue. Elle te hait, tu le mérites.

— Non, je ne te hais pas. Mais je suis très...

Elle n'ose pas te le dire, mais on peut deviner ce qu'elle pense.

Ses yeux enfiévrés font le tour de la chambre pour revenir se poser sur Eduardo, avec une détermination qui l'ébranle.

— Tu ne peux pas en rester là, tu dois savoir. Ton devoir est d'exiger de ton beau-père qu'il te dise la vérité, d'où est venu ce bébé – elle a haussé la voix et fait un effort évident pour se contrôler. Tu dois chercher cette femme, à la sortie du collège ou n'importe où : qu'elle te dise si elle est la mère ou non. Et puis tout expliquer à ta femme, comment as-tu pu lui mentir pendant toutes ces années ?

Tel un marteau qui frappe sans relâche, Dolores te pose ces questions que tu t'es posées si souvent : Pourquoi as-tu accepté ? Pourquoi n'as-tu rien demandé sur l'origine de cet enfant ? Pourquoi toutes ces années de silence, de cécité ? Cela t'est égal de bafouiller, de ne pas trouver de réponse, de justification. Tu veux pour une fois te montrer tel que tu es, nu et sale, et que Dolores te juge.

— *Mais elle a fini par comprendre ce que ressentait Eduardo. Elle me l'a souvent dit quand nous nous sommes rencontrées : il a cherché à connaître la vérité quand j'avais sept ans, mais pas avant. Et Dolores l'y a incité. Elle m'a dit : « J'ai été très dure avec lui, mais c'était ce qu'il attendait de moi », elle était réellement bouleversée. Son attitude et bien d'autres détails m'ont convaincue que Dolores l'aimait beaucoup, sinon on ne peut pas expliquer qu'elle n'ait pas réagi autrement en apprenant que j'étais une enfant que Dufau s'était approprié, en le dénonçant, par exemple.*

— *Elle ne l'a pas dénoncé ? C'est impossible.*

— *Non, pas elle. C'est sa mère, Susana Collado, qui en a parlé quand... mais laisse-moi continuer.*

Après cette longue révélation, Dolores se montre implacable mais éperdument amoureuse aussi : Et si ce n'est pas un de ces cas, comme tu dis, tant mieux, mais alors pourquoi elle ne l'a pas donnée en adoption ? Et qu'est-ce que tu vas faire si tu apprends que Luz est une fille de disparus, tu ne pourras pas vivre avec ça. Tu te rends compte de ce que signifie pour Luz de la priver de son identité, de son histoire et de celle de ses parents, d'avoir été traitée comme une chose. Tu l'as dit toi-même quand tu parlais de ton beau-père, cela m'a impressionnée : « Qu'est-ce qu'il s'imagine, que sa poupée est cassée et qu'il doit lui en trouver une autre pour qu'elle arrête de pleurer. » Un autre objet du pillage.

Assez, assez. Tu enfouis ton visage dans l'oreiller et tu laisses sortir ces pleurs qui t'étranglent depuis des années. Dolores s'approche, s'allonge, lui caresse la tête.

Elle aussi pleure : pour Eduardo, pour elle, pour Pablo et Mirta, pour cet enfant, qui sait où il est et avec qui. Tu t'étais persuadé que Luz n'était pas un bébé arraché à sa mère, et maintenant le doute, tel un rat tapi dans l'ombre, te ronge la nuque, le corps. Qu'est-ce que tu vas faire si tu découvres que Luz est née en captivité ? Tu n'en sais rien.

— Il faut commencer par vérifier, et je te promets, Dolores, je te promets que je vais le faire.

— Tu as beaucoup de torts, Eduardo, sérieusement, mais maintenant tu es un autre, tu ne peux pas laisser les choses en l'état.

Eduardo sent, en effet, qu'il ne peut plus continuer ainsi. Elle peut s'informer, lui dit doucement Dolores, qu'il lui montre cette photocopie de l'acte de naissance, elle sait où les femmes étaient conduites, bien que je sois étonnée qu'il y ait un acte de naissance.

— Non, s'il te plaît, n'en parle à personne. Je vais m'en occuper.

Il est tard quand Eduardo la raccompagne chez elle. Dolores est silencieuse. Eduardo non plus ne sait pas quoi dire. Elle l'embrasse.

— Appelle-moi quand tu auras du nouveau. Je peux t'aider.

Dolores s'éloigne pour entrer chez elle et se retourne. Elle court vers Eduardo. Ils s'étreignent avec force, avec tendresse.

Elle sait et pourtant elle t'embrasse. Un instant tu te sens réconforté, pardonné. Et fort.

— Eduardo, je t'aime, j'ai confiance en toi.

— J'irai jusqu'au bout, quoi qu'il m'en coûte.

Eduardo attend au coin de la rue, immobile. Il n'a pas de plan précis. Il n'a jamais vu Miriam, et des femmes il y en a beaucoup, des mères d'élèves. Soudain, il perd Luz de vue et se met à courir. Et si dans cette essaim de femmes et d'enfants, la femme était là et enlevait Luz. Et si Luz disparaissait ?

Si Luz disparaît. Disparaît, le mot te frappe pendant que tu cours et te fraies un chemin parmi les gens. Luz aussi est une disparue, comme ses parents, sinon qui serait-elle, comment s'appellerait-elle si ton beau-père, et d'autres probablement, ne l'avaient pas condamnée à disparaître en l'arrachant à sa mère, en effaçant toute identité. Mais ne sois pas aussi complaisant avec toi-même. Qui a été le complice d'Alfonso Dufau, qui a fait disparaître la petite en lui imposant ton nom ? Et qui a eu l'idée de lui donner ce prénom, Luz ? Pour ignorer l'ombre ?

— *L'idée de m'appeler Luz venait d'Eduardo. Mariana me le disait chaque fois qu'elle me reprochait mes états dépressifs : « T'avoir appelée Luz, c'est plutôt drôle ». Je crois qu'ils avaient mélangé une série de prénoms, parmi lesquels il y avait Luz, mais comme Mariana allait mal quand il a fallu me déclarer, c'est Eduardo qui a décidé. Maman m'a toujours dit qu'elle n'aimait pas mon prénom, qu'il « ne m'allait pas du tout ».*

Eduardo embrasse Luz avec effusion, comme s'il ne l'avait pas vue depuis des années. Elle est si contente de retrouver son papa et qu'il soit venu la chercher au collège !

En laissant Luz à la maison, Eduardo dit à Mariana qu'il doit passer rapidement au bureau et qu'ils parleront ce soir, mais qu'il n'y a rien de nouveau sur cette femme.

— *Ce jour-là, précisément, Miriam n'était pas allée à la sortie du collège.*

Après l'appel de Frank, Miriam s'allongea sur le lit et se laissa gagner par l'envie de se réfugier entre ses bras, de partir vivre avec lui dans cette maison, ce jardin, qu'il lui fasse des câlins et qu'il s'occupe d'elle. Elle se vit enfant et Frank la berçait. Qui l'avait jamais bercée ? Elle ne se souvenait même pas de sa mère, Miriam avait deux ans quand elle l'avait abandonnée, et si elle était partie en laissant sa fille aux bons soins de sa tante, c'est qu'elle ne l'aimait pas ; pas de doute, elle ne l'avait jamais bercée. Une fatigue accumulée pendant des années s'abattit sur elle. Et si elle perdait tout ce dont elle rêvait, pour rien ? Si elle échouait à enlever Lili et qu'elle finisse en prison, avec de la chance, ou entre les mains de la Bête, c'en était fini de se laisser aimer tendrement, de se laisser protéger, c'en était fini de la vie.

Elle s'assit sur le lit. Elle ne voulait pas se laisser gagner par l'abattement. Ce n'était pas le moment de flancher. Tout n'était pas perdu. Elle pouvait encore enlever Lili. Elle lui parlerait de

Liliana et d'elle-même, parce qu'il n'était pas question qu'elle trompe Lili comme elle avait trompé Liliana : elle lui dirait toute la vérité.

— *Et elle me l'a dite. Elle n'a pas essayé de mentir ni de se justifier.*

Elles pourraient s'installer quelque part et, qui sait, avec le retour de la démocratie, elle tâcherait de retrouver la famille, une grand-mère, un oncle. Le père, elle n'y croyait pas, le compagnon de Liliana avait dû, lui aussi, être tué.

Et Luz sourit, il y avait du dépit dans son sourire : Mais tu n'étais pas mort, tu étais vivant – ses mots distillaient du venin – et tu ne me recherchais pas aussi activement que Miriam, quoi que tu dises d'elle.

Cette fois, Carlos n'essaya même pas de se justifier : je croyais que, on m'avait dit que... non, il se laissa frapper par ce sourire dur et ce regard blessant. Luz devait en avoir besoin, il le lui permettait.

Miriam pensa qu'elle n'avait pas de chance, de nouveau la Peugeot grise et pas la fille au tablier à pois qui l'inquiétait beaucoup moins, car après tout celle-ci ne l'avait jamais vue, en revanche Mariana l'avait vue, ainsi que Lili, mais Lili ne savait pas qu'elle était Lili, elle croyait qu'elle était Luz, élevée par eux, elle la montrerait peut-être du doigt et dirait : « C'est la dame qui m'a dit que tu n'étais pas ma maman. » Et Miriam serait arrêtée et après...

Les images du récit de Liliana se bousculaient autour de Miriam. Elle alluma la télévision, elle voulait voir devant ses yeux n'importe quelle image plutôt que ces scènes d'horreur, et ne plus penser à rien.

L'heure de la sortie du collège était passée.

Luz resta un long moment silencieuse, l'air sombre. Sur le chemin de ses souvenirs elle était arrivée à l'entrée d'un couloir sombre, celui d'Eduardo et de Mariana, cette nuit-là.

— *Le soir même Mariana a appris que je n'étais pas sa fille. Elle ne l'avait jamais su, elle ne s'en était jamais doutée.*

— *Cela a dû être très dur pour Mariana, dit Carlos, après tout, elle aussi avait été trompée, ce n'est pas tout à fait pareil.*

Il y avait quelque chose de tranchant dans ses paroles, elles coupaient, une rancœur de longue date :

— Oui, on l'avait trompée, mais cela lui était égal, elle ne le jugea pas, peut-être parce qu'elle aurait fait pareil.

Ce fut la première fois que Carlos perçut l'ampleur du conflit de Luz avec cette femme qu'elle appelait Mariana, mais aussi maman, qu'elle avait dû aimer, qu'elle aimait peut-être encore à sa façon bien qu'elle la jugeât si durement. En fin de compte, c'est elle qui lui avait tenu lieu de mère pendant des années.

Luz est partie se coucher quand ils commencent à parler. Comment se fait-il qu'Eduardo n'ait rien trouvé ? Il n'a probablement même pas cherché. Mais si, il a essayé, il avait même attendu sans se laisser voir de Luz, il a guetté et personne ne s'est approché de la petite, je t'assure.

Mariana hoche la tête de gauche à droite : Si elle avait su qu'Eduardo allait être si mou, si faible, elle ne se serait pas mariée avec lui, elle voulait un homme comme son père, fort, décidé. Un homme, un vrai.

— Un salaud, inhumain, assassin, escroc, menteur, truqueur ?

Cette fois il bloque en plein élan la main de Mariana qui va le frapper, et là, sa main emprisonnée dans la poigne de fer de la tienne tu lui dis : il t'a trompée toi aussi, quand tu étais sous anesthésie, il a trouvé un bébé, je ne sais pas comment ni où il l'a volé, mais il le lui a imposé comme étant sa fille.

À l'instant où il voit Mariana s'effondrer dans le fauteuil et le regarder, abasourdie, il se tait. Comment peux-tu être aussi cruel, comment as-tu pu le lui dire ainsi ? Tu lui demandes pardon et tu lui racontes tout, ton désespoir quand Murray t'a dit que le bébé était mort, la menace d'Alfonso, comment tu t'es laissé entraîner et combien tu étais affligé de lui mentir. Tu n'aurais pas dû agir de cette manière, en pleine dispute, mais heureusement, heureusement tu lui as tout dit et tu en ressens un profond soulagement, comme si on venait de te délivrer d'une entrave profondément enracinée.

— Je ne peux pas continuer à t'aimer, à dormir avec toi, à faire l'amour, avec ce mensonge entre nous qui assombrit tout.

— C'est papa qui a trouvé Luz. Et il ne m'a jamais rien dit ! s'étonne Mariana avec une expression qui n'est pas celle qu'imagine Eduardo, tout au contraire.

Enfin, elle va se mettre en colère contre son père, pense Eduardo, enfin cette statue de bronze vivante va tomber, cette idole que Mariana adore tous les jours, et cela bien qu'Eduardo soit lui aussi tombé et se soit montré comme il se montre à présent, faible, désespéré, bourrelé de remords.

Mais Mariana le sidère : Papa a toujours voulu m'éviter de souffrir.

Non, là c'est trop, il aimerait lui dire qu'elle ne se rend pas compte de la gravité de la situation, à cause de l'époque et des activités de son père, mais si la mère de Luz est vivante, pourquoi continuer à torturer Mariana avec ce dont il n'est même pas certain.

Eduardo lui demande si elle pourra un jour lui pardonner de lui avoir menti toutes ces années. Mariana ne répond pas. Elle se lève et se dirige vers la chambre de Luz. Elle l'observe comme si elle venait de la découvrir.

Que ressent-elle maintenant qu'elle sait que ce n'est pas sa fille ? Tu souffres à la seule idée de ce qui arrive à cette pauvre Mariana. Tu la rejoins dans la chambre. Tu veux la prendre dans tes bras, lui demander sincèrement pardon, mais elle se retourne et te sidère une fois encore : Au moins, elle a la peau claire et les yeux verts.

Qu'est-ce qu'elle veut dire, tu préfères ne pas comprendre, alors Mariana pense que... Elle n'est donc pas désespérée ? Elle n'est pas furieuse contre son père, contre lui ? Tout ce qu'elle trouve à dire c'est que Luz a « la peau claire ».

— Eh bien, ce n'est pas la fille d'une Indienne. Papa m'a trouvé une enfant qui pourrait très bien être notre fille.

Alors la rage s'empare d'Eduardo, il s'enferme dans son bureau. Il a envie d'appeler Dolores. Non. Il appelle Javier : il a besoin de lui parler.

À trois heures et demie du matin, Laura alluma sa lampe de chevet et se résigna à ne pas dormir de la nuit, à réveiller ses enfants dans quelques heures, à les aider à s'habiller et à déjeuner comme une somnambule. Cette nuit, il était évident que Javier ne pourrait pas dormir. Il se tournait dans tous les sens. La tension imprégnait toute la chambre. Il avait parlé avec Eduardo qui sait jusqu'à quelle heure, Laura était partie se coucher après le café et les avait laissés seuls. Qu'arrivait-il à son beau-frère, cela lui ressemblait si peu de prendre un café après dîner.

— Ce n'était pas une bêtise, tu avais raison, tu es une vraie sorcière, Laura. Luz n'est pas leur fille. Ce vieux fils de pute a rendu Eduardo fou, il l'a détraqué méthodiquement. Et Eduardo est un faible, il faut bien le reconnaître.

Javier bouillait de rage, d'indignation, de douleur. Eduardo lui avait tout raconté en détail. Il avait compris comment il s'était laissé embarquer là-dedans : il était alors ravagé de chagrin, Mariana au plus mal et le militaire exerçait sur lui une pression de tous les instants.

Laura n'en croyait pas ses oreilles, elle lui demanda de raconter tout ce qu'il savait, pourquoi il s'était décidé à parler, que s'était-il passé, est-ce que c'était à cause de Dolores qu'il...

Non, ce n'était pas seulement Dolores, mais elle avait beaucoup compté parce que pour la première fois il avait pensé que Luz pouvait être une fille de disparus. « Je ne savais pas, comment imaginer qu'ils pouvaient faire quelque chose d'aussi aberrant », il me l'a répété je ne sais combien de fois. Au début, il s'est senti très coupable, très mal, mais après, je ne sais pas, le temps, son amour pour Luz, on dirait qu'il avait oublié. Mais depuis qu'il en avait pris conscience, sûrement grâce à Dolores, il était tourmenté.

— Sa rencontre avec Dolores est importante. Il ne me l'a pas dit ouvertement, mais j'ai l'impression qu'il se passe quelque chose de très fort avec elle, on dirait qu'il prend une autre dimension, qu'il mûrit, devient plus fort ; maintenant il est capable d'affronter toute cette douleur. Depuis longtemps lui et Mariana se disputent beaucoup, ce soir ils ont eu une scène violente et il lui a dit la vérité.

Laura voulut connaître la réaction de Mariana, la pauvre, malgré tout, ils lui avaient menti. Et quand Javier lui rapporta la réflexion sur « la peau claire », Laura conclut : Elle est aussi pourrie et dégueulasse que son père.

— *Laura m'a beaucoup aidée, Javier ne m'a rien dit la première fois que je suis allée le voir, ni la deuxième, mais c'est Laura qui l'a convaincu qu'il devait me dire la vérité, du moins ce qu'il en savait...*

Elle ne devrait pas parler comme ça, Eduardo lui-même regrette d'être parti en courant quand Mariana a déclaré que la petite avait la peau claire. Cela ne signifie pas qu'elle sache qu'on vole les enfants des disparus. C'était peut-être simplement une remarque frivole. Laura n'en croyait rien.

Et quand Javier lui expliqua l'histoire de l'acte de naissance, elle répliqua que c'était absurde, que cela ne voulait rien dire, juste un prénom inventé, parce qu'en général elles étaient inscrites sous les lettres NN [1], c'était ainsi à Olmos, à Campo de Mayo et bien d'autres endroits. Oui, mais tout ne s'était pas aussi bien passé, ils avaient commis des erreurs, laissé des traces. De toute façon, pourquoi en parler puisque ce n'est pas le cas, la mère de Luz est vivante et se trouve quelque part à Paraná.

Comment ? Laura n'y comprenait plus rien, cette nuit-là elle allait de surprise en surprise. Tu te souviens que Mariana a raconté l'autre jour qu'on avait voulu enlever la petite à la sortie du collège, et nous on a pensé qu'elle délirait, qu'une femme avait dû tout bonnement s'approcher pour lui parler, mais Mariana en avait fait toute une histoire. Eh bien, ce qu'on ne savait pas c'est que la femme en question a dit à Luz que Mariana n'était pas sa maman. Luz a tout raconté à Eduardo, à Punta del Este elles avaient fait un château de sable et elle s'appelait Miriam. Tu te rends compte ? Le même prénom que sur l'acte de naissance.

Javier lui avait conseillé d'aller au collège et d'essayer de la rencontrer, même si les conséquences risquaient d'être pénibles. Il lui avait proposé de l'accompagner, mais Eduardo préférait s'en charger seul. Si c'était une mère qui avait donné son enfant et qui aujourd'hui le regrettait, il verrait bien.

Quand Laura aida ses enfants à s'habiller, elle n'était pas somnolente comme elle l'avait prévu, mais bien réveillée et ne ressentant aucune peine pour Mariana, car sa réaction montrait qu'elle était dégueulasse et que si elle avait su la vérité elle aurait accepté, en fin de compte elle était bien la fille de ses parents.

— *Javier a longtemps été convaincu que Miriam était ma mère, et tout ce qu'il savait d'elle par Eduardo, c'est qu'elle était une pute. Cela aussi, il a eu du mal à me le dire. Si Laura n'avait pas été là... Son intuition l'a toujours fait douter, parce que quand tu marches sur un tapis de soie posé sur un cloaque, si tu es sensible, tu le flaires, et Laura est très sensible. Elle y avait pensé avant même de savoir que*

1. Du latin *nomen nescio* : « Je ne sais le nom. »

je n'étais pas la fille d'Eduardo et de Mariana, et malgré les renseignements qui indiquaient une autre mère, une femme qui m'avait abandonnée, elle m'a dit qu'il lui était toujours resté un doute sur mes origines.

Miriam avait loué une autre voiture, de modèle et de couleur différents, afin de ne pas être identifiée après le désastreux épisode des jours précédents. Elle tournait autour des bâtiments du collège, ou se garait en face et restait dans la voiture en guettant la sortie. Frank devait la rejoindre deux jours plus tard, car il n'y aurait pas d'autre week-end, il repartait la semaine prochaine aux États-Unis, c'était un travailleur, lui, pas un pacha. Miriam avait ri.

— Je te réserve une chambre dans un autre hôtel.

— Pourquoi ? On ne va pas dormir ensemble ?

— J'ai écrit sur ma fiche d'hôtel que j'étais en voyage d'affaires. Je préfère. Et puis rien n'empêche monsieur et madame Harrison de dormir dans ta chambre.

Évoquer ce petit jeu, qui lui rappelait l'hôtel de Buenos Aires, l'attendrit.

— Je t'appelle demain, il se pourrait que je vienne à Buenos Aires si mes affaires sont terminées à Entre Ríos.

Et de là, pensa-t-elle, le plus près sera la Suède où on ne nous retrouvera jamais. Elle réserva deux places d'avion pour Stockholm, le samedi, et deux autres pour Singapour, le dimanche, aux noms figurant sur les faux passeports établis par le type de Punta del Este. À cette idée, elle était tout excitée. Comme elle était très superstitieuse, elle pensa que ces images de départ étaient un signe de la chance, du destin qui lui disait que c'était possible, qu'aujourd'hui elle pourrait y arriver et que Lili allait lui porter chance.

Au début, ce serait difficile pour Lili, pensa Miriam, elle regretterait sans doute ceux qu'elle prenait pour ses parents, on ne se débarrasse pas de l'amour du jour au lendemain, pas plus qu'il ne se construit ainsi. Miriam voulait lui expliquer qu'on l'avait arrachée des bras de sa mère, mais lui laisser le temps de se détacher de Mariana et d'Eduardo, et comme elle lui donnerait jour après jour tout son amour, Lili finirait par l'aimer. Peut-être gardait-elle un souvenir des premiers jours passés avec Miriam. Cela l'aiderait.

— *Un souvenir conscient, bien sûr que non, mais quand j'ai revu Miriam des années plus tard, je l'ai sentie comme quelqu'un de proche, de familier, qui me rappelait peut-être ces premiers jours. Ce qui expliquerait aussi le sempiternel reproche de maman : tu t'en vas avec une inconnue, une folle. À sept ans, je pouvais tout aussi bien avoir cette sensation de proximité et je serais partie avec elle sans crainte.*

Cinq minutes s'étaient écoulées. Sept. Miriam descendit de la voiture et marcha d'un pas décidé vers le collège. Luz sursauta en la reconnaissant. Cela ne plut pas à Miriam : Lili est prévenue, elle a peur. Mais c'est aujourd'hui ou jamais, pensa-t-elle, et elle s'avança.

— Bonjour, ma jolie.

— Bonjour, lui répondit Luz à voix basse en regardant ailleurs, puis elle tourna rapidement la tête, comme si elle craignait qu'on la voie parler avec cette dame, et l'avertit : Ne m'invite pas à manger une glace, ils veulent pas.

— Non, je ne vais pas t'offrir une glace. Je vais te tenir compagnie jusqu'à ce qu'on vienne te chercher.

Elles s'approchèrent de l'arbre. Miriam ne savait pas quoi faire, Lili ne la suivrait pas comme l'autre jour si on le lui avait interdit. À tout moment quelqu'un pouvait venir chercher Lili, Miriam serait arrêtée, emprisonnée, tuée. Alors lui revint l'image de Liliana lui demandant de sauver Lili et elle sentit en elle une force immense.

— On va jusqu'au coin et on retourne, histoire de faire quelques pas avant qu'on vienne te chercher, lui proposa-t-elle.

Luz se mit en marche. Miriam lui tendit la main et quand Lili la saisit, elle pensa qu'on pouvait dire ce qu'on voulait, mais Lili n'avait pas peur d'elle. Peut-être ne lui avait-on interdit que la glace, elle essaya de se redonner courage pour que ses jambes ne flanchent pas. Cinquante, soixante mètres encore et Lili était sauvée de ses ravisseurs.

— *Elle pensait follement qu'au coin de la rue elle allait me prendre dans ses bras et partir en courant. C'était sa dernière chance.*

Eduardo attend dans la voiture et laisse passer cinq, dix minutes, une éternité. Il voit Miriam s'approcher de Luz et lui parler, puis elles s'arrêtent près de l'arbre. Il descend de la voiture quand elles se remettent en marche. Il les suit à courte distance et presse le pas quelques mètres avant le coin de la rue. Là, Eduardo empoigne le bras de Miriam.

— Qui êtes-vous ?

Luz lâche la main de Miriam.

— Qui je suis ?

— Miriam, dit Luz. C'est Miriam.

Tu pourrais lui demander Miriam comment, mais tu n'as peut-être pas envie de le savoir, parce que si ce n'est pas López, le nom inscrit sur l'acte de naissance... Eduardo dit la première chose qui lui passe par la tête :

— Qu'est-ce que vous faites ?

— *Miriam s'est rendu compte qu'Eduardo avait aussi peur qu'elle, cela se voyait sur son visage. Alors elle a crâné avec son culot habituel.*

— Qu'est-ce que je fais dans la vie ? Mon métier ? et elle part d'un rire hystérique. J'alterne – et à voix basse, en s'approchant d'Eduardo –, pute.

— Pute ? répète Eduardo déconcerté en relâchant la pression sur son bras.

— Oui, et vous, voleur ?

Tous deux regardent Luz immobile entre eux, l'air attristé. Miriam réagit la première.

— N'aie pas peur, ma jolie, c'est un jeu. On était amis quand on était petits et on jouait au gendarme et au voleur. Pas vrai ? – *Quand Eduardo approuva, Miriam n'avait plus peur du tout. Elle a compris que cet homme n'était pas dans son assiette, qu'il était perturbé et qu'il n'avait pas la moindre intention de se montrer violent. Miriam avait vu la violence de trop près pour ne pas la deviner.*

— Oui, on était copains, tous les deux. – Et à voix basse : J'aimerais parler avec toi. Pas maintenant bien sûr, ajouta-t-il en lui montrant discrètement Luz.

C'est au tour de Miriam d'être déconcertée.

— Parler avec moi. De quoi ?

— D'une autre époque qui m'intéresse beaucoup. Je voudrais apprendre certaines choses qui se sont passées, ça pourrait être bien... pour tout le monde. Tu me donnes ton adresse, ou un numéro de téléphone où je puisse t'appeler ?

— *Elle a failli le lui donner. L'attitude d'Eduardo, qu'elle avait traité de voleur et qui avait réagi en quémandant un rendez-vous, lui avait inspiré confiance. Mais elle lui a dit qu'elle préférait avoir son numéro de téléphone, elle l'appellerait. Eduardo lui a donné sa carte de visite.*

— S'il te plaît, appelle-moi, j'ai besoin de savoir – et jetant un coup d'œil à Luz, il tente de maquiller ses propos – oui, j'aimerais bien que tu me racontes ce que tu as fait pendant toutes ces années.

— *Et Miriam, complice de cette petite fiction, a pris congé d'Eduardo, comme d'un vieux copain, par un baiser : On s'appelle un de ces quatre, elle lui a dit.*

Bien que cela ne lui plaise pas, Eduardo demande à Luz de ne pas raconter à Mariana qu'elle s'est promenée avec cette dame, parce que tu sais, ta maman s'inquiète vite. Ni que vous avez parlé. Lui il va parler avec Miriam, tu as vu que je le lui ai demandé, et alors on saura tout, pourquoi elle vient te voir au collège, pourquoi...

— Et pourquoi elle a dit que maman n'est pas ma maman ? l'interrompt Luz.

Luz a probablement mal entendu l'autre jour, il demandera à Miriam, et alors on racontera tout à Mariana pour qu'elle soit rassurée.

Ils mangent une glace avant de repartir.

Eduardo craint que Mariana ne le harcèle de questions, comme l'autre jour quand il est allé chercher la petite au collège, et qu'il ne sache pas dissimuler et surtout que Luz le voie en train de mentir. Maintenant que Mariana sait que Luz n'est pas sa fille, l'incident avec cette femme doit l'inquiéter encore plus. Mais non, Mariana reste silencieuse, Eduardo remarque qu'elle observe Luz quand celle-ci fait ses devoirs, et il ressent de nouveau une peine terrible pour Mariana.

La mère de Dolores exulte en racontant à sa fille comment la plainte déposée depuis un bon moment déjà contre ce militaire, un lieutenant de 1re classe, qui s'était montré avec un enfant alors que personne n'avait jamais vu sa femme enceinte, venait de donner une piste très concrète, car il avait été affecté au Vesubio [1], peut-être avait-il lui-même torturé la mère, c'était répugnant, et la dernière fois que la fille de Mercedes avait été vue c'était dans ce camp, de plus l'époque coïncidait. Susana l'a accompagnée cet après-midi dans le quartier où vivent le voleur et sa femme avec l'enfant, peut-être le petit-fils de Mercedes, et elles ont rencontré le gosse dans l'épicerie avec cette tricheuse qui joue à être sa mère, et Mercedes a dit que le petit avait les yeux de sa fille et les oreilles comme celles du compagnon de sa fille. Bien sûr, elles n'ont rien pu faire et elles se sont retrouvées chez Mercedes à pleurer, et elle aussi a pleuré pour Pablo, tellement pleuré, cela lui a fait du bien. Pleurer avec quelqu'un qui souffre de la même chose n'est pas pareil que ces larmes solitaires, stériles, parce que c'est savoir qu'il y a un temps pour les larmes et un temps pour l'action.

Dolores est émue. Elle ne pensait pas qu'en si peu de jours sa mère pût à ce point s'identifier à la lutte des Grands-Mères.

C'est vrai qu'il y a peu de pistes sur Mirta, car on l'a transférée de l'Atlético [2] qui sait vers où. Il leur manquait encore des éléments mais elles allaient reconstituer la chaîne. Elle est pleine d'espoir et d'enthousiasme.

— Je dois appeler la mère de Mirta, je vais finir par la convaincre. Elle est un peu comme ton père, elle s'est laissée submerger par la douleur, en un sens c'est compréhensible : deux enfants morts – elle se tait et la prend dans ses bras. Dolores, ma chérie, heureusement que tu es vivante.

Combien d'enfants disparus, combien dont on ignore l'existence. Combien de parents, comme la mère de Mirta, qui n'ont plus la force d'entreprendre des recherches. Et il est inévitable qu'elle y pense : il y a peut-être quelqu'un qui cherche la fille d'Eduardo, du moins si elle est née en captivité, car il a beau croire autre chose... c'est tout à fait possible. Elle sait que la petite est née un 15 novembre, mais est-ce vraiment ce jour-là, et que peut faire Dolores si ce n'est demander aux Grands-Mères : l'une de vous cherche-t-elle un bébé né approximativement à la

1. Camp de détention clandestin.
2. Camp de détention clandestin.

mi-novembre ? Non, elle a promis à Eduardo qu'elle ne ferait rien, c'est peut-être simplement une femme qui a donné son enfant, ce que l'acte de naissance semble indiquer, mais avec un tel beau-père...

Que fera Eduardo s'il ne peut pas entrer en contact avec cette femme ? Je ne te décevrai pas, lui a-t-il dit, et Dolores le croit. Mais, bien sûr, c'est tellement difficile.

C'est curieux ce qui lui arrive avec Eduardo, qu'elle soit si affectée après ce qu'il a fait. Pourquoi ne l'appelle-t-il pas ? Elle aimerait tant le voir, lui redonner de la force. Il lui vient une idée folle. Il lui reste encore quelques jours. Elle va l'appeler et lui proposer de l'aider dans ses recherches. Passer un par un les hôtels en revue et vérifier si une certaine Miriam López n'y est pas inscrite. Et aller elle-même à la sortie du collège éveillerait moins de soupçons.

— Eduardo, j'ai une idée. Je vais venir passer deux ou trois jours à Paraná. Je ne te compliquerai pas la vie, ne t'en fais pas, c'est juste pour t'aider, à nous deux nous pourrions peut-être retrouver cette femme.

— Je l'ai retrouvée, dit-il d'un ton grave, et je lui ai parlé.

— Et c'est la mère ?

— Je n'ai pas pu le lui demander. Luz était là. Mais elle a dit qu'elle m'appellerait.

Dolores se désespère : Mais comment cela elle va t'appeler ? Qu'est-ce qu'elle a dit ?

— Un truc bizarre : qu'elle était une pute. Et elle a fait semblant d'être une de mes amies d'enfance, à cause de Luz. Mais je lui ai montré, clairement j'espère, que j'avais besoin de parler avec elle, et que je voulais savoir.

Dolores insiste, elle veut venir, l'aider à la retrouver. Mais il préfère qu'elle ne vienne pas, il a l'impression que Miriam l'appellera.

— Tu sais, Dolores, je serais ravi de te voir, mais j'ai beaucoup de choses à régler. J'ai dit la vérité à Mariana.

Dolores est désorientée. Eduardo a parlé à sa femme : tu comprendras que ces prochains jours je veux m'occuper d'elle, je dois le faire.

Une sensation de creux à l'estomac, elle trouve cela très bien, c'est d'ailleurs elle-même qui lui a reproché de n'avoir jamais rien dit à Mariana, mais qui sait comment a réagi la femme d'Eduardo. Il est clair qu'elle peut l'empêcher de continuer ses recherches et de divulguer l'affaire, du moins si Luz est une fille de disparus.

Et puis, même si c'est vraiment très égoïste, Dolores est bien obligée de s'avouer que ce nœud qu'elle sent dans son corps, c'est lui, elle ne le reverra probablement pas et cela lui fait mal, parce que, maintenant c'est indéniable, elle a envie de le revoir, pas seulement à cause des origines de la petite, non, mais aussi pour le toucher et qu'il la touche, pour qu'ils s'aiment, mais bien sûr elle ne va pas le lui dire, elle n'est pas si folle et aime trop Eduardo pour vouloir lui compliquer la vie dans ces moments difficiles qu'il traverse.

Il lui promet de l'appeler s'il a du nouveau, il lui racontera au téléphone, pour le moment il ne pense pas venir à Buenos Aires. Un vide s'ouvre dans le corps de Dolores. Non, il ne va pas venir... et il préfère qu'elle ne vienne pas, est-ce qu'elle comprend ?

Bien sûr qu'elle comprend, il a beaucoup de choses importantes à résoudre, mais l'idée de ne plus jamais revoir Eduardo l'angoisse tellement qu'elle ne comprend plus, mais plus du tout ce qui lui arrive. Est-elle idiote au point d'être tombée amoureuse d'Eduardo ? En ce moment ? Dans cette situation ? Elle, amoureuse d'un homme mêlé à cette histoire sinistre ? Cette histoire si proche de la sienne. Mais dans cette histoire, pourtant, ils ne sont pas du même côté. Comment peut-elle éprouver cet amour, qu'elle ne nie pas, pour quelqu'un qui... bien qu'ils aient un point commun, elle tente malgré tout de justifier ses sentiments, elle et lui cherchent la vérité. Elle ne peut donc pas se dire qu'Eduardo est de l'autre côté, et s'il l'a été, il est clair désormais qu'il n'y est plus, sinon il ne ferait pas ce qu'il fait. Et peut-être, peut-être, c'est là sa façon de l'aimer. Cela devrait lui suffire.

Oui, ils resteront en contact, appelle-moi quand tu veux, même si tu n'as rien de nouveau, si tu as seulement envie de parler. Et elle sent que sa voix se brise, qu'elle lui montre trop l'effet que produisent ses paroles sur ce qui est né entre eux, ou peut-être en elle seule. Oui, Eduardo l'appellera, c'est promis.

Quand elle raccroche, elle fond en larmes, non, maman, ce n'est rien, je pleure pour tout, et pour rien.

CHAPITRE ONZE

Eduardo ne sait pas comment ils ont sombré dans cet enfer. Il a commencé à parler avec les meilleures intentions, il ne veut plus mentir à Mariana, il veut la consoler et qu'elle puisse lui pardonner, mais ils s'accablent d'invectives comme ils ne l'ont sans doute jamais fait. Peu importe qui a commencé.

Mariana t'a d'emblée mis hors de toi en te disant que maintenant elle comprenait certains comportements de Luz qui lui paraissaient inexplicables et la faisaient enrager : pourquoi toute petite elle criait ainsi, ces cauchemars, cette façon de parler avec n'importe qui comme si on était tous égaux, parfois on a l'impression qu'elle préfère être avec Carmen plutôt qu'avec nous, et tant d'autres choses, je ne sais plus, cette manie de relever sa chemise de nuit quand elle s'amuse à danser, cette façon de bouger, à sept ans ! et ce sans-gêne, elle sourit à n'importe qui. Mariana s'était toujours demandé d'où venaient de tels comportements qui lui ressemblaient si peu. C'était sûrement génétique.

Alors tu as senti que tu parlais avec une ennemie, quelqu'un qui ne pouvait pas être ta femme.

Puis elle a reparlé de la peau claire, des yeux verts, jolie, ça oui, on ne va pas nier qu'elle est jolie, mais on hérite d'autres choses, non ? C'est ce qui m'inquiète. Qui sait comment était la mère, une traînée, une pute, bah, c'est ce qu'on est quand on abandonne sa fille.

Eduardo en avait oublié ses bonnes résolutions : Et si elle ne l'avait pas abandonnée, si on la lui avait arrachée, ignorerait-elle que les femmes en captivité... ?

— Écoute, ne viens pas me raconter des sornettes comme l'autre jour, je me demande qui t'a mis ça dans la tête. Si papa a obtenu cette enfant, il a dû s'assurer qu'elle était saine.

Leurs voix se mêlent, se griffent : Mariana n'aimerait pas savoir qui est la mère, elle qui est tant soucieuse de génétique ? Pourquoi ne pose-t-elle pas la question à son papa ? Non, elle ne veut pas lui faire de peine, si Eduardo a été assez brutal pour le lui dire à elle, elle n'a pas à en faire autant avec son père. Il t'avait demandé de te taire. Pourquoi tu ne l'as pas écouté ? Pour que je passe mon temps à m'interroger sur ce que va donner Luz quand elle sera grande ?

Alors Eduardo ne se contrôle plus : si elle ne le fait pas, il le fera lui, et par tous les moyens : il va chercher à savoir si la mère est vivante et qui elle est.

— *Là, ce fut le début de la fin.*

— *C'est pour cela qu'ils se sont séparés ?*

— *Ils ne se sont pas séparés...*

Luz se tut. Le regard dans le vide, absorbée dans un long silence que Carlos n'osait pas interrompre. Puis elle releva les yeux et les riva sur Carlos de cette façon si particulière qu'il avait appris à reconnaître après avoir parlé des heures avec elle. Sa voix cependant était calme, son timbre très clair, comme si elle voulait que ses paroles fussent bien entendues.

— *Quand je t'ai dit que personne ne m'avait recherchée, je pensait à une grand-mère comme celles de la place de Mai, ou à un père, un oncle, quelqu'un de mon sang. Pourtant il y a eu des gens qui ont voulu connaître mes origines. Eduardo...*

— Mais tu es fou, qu'est-ce que tu veux, qu'on perde la petite ?

Non, bien sûr que tu ne veux pas cela, comment pourrais-tu vivre sans Luz, mais tu ne peux pas non plus supporter le poids de ce doute toute la vie. Pourtant, tu crains...

— Nous avons l'obligation de chercher la vérité, Mariana.

— Il y a des centaines de gens qui ont adopté des enfants et je ne crois pas qu'ils se soucient des parents.

— Tu ne veux pas comprendre que nous n'avons pas adopté Luz, c'est ton père qui nous l'a amenée, venant de Dieu sait où. Dans une adoption légale...

— Écoute, papa a agi ainsi parce que c'était ce qu'il y avait de mieux à faire à ce moment-là. Et sans doute de plus rapide. L'adoption, ça prend une éternité. Et de plus j'aurais tout su.

Non, ne réponds pas, ne te laisse pas gagner par la colère. Tant pis si c'est trop tard, Javier te comprendra. Eduardo quitte la chambre.

— Eduardo, l'appelle Mariana, et il se retourne avec une lueur d'espoir. Où vas-tu ?

— Je ne sais pas, peut-être voir Javier.

— Quoi ? Tu vas lui raconter ? N'y va pas, reste avec moi. Je veux te dire quelque chose pour que tout soit bien clair : je t'interdis formellement de rechercher quoi que ce soit sur Luz. J'ai confiance en papa. Cela peut nous causer des ennuis. – Et d'un ton discrètement menaçant : Et puis, c'est toi qui l'as déclarée. Je crois que tu n'as pas intérêt à remuer tout cela.

— Ce qui indigne le plus Eduardo c'est qu'elle est furieuse contre lui, non pour ce qu'il a fait, mais pour ce qu'il lui a dit, alors qu'elle ne semble pas en vouloir à son père. Hier soir il avait envie de venir me voir, mais il a craint la réaction de Mariana. Je crois que cela va mal se terminer, tu sais ce qu'Eduardo m'a dit aujourd'hui ? Et j'ai été étonné de l'entendre dire pour la première fois : Mariana n'accepte pas, si elle ne change pas, je vais me séparer d'elle.

— Tu as raison, écoute, je sais que ça ne te plaît pas, mais c'est une salope. Et elle en sait peut-être plus que ce qu'elle prétend. Tu dis qu'elle se demande si la mère est une meurtrière ou une pute, eh bien, c'est exactement le langage de ces fumiers.

Et quand Javier lui dit, quelle coïncidence, tu ne trouves pas, que Miriam lui avait déclaré qu'elle était pute, Laura ne comprit pas pourquoi. Lui non plus. Leur dialogue avait été bizarre.

— Je crois que ce doit être une femme qui a donné l'enfant et qui l'a regretté, une pute, pourquoi pas. Elle a dit ça un peu par défi : moi je suis une pute et toi un voleur.

Laura trouva plus important le mot voleur que celui de pute, si elle l'a traité de voleur c'est parce qu'elle sait qu'ils ont volé la petite. Javier était agacé, si Laura continuait, il ne lui raconterait plus rien.

— La mère s'appelle Miriam López, il y a l'acte de naissance, Eduardo m'a montré la photocopie.

— Et Luz lui ressemble ?

— Non, il m'a dit que c'était une très belle femme, brune, mais il n'a pas fait attention. Eduardo lui a demandé de l'appeler, il avait besoin de savoir, c'est devenu pour lui une obsession.

— La vérité c'est que ton frère est très courageux, je l'admire.

Aimant Luz comme il l'aime, j'imagine que c'est terrible pour lui. Dolores doit être une nana géniale, parce que l'obsession d'Eduardo est que Luz est une fille de disparus. D'accord, d'accord, je la boucle.

Après sa rencontre avec Eduardo, Miriam s'enferma à l'hôtel et ne descendit pas dîner. Frank arrivait le lendemain, elle lui avait réservé un hôtel loin du centre. Elle regarda à plusieurs reprises la carte d'Eduardo mais n'osa pas l'appeler.

Les interrogations bourdonnaient autour d'elle comme des mouches d'été. Que voulait-il savoir ? Pourquoi avait-il peur ? Pas question de parler avec quelqu'un qui se fait passer pour le père de Lili et qui est le gendre de Dufau. Pourtant, son intuition lui disait qu'elle devait l'appeler. C'est pourquoi elle n'était pas partie à Buenos Aires. Après ce qui s'était passé, Miriam ne pouvait pas retourner au collège ni s'arrêter devant la maison ni devant la porte du professeur d'anglais. Que pouvait-elle faire : s'introduire de nuit dans la maison et enlever Luz ? Non. Il ne lui restait qu'une possibilité : Eduardo.

Il devait y avoir une explication à son comportement. S'il avait seulement voulu l'empêcher d'enlever la petite, c'était facile, il lui suffisait de faire appel à un des tueurs de son beau-père, un flic, et elle serait déjà en prison, ou dans l'autre monde. Non, il y avait quelque chose de bizarre, et même si c'était risqué, c'était aussi le dernier geste qu'elle puisse faire pour Lili, et elle le ferait.

Toute la journée du vendredi, Eduardo ne bougea pas du bureau, sauf pour aller chercher Luz au collège, et Miriam ne l'avait pas appelé. Elle t'a dit, on s'appelle, mais c'était probablement pour donner le change à Luz. Peut-être qu'elle n'appellera jamais.

Si Lundi il n'y a rien de nouveau, tu feras la tournée des hôtels. Tu demanderas à tout le monde.

Quand Frank vit Miriam avec un sac si petit, il s'en étonna. Elle lui dit qu'elle gardait encore sa chambre d'hôtel, mais ne fais pas cette tête, je vais rester avec toi. Lundi quand tu t'en iras, moi je retourne au même hôtel, alors c'est inutile de tout déménager.

— *Frank s'est immédiatement douté que Miriam lui cachait*

quelque chose. Cette histoire de l'hôtel et ces soi-disant affaires lui paraissaient invraisemblables. Bien que Miriam ait une imagination débordante elle n'arrivait pas à ficeler un scénario cohérent. Probablement à cause de son ambivalence, parce qu'elle voulait et ne voulait pas que Frank sache ce qu'elle faisait. Il a insisté pour savoir la vérité. Mais Miriam jouait les offusquées. Frank guettait ses faux pas. À un moment elle lui a parlé d'un appel important.

— On doit t'appeler ? C'est pour ça que tu restes enfermée ?

— Non, c'est moi qui dois appeler.

— *Alors pourquoi ? Tout cela lui semblait absurde. Mais il espérait que sa ténacité et l'amour pourraient abattre ce mur et que Miriam se confierait à lui. Il a été clair. Il devait rentrer jeudi prochain aux États-Unis et voulait qu'elle parte avec lui.*

— J'espère donc que tu vas régler rapidement ces « affaires », ou ce que tu voudras, dont je ne crois pas un mot, Miriam, parce qu'il nous reste peu de jours.

Cette nuit-là, après avoir fait l'amour, elle lui dit qu'elle l'aimait mais qu'elle hésitait.

Mais il ne lui proposait rien de plus que de partir quelque temps, pour voir comment ils se sentaient ensemble, il ne s'agissait pas d'un engagement pour la vie, mais simplement de donner une chance à ce qui était l'évidence même, il le ressentait dans son corps, dans le sien, dans tout ce qu'ils vivaient. Il se trompait ?

C'est alors que Miriam lui dit que ses hésitations tenaient à autre chose, à quelque chose qu'elle devait faire, qui n'avait rien à voir avec lui.

Mais cette nuit elle le suppliait de ne plus lui poser de questions, de la laisser s'endormir dans ses bras, se reposer, cela l'aiderait sûrement davantage que de continuer à vouloir lui faire dire ce qu'elle ne voulait pas dire. Frank n'insista pas.

Eduardo arrive chez lui à neuf heures et demie du soir d'une humeur massacrante. Mariana l'attend avec une bonne nouvelle. Elle a décidé qu'ils iraient passer le week-end à Buenos Aires pour se détendre, cela te calmera un peu.

— N'y songe pas, répond Eduardo d'un ton tranchant, j'ai beaucoup à faire.

As-tu le droit de traiter ainsi Mariana ? Après tout, cette

semaine a été terrible pour elle. Et c'est là son meilleur programme : aller voir ses parents. Tu pourrais t'asseoir à table en face d'Alfonso et ne pas aborder le sujet de Luz, ne pas exiger une explication ?

Eduardo s'est convaincu que le mieux serait d'en parler d'abord avec Mariana. Cela lui éviterait peut-être d'affronter son beau-père, ce qui serait un autre coup dur pour Mariana. Il se propose une nuit paisible, une trêve.

— Bon, on verra, si je termine mon travail demain matin.

Il pensait aller au bureau, uniquement pour attendre l'appel de Miriam.

Mais quand il apprend un peu plus tard que Mariana a tout raconté à sa mère et lui a demandé de ne rien dire à son père, parce qu'elle ne veut pas le blesser ni qu'il se mette en colère contre Eduardo, celui-ci voit rouge.

Et dans son emportement, il lui jette à la face tout ce qu'il avait jalousement gardé pour lui : Miriam López, l'acte de naissance, et ce que Miriam a dit à Luz. Mariana est indignée par Eduardo, et par Luz qui ne lui a rien dit, elle ne lui pardonnera jamais, comment peut-elle croire la première folle venue qui lui dit que je ne suis pas sa mère. Mais, Mariana, elle ne l'a pas crue. Erreurs en cascades comme si tu ne pouvais plus te retenir de provoquer et provoquer encore, comme si tu voulais que tout éclate en mille morceaux.

— Et surtout pas de menaces ! Tu n'as rien à m'interdire, tu entends ? Je veux connaître la vérité, quelle qu'elle soit. Je vais parler à Miriam.

— Comment ? Tu sais où elle est ?

L'expression de Mariana, mélange d'étonnement et d'espoir, t'alarme, comment as-tu pu être aussi imprudent. Mariana risque de demander à son père de prendre Miriam en chasse, et comme il t'en veut, probablement d'avoir épousé sa fille, tu seras responsable de l'arrivée d'un commando de chasse au gros gibier. Après ce que tu as révélé à Mariana, tu dois à tout prix trouver Miriam, c'est ton devoir de la sauver des griffes des Dufau.

Mariana le provoque à son tour : elle a du mal à croire qu'elle s'est mariée avec un monstre qui veut la priver de sa fille.

— Et moi j'ai du mal à croire que je me suis marié avec une femme aussi... aussi...

Tu ne trouves pas le mot, tu ne peux pas lui dire : aussi différente de Dolores.

— Aussi aveugle, aussi fermée, aussi immorale, aussi inhumaine, aussi impunie que ton père. Et aussi ennemie, en ce moment je te ressens comme une ennemie.

Eduardo veut se séparer de Mariana, il ne veut plus vivre avec quelqu'un qui pense comme elle pense, qui trouve dangereux, malsain, que Luz relève sa chemise de nuit quand elle danse, ses mouvements, sa façon de parler avec n'importe qui. Tu me dégoûtes, Mariana.

— Il y a une autre femme ?

Eduardo ne répond pas.

— Parce que quand il n'y pas une autre femme, les hommes ne veulent pas se séparer de la leur. Tu inventes n'importe quoi, tu m'insultes, mais je ne t'écoute pas, je sais que tu ne crois pas ce que tu dis, tu dois être en chaleur avec une traînée, ça c'est sûr, et tu cherches des prétextes pour vivre une petite aventure. Mais quand tu viendras pleurer, me demander pardon, je ne sais pas si je t'écouterai. Qui c'est ? Dis-le moi. Il y a une autre femme, pas vrai ?

— Oui, il y a une autre femme, dit-il écœuré, mais ce n'est pas à cause de ça.

— Et qui c'est ?

À six heures du matin, quand Eduardo lui affirme qu'il n'y a personne d'autre, qu'il a dit n'importe quoi pour la faire taire, alors enfin il peut dormir. Et Mariana, vraiment tu n'y comprends rien, Mariana s'approche de toi, veut que tu lui demandes pardon, que vous tourniez la page et que vous partiez demain à Buenos Aires.

Elle est encore endormie quand Eduardo se lève. Il lui laisse un mot dans lequel il s'excuse non de ce qu'il lui a dit mais de la manière dont il le lui a dit. Il veut se séparer de Mariana et il est décidé, que cela lui plaise ou non, à découvrir les origines de Luz. Ils parleront plus tard, quand leur colère sera retombée. Il a besoin de se reposer, de réfléchir, d'être seul. Ne m'attends pas.

Ce matin, Miriam a dit à Frank qu'elle allait à son hôtel chercher des vêtements. Elle a l'intention d'appeler Eduardo de sa chambre, bien qu'elle doute de le trouver un samedi matin. Cette nuit elle avait décidé de l'appeler, c'était tout ce qu'elle pouvait encore faire pour Lili.

Mais la suggestion de Frank d'aller faire un tour au bord du fleuve avait fini par la séduire. Elle pourrait appeler dans l'après-midi. Mais Eduardo, elle en était sûre, ne serait plus au bureau. Tant pis, elle l'appellerait lundi, après le départ de Frank.

Mariana appela Eduardo cinq ou six fois pour exiger qu'il dise à quelle heure il arriverait. Dans la soirée. Il avait besoin d'être seul, il le lui avait écrit

Désespérée, Mariana appela sa mère et lui rapporta tout ce que lui avait dit Eduardo.

Il la voit de la voiture, elle est avec un homme, assise dans un café, au bord du fleuve. C'est Miriam, aucun doute. Eduardo se gare et entre dans le café. Il s'assied non loin de leur table et commande un thé. Miriam ne l'a pas vu. Elle semble très heureuse en compagnie de cet homme. Son mari ?

Eduardo ne sait pas comment aborder Miriam, mais il ne peut pas laisser passer l'occasion. Quand il voit que l'homme s'apprête à payer, Eduardo se lève et s'approche.

Miriam sursaute en le voyant. Il est clair qu'elle se sent très mal à l'aise.

— Miriam, tu ne m'as pas appelé.

Et il y a une telle angoisse dans sa voix qu'il ne peut pas continuer à parler. Tous les deux le regardent perplexes. Eduardo remarque que Miriam guette la réaction de l'homme qui l'accompagne.

— J'allais t'appeler. Et, comme avec Luz, elle tente de donner le change. Eduardo, un ami, Frank.

Ils se serrent la main sans un mot. L'homme lui montre une chaise et l'invite à s'asseoir, mais le regard réprobateur de Miriam l'en dissuade.

Mais tu ne peux pas partir ainsi, et courir le risque qu'elle ne te rappelle jamais. Tu dois lui faire clairement savoir ce que tu attends d'elle.

— Je dois absolument parler avec toi – Eduardo ne cherche pas à dissimuler l'anxiété dans sa voix et dans son regard. J'ai besoin de savoir quelque chose que tu peux sûrement m'apprendre. Et n'aies pas peur, tu as tout à y gagner, parce que moi, si c'est ça...

Le regard intrigué de l'homme le perturbe, il ne peut pas dire devant lui : parce que moi, si c'est ça, si Luz est ta fille, je ne refuserai pas que tu la voies ou ce que tu voudras. Qui sait quels ennuis il pourrait causer à Miriam. Elle n'a peut-être jamais parlé de sa fille à son ami, du moins si Luz est sa fille.

— Si c'est ce que j'imagine – et tu pries pour que ce soit sa fille, pas une fille de disparus – il n'y aura aucun problème de ma part, on trouvera bien un moyen de s'arranger.

Tous les deux te regardent stupéfaits.

— Vraiment, vous ne voulez pas vous asseoir, mon vieux – lui demande Frank d'un ton aimable, Eduardo doit lui faire pitié.

— Je t'appelle lundi. Rassure-toi, c'est promis.

— Après cette rencontre, Miriam ne pouvait plus continuer à raconter des bobards. Elle lui a avoué la vérité. Et Frank était d'accord avec elle, cet homme était très étrange, mais il semblait véritablement désespéré, s'il ne l'avait pas vu de ses propres yeux il lui aurait déconseillé de le rencontrer, par crainte d'un piège, mais son attitude laissait penser que ce n'était pas le cas. Eduardo avait réussi à émouvoir autant Miriam que Frank. C'était une chance qu'ils se soient rencontrés, sinon Frank aurait probablement dissuadé Miriam de commettre cette dernière folie.

Mais il fallait être prudent. Frank serait avec elle quand elle parlerait avec Eduardo. Pas question, Miriam voulait être seule. Alors Frank surveillerait non loin de là, ils verraient comment, il ne la laisserait pas courir un danger.

Non, bien sûr, il ne partirait pas le dimanche, il resterait avec Miriam, tu es folle, comment tu as pu avoir l'idée de faire une chose pareille, ma folle, ma petite folle, comme je t'aime. Et il était heureux de connaître enfin ce secret qui les empêchait de s'aimer comme ils le méritaient.

Quand Amalia raconta à son mari l'histoire de cette Miriam López, Alfonso ressentit une vive inquiétude. Qui avait inventé le nom de la mère figurant sur l'acte ? La Bête. Mais autre chose venait de lui traverser l'esprit. Comment s'appelait la fiancée de la

Bête ? Oui, mais oui, elle s'appelait Miriam. Celle qui gardait la détenue et le bébé, cette femme superbe s'appelait Miriam. Mais c'était elle que la Bête avait épousée ? Alfonso n'en était pas sûr, il n'était pas allé au mariage. Il se souvenait vaguement qu'un soir la Bête lui avait dit qu'il s'était un peu éloigné de sa fiancée. Mais après il lui avait annoncé son mariage. Combien de temps après ? Il suffit de consulter sa mémoire, se dit le général Dufau. Il lui fallut passer deux ou trois coups de fil pour obtenir le numéro de téléphone du sergent-chef Pitiotti.

— Ici le général Dufau. Présentez-vous tout de suite à mon domicile.

Quant à Eduardo il lui ferait comprendre, de gré ou de force, l'imprudence de sa « curiosité » dans la situation actuelle. Et pas question de divorce. Ses filles ne divorcent pas.

À sept heures du soir Alfonso appela Mariana, qui fut rassurée. Son papa allait tout arranger. Il savait comment s'y prendre.

— Les hommes, Mariana, traversent parfois des périodes difficiles, ils sont faibles, prends patience, et ne t'en fais pas, vous n'allez pas vous séparer. Le mariage c'est pour toute la vie, et même si Eduardo est très perturbé, c'est aussi ce qu'il pense. C'est un garçon de bonne famille. Après la conversation qu'il aura avec moi, Eduardo va te demander pardon, tu verras.

Alfonso ne fit aucune allusion à la petite. Mariana en avait parlé avec Amalia et elle était sûre que sa mère saurait convaincre Eduardo de ne pas faire de bêtises.

— Sois tendre avec lui quand il arrivera, lui dit Amalia, même si tu es très en colère, et ne lui parle pas de cette femme, il ne faut jamais le faire. Tu l'ignores, comme s'il ne t'avait rien dit. Ah, et quand il sera là, dis-lui aussi que ton père veut lui parler.

Pourquoi le général Dufau l'avait-il appelé ? voulut savoir madame Pitiotti. Pour le charger d'un travail important, il devait partir demain matin à Paraná, dans la province d'Entre Ríos. Très bien, se réjouit-elle, lassée d'entendre son mari lui rabâcher les gloires d'un passé encore proche, lié à Dufau. Elle souhaitait qu'il retrouve son entrain et un visage plus agréable.

L'âge d'or du sergent Pitiotti était terminé. Les centres de détention clandestins démantelés. L'époque était monotone, privée d'émotions fortes, et le sergent Pitiotti était trop « connu » pour qu'on lui confie autre chose qu'un petit travail administratif, une broutille. Aussi l'appel de Dufau éveilla-t-il en lui un grand espoir. Il était loin d'imaginer qu'il concernait Miriam. Pour la Bête ce fut une surprise.

Quand il avait annoncé son mariage à Dufau, il avait désiré de toute son âme qu'il croie que sa fiancée était celle qu'il avait rencontrée. En janvier, il était peu probable que le lieutenant-colonel assiste à la cérémonie, c'est pourquoi il avait choisi cette date. Et il avait toujours pensé que Dufau l'imaginait marié avec Miriam. L'équivoque fut renforcée le jour où il lui annonça la naissance de son premier enfant et que Dufau lui dit : Ah, bon ? J'en suis vraiment très heureux. Et Pitiotti tint pour acquis que Dufau n'avait pas oublié que sa fiancée ne pouvait pas avoir d'enfant.

— Heureusement la science fait des progrès et elle a pu résoudre votre problème.

Mais tout cela n'était que dans la tête de la Bête. Car à peine fut-il entré chez le général Dufau, ravi, un grand sourire aux lèvres, honoré d'avoir été appelé chez lui, qu'il comprit l'erreur de ses conjectures, car Dufau ne s'était pas un seul instant intéressé à la vie personnelle du sergent-chef Pitiotti, mais seulement à l'époque où celui-ci s'était chargé de sa petite-fille. Pour le général, la Bête était le plus efficace et le plus rapide, celui qui lui avait permis de conclure positivement le plus grand nombre de procédures.

Le général Dufau était de ceux qui pensaient que plus on en liquidait, mieux cela valait, qu'il fallait pour gagner la guerre éliminer toute cette génération d'apatrides, et non pas en faire des partenaires, comme les autres qui voulaient récupérer les *montos*. Pour Dufau, alors lieutenant-colonel, ce n'était qu'une question de nombre, de statistiques. Il était fier que ses camps de détention aient le pourcentage le plus élevé de « transferts ». Récupérer les terroristes lui semblait absurde : le seul bon subversif était un subversif mort. Et dans ce sens la Bête avait été un collaborateur remarquable.

La première question de Dufau lui fit comprendre qu'il ne s'était pas seulement trompé dans sa vie personnelle mais également dans sa vie professionnelle, car la raison pour laquelle

Dufau voulait le voir immédiatement tenait à une grosse erreur de son passé.

— Dites-moi, Pitiotti, votre amie, celle qui était avec la prisonnière, c'est bien votre épouse ? Je ne me souviens plus.

La Bête ne répondit ni oui ni non, il demanda pourquoi, ce qui revenait à ne rien dire.

— Elle s'appelait bien Miriam López ?

Il ne pouvait plus le nier. Ni l'affaire de l'acte de naissance, une irrégularité, une grosse bourde, lui fit remarquer Dufau d'une voix vibrante de colère. C'était le sergent lui-même qui avait conduit la détenue à l'hôpital, pourquoi l'avait-il inscrite sous le nom de sa fiancée ?

— Je ne sais pas, c'est le premier nom qui m'est venu.

— Mais vous m'aviez dit qu'elle était capable de faire ce travail, vous me l'avez affirmé.

Il acquiesce à peine de la tête. Aurait-il appris que c'était une pute ? Ou pire encore qu'il y avait une relation avec ce que la Bête soupçonnait parfois, mais non ce n'était pas possible que Miriam ait été complice de la détenue.

— Cette Miriam López est en train de fouiner à Paraná, où vivent ma fille et son mari, elle tourne beaucoup autour de ma petite-fille. Je ne veux plus entendre parler d'elle, ni qu'elle ouvre la bouche, après tout ce n'est pas sa fille, non ? Que vous la fassiez déguerpir ? Je ne sais pas, ça m'est égal, débarrassez-vous d'elle le plus tôt possible. C'est une question d'heures. Et soyez efficace.

D'un côté il se sentait honteux, mais de l'autre, il était heureux. Qu'on le charge d'un travail qui, depuis des années, depuis ce que lui avait dit Pilón dans la voiture, répondait à son désir le plus ardent, le comblait : Comptez sur moi pour agir avec la plus grande efficacité, et son regard qui brille du désir d'anéantir Miriam fait sourire Dufau de satisfaction.

Est-ce que son général sait si elle utilise actuellement un pseudonyme, connaît-il certains détails qui pourraient l'aider ? Car elle avait l'habitude de prendre des pseudonymes.

— Vous voulez dire un nom de guerre, le corrige étrangement Dufau.

— Non, un pseudonyme. Quand je l'ai connue, elle se faisait appeler Patricia.

Dufau était stupéfait, il venait tout juste de comprendre. Bien sûr qu'il avait entendu parler de Patricia ! Il n'allait pas à ses sauteries ni n'utilisait ses services, mais ses camarades tenaient sur elle des propos très... élogieux : Et vous voulez m'expliquer, la Bête, lui dit-il d'une voix tremblante de colère, comment vous avez pu confier ma petite-fille aux bons soins d'une pute ?

Il fut incapable de répondre. Il savait qu'il avait commis une grosse erreur, mais il allait la réparer. Il avait besoin d'aide.

— On pourrait faire appel à celui qui avait participé à cette opération, ce policier, comment s'appelait-il ?

— Pilón.

— Oui, prenez-le avec vous. Je vais donner des ordres.

Il fait nuit quand Eduardo rentre chez lui. Il est très étonné que Mariana l'accueille par un baiser et ce sourire qu'il avait presque oublié : Mon amour, quelle chance que tu sois là, tu m'as beaucoup manqué.

S'il est d'accord, ils dîneront avec Luz, elle n'a pas classe le lendemain. Après, ils pourraient sortir boire un verre, et aller danser, il y a si longtemps qu'ils n'ont pas dansé. Mariana a envie de s'amuser ce soir, de prendre vraiment du bon temps.

Eduardo ne sait pas quoi répondre, la tentative de réconciliation de Mariana l'émeut. Peut-être a-t-elle réfléchi, elle aussi, qui sait, les choses pourraient encore s'arranger. Il lui dit qu'il est fatigué, lui sourit, il va prendre une douche et ils verront après dîner.

— Mais je préférerais qu'on reste à la maison et qu'on parle tranquillement.

— Comme tu voudras mon petit amour.

Mariana est prête à faire tout ce qu'il voudra cette nuit, et elle lui lance un clin d'œil coquin. Elle se dirige vers la cuisine et se retourne, l'air distrait :

— Au fait, papa t'a appelé, il veut que tu le rappelles maintenant.

— Je n'en ai pas l'intention.

L'éclair de rage de Mariana ne dure qu'un instant, mais suffisamment pour qu'Eduardo remarque un extraordinaire effort de volonté dans son sourire et la douceur de sa voix : Allez, appelle-le maintenant, sinon il risque de nous déranger.

La présence de Luz à table oblige Eduardo à se contenir quand retentit la sonnerie du téléphone et que Mariana lui demande de répondre à son père.

— Quand viens-tu à Buenos Aires ?

Ce ton impératif le révolte. Il doit se faire violence pour ne pas raccrocher.

— Peut-être dans la semaine, répond-il, ou plutôt l'autre.

Et la voix du chef : Il faut que ce soit cette semaine. Lundi au plus tard, nous devons régler une affaire qui ne peut pas attendre.

— Lundi c'est impossible, je regrette, j'ai du travail.

— Alors viens demain. Tu prends l'avion le matin et tu rentres le soir.

Tu as tellement envie de l'envoyer chier, mais Luz et Mariana sont là. Et puis il vaudrait mieux l'affronter une bonne fois pour toutes, tu n'as plus peur de lui. Si tu y vas dimanche, tu pourras être ici lundi quand Miriam t'appellera. Et tu éviteras cette situation avec Mariana que tu ne pourras peut-être pas maîtriser, partagé comme tu es entre la méfiance et l'espoir qu'elle puisse changer. Et si tu allais voir Dolores ?

— Eduardo, tu me réponds ? À quelle heure peux-tu arriver ? Je dois organiser ma journée.

Eduardo organisera lui aussi sa journée. Et sa nuit, décide-t-il. Dolores, Dolores. Pourquoi te l'interdire si tu la désires tant ?

— Je viendrai demain. Je vous confirme l'heure dès que je connaîtrai les horaires de vol. Au revoir.

Le sourire de Mariana te fait penser qu'elle est au courant, que sa gentillesse visait à te faire accepter ce rendez-vous.

— Papilou, on peut aller à la campagne demain, lui demande Luz. Et faire du cheval, tous les trois.

— Demain c'est impossible, ma chérie, ton grand-père veut me voir, je dois aller à Buenos Aires.

— Justement demain, quel dommage ! soupire Mariana.

Eduardo n'est pas dupe de cette expression attristée, elle est en réalité très heureuse. Et plus tard, quand elle s'approche de lui et le caresse, il ne peut s'empêcher de sentir que cela fait partie d'un plan orchestré par les Dufau au grand complet.

— Mariana, s'il te plaît, ne rends pas les choses plus difficiles. Je t'ai dit que je voulais qu'on se sépare et je suis sérieux. Je vais parler à ton père, non seulement parce qu'il l'exige, mais parce que je veux lui poser quelques questions que j'aurais dû lui poser il y a des années.

Il remarque son hésitation entre son envie de déverser sa bile et l'ordre, sûrement venu de ses parents, de le traiter avec tendresse.

Mariana s'assied en face d'Eduardo et laisse couler quelques larmes, peut-être de vraies larmes, ne sois pas si dur :

— Pourquoi on va se séparer alors qu'on s'aime tant ?

— Parce que nous n'avons rien en commun, parce que nous pensons différemment, parce que ce qui compte pour toi c'est cette chose informe, dangereuse, dont Luz pourrait avoir hérité – sa voix se crispe – et, ce qui est pire, que tu vois en elle. Moi, je trouve cela répugnant. Et ce qui compte pour moi, toi tu le trouves insignifiant.

— Luz ? Et ça t'est égal que Luz soit une de ces pauvres gosses de parents séparés, on sait ce qu'elles deviennent.

— Ce qui compte à mes yeux c'est que Luz est probablement une enfant séparée de... arrachée sauvagement à ses parents, à ses véritables parents.

Il n'aurait pas dû prononcer cette phrase, Eduardo lui demande qu'ils arrêtent de parler, il ne veut plus prononcer de tels mots, peut-être inutiles. Il vaut mieux que nous allions dormir.

La main de Mariana te caresse doucement, tu aimerais retrouver ce plaisir de ses caresses, mais tu ne ressens qu'une horrible méfiance, comment savoir si cette main est mue par son désir ou par un plan destiné à te manipuler.

Tu n'oses pas la repousser, mais tu restes immobile, inerte, même quand, d'un geste inhabituel, elle descend, cette main, et s'approche de ton sexe.

De même qu'Eduardo ne croit pas sa femme, de même Mariana ne croit pas à cette respiration profonde par laquelle son mari feint un sommeil qui est loin de venir.

Mariana renonça et se retourna dans le lit. Elle lui ferait payer cher cette rebuffade. Quand ses parents l'auraient mis au pas et qu'il lui aurait demandé pardon, elle le ferait attendre des lustres avant de refaire l'amour avec lui. En attendant elle devait continuer de feindre, jusqu'à ce que l'autre femme ait disparu de sa vie. Cette autre dont elle ne lui parlerait jamais, sa mère avait raison.

Qui était-ce ? Carola ? Quelqu'un de Buenos Aires ? Car c'est à son retour de Buenos Aires qu'Eduardo était devenu fou furieux. Peu importe, qui que ce soit, elle disparaîtrait. Ils reviennent toujours la queue basse, comme dit son amie. Et là, Mariana se vengerait d'Eduardo, elle se le promettait.

Dès son arrivée à l'aéroport, Eduardo avait appelé Dolores, vers les onze heures du matin : heureusement, heureusement elle était là, parce qu'il voulait la voir aujourd'hui même.

Quelle émotion, quelle joie dans la voix d'Eduardo. Le cœur fou d'un gamin de quinze ans, mais avec tout ce que la vie lui donne maintenant. Dolores n'était donc pas seule, lui aussi éprouvait quelque chose de fort pour elle.

Eduardo ne savait pas à quelle heure il serait libre, il essaierait de faire le plus vite possible. Il avait un rendez-vous, lui dit-il ironiquement, son beau-père voulait le voir sans délai. Quand ce serait terminé il l'appellerait pour qu'elle vienne directement à son hôtel. Il descendrait dans un autre que celui où il allait habituellement, il le lui ferait savoir.

— Prends soin de toi, mon chéri, lui dit Dolores.

Et depuis, des heures ont passé, il est déjà quatre heures de l'après-midi, Dolores fait les cent pas devant le téléphone, nerveuse, craignant pour Eduardo en face de cet assassin. Heureusement ses parents ne sont pas là, sa mère se rendrait compte de tout. Depuis des jours elle lui demande ce qui se passe, qu'est-ce qui lui est encore arrivé, elle pressent autre chose. C'est à cause d'Eduardo, Dolores ? Elle n'a pas voulu lui répondre.

Enfin le téléphone. Elle le trouve très nerveux. Oui, elle arrive, au Wellington dans une demi-heure, elle montera directement sans demander à la réception, chambre 402.

Le dimanche après-midi, Frank accompagna Miriam à son hôtel pour qu'elle y prenne ses affaires, elle était d'accord, Eduardo lui faisait bonne impression, mais il était le gendre de Dufau et il était plus prudent de prendre des précautions.

Elle préféra entrer seule. Frank l'attendit au coin de la rue afin que personne ne puisse faire le lien entre eux.

Miriam demanda la note et dit qu'elle repartait à Buenos Aires.

— Mais vous revenez ?

— Oui, bien sûr. Je me sens très bien dans cet hôtel. Mais je ne sais pas quand exactement, dit-elle en souriant. Je vous appellerai de Buenos Aires pour réserver.

— Non, je vous le demandais parce qu'aujourd'hui un monsieur voulait vous voir. Je lui ai dit que vous logiez ici mais que je ne vous avais pas vue depuis deux jours, je pensais que vous étiez allée passer le week-end ailleurs. Ce monsieur va sûrement revenir. Qu'est-ce que je dois lui dire ?

— Que je suis partie à Buenos Aires, répondit-elle en s'efforçant de garder un ton naturel. Ses mains tremblaient en refermant son sac, mais cela lui permit de se pencher et de dissimuler son trouble à l'employé.

— Et qui était ce monsieur, il a laissé son nom, un message ?

— Non. Il est brun, la trentaine bien tassée, plutôt... – il cherchait le mot –, vous voyez : très autoritaire, de ceux qui posent des questions auxquelles on craint de ne pas savoir répondre.

Miriam haussa les épaules : Je n'ai pas la moindre idée de qui il s'agit. S'il revient, qu'il laisse sa carte, vous me la donnerez à mon retour.

C'est la Bête, j'en suis sûre. Et Frank : pas sûr, c'est peut-être un type qui travaille pour Eduardo. Mais peu importe, en tout cas c'est mauvais signe, et le mieux serait de quitter Entre Ríos, et d'oublier cette conversation, malgré la bonne impression que leur avait laissée Eduardo.

— Non, pardonne-moi, Frank, mais je ne repartirai pas avant d'avoir parlé à Eduardo. Ma décision est prise. Je dois le faire.

Si Frank craignait pour elle, elle resterait enfermée à l'hôtel, après tout elle était inscrite sous le nom de madame Harrison, on ne lui avait même pas demandé ses papiers. Demain elle appellerait Eduardo.

Frank ne voulut pas discuter davantage. Il irait rendre la voiture à la première heure, à l'ouverture de l'agence.

CHAPITRE DOUZE

Dolores entre dans la chambre d'Eduardo et ils s'étreignent longuement.

— J'avais si peur, j'étais effrayée. Dieu merci, tu vas bien, tu vas bien.

Et Dolores t'embrasse sur la joue, dans le cou. Tes mains prennent sa tête, tu enroules tes doigts dans ses cheveux, tu l'embrasses sur la bouche, dans l'oreille et tu l'entraînes doucement vers le lit.

Elle s'allonge et rit quand tu te jettes sur elle, pure joie des corps qui s'aiment.

Mais Dolores repousse Eduardo. Elle lui dit qu'ils auront du temps pour l'amour, elle est très anxieuse.

Oui, tu resteras toute la nuit avec elle : je vais jouir de toi à chaque minute de cette nuit.

Dolores veut savoir ce qui s'est passé avec le beau-père d'Eduardo, qu'est-ce qu'il lui a dit.

— Tu lui as demandé qui était la mère ? Il a reconnu que Luz était une fille de disparus ?

Non, il ne l'a pas reconnu, ils ont parlé des heures.

— Je ne crois pas que ce soit ça. C'est bizarre, mais il y a un point commun entre ce que m'a dit Alfonso et ce que m'a dit Miriam : qu'elle était une pute.

Comment ? Quand Eduardo lui raconte en détail l'incident à la sortie du collège, Dolores accorde plus d'importance au mot « voleur » : Ce n'est pas pour rien, non ? Elle voulait dire que la petite a été volée, et puis elle n'a pas prétendu être la mère. Dufau peut inventer n'importe quoi. D'accord, je ne vais plus t'interrompre, je te le promets, mais raconte-moi la discussion avec ton beau-père.

Eduardo lui dit que tout y est passé : tentative de persuasion, mensonges, menaces, ordres, questions et échappatoires, mises en garde et même une porte claquée, Eduardo en rit de bon cœur parce que c'est lui qui l'a claquée, il a quitté son beau-père en lui lançant : Je vais faire exactement ce que j'ai envie de faire : rechercher les origines de Luz, parler avec Miriam López et me séparer de votre fille. La porte claquée doit encore résonner aux oreilles des Dufau.

Eduardo en rit encore et Dolores lui donne un baiser pour partager sa joie.

— J'ai adoré le planter ainsi, avec ce bruit de porte et cette phrase. Jamais je n'avais imaginé que j'oserais. Tu ne me félicites pas ? – Et il la reprend dans ses bras. – Je crois que si je n'avais pas ressenti ce que je ressens pour toi, si tu ne m'avais pas donné cette force nouvelle que je sens en moi, je n'aurais pas eu le courage de l'affronter et de lui clouer le bec.

Eduardo doit lui expliquer depuis le début, car Dolores ne comprend pas grand-chose. Il veut se séparer de sa femme ?

— Oui – le visage d'Eduardo s'assombrit. Parce qu'elle est comme son père, elle est... je ne sais pas, je l'aimais tant que je n'ai sans doute rien voulu voir plus tôt, mais sa réaction, quand je lui ai appris la vérité sur Luz, m'a révélé une Mariana si différente... impitoyable. Cela me fait mal, tu sais, très mal, mais elle...

— Ce serait peut-être mieux, lui dit Dolores, de ne pas m'en parler maintenant.

Mais il a besoin de lui raconter, pas tout, mais au moins certaines attitudes de Mariana qui l'ont vraiment heurté : ce qu'elle dit de Luz, son refus catégorique qu'il entreprenne des recherches.

— Mais, si douloureux que ce soit, je ne vais pas arrêter, je ne te décevrai pas, Dolores, je te l'ai dit.

Son beau-père avait commencé par une menace : C'est toi qui as déclaré Luz, je te le rappelle, et tu as graissé la patte de l'employée pour qu'elle t'établisse un faux papier. D'après toi, qui sera le premier à aller en prison ?

Eduardo lui demanda avec insistance pourquoi il parlait de prison, et son beau-père, avec ce petit sourire qu'il détestait : il ne se rendait pas compte que la situation du pays avait changé et qu'il pouvait arriver bien des choses... désagréables avec le retour de la démocratie, ne sois pas imprudent, mon garçon. Puis il eut recours à la persuasion : Tu vas perdre ta fille, ta femme, tout ton prestige, et que dira ta famille, ta mère, ton frère, que diront tes employés si tu vas en prison ?

Bien que Dolores se soit promis de ne pas intervenir, elle bondit : il a donc été clair, c'est une manière d'admettre que Luz est une fille de disparus. Il te menace, si tu parles ou si tu cherches, c'est toi qui iras en prison. Lui aussi, bien sûr.

Dolores pense donc qu'il va aller en prison ?

Elle a l'air désespérée. Mais non, on verrait bien qu'il avait commis une très grave erreur, mais qu'il faisait tout pour la réparer. De plus, il ne savait pas qu'on arrachait les enfants aux femmes emprisonnées.

Eduardo hoche la tête : il ne croit absolument pas à la parole de son beau-père, mais quand il lui a dit que la mère de Luz était une pute – le même mot qu'avait employé Miriam – il a vacillé. Il lui a même donné le nom et le numéro de téléphone d'une femme, une certaine Anette, qui s'occupait d'elle, il n'avait qu'à l'appeler et lui demander si Miriam López n'était pas Patricia, une célèbre putain de l'époque. Et si c'était ça ? Demain, tout serait clair. Il relate à Dolores la rencontre au café et la promesse de Miriam de l'appeler lundi.

Dolores ne comprend pas : Dufau n'a jamais voulu lui donner de renseignements sur la mère. Alors pourquoi surgit-elle maintenant avec nom, prénom et même profession ? Parce qu'Eduardo, au cours d'une dispute, l'a dit à Mariana.

Dolores est inquiète : c'est très courageux de sa part de faire ces recherches, mais il n'aurait jamais dû donner ce renseignement à son beau-père, Eduardo ne sait pas comment ces gens-là opèrent. Elle a cherché sur la liste des disparus si figurait une Miriam López, il n'y en a aucune, mais il n'y a peut-être pas eu de plainte, et si elle est vivante elle a dû réussir à s'enfuir, bien qu'il soit peu probable qu'elle ait survécu après qu'on lui ait volé son bébé. C'est peut-être bien une pute, mais pourquoi t'a-t-elle traité de voleur ?

Tu n'en peux plus. Tu es abattu à l'idée d'avoir mis en danger la vie de Miriam. Dolores s'allonge près de toi, le baume de ses caresses ne calme pas ton inquiétude, et comme elle s'en rend compte, elle te propose de ne plus parler et de te faire un massage, de ne plus penser à rien pendant un moment et de ne sentir que ses mains sur ton corps qui repoussent tes tourments pour les expulser, t'en délivrer.

Quand Amalia raconta à son mari que Marianita était très inquiète parce qu'il était neuf heures et qu'Eduardo n'était pas rentré, Alfonso craignit le pire : qu'à peine arrivé à Entre Ríos, Eduardo se soit mis en contact avec Miriam. Et la Bête qui n'appelait pas.

Quelques années plus tôt, quand les Grands-Mères avaient commencé à se mobiliser, à voir beaucoup de monde, et qu'elles publièrent cette lettre de lecteurs dans *The Buenos Aires Herald*, Alfonso avait été rassuré en vérifiant la liste des noms : celui de la mère de Liliana n'était pas parmi eux, ni celui de la petite.

— *Les Grands-Mères n'ont jamais reçu de plainte me concernant. J'ai consulté les archives.*

— *La mère de Liliana ne savait pas que sa fille était enceinte. Elle n'avait pas voulu le lui dire pour ne pas l'angoisser davantage. Elle l'a vue deux ou trois fois après que nous soyons passés dans la clandestinité, mais sa grossesse ne se remarquait pas beaucoup, et Liliana la dissimulait sous un manteau. J'ai respecté sa décision.*

— *Et tu ne lui as jamais rien dit ? Elle croit que je n'existe pas ? Que je n'ai jamais existé ? Ni même quand j'étais dans le ventre de sa fille ?*

— *Si, elle a su que Liliana était enceinte. Je le lui ai dit quand ils l'ont enlevée. Mais quand Susana a appelé, mon père lui a rapporté ce qu'on croyait tous : que Liliana était morte après l'accouchement et que son bébé était mort-né. Ce n'était plus la peine de continuer à chercher. J'ai parlé avec Nora, en 84, quand je suis revenu en Argentine. – Carlos sourit tristement. – Elle m'a dit : Si au moins j'avais pu avoir mon petit-fils. Je crois que Liliana, quand elle a décidé de lui cacher sa grossesse, pensait que sa mère ne pourrait pas la comprendre. Nora et son mari avaient très mal vécu l'engagement de Liliana, sa relation avec moi. Évidemment, ils me rendaient responsable du changement de Liliana. Pourtant ce n'était pas le cas : Liliana croyait vraiment en ce qu'elle faisait. Quand je l'ai connue, elle militait déjà. Mais après, avec les années, surtout après cette conversation déchirante que j'ai eue avec Nora en 84, j'ai senti que malgré tout elle aimait énormément Liliana et qu'elle aurait compris le sens de son combat. Nous nous sommes beaucoup trompés. Tous.*

— *Et tes parents ?*

— *Ils n'avaient pas la même attitude. Ils n'ont jamais été vraiment au courant de ce que nous faisions, mais ils trouvaient bien que leurs enfants aient un idéal. Eux-mêmes nous l'avaient transmis, c'étaient d'honnêtes travailleurs. Mais tout ce qui s'est passé pendant cette époque infâme les a abattus. Maman est morte et ni ma sœur ni moi n'étions là. Je crois qu'elle est morte de tristesse.*

Il avait été bien loin d'imaginer que les problèmes viendraient de l'amie de la Bête. Cette pute de merde de quoi se mêlait-elle ?

— Si on ne peut pas arrêter Eduardo, qu'est-ce qu'on va faire ? lui demanda Amalia. Et Alfonso perçut que derrière cette question pointait déjà une idée. On ne peut pas permettre qu'il continue avec la petite, et moins encore qu'ils se séparent. Ce serait un affront terrible. Lui, abandonnant Mariana !

Qu'elle ne s'inquiète pas trop, il changerait d'idée quand il comprendrait vraiment ce qui risquait de lui arriver, la rassura Alfonso. De toute façon il aurait une autre conversation avec Eduardo. Il devrait peut-être employer des arguments plus frappants. Amalia était d'accord.

Les nouvelles que lui apprit la Bête à dix heures du soir le rendirent plus nerveux : il avait trouvé l'hôtel où était descendue Miriam, mais elle en était brusquement partie dans l'après-midi. Il connaissait le modèle et la couleur de la voiture, et l'agence où elle l'avait louée, elle n'avait pas pu la ramener car l'agence était fermée jusqu'au lundi et elle ne l'avait pas non plus rendue à l'aéroport, il avait vérifié. Demain matin il aurait probablement de bonnes nouvelles, il en était sûr.

— Je vous ai dit que c'était une question d'heures.

Pourvu qu'Amalia ait raison : Eduardo n'est pas à Entre Ríos.

— Il est tout fou parce qu'il a rencontré une grue qui lui a tourné la tête. Il doit être avec elle, dans un hôtel. Cela ne devrait pas être difficile à savoir, avec un peu de chance on le trouvera, l'encouragea Amalia.

Ils allaient attendre encore un peu, dit Alfonso, il va peut-être rentrer plus tard.

— Non, il est à Buenos Aires, mon intuition est bonne, affirma Amalia qui s'empressa d'aller chercher les annuaires.

Elle ne voulait pas que son mari s'angoisse à ce point, ce n'était pas la peine, la Bête était là, à la recherche de Miriam, et il devait avoir très envie de l'éliminer, et pas seulement parce que c'était un ordre. Et la prochaine fois qu'Alfonso rencontrerait Eduardo, il n'aurait pas de mal à le raisonner, elle avait confiance dans le pouvoir de persuasion d'Alfonso. Et sinon... en dernier ressort, elle avait sa petite idée. Radicale, sans doute. Mais, s'il le fallait...

Et après avoir parlé avec Eduardo, que ferait Miriam ? Frank espérait qu'elle partirait avec lui, c'est du moins ce qu'il lui avait dit pendant qu'ils dînaient. Ils avaient demandé à être servis dans la *suite*.

Miriam n'osa pas lui dire non, mais il était clair que cela dépendrait de cette conversation, peut-être pourrait-elle associer Eduardo à son intention de révéler la vérité à Lili. Mais comment allait-il consentir à se retrouver sans la petite ?

Et si elle disait à Eduardo qu'elle est la mère et inventait une histoire de sorte qu'il lui permette de rendre visite à Lili de temps en temps ? Elle pourrait alors lui apprendre que ses parents étaient Liliana et Carlos et non pas ces...

Frank ne voulait plus écouter ses folies, il voulait juste lui dire deux ou trois choses pour la faire réfléchir : Tu crois que ce serait bon pour cette petite un mensonge ajouté à un autre ? Ou bien profiterais-tu de ces visites pour lui dire toute la vérité sans pouvoir rien faire pour elle, et par-dessus le marché en mettant ta vie en danger ?

Miriam sentit que Frank était son ami, qu'il l'aimait vraiment et l'aidait à réfléchir sans essayer de lui imposer son point de vue.

— *Cette attitude d'aide et de compréhension, que Frank a adoptée à ce moment-là, a eu beaucoup d'influence sur Miriam et consolidé leur relation. Je ne crois pas qu'elle était amoureuse de lui, elle cherchait plutôt une protection, de l'amitié. Frank a été selon elle le seul homme qui l'ait traitée comme un être humain à part entière, qui la comprenait et l'acceptait telle qu'elle était. Et pour Miriam, à ce moment de sa vie, c'était essentiel.*

— Madame Harrison aimerait aller se coucher avec monsieur Harrison. Est-ce possible ?

Une façon comme une autre, mais elle préféra l'humour, de lui dire que, même si elle ne savait pas ce qu'elle allait faire, en ce moment elle se sentait sa femme.

Dolores a du mal à surmonter la peur qu'elle éprouve après le récit d'Eduardo. Ce qu'il considère comme le style, la façon de parler de son beau-père, est pour elle une menace très claire : Je veux ta parole que tu ne bougeras pas le petit doigt pour rechercher les origines de la petite et que tu demanderas pardon à Mariana pour avoir insinué que tu voulais te séparer d'elle.

Pour Dolores, toute menace venant d'un administrateur de la mort tel que Dufau est une menace de mort.

Mais Eduardo a beau avoir compris une foule de choses en peu de temps, il lui est difficile d'imaginer une telle conclusion, et Dolores n'ose pas le lui dire. Elle a déjà été prise de remords quand, dépassée par ses déductions, elle a laissé entendre que lui aussi irait en prison.

Après le massage ils s'étaient laissés emporter par le désir et pendant un long moment ils avaient réussi à effacer tout ce qui n'était pas cette vérité que leurs corps se transmettaient au-delà des mots.

Alors qu'ils prenaient un rafraîchissement dans la chambre, Eduardo s'était mis à parler de Luz, de sa douceur, des histoires qu'il lui racontait, de leurs promenades à cheval et du plaisir de Luz à parler avec les gens et à danser, et combien ils s'amusaient ensemble à jouer des personnages. Il l'aime tant. Et Dolores souffre de l'entendre : C'est pour elle, Eduardo, c'est parce que tu l'aimes que tu dois continuer.

Mais maintenant que Dolores repense aux paroles de Dufau, à la mort, à l'idée qu'Eduardo disparaisse, que non seulement elle ne pourrait pas le revoir, mais que plus personne ne le reverrait, elle se demande si elle a le droit de l'inciter ainsi à continuer.

— Dolores, je vais me séparer de Mariana, j'ai besoin de toi, ne pars pas. J'ai besoin de ta force. Et quand tout cela sera réglé... je ne sais pas ce qui va se passer, je peux seulement te dire ce que je ressens : j'aimerais beaucoup être avec toi, vivre avec toi. Mais je ne peux rien prévoir pour le moment. Ne pars pas, s'il te plaît, retarde ton départ.

Qu'est-ce qu'elle peut faire, son corps tremble, c'est comme si elle demandait de nouveau à Pablo de ne pas se faire tuer tout en le conduisant à l'endroit où on va l'arrêter. Comme si elle disait à Eduardo, continue, continue, même si tu adores Luz, même si tu risques la mort. Images de Pablo, de Mirta, de cet enfant qu'elle ne connaît pas mais qu'elle souhaite vivant et espère retrouver. N'est-ce pas là un appel de son sang, un déplacement de son besoin de réparation sur Eduardo. Par pitié, faites que Miriam ne soit que la mère et que les choses s'arrangent, sinon...

Elle se serre désespérément contre Eduardo. Oui, bien sûr qu'elle va rester, le temps qu'il faudra. Et cette idée atroce qu'elle tait : ou le temps que...

Qu'est-ce qu'elle peut faire ? Lui conseiller d'arrêter, de courber la tête devant son beau-père, de vivre dans le mensonge ? Qu'est-ce qu'elle peut faire ? L'aimer.

Elle demande à Eduardo de s'allonger et de se laisser aimer. Elle veut le lécher, l'embrasser, parcourir tout son corps de ses mains, sa langue, son ventre, ses jambes, passer son sexe sur ses joues, ses yeux, ses oreilles, l'embrasser sur le bout en le tenant entre ses mains, et maintenant ouvrir la bouche et très lentement introduire son sexe, le sentir grossir et jouir dans sa bouche et entendre les gémissements de plaisir d'Eduardo, mais Dolores veut que le plaisir se prolonge, elle se retire doucement en jouant de sa langue, appuie sa tête sur le ventre d'Eduardo et s'allonge, elle veut rester ainsi et qu'il se détende, qu'il oublie tout un instant en se sentant aimé. Une pause. Se laisser aller un long moment à cette paix complète jusqu'à ce que les mains tièdes d'Eduardo commencent à l'explorer, et elle découvre cette zone de son dos qu'elle ignorait avant d'y sentir la chaleur de ses mains. Eduardo la retourne et l'embrasse dans le cou, sur les épaules, sur les seins. Il est sur elle et il lui transmet si fortement son désir que toute sa peau en a la chair de poule. Elle sent son corps entier qui s'ouvre pour l'accueillir, son sexe qui entre lentement en elle, plus loin, plus loin, tandis que ses mains la parcourent fiévreusement, comme s'il allait la prendre partout, ses mains comme des chevaux emballés sur la terre de son corps et cette folle et fantastique sensation de cesser d'être, de se perdre à l'infini dans le désir d'Eduardo, n'être plus que cela, son désir à lui de la posséder, elle s'ouvre en ondes successives, comme la mer, et il lui semble qu'il vient quand elle l'entend gémir, mais non, elle sent qu'il y a plus, et plus et plus encore, et il l'accompagne jusqu'à la fin, jusqu'à cette joie exténuée où elle peut revenir lentement à elle, se retrouver tout entière parce qu'il l'a prise tout entière, revenir à lui, plus riche, plus épanouie.

Mariana appela ses parents à deux heures du matin pour les informer qu'Eduardo n'était pas rentré. Ils ont beau lui dire de ne pas se tracasser, qu'il allait abandonner cette attitude et que d'un moment à l'autre il serait probablement à la maison, elle pense qu'Eduardo fera ce qu'il a dit ce matin : rentrer le lendemain.

— Mais pourquoi tu ne l'as pas dit avant ? Il t'a dit qu'il resterait à Buenos Aires ?

— Oui, si c'était trop tard.

Qu'elle ne s'inquiète pas et aille dormir. Son père parlerait de nouveau à Eduardo. Il irait le chercher à l'aéroport, ou ailleurs s'il le fallait, tout s'arrangerait.

Amalia avait appelé l'hôtel où Eduardo descendait habituellement et ne l'y avait pas trouvé. Mais elle avait encore une longue liste d'hôtels, et tout son temps.

Elle pensait que le mieux, une fois qu'ils l'auraient localisé, serait de l'attendre à la sortie. Ils verraient ainsi avec qui il était.

Amalia avait raison, pensa Alfonso, il fallait savoir rapidement qui avait à ce point perturbé Eduardo.

Bien qu'Amalia fût restée au salon pour téléphoner, Alfonso ne pouvait pas dormir.

L'insomnie crispait ses nerfs. Si Amalia retrouvait Eduardo, Alfonso n'attendrait pas le lendemain pour le remettre dans le droit chemin.

Ils avaient dormi des heures, épuisés par la tension et par l'amour quand la sonnerie du téléphone les fit sursauter. Eduardo décrocha :

— Je vais être très clair, je veux que tu prennes le premier vol pour Entre Ríos et que tu demandes pardon à Mariana. Et cesse immédiatement toute recherche sur Luz, sinon ça va te coûter cher.

Eduardo a écarté le téléphone de son oreille pour que Dolores puisse entendre cette dernière phrase : ça va te coûter cher. Ce qu'elle redoutait. Un tremblement parcourt tout son corps, elle veut dire quelque chose à Eduardo, mais ne peut pas, déjà il tient des propos imprudents.

— J'ai décidé de parler à Miriam, que cela vous plaise ou non.

Mais à qui Eduardo croit-il s'adresser ? Et la rage se transforme en rire grossier : alors tu vas parler à Patricia, ça me semble un peu difficile, parce que cette petite pute il va lui arriver quelque chose qui la laissera sans langue, si ce n'est pas déjà fait.

C'est Dolores elle-même qui coupe la communication. Il est cinq heures du matin. Il doit partir, Dufau sait maintenant où le trouver. C'est dangereux. Mais Eduardo est trop furieux pour comprendre : Comment m'a-t-il trouvé, comment ose-t-il m'appeler à une heure pareille. Il restera là le temps qu'il voudra. Il n'a plus peur.

Dolores tente de le raisonner : il doit partir tout de suite, attendre l'appel de Miriam et la mettre en garde, Dufau est capable de l'attendre à la sortie de l'hôtel.

— Qu'il m'attende, peu importe. Ça suffit, je n'ai pas d'ordre à recevoir de lui. Je prendrai le vol de neuf heures et demie, pour l'instant je ne bougerai pas, il ne viendra pas, il m'a donné ses ordres au téléphone.

Mais Dolores a peur, elle dit qu'elle va partir maintenant. Non, ne pars pas, qui sait quand nous allons nous revoir. Et il la serre dans ses bras.

Non, elle ne va pas le laisser, bien que ce soit une terrible imprudence. Mais à ce « qui sait quand » d'Eduardo, à ce « jamais plus » qu'elle redoute, elle s'effondre et se jette dans ses bras. Elle fond en larmes. Il la console, qu'elle ne s'inquiète pas, il ne lui arrivera rien, il ne veut plus la voir si triste.

Elle restera, oui, mais ne sortira pas avec lui de l'hôtel, elle ne l'accompagnera pas à l'aéroport bien qu'elle meure d'envie d'être avec lui jusqu'au dernier instant. Ce sont les deux endroits où son beau-père risque de venir.

À dix heures du matin, quand Frank se rendit à l'agence pour rendre la voiture de son amie, qui avait dû partir à l'improviste pour Salta, on l'informa que des messieurs la cherchaient, ils avaient quelque chose d'urgent à lui dire. L'employé de l'agence avait trouvé cela bizarre, ils ne donnaient pas d'informations sur leurs clients. Mais un de ces messieurs m'a suggéré, façon de parler tellement il était menaçant, de répondre à ses questions : jusqu'à quand avait-elle loué la voiture et avait-elle laissé une adresse ? Comme je refusais de répondre, l'autre, qui me paraissait plus pacifique, a sorti une plaque de police... et une arme. Et je leur ai donné des informations qui n'ont pas semblé les satisfaire : elle l'avait louée jusqu'à mercredi, logeait à tel hôtel et possédait un permis de conduire uruguayen.

— Vous pouvez dire adieu à la voiture et porter plainte si vous voulez gagner du temps, parce qu'elle est partie hier, lui avait dit le plus dur.

Il était donc très content que ce ne soit pas le cas et remerciait beaucoup monsieur... Rodríguez, répondit Frank promptement... d'avoir eu l'amabilité de ramener le véhicule. Il régla la facture sans la vérifier, certain que le compte était bon. Miriam avait signé, comme il se doit, le reçu de la carte de crédit.

— Non, je ne sais vraiment pas qui sont ces hommes. J'en parlerai à mon amie. Probablement une erreur.

— Et s'ils reviennent ? L'employé était de toute évidence effrayé.

Frank haussa les épaules.

— Vous avez votre voiture et en parfait état. Et il prit congé par un sourire.

Il loua une Renault dans une autre agence et regagna l'hôtel à la hâte.

Miriam avait appelé mais Eduardo n'était pas encore arrivé. Il serait là vers onze heures, avait répondu la secrétaire.

— Tu as donné ton nom ?

— Non, j'ai dit madame...

— Harrison ? s'écria Frank, alarmé. Ils vont nous trouver tout de suite.

Non, elle avait dit madame Hernández, calme-toi. Mais pour qu'il sache que c'est moi, j'ai dit que nous étions convenus avec monsieur Iturbe que je l'appellerais aujourd'hui.

Pas question qu'elle recommence. L'incident à l'agence était un signe clair qu'ils devaient quitter Entre Ríos le plus vite possible. Ils rendraient la voiture à l'aéroport de Rosario, ou de Córdoba, il avait dit à l'agence qu'il partait en voyage. Frank lui mettait les nerfs en pelote, elle avait besoin de réfléchir. Qu'est-ce qu'il dirait d'une balade au bord du fleuve ? Non, Frank ne voulait sortir d'ici que pour fuir. Deux types étaient à leurs trousses, elle ne se rendait pas compte du danger qu'elle courait ?

— Je ne veux pas me disputer avec toi, s'il te plaît, laisse-moi seule un moment.

— Si tu me promets que tu ne vas pas appeler Eduardo. Son téléphone est peut-être sur écoute.

— Eduardo n'est pas dangereux, je le sais, je le sens. Celui qui me traque, c'est la Bête, je peux te l'assurer.

Quand Eduardo arrive au bureau, on l'informe de l'appel de madame Hernández. C'est Miriam, elle est vivante, tu es soulagé. Qu'elle rappelle, bon Dieu, qu'elle rappelle. Là, c'est elle.

— Où est-ce qu'on peut se voir ? lui demande Eduardo.

— Je suis recherchée de tous les côtés.

C'est ce qu'il craignait, mais il n'y est pour rien, c'est Dufau, il veut à tout prix éviter qu'ils se parlent. C'est... à cause de la petite. Qu'elle lui indique un endroit, n'importe lequel, où ils pourraient se rencontrer. Et si elle ne veut pas, tant pis, il se contentera du téléphone.

— Qui me garantit que ton téléphone n'est pas sur écoute ?

— Non, ça m'étonnerait qu'il aille jusque-là, on est à Entre Ríos. Enfin, je ne sais pas.

Dolores l'a averti du danger. Eduardo ne sait pas quoi proposer à Miriam.

— Je te préviendrai de toute façon, lui dit Miriam.

— S'il te plaît, vite.

Si Frank l'aime tant, s'il l'aime vraiment, il doit lui rendre un service. Eduardo a peur lui aussi, il me dit que c'est Dufau qui est à mes trousses, c'est-à-dire la Bête. Elle n'a pas voulu lui en dire plus au téléphone, Frank lui-même avait pensé qu'il pouvait être sur écoute.

— Tout ce que nous pouvons encore faire, c'est que tu ailles à son bureau et que tu lui donnes rendez-vous ici, à l'hôtel. En te voyant il va comprendre.

Pas question, elle était complètement cinglée.

— Quand je reviens, je veux que tout soit prêt pour partir.

Et Frank sortit de la chambre. Miriam ne savait plus quoi faire, mais elle avait la certitude absolue qu'elle devait parler à Eduardo.

Quand Frank revint et lui demanda la carte d'Eduardo, elle sauta presque de joie et le serra fort dans ses bras.

Mariana était inquiète, elle se demandait pourquoi Eduardo ne l'avait pas appelée. Il lui avait dit la veille qu'il rentrerait lundi, et il était allé directement au bureau parce qu'il avait des rendez-vous.

— Tu vas rentrer déjeuner ? S'il te plaît.

— Non, je crois que je n'aurai pas le temps. J'irai chercher Luz et nous pourrons nous voir un petit moment.

Et la voix sanglotante de Mariana : S'il te plaît, je t'en prie, viens, j'ai quelque chose à te dire, ne me laisse pas ainsi.

Tu ne peux pas la laisser dans cet état. Elle est désespérée. Et peut-être sincère.

— Je ferai mon possible pour passer, un moment, pas plus. J'ai une journée très chargée.

Quand Eduardo sort du bureau, il voit venir vers lui, l'air grave, l'homme qui était avec Miriam. La secrétaire sort du bâtiment au même moment. Alors il ne voit rien d'autre à faire que de s'avancer vers lui et lui tendre la main avec un enjouement qu'il ne se savait pas capable de feindre.

— Alberto ! Qu'est-ce que tu deviens ? Tu es à Paraná ?

Eduardo salue d'un geste sa secrétaire qui les regarde. Frank sourit et donne une tape sur l'épaule d'Eduardo.

— Ça va bien, je suis venu régler une affaire. Je repars ce soir. Comment va la famille ?

Sa curiosité satisfaite, la secrétaire d'Eduardo poursuit son chemin.

— Miriam t'attend à six heures, au bar de l'hôtel de la Ribera. J'espère que personne ne te suivra. Je n'aime pas du tout ça, je ne sais pas ce que tu veux, mais je ne vais pas laisser Miriam courir le moindre danger.

— C'est là que vous logez ? – Frank ne répond pas. Bon, peu importe, surtout qu'elle n'en bouge pas, qu'elle reste enfermée jusqu'à ce que j'arrive. Dufau la cherche, il veut l'empêcher de me parler et moi j'ai besoin de savoir. Merci infiniment de ton aide.

Deux faits incitèrent Amalia et Alfonso à s'avouer enfin ce à quoi ils pensaient depuis la veille sans l'avoir formulé. D'une part l'appel désespéré de Mariana : Eduardo était passé à la maison à midi, lui avait dit qu'il voulait se séparer d'elle et que rien ni personne ne l'arrêterait dans sa recherche de la vérité sur Luz. De l'autre, la Bête n'avait pas trouvé Miriam, bien qu'il eût une piste, la description d'un homme, probablement son protecteur, qui ce matin était encore à Paraná.

Alfonso lui demanda de le rappeler à six heures du soir : s'il n'avait pas éliminé Miriam, il lui donnerait des instructions pour accomplir un autre travail.

Quand Eduardo entre dans le bar, Miriam est installée à une table et fait semblant de lire. Ils se saluent comme deux vieux amis. Assis dans un fauteuil du hall, Frank peut contrôler le bar et l'entrée de l'hôtel.

— Miriam, avant tout, j'ai besoin que tu répondes à cette question : tu es la mère de Luz ? On s'arrangera pour que tu puisses la voir, je te le promets.

— Non, je ne suis pas sa mère, pas plus que tu n'es son père, même si sur un point nous sommes pareils, la même merde : je voulais cette petite pour moi. Pendant que toi et ta femme prépariez probablement la chambre de Lili...

— Lili ?

— Oui, je l'appelais Lili. Moi aussi je préparais sa chambre, avec des oursons sur les murs. On me l'avait promise. Mais Lili n'est pas de moi, ni de ta femme, ni de toi. Elle est la fille de Liliana. De Liliana, je ne sais même pas qui, et d'un certain Carlos, un type qui a dû être tué. Liliana, d'où Lili. Elle était chez moi, pendant que ta femme se rétablissait. Ça a changé ma vie. Alors je...

Eduardo ne comprend rien, une seule question lui brûle les lèvres : Eux, Liliana et Carlos, ce sont des disparus ?

— Oui. Mais je ne savais pas ce qu'ils faisaient quand la Bête m'a promis un bébé.

— Moi non plus. Je l'ai appris très récemment, même si cela te paraît incroyable, et j'ai besoin de tout savoir. S'il te plaît, raconte-moi.

— J'ai promis à Liliana de dire à la petite qui étaient ses vrais parents et qu'ils ont été tués parce qu'ils voulaient une société plus juste. Mais j'ai eu très peur, vraiment, et j'ai fui pendant des années. Je suis venue pour la sauver de... vous, et lui apprendre la vérité sur ses origines.

— Je vais tout lui dire, je te le promets.

Miriam explique à Eduardo qui est la Bête, les journées de Liliana et de la petite chez elle, au fond les premiers jours de Luz, et ce que Liliana lui avait raconté, la fuite ratée.

Elle t'émeut cette femme, une pute, c'était donc vrai, elle a eu le courage que tu n'as pas eu, tu es atterré, tu souffres de ces balles qui ont criblé le corps de Liliana, de ces années de tromperie, de ton lâche aveuglement, de ton égoïsme.

— Tu vas le dire à Lili ?

— Plus que ça, lui répond Eduardo. J'ai une amie qui est en contact avec l'organisation des Grands-Mères de la place de Mai.

Il va révéler toute l'affaire, avouer sa participation, et elle, Miriam, pourra l'aider, si elle en a envie. Nous devons le faire.

Oui, ils le feront, parce qu'ils ont été deux dégueulasses, chacun dans leur style, mais...

— Mais tous les deux nous aimons beaucoup Luz.

Le regard humide de Miriam se perd dans la fenêtre. Eduardo ne comprend pas cette panique soudaine, cette terreur sur son visage, pourquoi elle se lève brusquement et lui dit :

— La Bête ! Préviens Frank, il est dans un fauteuil du hall.

Elle part en courant s'enfermer aux toilettes. Eduardo va dans le hall et croise deux hommes qui marchent d'un pas décidé vers la réception. Les mots se bousculent quand il rejoint Frank.

— La Bête est à la réception, Miriam cachée dans les toilettes.

Les mains d'Eduardo tremblent, il essaie d'allumer une cigarette.

— La Bête te connaît ? Il t'a déjà vu ? lui demande Frank.

— Non. Jamais. Je ne savais pas qui c'était jusqu'à aujourd'hui.

Frank laisse la clé de la chambre sur le fauteuil.

— Monte. Et ne réponds pas au téléphone, ils peuvent me chercher, moi aussi. Je frapperai trois coups à la porte pour que tu m'ouvres.

Frank se leva et entra dans la cabine téléphonique, d'où il pouvait observer la réception. La Bête venait vers lui. Frank sortit l'air distrait et alla au bar. Il vit la Bête sortir de la cabine, faire un signe à son acolyte et quitter l'hôtel.

Il appelait de la cabine de l'hôtel, expliqua-t-il au général Dufau, il était possible que Miriam et son type soient descendus ici, mais ils n'étaient pas...

Alfonso l'interrompit. Il n'y a plus de temps à perdre. Ne restez pas là.

Il y avait maintenant un autre ordre. Il lui donna tous les renseignements : nom, âge, description physique, adresse du bureau, du domaine, de la maison (mais là, pas question, c'est compris ?), du domicile du frère, modèle et couleur de la voiture. Il saurait comment s'y prendre. L'essentiel : pas de témoins et traces évidentes de cambriolage.

— C'est également une question d'heures. Et cette fois n'échouez pas, sinon votre carrière est finie.

Le sergent-chef Pitiotti aurait pu repérer la voiture d'Eduardo garée à quelques mètres de la sienne, mais l'urgence du plan à organiser et l'ordre du général d'abandonner cet hôtel où il n'avait rien trouvé le firent démarrer précipitamment. Une question d'heures, lui avait dit Dufau. Premier endroit, le bureau.

La conversation entre Miriam, Eduardo et Frank, dans la chambre, ne dura pas plus de vingt minutes. Eduardo parlerait à son amie le soir même, ou demain matin, pour voir avec elle ce qu'il fallait faire. Est-ce que Miriam se sentait prête à témoigner ? Ils pourraient y aller ensemble.

— *Miriam pourrait témoigner maintenant aux procès qui sont instruits à Madrid. Elle a assisté à l'assassinat de Liliana. Et elle peut aussi rapporter ce que Liliana lui a raconté, dit Carlos. Mais continue, continue.*

Eduardo devait encore régler quelques affaires, passer au domaine, chez lui, appeler son beau-père pour lui laisser entendre qu'il ne ferait rien, qu'il abandonnait et que Miriam avait disparu d'Entre Ríos, ce qui pouvait arrêter la chasse. Il devrait aussi appeler sa femme.

Miriam et Frank sursautèrent.

— Non, ne vous inquiétez pas, je ne lui dirai rien de ce que tu m'as raconté.

Frank dit qu'ils n'avaient plus rien à faire ici, que c'était vraiment trop risqué pour eux et qu'ils partiraient le soir même.

D'une voix fêlée, comme s'il s'excusait, Eduardo leur dit qu'en plus de ces affaires à régler, il voulait voir Luz ce soir, être avec elle, lui raconter un conte, enfin, lui dire au revoir. Et demain à midi, avec tous les renseignements qu'il donnerait à son amie, il passerait les voir pour mettre au point une stratégie, nous ne devons pas faire le moindre faux pas.

Frank avait dit lui-même qu'ils ne couraient aucun danger à l'hôtel, le réceptionniste l'avait salué en souriant, sans un seul mot pouvant indiquer qu'il avait été questionné à leur sujet. La Bête, évidemment, ne connaissait pas leur nom d'emprunt. Sur ce point, Frank était d'accord, mais il voulait s'éloigner d'ici le plus vite possible. Il ne comprenait pas pourquoi ils devaient aller déposer plainte ensemble.

Miriam s'adressa à Frank :

— Eduardo a besoin de ce temps, lui dit-elle en l'implorant du regard. Et... il veut passer quelques heures avec Lili.

Frank ne répondit pas. Il était évident qu'ils avaient besoin l'un de l'autre, besoin de se donner du courage.

— À midi, au plus tard, je serai ici et on se mettra d'accord. Je ne veux pas faire d'erreur, dit Eduardo pour tenter de convaincre Frank.

La pudeur, sans doute, ou la présence de Frank poussèrent Eduardo à tendre la main à Miriam, mais elle, plus impulsive, le serra dans ses bras.

Eduardo avait lui aussi les yeux humides quand il répondit au geste de Miriam. Ils se sentaient unis et forts.

Et il aime bien Frank, ce sourire léger, mais qui soulage Eduardo quand ils se serrent la main.

Il passe en coup de vent au bureau pour appeler Dolores. Il a appelé Javier ce matin en lui disant qu'aujourd'hui ses doutes seraient dissipés, mais qu'Alfonso lui a confirmé que Miriam était une pute. Il le rappellerait ce soir. Non, il vaut mieux ne passer aucun appel du bureau. Il utilisera le téléphone du domaine, il peut y être en vingt minutes. Il doit impérativement voir le régisseur pour qu'il lui remette un rapport et lui donner des instructions. Après, il s'enfermera pour téléphoner.

Du bureau il appelle Mariana : dans une heure, une heure et demie, il sera à la maison et il aimerait que Luz dîne avec eux.

Pendant ces vingt minutes de route qui te conduisent au domaine, tu imagines tout ce que tu diras à Dolores, peut-être seulement l'essentiel, pour qu'elle te conseille. Tu lui diras, ça oui, que tu l'aimes, que tu l'aimes beaucoup, que tu as besoin d'elle. Elle t'a appelé aujourd'hui, mais tu lui as seulement dit que tu allais voir ton amie et que demain tu lui donnerais des nouvelles. Ta façon de répondre lui a peut-être paru froide ou étrange, mais Dolores aura compris que tu prends des précautions, ainsi qu'elle te l'a demandé.

La force et la joie que te donne son amour, mais il y aussi la douleur, la terrible douleur de perdre Luz. Tu demanderas à Dolores si elle pense qu'on te laissera la voir, malgré ce que tu as fait.

La camionnette du régisseur n'est pas là, pas de chance, Eduardo devra revenir demain matin à la première heure. Il va au téléphone.

La mère de Dolores lui dit que sa fille est sortie, qu'elle reviendra un peu plus tard. Vous voulez que je lui dise quelque chose ?

— Oui, que je l'aime beaucoup, et que je l'appellerai demain.

Il est tard, mais il vaut mieux parler maintenant à Javier, de chez lui ce sera plus compliqué. Javier n'est pas là, il dit à Laura qu'il fera probablement un saut chez eux après dîner.

Eduardo sort rapidement, mais n'a pas le temps de refermer la porte du bureau, le coup l'atteint violemment.

— *Une balle dans la tempe, un braquage, dit Luz d'une voix où se mêlent indignation et douleur. Laura n'y a jamais cru. Ni Dolores.*

— *Et toi ?*

— *Moi si, c'est ce qu'on m'a dit toute ma vie. Je le croyais encore il n'y a pas si longtemps, jusqu'à ce que je reconstruise cette histoire et maintenant... maintenant j'ai les mêmes soupçons que Laura. Et cela aussi, fit-elle d'une voix énergique, je veux le tirer au clair. Javier a fait toutes les démarches possibles auprès de la police, mais elle n'ont abouti à rien. Ce n'était pas l'époque de la vente de la récolte, et son frère n'aurait jamais résisté à un braquage. Le portefeuille, la montre. Javier, qui avait vu son frère si désespéré, a même pensé qu'il s'était suicidé et que Mariana et les Dufau avaient inventé ce braquage pour justifier la balle dans la tempe. Mais un suicide aurait nui à Mariana. Laura a toujours pensé que ce n'était ni un suicide ni un braquage mais un assassinat pur et simple.*

Amalia se sentait un peu triste après avoir parlé à sa fille.

— Elle est morte d'inquiétude parce qu'Eduardo n'est pas rentré. J'ai eu du mal à lui dire : Ne t'en fais pas, il ne tardera pas. Tu crois qu'elle va beaucoup souffrir ?

Depuis que la Bête lui a dit « mission accomplie », Alfonso se sent enfin soulagé, après tous ces jours de tension. Il s'emploie à rassurer sa femme : ils se chargeront de la consoler, mais pense, Amalia, pense à ce qu'elle aurait souffert si on avait laissé ce cinglé continuer. Abandonnée par son mari, privée de sa fille. Le scandale et le danger pour nous tous.

— Oui, tu as raison. Et Marianita est jeune, et si jolie, si gentille. Elle pourra refaire sa vie.

Et ce fut à cet instant qu'Amalia eut une idée qui la fit sourire. La première qu'elle appellerait pour l'informer de la triste nouvelle serait Inés Ventura.

— *Il y avait des années qu'Amalia rêvait de se lier aux Ventura. Elle les admirait. Des années auparavant, à la naissance des sœurs jumelles de Mariana, elle avait demandé à Inés et à Daniel, qui était jeune alors, d'être les parrains de ses filles. Et Daniel, à l'époque où Eduardo a été tué, venait de divorcer.*

À midi et demi les bagages sont prêts. Miriam insiste pour attendre encore un peu, Eduardo ne devrait pas tarder. Oui, ce serait vraiment très difficile pour lui, comme disait Frank, mais elle était sûre que sa femme n'arriverait pas à le dissuader, ni les menaces de son beau-père.

— *Frank devenait de plus en nerveux, il est descendu au bar de l'hôtel. C'est là qu'il a appris la mort d'Eduardo. Eux non plus n'ont pas cru à cette histoire de braquage. Il a aussitôt demandé la note.*

Il prit Miriam dans ses bras : Ils l'ont tué, ils l'ont tué hier soir.

— *Ils ont quitté immédiatement l'hôtel. Deux jours après ils étaient aux États-Unis, où ils vivent encore. Miriam avait très peur. Elle ne pouvait plus rien faire. J'ai été bouleversée quand elle m'a parlé de papa, elle le pleurait comme si elle avait perdu un ami d'enfance.*

Carlos pressa sa main sur celle de Luz, il pouvait maintenant accepter ce « papa » de Luz, qui l'avait tant irrité pendant toute la conversation.

Simplement savoir qu'il est né en bonne santé et que c'est un garçon, même si elles ne savent pas où il est ni avec qui, c'est déjà être près de lui. C'est ce que ressentent Dolores et sa mère. L'espoir de le retrouver grandit considérablement, il y a du concret maintenant : elles recherchent un enfant né fin juillet 1976, à l'hôpital de Campo de Mayo.

Dolores a tellement envie de partager avec Eduardo cette joie angoissante que lui a causée la nouvelle. La dénonciation est parvenue aux Grands-Mères, par téléphone, l'homme n'a pas voulu donner son nom, il avait très peur, évidemment. Il avait vu Mirta Ballerini, la compagne de Pablo, au service d'épidémiologie, dans la salle des hommes de l'hôpital Campo de Mayo, et pouvait affirmer qu'elle avait eu un garçon, en bonne santé, et qu'elle l'avait appelé Pablo. Mirta l'avait supplié d'appeler sa famille. Il lui avait dit qu'il le ferait, mais il ne l'avait pas fait, il ne pouvait pas, il semblait s'excuser. C'était tout ce qu'il savait. Et il avait raccroché. Son témoignage recoupait d'autres informations, expliquèrent les Grands-Mères. Dans cette salle étaient regroupées les femmes enceintes de plusieurs centres de détention que l'on emmenait à l'hôpital pour accoucher.

Le sort de Mirta était facile à deviner : le transfert, la mort. Mais pas celui de l'enfant. De toute façon, Dolores sait qu'elle ne lâchera pas prise, ni elle, ni sa famille, ni les Grands-Mères, avant d'avoir retrouvé ce neveu, que déjà elle imagine : les yeux, les taches de rousseur, les boucles, le sourire. Et elle se dit que oui, elle le retrouvera. Et elle se sent tellement heureuse qu'elle a envie d'en parler tout de suite à Eduardo, elle ne peut pas attendre.

— Non – la voix hésite –, vous êtes une amie ?

C'est la secrétaire qui lui a déjà répondu plusieurs fois, Dolores craint qu'elle veuille vérifier quelque chose. Oui, une amie, c'est personnel.

— Je regrette... de vous informer que monsieur Eduardo Iturbe est décédé hier soir.

Elle ne comprend quasiment rien de ce que lui explique cette secrétaire qui pleure en lui parlant d'un cambriolage, d'un coup de feu, de Dieu sait quel problème avec la veillée funèbre, mais que l'enterrement est prévu pour... Dolores raccroche et reste immobile, sans une larme, jusqu'à ce que sa mère s'approche, et quand elle se retrouve dans ses bras : ils l'ont tué, ils ont tué Eduardo. Elle est certaine qu'ils l'ont tué.

— *Dolores a raconté tout ce qu'elle savait à sa mère. Parce que c'est elle, Susana Collado, qui a parlé aux Grands-Mères, en 1983, de cette enfant qu'avait la fille du général Dufau, veuve d'Eduardo Iturbe, une enfant née probablement en captivité, bien qu'elle ne puisse pas l'affirmer. Dolores n' a pas pu apprendre ce que s'étaient dit Miriam et Eduardo. C'est moi qui le lui ai raconté. Mais les informations données par Susana Collado sont restées sans suite, parce qu'il n'y avait personne de l'autre côté, du côté de mon sang, personne ne me cherchait. Mais c'est cette remarque de Susana qui m'a permis de faire, ce qu'on m'avait refusé au début, une analyse de sang.*

TROISIÈME PARTIE

1995-1998

CHAPITRE TREIZE

Je m'asperge le visage, la tête, pour essayer d'éteindre cette chaleur, cette rage, cette envie de me précipiter sur n'importe quoi, ce désespoir où me laisse la dispute avec maman. Je me jette sur le lit et je respire, je respire profondément.

Je me répète des centaines de fois que je ne dois pas l'écouter, et encore moins réagir à ce qu'elle dit et lui répondre, parce que c'est pire, mais elle est si habile à frapper là où ça me fait le plus mal que parfois je ne peux pas résister.

Ça commence toujours pour un rien. Aujourd'hui c'était à cause de la voiture, mais peu importe la raison, tout est bon, un mot de travers, un autre, et sa fureur se déchaîne contre moi, grossit, grossit, prend de telles proportions que je ne sais plus ce qu'elle dit ni pourquoi j'essaie de me défendre. Ses attaques sont chaque fois plus violentes, ses paroles m'embrouillent et je suffoque de rage, d'impuissance, de douleur. Alors, quand je n'en peux plus, je cours m'enfermer dans ma chambre et je sens quelque chose en moi qui va exploser. Parfois je m'en vais parce que j'ai peur de cette envie de lui faire du mal. Mais je ne peux pas ; elle, si. Pourtant l'autre jour, je lui ai dit de tout, j'ai été blessante, teigneuse, mais si je l'ai regretté et lui ai demandé pardon, c'est clair qu'elle ne l'a pas encore digéré.

Je voudrais quitter la maison. Je n'en peux plus. Mais comment, avec quel fric ? Ils ne vont pas me donner un sou. Je pourrais travailler. De toute façon, maman n'accepterait pas. Mais pourquoi, puisqu'elle ne me supporte plus ? « Parce que ça ne fait pas bien. » Moi je m'en fiche que ça ne fasse pas bien.

— J'irai voir le juge, tu es mineure et jusqu'à vingt et un an tu feras ce que je te dirai de faire.

Et Daniel, avec son petit sourire en coin, cet hypocrite. Ça lui fait plaisir quand maman se dispute avec moi et qu'elle me sort ce genre d'énormité. Parce que lui aussi il me déteste. Et ce n'est pas depuis que j'ai fait cette remarque à maman sur ses affaires, non, là ça s'est aggravé, il ne m'a jamais aimée, jamais.

— Quelle mouche t'a piquée, Luz ? me demandait Daniel. Tu es de mauvaise humeur ou tu es triste ?

— Elle est comme ça, tu sais bien, depuis toute petite. C'est génétique. Toujours angoissée, toujours son air de chien battu.

En un sens, maman a raison. J'ai toujours eu des moments d'angoisse, d'inquiétude. Je ne sais pas quoi faire, je sens que je ne suis pas à ma place, pas chez moi. Et ce n'est pas seulement à cause des scènes avec maman et des regards de Daniel qui me mettent mal à l'aise, ou de ses gorilles, parce qu'avant c'était pareil, sans raison. La peur de quelque chose que j'ignore, comme s'il y avait sur moi un poids énorme. Ou qu'à tout moment quelqu'un, quelque chose va m'attaquer.

Quand j'étais gosse et qu'on a déménagé à Buenos Aires, Entre Ríos me manquait, papa me manquait, et je n'aimais pas que maman se soit mariée si vite avec Daniel, ni vivre chez lui.

— *Sept mois après la mort de papa, nous nous sommes installées à Buenos Aires dans l'appartement de Daniel. Il était venu à l'enterrement, et plusieurs fois à Entre Ríos. Je suis sûre que ce mariage a été arrangé par Amalia et la mère de Daniel, Inés Ventura. C'était cette famille, des amis des Dufau, qui nous avait invités à Punta del Este l'été où Miriam m'a retrouvée. Les Ventura étaient très riches. Mariana veuve, c'était l'occasion rêvée de s'allier à eux. Daniel était beaucoup plus âgé que Mariana, dix-sept ans. Ils se sont mariés à l'église, bien qu'il ait été marié une première fois avec une divorcée mère de deux enfants. Ils se sont unis, comme disait Amalia. Je me souviens encore de ce mariage, tous heureux et moi pleurant. Maman m'a toujours reproché d'avoir pleuré ce jour-là.*

Mais j'ai fini par m'habituer à Buenos Aires, le collège, les copains, le vélo, le fleuve. Quand on a déménagé à Martínez, j'ai pensé que ça allait me passer, ce truc de ne pas me sentir chez moi. C'était notre maison, pas celle de Daniel, et pourtant quelque chose me manquait, pas Entre Ríos, non, il y avait un vide, un manque de quelque chose que je ne connaissais pas. Comme la peur quand il n'y a pas de danger précis. Quelque chose d'informe qui me guette tout le temps. Quelque chose d'ancien qui m'accompagne toujours, c'est sûrement « génétique », comme dit maman.

Pourquoi ? je lui ai demandé plusieurs fois. C'était pareil pour papa, il avait peur, il était inquiet ? Parce que si c'est génétique, ça doit venir de lui. De papa, je me souviens quand il me racontait des histoires, quand on se promenait à cheval, il souriait, il n'avait pas l'air angoissé. Mais peut-être que je ne m'en rendais pas compte, j'avais sept ans quand il est mort. Maman ne me répond jamais. Elle fait celle qui ne peut rien dire. Et si j'insiste : Écoute Luz, ne me fais pas dire ce que je ne veux pas dire.

Un jour j'ai pensé que papa était peut-être comme moi, cette tristesse... je ne sais pas comment s'appelle cette maladie, on ne l'avait peut-être pas tué, il s'était suicidé et c'est pour ça que maman fait cette tête quand je lui pose la question.

— *Moi aussi, comme Javier, mais pour des raisons différentes, je me demandais si papa ne s'était pas suicidé.*

Un après-midi où je me sentais mal et qu'elle m'a ressorti le « c'est génétique », je lui ai carrément posé la question : Papa s'est suicidé ?

— Non, il ne s'est pas suicidé, il a été tué dans un cambriolage, au domaine. D'où sors-tu ces idées-là ? C'est cette sinistre chose noire qui est en toi, depuis toujours, et qui te met des absurdités en tête.

— *Et plus que les mots, c'était son regard, ce... désarroi, comme si elle se demandait d'où lui était venue une fille pareille, et comme si quelque chose en moi lui faisait peur. Quelque chose que je pensais, ou sentais... ou que je faisais. C'était le cas quand elle me voyait danser...*

Luz tourna la tête pour cacher son trouble à Carlos et resta silencieuse un long moment.

Elle a peut-être raison, c'est cette chose noire, sans nom, qui ne laisse rien voir, et que j'ai toujours eue.

— *Comme le bandeau des prisonniers. Une chose noire qui ne laisse rien voir. Mais tu l'as enfin enlevée.*

— *Il m'a fallu vingt ans !*

Gabi me dit que ce sont des bêtises, tout ça parce que j'ai peur de Daniel, et j'ai raison d'ailleurs, car c'est un sale type. C'est ce qu'a répondu sa mère quand Gabi lui a dit qu'elle ne pouvait pas sentir le mari de maman, elle le détestait, il la regardait bizarrement, comme un vicieux, et elle avait peur de ces gorilles qui sont toujours à la maison, les gardes du corps de Daniel.

— C'est un type qui fait des affaires louches, un mafieux, c'est pour ça qu'il est protégé, pas parce qu'il a beaucoup d'argent. Le père de Marita est plein de fric, mais il n'a pas de garde chez lui. Je ne veux pas en rajouter, mais Vale, qui est de la famille de son ex-femme, m'a dit qu'il s'était conduit comme une ordure avec elle. C'est pour cela qu'elle l'a largué. Et ni elle ni ses enfants ne veulent plus le voir. Tu as peur de lui, parce que tu dois sentir qu'il est dangereux. Et puis arrête de penser à des choses bizarres, ce truc de génétique de ta mère, c'est une connerie.

— *Je n'ai jamais supporté Daniel. Et pendant l'adolescence, il est devenu pour moi quelqu'un de vraiment détestable, qui m'inspirait une horrible méfiance, de l'appréhension. C'est à cause de lui que j'ai toujours voulu quitter la maison. Je sentais que vivre avec eux n'était pas quelque chose... de naturel. Je mettais cela sur le compte de mes disputes avec maman, de mon malaise avec Daniel, mais depuis que je me suis mise à rechercher ma propre histoire, je pense que ce manque de naturel, cette sensation de ne pas être chez moi était peut-être une intuition de ma véritable histoire. C'est compliqué à expliquer... c'est devenu très net pour moi à la naissance de mon fils. À ce moment-là, j'ai commencé à chercher un fil conducteur, quelque chose qui me ferait voir sous un jour nouveau tout ce que j'avais vécu si difficilement. Et je l'ai trouvé, dit Luz en un sourire triomphant. Je suis là, à Madrid, avec toi.*

Gabi ne peut pas blairer maman, elle ne le dit pas mais c'est évident. Surtout depuis que je lui ai raconté la réaction de maman quand je lui ai dit que je savais que Daniel avait besoin de protection à cause de ses affaires louches.

— Elle a nié, m'a dit Gabi, j'en suis sûre, mais c'est vrai, je le sais, papa et maman l'ont dit. Et plein de gens le savent. Il a fait des trafics à l'époque des militaires, et maintenant il en fait avec ce gouvernement.

Maman n'a pas nié, mais pour elle ce n'était pas important. Et moi, furieuse, j'ai exigé qu'elle me dise ce que faisait exactement Daniel, parce que je ne savais pas. Elle a répondu que les femmes ne comprenaient rien aux affaires et qu'elle ne se mêlait pas de ce que faisait son mari, et il ne manquerait plus qu'une morveuse comme moi y fourre son nez, je n'avais pas tout ce que je voulais ? Je devrais plutôt me montrer très reconnaissante envers Daniel.

— *Mariana m'a toujours reproché mon ingratitude, de ne pas savoir gré à Daniel de me donner tant de choses alors qu'il n'était pas mon véritable père. Aujourd'hui, je crois qu'en disant cela elle pensait à elle-même et que c'était envers elle que j'aurais dû me montrer reconnaissante, elle qui me donnait tant alors qu'elle n'était pas ma mère. En effet, des choses, elle m'en a beaucoup données.*

— Il est passé en procès, mais comme il a beaucoup de fric, il s'en est tiré. Il a dû acheter les juges et étouffer l'affaire. Ta mère ne peut pas ne pas savoir ce qu'il fait, elle est mariée avec lui, s'indigna Gabi. Ou alors elle ne veut pas savoir.

Je n'ai plus jamais questionné maman là-dessus, à quoi bon puisqu'elle ne dira rien et se mettra en colère parce que je me mêle de ce qui ne me regarde pas. Je n'ai rien dit non plus sur le garde du corps de Daniel. Ce type me faisait peur quand il me regardait, aussi j'évitais d'aller au jardin quand il s'y trouvait. Mais un après-midi qu'il n'y était pas, je prenais un bain de soleil et tout à coup je sens sa main sur moi. J'ai bondi et je l'ai fixé droit dans les yeux, folle de rage, c'était de la rage plus que de la peur : Si tu recommences, tu vas le regretter. Et il n'a plus essayé.

Je ne l'ai pas dit à Daniel, après tout lui aussi me regarde bizarrement et je ne sais plus où me mettre. Il peut pas me sacquer, mais ça ne l'empêche pas de me regarder... je ne sais pas, comme si je lui plaisais. Deux fois je l'ai surpris à me lorgner à la porte de ma chambre, et j'étais bien plus jeune. Alors, maintenant, quand je me change, je ferme la porte à clé. Si je racontais à maman que le garde m'a pelotée et que j'ai vu Daniel en train de m'espionner, je suis sûre qu'elle prétendrait que c'est ma faute, ou que j'invente. Elle dirait que c'est cette chose noire que j'ai dans la tête, ou pire, dans mon corps, cette chose qu'elle voit en moi depuis le jour où elle est passée en voiture au bord du fleuve et qu'elle m'a trouvée en train d'embrasser Guillermo, mon petit ami. Ou peut-être avant, quand je dansais.

Carlos finit par rompre le silence d'où Luz semblait ne pas pouvoir sortir, perdue dans des souvenirs dont la douleur se lisait sur son visage.

— *Quand tu dansais ? Qu'est-ce qui se passait quand tu dansais ?*

— *Je ne sais pas. Mariana ne pouvait pas le supporter. J'ai tou-*

jours aimé danser. Cela me rend joyeuse, me détend. Au début, elle ne disait rien, elle arrivait, coupait la musique et me regardait étrangement. Jusqu'à ce qu'un après-midi, je devais avoir... treize ans, j'étais sur la terrasse donnant sur le jardin et je dansais avec la musique à fond. Je sentais bien qu'en dansant devant maman, ça allait mal finir. Ce fut brutal, horrible. Elle s'est mise à crier : comment peux-tu danser comme ça, et je ne sais plus quoi, où est-ce que j'avais appris à me tortiller de cette manière, je devrais avoir honte, je ressemblais à une... – Luz s'interrompit, comme si elle ne pouvait pas prononcer ce mot, ou évoquer cette scène devant Carlos – Après, bien sûr, je me suis bien gardée de danser quand elle était à la maison. Je dansais dans ma chambre, porte fermée. Ou quand ils sortaient le soir, quel plaisir, toute la terrasse, toute la maison pour moi seule. Alors je dansais à n'en plus finir... – Elle eut un sourire clair, lumineux. – J'avais quand même de bons moments. – Et elle adressa à Carlos un regard brillant. Après tout ce que je t'ai raconté, tu dois penser que mon enfance et mon adolescence n'ont été que pure angoisse. Mais non. L'angoisse était là, les crises avec maman, mon malaise avec Daniel, mais il y avait aussi tout le reste, j'avais du plaisir à danser, à rêver, à lire, j'aimais le soleil, les balades en vélo, nager, sortir avec mes copains, et... bien des choses encore.

Maman est descendue de la voiture. Je ne l'ai vue qu'au dernier moment, quand elle m'a tirée par le bras : « Qu'est-ce que tu fais là ? » Elle criait comme un putois.

On s'embrassait, c'est tout. Elle m'a traînée et poussée dans la voiture et dit à Guillermo qu'elle ne voulait plus le voir à la maison. Dans la voiture, je lui ai fait une scène encore plus violente.

— Pourquoi tu as fait ça ? Tu es folle ? Guille est mon ami. Où est le problème ?

On criait toutes les deux en même temps. Le problème était que dans la rue n'importe qui pouvait nous voir, qu'est-ce qu'on allait penser de moi ? Et cela ne l'étonnait pas que je me comporte ainsi, comme une traînée, une petite pute, c'était génétique, mais elle allait me dresser.

Je ne couchais pas encore avec Guillermo, c'est arrivé plus tard, et je me demande jusqu'à quel point elle n'a pas influé sur cette décision : elle était tellement sûre qu'on avait déjà couché ensemble, pourquoi ne pas le faire ? Pour elle, ce sans-gêne dans la rue était la preuve que j'avais des relations intimes avec

Guillermo et qui sait avec combien d'autres. Elle m'a interdit de sortir avec lui : « Un enfant de parents séparés, il fallait que tu tombes sur lui ». Pourtant elle disait que c'était ma faute, j'avais dû le provoquer. Pour elle, c'était toujours la faute des femmes « parce qu'un homme ne passe pas les bornes avec une femme honnête ». Comme tant d'autres, cette scène s'est terminée par une gifle.

Avec Guille, nous avons continué à nous voir en cachette. Je séchais le collège et j'allais chez lui. Parfois, je sortais avec un de ces garçons qui plaisaient à maman et je me faisais raccompagner de bonne heure pour retrouver Guille qui m'attendait au coin de la rue, dans sa voiture. J'ouvrais le portail, comme si j'entrais à la maison, et dès que le lourdingue avec lequel j'étais sorti était reparti, je m'engouffrais dans la voiture de Guille et nous filions. Jusqu'à ce qu'une nuit je me fasse choper en descendant de sa voiture à l'instant même où ils arrivaient : l'émeute. Daniel exigea que Guillermo cesse de me voir.

Mais ce n'est pas pour cette raison que nous avons rompu, d'ailleurs notre relation a duré plus longtemps que prévu parce que cette interdiction de nous voir, imposée par maman, nous a incités à des tas de petits jeux amusants pour la contourner. Pourtant, Guille s'est servi de ce prétexte quand il a cassé avec moi : il a dit qu'il en avait marre de faire tous ces trucs ridicules et que mes parents étaient des malades. Il y avait déjà une autre fille qui lui plaisait et moi, pendant l'été, je me suis rendu compte que je ne l'aimais plus. Quand on s'est retrouvés à la rentrée, dans une discothèque, nous nous sommes dit la vérité. Je lui ai expliqué que de toute façon maman m'avait déjà fait des histoires pour un autre garçon, elle était comme ça. Maintenant on se voit de temps en temps, on se raconte des trucs, on est bons copains.

Guillermo pense que c'est à cause d'elle que personne ne me plaît en ce moment, parce que si chaque fois que je suis avec un garçon j'ai les mêmes problèmes, la vie ne doit pas être facile pour moi. Mais je ne crois pas. Ce qu'il y a, c'est que personne ne m'intéresse, ne me plaît vraiment. Maman ne me fait pas non plus une scène pour n'importe quoi, mais quand elle me demande ce que fait le garçon avec lequel je sors, où il vit, là elle a ces crises de folie, je ne sais pas comment les appeler autrement, elle veut savoir si je couche avec lui, ce genre de truc. Parce que le « petite pute », ce n'était pas seulement le jour où elle m'a vue avec Guille, elle me l'a sorti plein de fois. Il suffit même que je porte des fringues qu'elle trouve vulgaires. Elle ne voulait pas que j'aille à la fac avec la mini verte, on allait penser que je draguais les profs pour ne pas avoir à bûcher.

Le délire quand elle a su que c'était un professeur qui m'avait téléphoné, elle en parle encore. Je suis paniquée à l'idée que José me rappelle et que maman lui dise de tout. Il n'y a rien entre nous, jamais je n'ai eu l'idée de coucher avec lui, ni lui non plus, c'est un type mûr, marié, solide. Il m'appelait pour les travaux pratiques. Mais pour maman, la réalité c'est ce qui lui passe par la tête.

— *J'ai fait architecture, je n'ai pas terminé.*

L'autre jour, j'allais à la fac et j'étais très tendue parce que j'avais un examen et que je n'avais pas beaucoup dormi. Je me regardais dans le miroir quand maman est entrée dans la chambre et m'a demandé pourquoi je me regardais, j'avais l'air bizarre, une attitude de folle, de petite pute, est-ce que j'allais voir ce professeur ? Sans doute parce que j'étais nerveuse, je n'ai pas fait comme d'habitude, l'écouter comme on écoute la pluie, je lui ai volé dans les plumes. J'ai réagi avec une violence qui m'étonne encore.

— Quoi ? C'est génétique, ça aussi ? Qu'est-ce que tu veux dire ? Que tu étais pute avant ? Que j'ai hérité de toi ? – Elle était tellement sidérée qu'elle ne pouvait pas répondre, elle semblait chercher quelque chose, une arme, j'ai pensé. – Tu en parles tellement qu'on se demande si c'est pas toi la pute, après tout tu as épousé un vieux pour le fric. – Maman avançait vers moi avec le cintre qu'elle avait pris sur le lit, et moi je ne pouvais pas arrêter. – Il n'y a pas une grande différence entre toi et une pute, sauf que les putes sont moins hypocrites.

Et je suis sortie en courant avant qu'elle m'attrape. J'ai claqué la porte et je suis partie. Après j'ai regretté, je lui ai demandé pardon, je ne croyais pas ce que je disais, je savais qu'elle aimait Daniel, mais elle m'avait mise hors de moi et je lui avais dit n'importe quoi, c'est vrai maman, pardonne-moi. Mais elle est encore fâchée, elle bondit pour un rien, et aujourd'hui, à table, elle m'a encore fait une scène. Ça n'avait aucun sens. Je lui ai demandé si elle pouvait me prêter sa voiture pour aller à une fête, dans le centre.

— Une fête où ? Chez qui ? Elle était prête à se jeter sur sa proie, moi, et à me griffer de ses mots.

Mais elle n'a rien dit car elle connaît les parents de Veronica, des amis à eux, « une famille bien ». Alors elle a attaqué par un autre côté, qui sait si je n'allais pas rester seulement un petit moment chez eux et puis partir faire la pute par-ci par-là. Seule en voiture, la nuit. Et comme chaque fois que maman m'humilie, Daniel y prend plaisir et fait son petit sourire.

Un peu plus tard, elle entre dans ma chambre et pose les clés de la voiture sur la table de nuit.

— Tu peux les garder, je n'y vais pas. Je n'ai plus envie.

Et la voilà qui fait la gentille, allez ne sois pas bête, vas-y, je vais sûrement m'amuser et rencontrer des gens mieux que ceux que je fréquente ces derniers temps.

Elle trouve mes copains de la fac dangereux. Elle aurait préféré que je m'inscrive à l'université de Belgrano, et pas à l'UBA [1], comme je l'ai décidé. Elle a eu du mal à admettre que ce n'était pas un repaire de communistes, même Daniel s'y est mis : Les choses ont changé, Mariana, qui s'intéresse au communisme aujourd'hui ? Peut-être bien, mais pour elle ce n'est pas si sûr.

— Luz, tu devrais aller à cette fête, voir d'autres gens.

Je ne sais pas si j'ai envie d'y aller. C'est souvent le problème, soit parce qu'elle s'oppose catégoriquement à ce que je sorte, soit parce qu'elle me le demande. Et j'enrage d'agir en fonction d'elle : l'écouter ou lui désobéir, c'est pareil. Qu'elle arrête de me dire ce que je dois faire : je ne veux ni aller ni ne pas aller à l'anniversaire de Veronica, sur son ordre. L'idée d'y passer un moment et d'aller faire la pute par-ci par-là me revient en tête. Qu'est-ce que ça veut dire aller faire la pute par-ci par-là ? Non, je ne vais rien lui demander. Je me suis promis de ne plus me chamailler avec elle. À vrai dire, je n'ai pas envie d'y aller.

Gabi m'appelle et me demande si je peux passer la chercher. Elle aussi y va et elle finit par me convaincre.

1. Universidad de Buenos Aires.

« Faire la pute par-ci par-là » me trotte dans la tête et me fait presque plaisir.

— Bon, je suis chez toi à neuf heures, on mange un bout et on y va.

Ramiro n'avait pas envie de bouger, ils étaient bien ici, à blaguer, pourquoi aller à une fête où il y aurait plein de gens qu'il ne connaissait pas et n'avait pas envie de connaître.

— Je dois y aller, dit Rafael. Veronica serait déçue. C'est son anniversaire. Allez, accompagne-moi. En plus, j'ai dit que tu viendrais.

Il n'insista pas. Ils payèrent et sortirent. Dans l'ascenseur, Rafael lui demanda de ne pas le laisser seul si jamais il levait une fille, qu'il reparte au moins avec lui.

— Eh, je ne suis pas ta nounou.

Mais non, c'était juste pour éviter des problèmes avec son ex, Veronica, qui était encore amoureuse de lui.

— Du calme. D'abord je ne vais lever personne et puis on se barre quand tu veux.

Ils convinrent que si Rafael se retrouvait en position délicate, Ramiro viendrait à son secours en disant qu'ils devaient aller à une autre fête. Mais Ramiro n'en fit rien, car il ne vit pas les mimiques désespérées de Rafael : il était bien trop occupé à danser avec Luz.

— *J'ai connu Ramiro en dansant avec lui, dit Luz dont le visage s'éclaira. Nous sommes tombés amoureux en dansant.*

Rafael se mit à son tour à danser pour se rapprocher de Ramiro, et Veronica le suivit.

— Quel connard tu fais. Tu devais venir me dire qu'on partait à ta fête. Qu'est-ce que tu attends, lui glissa-t-il à l'oreille.

Mais Ramiro n'écoutait pas Rafael, il était absorbé par les virevoltes de Luz et guettait le moment de poser sa main sur sa taille, au bon endroit, maintenant, et il laissa Rafa sans réponse. Luz et Ramiro bougeaient au même rythme, comme s'ils le créaient dans l'instant. Leurs corps découvraient l'harmonie, le plaisir de danser ensemble une salsa, et toutes les musiques qui suivirent. Car après s'être dit leurs noms, ils n'arrêtèrent pas de danser. Ils avaient dansé des rythmes tropicaux, le rock, le reggae, déjà un long chemin ensemble. À un moment, Rafael exigea une réponse.

On s'en va ou non ? Ramiro ne le regarda même pas, ne quitta pas un seul instant des yeux le corps de Luz qui l'aimantait, ne cessa pas de suivre ses mouvements.

— Fais ce que tu veux, moi je continue de danser tant qu'elle n'abandonne pas.

Ce qui arriva longtemps après. La techno avait failli les décourager. C'est comme un téléphone qui sonne occupé, dit Ramiro, et Luz approuva, mais même la techno lui plaisait avec Ramiro.

Finalement, ce fut Luz qui jeta l'éponge.

— Je crève d'envie d'un Coca.

Et lui d'un gin tonic. Ramiro se souvint subitement de son copain.

— Je reviens. Je vais chercher Rafael.

Il ne le voyait nulle part. Il espérait qu'il soit parti, une foule d'images lui traversait la tête pendant qu'il le cherchait au living, sur le balcon, dans le couloir : il se voyait quittant la fête avec Luz, parlant avec elle, l'embrassant. Mais Rafael était là, il remontait le couloir du pas de quelqu'un qui a de nombreux verres dans le nez.

— Désolé, dit Ramiro.

Rafael lui posa la main sur l'épaule et l'accompagna jusqu'au living. Il n'avait pas à être désolé, bien au contraire, s'il n'avait pas rencontré cette minette, qu'est-ce qu'elle est bien roulée, Rafael aurait commis l'erreur de sa vie en quittant l'anniversaire de Veronica. Et penchant la tête, les yeux brillants : Vero prend une douche pour être plus présentable, elle dit que ça se voit beaucoup... le sexe, crie Rafa à l'oreille de Ramiro.

— Où elle est, la danseuse ? Je veux la remercier.

Le baiser et les paroles enthousiastes de Rafael firent beaucoup rire Luz.

— Je suis bien contente de t'avoir aidé à retrouver Veronica, mais remercie plutôt, zut, je ne sais plus comment tu t'appelles.

— Tu ne sais même pas son nom ! Et lui, regarde-le. Crois-moi, c'est la première fois, et je le connais depuis des années, que je le vois aussi amoureux.

Vero les rejoignit, Rafael l'enlaça et redoubla d'enthousiasme alcoolisé : Mais regarde-les, eux aussi sont raides amoureux. Quelle bonne énergie, ton anniversaire ! Viens, on va danser.

— Je m'appelle Ramiro. Et toi, Luz, si je me souviens bien.

— Tu es rentrée tard hier soir. Tu es allée ailleurs après ?

De nouveau elle me cherchait, mais j'étais de si bonne humeur que je n'ai pas relevé.

— Non, je suis restée à la fête chez Veronica. Je me suis beaucoup amusée.

Je la voyais prête à bondir, préparant une de ses petites phrases, mais je ne lui ai pas donné ce plaisir.

— Merci pour l'auto, maman.

Et je suis partie sans lui laisser le temps de continuer. Cet après-midi je vais retrouver Ramiro et je ne veux pas qu'une dispute avec maman me gâche le plaisir. Hier, heureusement, j'avais tout oublié quand Ramiro a dansé avec moi. La rigolade avec Gabi et la bonne musique m'avaient libérée de toute cette tension avec maman. À peine arrivée à la fête, je m'étais mise à danser, je n'avais envie de parler à personne. Et lui ne m'a pas parlé, il est juste venu en face de moi et là, il a été génial, il a suivi tous mes mouvements, comme dans un miroir, jusqu'à ce qu'il attrape ma main et me fasse tourner, après c'est moi qui ai imité ce que Ramiro inventait. J'avais l'impression de voler, de nager, de créer avec lui de nouvelles formes et même de nouveaux corps. Je suis sûre que pour lui c'était pareil. Et dans la salsa, ses pieds et les miens, ses hanches et les miennes, on aurait dit qu'il y avait des années qu'on était partenaires. C'était merveilleux de danser avec lui. Quand on est allés boire, j'avais l'impression qu'on se connaissait depuis des lustres. Et quand son copain, le petit ami de Vero – qu'est-ce qu'il était bourré – a dit qu'on était amoureux, moi j'ai trouvé qu'il avait raison. Je ne sais pas, comme ça, là, c'était peut-être un peu ridicule parce que je ne me rappelais même pas son nom, mais le fait est que lui et moi on est tombés amoureux en dansant.

Après on n'a pas beaucoup parlé, à vrai dire. Presque pas. C'était bizarre. Mais moi ça m'a plu qu'il ne soit pas très bavard, parce qu'à un moment j'ai pensé : s'il danse comme ça et que c'est un taré, ce serait dur. Il me plaisait, je voulais que ça continue, et quand on s'est assis, bien calmes, pour boire un verre, je continuais à l'imaginer en train de danser parce que je ne voulais pas casser cette magie. Il ne m'a rien demandé, ni moi non plus. Je ne sais pas ce qu'il fait ni quel âge il a, je sais seulement qu'il bouge d'une manière hallucinante, et qu'il a des belles mains et des yeux qui parlent plus que lui.

C'était bon de rester tout ce temps en silence. Je ne me sentais pas mal à l'aise de ne rien trouver à lui dire, nous étions autant en accord dans ce silence qu'en dansant.

Au bout d'un moment on a entendu une chanson de Caetano, je me suis levée, je l'ai regardé et il s'est approché, a posé sa main sur ma taille et on est repartis pour un tour qui ne s'est arrêté que très tard. Il n'y avait plus grand monde à la fête quand je lui ai dit que je devais partir.

— Je t'emmène, m'a-t-il dit laconique.

— Non, merci, je suis venue en voiture.

— Alors, je t'accompagne.

Je lui ai dit que non, j'habite loin, à Martínez.

— Peu importe.

— Tu ne vas pas pouvoir revenir de là-bas.

— Je me débrouillerai.

J'adore cette façon de dire juste ce qu'il faut, et j'avais envie qu'il vienne avec moi. En voiture non plus il n'a pas été plus bavard : il a juste dit que je conduisais comme je dansais.

— Comment ?

— Bien, avec assurance et le bon rythme. Et tu es très jolie.

Sa main m'a caressé la joue et j'ai senti combien il me plaisait.

Quand on a pris vers le fleuve, je lui ai dit qu'on était arrivés, il m'a demandé si on pouvait se voir aujourd'hui, et il notait déjà mon téléphone.

Je ne voulais pas ouvrir la porte du garage parce qu'elle faisait du bruit, maman risquait de l'entendre, de se pointer, de me faire une scène à cause de l'heure (il faisait presque jour) et de tout gâcher. J'ai arrêté le moteur et laissé rouler la voiture pas très loin de la porte d'entrée.

— Tu ne la rentres pas ? a demandé Ramiro.

— Non, j'ai la flemme.

Il m'a donné un baiser léger, aussi léger que ses paroles et je ne sais pas très bien ce qui s'est passé, si je l'ai regardé ou s'il a regretté, en tout cas le baiser suivant a été long et humide, j'en étais tourneboulée.

Je suis sortie de la voiture et entrée chez moi rapidement, sans le regarder. Je me suis assise derrière le portail, comme une idiote, à contempler le ciel merveilleux à cette heure, et quand j'ai estimé que Ramiro était déjà loin, je suis ressortie et j'ai rentré la voiture au garage, sinon maman allait me dire de tout.

— Luz, téléphone.

On doit se retrouver place San Isidro. À sept heures. Il voulait passer me chercher mais je n'y tiens pas. Maman et Daniel ne sortent pas aujourd'hui et je ne veux pas d'histoires : maman me demanderait qui c'est et moi je ne connais même pas son nom, ni ce qu'il fait, ni où il habite, ni rien de tous ces trucs qui l'intéressent. Et puis c'est sûr, Ramiro ne lui plairait pas de toute façon.

Luz continua à mentir pendant les trois premiers mois où elle sortit avec Ramiro, sans trop savoir pourquoi elle agissait ainsi. Elle se demandait comment Mariana trouverait Ramiro. Et la seule idée de dresser la liste de ses signes distinctifs pour voir lequel trouverait grâce aux yeux de sa mère, la rendait malade. Mais elle ne pouvait pas s'en empêcher. Qu'il vive à Palermo, cela lui semblerait bien. Luz était allée chez lui, avait rencontré sa mère et son mari, et n'avait rien trouvé qui pût en principe déplaire à Mariana. Sauf qu'elle ne lui dirait jamais qu'elle avait dormi avec Ramiro et que sa mère, le lendemain, quand elle les avait croisés dans la cuisine, l'avait saluée le plus naturellement du monde. Que le père de Ramiro fût mort et sa mère remariée, ne pouvait déranger Mariana puisque c'était aussi son cas. Il avait lui aussi été tué, mais pas dans un braquage : par les militaires. Ramiro avait cinq ans. Mais comment lui dire : quand tu connaîtras maman, il vaut mieux ne pas le lui raconter, elle est fille de militaire. D'un militaire sauvé par « l'obéissance due », comme lui avait dit son amie Natalia.

— *Je ne savais même pas ce que cela voulait dire. J'avais onze ans quand on a approuvé la loi dite d'« obéissance due ». Et comme tu peux l'imaginer, à la maison on n'en parlait pas. Ou alors je n'y faisais pas attention. Mais chez Natalia, une camarade de collège, on en parlait sûrement beaucoup, et c'est bien pour ça qu'un jour où on se disputait, je ne me souviens plus pourquoi, elle m'a lancé : Toi, ferme-la, parce que ton grand-père est un de ces salauds qui s'en sont tirés grâce à l'obéissance due. Quand j'ai demandé à Mariana ce qu'était cette obéissance due, elle m'a demandé d'où je tenais cela et m'a soumise à un véritable interrogatoire où j'ai fini par défendre Natalia, alors qu'on était fâchées à mort. Les parents de Natalia avaient rencontré maman, ainsi qu'Alfonso et Amalia, aux* sports [1] *du collège, auxquelles ils assistaient pour m'y voir.*

— Les « sports » ? l'interrompit Carlos. À quel collège étais-tu ?

— Sainte Catherine.

— Et qu'est-ce qu'elle t'a dit de l'obéissance due ? Quelle était sa version ?

— Mariana ne m'a rien expliqué, si ce n'est que les gens qui parlaient comme ça étaient des ordures, des subversifs, elle m'interdisait formellement d'adresser la parole à Natalia et ajoutait que c'était une honte qu'une fille comme elle soit dans le même collège que moi. C'est Natalia qui me l'a expliqué. Elle regrettait ses paroles et m'a demandé pardon. Elle m'a raconté qu'elle en avait entendu parler chez elle. Et sa mère, elle aussi, lui avait dit qu'elle n'aimait pas beaucoup qu'on soit amies, mais elle ne le lui interdisait pas. Je lui ai donc demandé de m'expliquer. Depuis treize ans elle était élevée dans une famille qui, je ne savais pas trop pourquoi, avait une conscience très différente de la mienne. J'en ai gardé une sensation confuse, je n'ai pas bien compris les explications de Natalia, mais à partir de ce moment, chaque fois que je voyais Alfonso je me sentais mal à l'aise. Pourtant il s'était toujours montré affectueux avec moi. C'était impossible de demander à Mariana et je n'osais pas en parler avec Alfonso et Amalia. De toute façon, je n'ai compris que beaucoup plus tard, grâce à Ramiro, et c'est devenu un chaînon supplémentaire de cette chaîne que j'ai assemblée et qui m'a conduite à... me chercher... me chercher moi-même.

Ramiro lui parla de la disparition de son père avec douleur. Ses parents s'étaient séparés deux ans auparavant, mais le père, « un type génial, fantastique », venait toujours le chercher. Sauf à deux ou trois reprises où sa mère l'avait emmené le voir. La dernière fois, ils étaient allés dans une maison, au Tigre, où il s'était caché.

— Je me souviens que papa et maman se sont embrassés quand nous sommes repartis. Et je me souviens aussi de ce que maman m'a dit plus tard : non qu'il était mort mais qu'il était

1. Exhibitions sportives dans les collèges anglais.

tombé et que, probablement, on ne le reverrait plus. Ils s'étaient séparés, mais ils s'aimaient.

Après la disparition du père, Ramiro et sa mère se sont exilés au Mexique, où ils ont vécu jusqu'en 1984. C'est là que Marta, la mère de Ramiro, s'est remariée avec Antonio, un autre Argentin exilé.

— *Ce que Ramiro me racontait de sa vie m'a fait voir autrement l'histoire de mon pays. Quand cette idée de faire des recherches est devenue une obsession – Luz sourit – il a été étonné, alors qu'il y était pour beaucoup. Mais ce n'était pas délibéré, cela faisait partie de sa vie, c'était ce qu'il avait entendu chez lui tout gosse, une autre histoire, une autre façon de parler, une autre vision du monde. Et surtout un autre degré de liberté et d'information.*

Ils étaient chez Ramiro quand il lui parla de l'expérience qu'il avait eue à l'âge de quatorze ans, quand il avait assisté à une séance du procès des militaires. Il s'était mis à lire, à dévorer les comptes rendus d'audience qui étaient publiés, en 1985, tout au long du procès, comme s'il allait ainsi retrouver la trace de son père ou le venger d'une manière ou d'une autre.

Luz buvait ses paroles avec avidité, observait son visage, s'émut au récit de cet après-midi où ces salauds de militaires avaient été condamnés à la réclusion à perpétuité et où Ramiro avait trinqué avec sa mère et Antonio.

— Puis il y a eu cette loi d'obéissance due, le point final et la grâce. Ils ont été graciés après avoir été jugés et condamnés, tu te rends compte ? Ah ! ce crétin de Menem. Ce pays est amnésique.

Obéissance due... Natalia. Comme bousculée par ces mots, Luz bondit hors du lit de Ramiro. Elle s'assit par terre en face de lui.

— C'était quoi cette loi d'obéissance due ?

— Luz, dans quel monde tu vis ?

— Je veux que tu m'expliques bien. J'étais toute gosse à l'époque.

— La loi d'obéissance due a été adoptée en 1987 et a signifié la liberté pour des centaines de tortionnaires et d'assassins, reconnus non responsables parce qu'ils ne faisaient qu'exécuter des ordres, comme si on pouvait obliger quelqu'un à commettre des actes aussi aberrants que ceux qu'ils avaient commis.

Luz parla si bas que Ramiro dut lui demander de répéter car il n'avait pas entendu. Et l'expression de son visage le poussa à se rapprocher d'elle et à la prendre dans ses bras.

— Qu'est-ce qui t'arrive ma belle, pourquoi tu es comme ça ?

Luz se tourna et répéta sa phrase en regardant de l'autre côté :

— Mon grand-père, le père de maman, est un de ces types, il a été sauvé par la loi d'obéissance due.

Honte, oui, j'ai eu honte de le lui dire, mais c'était aussi un immense soulagement. Je ne pouvais pas écouter tout ce que Ramiro me racontait, me sentir si proche de lui, si amoureuse, et continuer à cacher que mon grand-père était un « salaud de militaire », comme il dit. Et bien que Ramiro ait réagi en retirant son bras de mon épaule, en se levant et me tournant le dos, puis en braquant sur moi ce regard long et grave que j'ai soutenu en silence, j'étais contente de le lui avoir dit. Je m'étais enfin débarrassée de cette sensation de tromperie que je ressentais en passant sous silence ce que j'entendais chez moi, ou plutôt ce que je n'avais jamais entendu. Que savait Ramiro de moi, de ma vie jusqu'à hier : que je m'entends mal avec ma mère, qu'elle me fait des scènes à cause des garçons qui me plaisent, que je préfère qu'elle ne rencontre pas Ramiro et que je vis à Martínez. J'avais prononcé cette phrase et je me sentais enfin moi-même, quoi qu'il en dise, que je sois la fille ou la petite-fille de qui que ce soit, j'étais enfin moi-même, vraiment, aussi libre que lorsque je danse ou que nous faisons l'amour.

Quand Ramiro m'a dit : « En vérité, Luz, je suis dégoûté que tu sois la petite-fille de Dufau. Tu peux me comprendre ? » J'ai haussé les épaules, je ne trouvais pas de réponse. Qu'est-ce que je pouvais faire ? Je ne savais pas si je le comprenais, mais qu'il soit dégoûté me faisait mal. Je ne suis pas mon grand-père, je suis moi.

Je suis restée assise sur la moquette, en silence. Et Ramiro donnait des coups de poings sur son bureau comme s'il était très en colère.

— Je suis un imbécile, je n'aurais pas dû te dire cela. Mais je ne sais pas, ça ne m'est jamais arrivé, je n'ai jamais connu quelqu'un lié de près aux militaires. Et tu sais, Luz, ton grand-père était... Tu sais qui est ton grand-père ou non ?

Je fis un signe négatif de la tête, je me détestais de n'avoir jamais rien demandé. Depuis que Natalia m'avait dit ça, je crois que je n'avais pas voulu en savoir plus. Je me suis sentie très mal, alors il m'a prise dans ses bras, j'ai compris qu'il m'aimait, mais qu'on ne pouvait pas rester ensemble et je le lui ai dit.

Tout en lui parlant, je le couvrais de petits baisers, et lui aussi, jusqu'à ce qu'il s'écarte de moi. Il m'a dit qu'il ne se sentait pas bien, qu'il avait besoin de réfléchir, d'être seul, et qu'il valait mieux qu'il me raccompagne à la maison.

— Non, ce n'est pas la peine, je vais rentrer seule.

J'ai pris mon sac, mes livres et je suis partie. Dans l'ascenseur je l'ai entendu m'appeler mais je suis sortie de l'immeuble. Il m'a rattrapée au coin de la rue et m'a dit de ne pas partir comme ça, il ne voulait pas que je me fâche, la surprise avait été très grande pour lui, alors il avait mal réagi. Nous sommes allés boire un verre et là, je ne sais pas pourquoi, j'ai commencé à lui raconter beaucoup de choses de ma vie, maman, Daniel. Des choses qui avant m'auraient fait honte mais qui me venaient maintenant, comme si j'en portais le poids depuis des siècles et ne pouvais m'en libérer qu'en parlant avec Ramiro. C'était aussi une façon de lui signifier : voilà ce que j'ai à te dire, quoi que tu fasses après, que tu m'aimes ou que tu ne m'aimes plus.

Mais il m'aime, oui, il m'aime. On est restés ensemble jusqu'à quatre heures du matin. On a fait l'amour. C'était fantastique, sensationnel, impressionnant, meilleur, meilleur que jamais, parce que j'avais enlevé ce masque, j'en suis sûre, et parce que je suis moi, enfin, j'ai pu lui dire tout ce qui me nouait la gorge et dont je ne me rendais pas compte. Et j'ai ressenti des choses nouvelles, très fortes. Peut-être à cause de tout ce qui s'était passé entre nous, comme si nous étions plus nus et plus désespérés.

Quand il m'a raccompagnée à la maison, il m'a dit qu'il passerait me chercher aujourd'hui et qu'il aimerait que je le fasse entrer. Il trouve complètement stupide que je continue à mentir, et il a raison, si nous sommes bien ensemble pourquoi je devrais le cacher. Hier soir cela me paraissait très bien, mais maintenant je suis morte de peur.

Un jour où elle a répondu au téléphone, maman m'a posé des questions sur lui, et je lui ai dit que c'était un ami de Vero, comme si je n'étais pas concernée. Je lui ai menti systématiquement. Chaque fois que je suis avec lui j'invente une histoire différente.

Contrairement à ce que Luz et Ramiro avaient imaginé, Mariana réagit bien quand elle fit la connaissance de l'ami de sa fille. Le lendemain, elle lui posa les questions habituelles et Luz y répondit de façon à ne pas la mettre en colère. Bien qu'elle eût promis à Ramiro de ne pas lui mentir, Luz prit des raccourcis, omit ce qui pouvait l'irriter et insista sur tout ce qui était susceptible de la tranquilliser : c'est un ami de Veronica, la fille de ses amis, créatif dans une agence de pub, et pour lui ça marche à fond.

Heureusement pour Luz, Mariana était à ce moment-là en pleine préparation d'un long voyage aux Caraïbes, si bien qu'elle la laissait tranquille. De son côté Luz se montra particulièrement aimable avec elle, allant jusqu'à lui sourire fréquemment.

— Tu as l'air contente, Luz, qu'est-ce qui t'arrive, tu es malade ? se moqua Daniel à table.

Mariana sembla alors la scruter, cherchant sur son visage quelque chose qui probablement lui déplairait, et Luz tenta de dissimuler ce qui devait se lire sur ses traits.

— Quelque chose ne va pas ?

Le téléphone sonna, empêchant la menace qui flottait dans l'air de se préciser sous la forme d'une décision de Mariana envoyant Luz, en son absence, chez Alfonso et Amalia ou chez l'une de ses sœurs jumelles. Cela elle ne l'accepterait pas, car elle ne pourrait pas voir Ramiro. Mais Mariana revint du téléphone radieuse.

— Elle avait résolu un problème, la location du meilleur bateau pour naviguer dans les Caraïbes ou la réservation d'un hôtel spécial, unique, je ne sais pas où, toutes ces conneries qui la rendent heureuse. Par chance c'était à ses yeux assez important pour qu'elle m'oublie. Je l'ai échappé belle. Sinon, aujourd'hui je serais chez mes grands-parents.

— Et là, je n'y mettrai pas les pieds, dit Ramiro.

CHAPITRE QUATORZE

Maman m'a téléphoné aujourd'hui pour me dire qu'ils retardaient leur retour de deux semaines. La joie. S'ils pouvaient le retarder de deux ans. Jamais je n'aurais pu être autant avec Ramiro s'ils avaient été là. Je bûche, je mange, je danse, je parle, j'aime, je dors, je fais tout chez Ramiro. Je ne sais pas ce que je vais devenir à leur retour, ça va être très dur.

Ramiro avait quitté la maison de ses parents et s'était installé dans un appartement à Belgrano. Luz l'aida à déménager. Ils passaient des heures ensemble, souvent jusqu'au petit matin, et Luz repartait chez elle en courant car elle voulait arriver avant que les employées de maison soient réveillées. Ramiro pensait que c'était totalement absurde de vivre ainsi dans le mensonge. C'était moche.

— Assez de ces conneries, Luz, grandis, et si ce n'est pas possible chez tes parents, tire-toi. En réalité, c'est ce que tu as de mieux à faire : partir de chez toi.

— Et comment, avec quel fric, tu crois qu'ils vont m'en donner ?

— Viens vivre avec moi.

— Non, je ne vais pas vivre avec toi pour m'enfuir de chez moi.

— Pourquoi ? Tu n'aimerais pas ? Tu n'aimerais pas te réveiller avec moi, dormir avec moi, tout partager ?

Le sourire qui éclaira le visage de Luz s'éteignit rapidement.

— Non, tu me le proposes parce que tu veux me sauver de ma famille.

— Oui, mais pas seulement. Peu importe si c'est une folie, c'est ce que je ressens et c'est ce que je veux.

Luz le voulait, elle aussi, mais c'était impossible, Mariana était capable d'aller très loin, jusqu'au juge.

Ramiro ne le croyait pas : Des mots pour te faire peur, juste des mots.

Luz savait bien que ce n'étaient pas simplement des mots, mais tant pis, cela valait la peine de courir le risque. Elle demanda à Ramiro s'il supporterait les scandales que Mariana risquait de déclencher. Comment réagirait-il quand elle se pointerait ici, ou qu'elle irait foutre un bordel infernal chez les parents de Ramiro ? Luz ne voulait pas que les moments qu'ils avaient encore à passer ensemble, et qu'elle imaginait comme une fête permanente, soient gâchés par cette ambiance infecte et électrique, dont sa mère était spécialiste.

— Tu entends ce que tu dis, Luz ? « Cette ambiance infecte et électrique ». Comment vas-tu continuer à vivre avec elle ?

Et puis, elle exagérait, pensait Ramiro, après tout c'était sa mère, elle n'allait pas la traiter comme une délinquante, elle n'irait pas voir un juge.

Quand Ramiro fit part à sa mère de la décision qu'ils avaient prise, Marta se rembrunit.

— Fais attention, Ramiro, la mère de Luz est la fille de Dufau. Tu as de la chance de ne pas connaître ces gens.

Bien sûr que Marta était d'accord : c'est merveilleux que vous soyez amoureux, même si c'est tout récent, mais puisque vous vous aimez et que vous voulez vivre ensemble, pourquoi pas ? Ce qui me fait peur, c'est le reste, toute cette merde d'où vient Luz. Tu pourrais en être éclaboussé.

Luz n'était pas très sûre d'elle-même, mais peu à peu Ramiro parvenait à la convaincre : ce ne serait pas aussi dramatique qu'elle l'imaginait, et puis ils seraient heureux ensemble, cela valait bien quelques petits ennuis au début. Ils feraient une fête avec tous leurs amis pour célébrer l'anniversaire de Luz, ils danseraient jusqu'au matin. Leur vie entière serait une fête.

Luz apporta ses affaires chez Ramiro la veille du retour de Mariana. Elle n'avait pas voulu partir avant. Elle avait décidé de dire la vérité, de les informer de sa décision, de donner une chance à Mariana de lui témoigner un minimum d'affection, de compréhension. Elle y avait réfléchi, elle commencerait par lui parler d'amour, elle lui dirait qu'elle était heureuse parce qu'elle avait découvert l'amour. Sa mère avait bien dû être amoureuse de son père. Eduardo et Mariana s'étaient-ils aimés ? Elle ne lui en avait jamais parlé. Et c'est par amour qu'elle ne voulait pas lui mentir : Elle et Ramiro avaient décidé de vivre ensemble, à partir d'aujourd'hui.

La réaction de maman à mes premières phrases m'a fait renoncer à toute intimité avec elle, à ce ton qui m'aurait permis de lui demander si elle avait été amoureuse de papa.

— Oui, Eduardo s'est marié avec Mariana, et alors ? Cela ne veut pas dire qu'il était comme eux. Il devait être très amoureux.

— Moi, je n'aurais jamais pu tomber amoureux de la fille d'un militaire, d'un sadique.

— Ramiro est tombé amoureux de celle qu'il croyait être la petite-fille de Dufau, et il savait qui était Dufau.

— C'est une autre génération, et puis tu étais différente, mais Eduardo a épousé Mariana.

Luz tourna la tête avec impatience. Carlos fit un effort pour dissiper sa gêne, sa rancœur, sa jalousie, oui, le mot était difficile à admettre, mais Carlos était jaloux d'Eduardo, il était agacé de voir que Luz l'aimait, le défendait.

— Mais cet homme qui a épousé Mariana a risqué sa vie pour retrouver mes origines, et toi, qui ne te serais jamais marié avec la fille d'un militaire, mais qui es de mon sang, qu'est-ce que tu as fait pour moi ?

Carlos accusa le coup. Il ne voulut pas répondre et se contenta de presser timidement sa main sur celle de Luz. Il aurait le temps de dissiper ce sentiment de Luz, de le remplacer par d'autres, il se le promettait, et à cet instant Carlos sentit qu'il était vraiment son père.

Non, c'est impossible de demander quoi que ce soit à cette femme à qui je viens de dire que je suis très amoureuse, que j'ai rencontré l'amour, et qui, pour toute réponse, déplore une grosse tache sur le canapé et appelle la bonne d'une voix irritée pour lui demander des explications. Il y a un quart d'heure que je l'écoute parler de la tache, du détachant, de la maladresse de la bonne qui a laissé tomber le plateau sur le canapé. Mon message doit être abrégé.

— Qu'est-ce que tu disais, Luz ? Ah ! oui. Et de qui es-tu amoureuse ?

— De Ramiro, je lui réponds pendant qu'elle s'acharne sur la tache du canapé. Tu te souviens de Ramiro ? Ce garçon que je t'ai présenté avant que tu partes.

— Oui – pas un regard. Tu te rends compte ? Ça ne part pas. Et cette toile, on ne peut plus en trouver. Ces toiles anglaises, on n'en importe plus.

Pourquoi attendre ?

— Maman. Je vais vivre avec Ramiro, aujourd'hui même.

J'ai enfin réussi à attirer son attention. Elle sursaute, me fait face, des flammes dans les yeux :

— Tu es folle, Luz. Qu'est-ce que tu as dit ?

— Tu as bien entendu. Je vais vivre avec Ramiro. Je ne suis pas partie avant parce que j'attendais de te le dire. Je voulais partir, pas m'enfuir. Je lui dis cela sur le pas de la porte.

Mais je n'ai pas le temps de sortir, elle me saisit le bras, je sens ses ongles sur ma peau, elle me pousse à l'intérieur. Je ne comprends pas ce qu'elle braille, reproches, menaces, ce n'est plus qu'un son criard que je ne suis pas capable de modifier ni de tolérer un instant de plus. Je cours et dévale les escaliers, j'entends ses cris dans mon dos, elle m'appelle, et avant que je referme la porte : Tu ne remettras plus les pieds dans cette maison !

Tant mieux si je n'y remets pas les pieds, j'ai pensé, mais hier soir je ne pouvais pas dormir, je pleurais. Ramiro m'a assuré que cela n'avait pas d'importance, c'était logique, nous savions bien que ce ne serait pas facile. Et puis il ne voulait pas que je lui joue la comédie, je n'avais pas besoin de faire semblant d'être contente si je ne l'étais pas. Moi, je ne cessais de penser à la vengeance de maman. Qu'est-ce qu'elle allait faire ? Elle n'avait ni l'adresse ni le numéro de téléphone de Ramiro. J'aurais préféré partir autrement. Mais elle ne m'avait pas laissé le choix. Cela m'avait rendu folle de voir qu'elle se souciait davantage de la tache sur le canapé que de moi. Et tous ces cris, toutes ces invectives absurdes.

Le premier signe arriva le lendemain par un appel de la mère de Veronica, l'amie de Mariana. Elle avait demandé le numéro à Rafael.

Elle demanda à Ramiro pourquoi ils se comportaient ainsi, il devait comprendre la mère de Luz qui ne le connaissait même pas, ne savait pas où il vivait, ne savait rien. De plus, Luz n'avait que dix-huit ans.

— Est-ce que Veronica ne passe pas ses week-ends avec Rafael ? argumenta Ramiro. Luz, elle, ne peut pas, tout lui est interdit, elle n'a pas eu d'autre solution que d'agir comme elle l'a fait.

Elle l'informa qu'elle allait appeler sa mère, s'il n'y voyait pas d'objection. Aucune.

Ramiro était sûr que sa mère enverrait balader cette emmerdeuse, dit-il furieux à Luz.

Pourtant ce ne fut pas la mère de Veronica mais Mariana en personne qui appela Marta.

— Excusez-moi, madame... je ne connais pas votre nom. Une preuve supplémentaire de l'absurdité de la situation. Je suis la mère de Luz. Vous savez que Luz est chez votre fils ?

— Oui, je le sais.

Chacune essaya de garder son sang-froid. Pour Mariana, la collaboration de cette femme était indispensable, une femme bien, lui avait dit la mère de Veronica, elle réagirait raisonnablement et l'aiderait. Pour Marta, garder son sang-froid signifiait réprimer son énorme envie de l'injurier, comme si injurier la fille de Dufau revenait à injurier tous ces salauds, béni soit le jour où elle pourrait se le permettre. Mais elle ne pouvait pas succomber à ce désir, pour Ramiro, elle voulait épargner des problèmes à son fils.

Mariana lui proposa de venir la voir chez elle, avant qu'elle n'appelle le juge, elle préférait un arrangement plus discret, entre elles.

— Le juge ? Et pourquoi donc ?

— Luz est mineure. J'imagine que ce n'est pas le cas de votre fils, il doit avoir plus de vingt ans.

— Vingt-quatre. Pourquoi ?

Mariana fut agacée par la question, elle fut sur le point de l'insulter, mais se ravisa, pensant que même si cette femme lui paraissait une horreur, c'était différent, parce qu'elle était la mère de l'homme et que celle qui allait passer pour une traînée, c'était sa fille.

— Je ne l'ai pourtant pas élevée de cette manière, croyez-moi, expliqua-t-elle à une Marta suffocante d'indignation, sur le point d'exploser.

— Ce n'est pas mon problème, mais le vôtre. Je n'ai pas l'intention de vous rencontrer, ni chez vous ni chez moi. – La fille de Dufau ne mettrait pas les pieds chez elle. – Je crois que c'est le problème des enfants, c'est leur décision.

Oscillant entre son envie de faire souffrir Mariana et son désir d'aider, autant que possible, son fils, Marta alternait les tons de voix, faiblissait.

— Écoute, comment tu t'appelles ?

— Mariana.

— Mariana, calme-toi un peu. Il ne faut pas prendre cette affaire au tragique. Ils ont eu cette idée, s'ils se sont trompés ils en changeront. Ils sont jeunes. Le pire serait de s'y opposer.

— Tu trouves ça bien ? Tu penses que je dois accepter ? Écoute, je ne sais pas comment tu as élevé ton fils, mais Luz n'est pas une de ces filles avec lesquelles ton fils a l'habitude de sortir.

— Eh bien, fais ce que tu veux – elle perdait patience, un mot de plus et elle allait l'insulter. Moi je ne veux pas m'en mêler. Au revoir.

À peine eut-elle raccroché que Marta appela Ramiro à l'agence de publicité où il travaillait et lui raconta tout.

— Fais bien attention, mon chéri. Cela peut coûter très cher à Luz. Pourquoi vous n'attendez pas un peu ? Luz est très jeune.

Ramiro était furieux, il n'en revenait pas. Qu'avait donc raconté cette salope à sa mère pour lui faire admettre qu'il vaudrait mieux que Luz revienne chez elle, après tout ce qu'il lui avait dit sur sa famille ?

— Ne me dis pas que cette garce est une terreur. Qu'est-ce que tu veux ? Que je n'aide pas Luz ?

— Tu as raison, Ramiro, mais fais attention. Elle m'a fait peur.

Toute la soirée, Marta eut le cœur au bord des lèvres. Elle rappela Ramiro pour lui demander si elle pouvait passer les voir. Elle leur proposa de les cacher quelques jours chez elle, jusqu'à ce que les choses se calment. Luz trouva l'idée bonne : Mariana, avec sa mentalité, n'imaginerait jamais qu'ils puissent être chez la mère de Ramiro.

— Non, je n'ai pas l'intention de bouger. Pourquoi on devrait se cacher ? s'indigna Ramiro. Vous êtes folles toutes les deux ? Mais maman, à quelle époque on vit ? Qu'est-ce qui t'arrive ?

— Je ne sais pas, c'est comme une bouffée du passé, la terreur de ces temps sauvages. En écoutant ta mère, j'ai eu très peur... comme autrefois.

Ce fut horrible de constater que la conversation avec maman évoquait pour Marta ces temps sauvages, comme elle disait. Je ne comprenais pas, je ne l'avais pas vécu, elle a essayé de m'expliquer, mais ce que j'ai senti c'est cette peur que lui avait inspirée maman, cette peur que je vis maintenant. Et il m'est venu une idée qui m'effraie encore plus. Que fait maman quand elle a des problèmes ? Elle appelle ses parents. Et si elle faisait intervenir Alfonso ? Si mon grand-père venait voir la mère de Ramiro ?

— Rami, il vaut mieux que je rentre à la maison. Je voulais être avec toi, mais je ne veux pas vous causer d'ennuis. Regarde dans quel état est ta mère. J'avais envie d'une fête, comme on avait dit, pas de ça. Il vaut mieux que je m'en aille.

Il n'en est pas question, a-t-il répliqué. Il était fâché contre sa mère parce qu'elle m'avait fait encore plus peur. La pauvre, elle ne l'avait pas fait exprès, il savait bien qu'elle voulait nous aider. Mais, franchement, j'ai trouvé son attitude ridicule. On est en 1995, pas en 1976. Et sa visite t'a angoissée encore plus.

— Tu restes ici. N'aie pas peur, ma douce, il n'arrivera rien. Je vais te protéger.

Mais je m'en vais quand même. Je ne supporterais pas une autre nuit pareille. Je n'ose même pas dire à Ramiro l'idée qui m'est venue à propos d'Alfonso. Ça suffit maintenant, je lui écris une lettre et je m'en vais.

Mariana avait raconté en détail à Amalia sa conversation avec Marta. Il fallait agir. Si elle allait voir un juge, il y aurait scandale, elle n'en voulait pas. Amalia lui dit qu'elle la rappellerait dans un moment, surtout pas de précipitation.

Alfonso était d'accord pour s'occuper lui-même de cette histoire. C'était le mieux. Il ne pouvait charger Daniel d'une affaire aussi désagréable, après tout ce n'était pas sa fille. Quelle honte.

Il irait parler à la mère du garçon et lui ferait comprendre dans quel pétrin son fils allait se fourrer s'il continuait à voir Luz. Il trouvait plus efficace de traiter directement avec la mère. Il savait exactement quoi lui dire pour qu'elle persuade son fils d'abandonner Luz et de la mettre à la porte de chez lui.

Ce serait une bonne leçon pour cette petite rebelle, dit Amalia, qu'elle apprenne ce que font les hommes quand on leur donne tout en échange de rien. Pauvre Marianita, cette petite lui cause bien des soucis. Mais ils allaient la remettre dans le droit chemin. Tu ne crois pas que c'est peut-être... génétique ? Car enfin, une gamine élevée comme Luz qui fait une chose pareille, moi je ne vois pas d'autre explication. Mariana m'a raconté qu'à seize ans à peine elle a eu des relations sexuelles avec un garçon. Luz a le diable au corps.

Marta arriva toute tremblante au cabinet d'Antonio, son mari.

— Mais comment as-tu pu accepter un rendez-vous avec Dufau. Tu es folle, Marta ?

Elle avait accepté pour empêcher que Dufau aille voir Ramiro, elle n'avait pas voulu donner son numéro de téléphone ni son adresse. Elle avait très peur et pensait qu'il valait mieux affronter ce monstre, qui sait jusqu'où il pouvait aller. Mais maintenant, l'idée de se retrouver avec Dufau lui fait froid dans le dos. Antonio, tu peux m'accompagner ? C'est demain à onze heures.

Antonio lui demanda d'abord de se calmer, il lui semblait que Marta mélangeait tout, il comprenait que ce nom évoque pour elle l'enfer, mais il ne fallait pas non plus se tromper.

— Ce n'est plus la même époque ni les mêmes circonstances historiques, Marta. Et Ramiro n'est pas un bébé. Si quelqu'un doit parler à Dufau, c'est Ramiro.

Panique dans le regard de Marta. Non, elle préférait que ce soit elle, elle lui rabattrait son caquet, du moins si Antonio l'aidait. Il allait l'aider, mais surtout à réfléchir.

— Pourquoi tu ne l'as pas dit à Ramiro ?

— Dufau m'a demandé de ne pas le faire.

Ce n'était pas possible, ils ne pouvaient pas se laisser gagner par la terreur. Il fallait d'abord calmer un peu les choses, ils parleraient avec Ramiro et Luz le soir même, ils iraient chez eux et trouveraient la meilleure solution. Antonio ne voulait pas que Marta ait à subir la violence de s'asseoir à une table de café avec cet assassin, il n'y avait pas de raison. Bien sûr qu'il l'aiderait, mais pas de cette manière, ce n'était pas la bonne.

Ce qu'il pouvait faire de mieux était de la prendre dans ses bras et de la rassurer : Tout va s'arranger, mon amour, n'aie pas peur.

Quand Marta appela Ramiro pour lui annoncer leur visite, il avait déjà lu la lettre que Luz lui avait laissée.

— Je ne me sens pas bien, maman, pardonne-moi, on se verra un autre jour.

Antonio s'empara du téléphone : Désolé, mais on doit se voir aujourd'hui même, Dufau a exigé de rencontrer Marta, ça sent le roussi, Ramiro, il vaut mieux qu'on en parle. Ce n'est pas juste que ta mère...

— Ne t'en fais pas, Luz est rentrée chez elle. Elle m'a quitté.

Je lui ai dit que je ne voulais pas parler, j'étais revenue, j'allais rester, mais qu'elle ne me dise pas un mot, parce qu'en ce moment je ne le supporterais pas.

— On ne va pas en rester là, comme s'il ne s'était rien passé, a t-elle crié.

— S'il te plaît, maman, je te demande de ne pas m'adresser la parole aujourd'hui, rien de plus. Bien sûr qu'on va parler. Ne m'oblige pas à repartir. Je suis trop triste pour prononcer le moindre mot. Tu comprends ?

Et j'y suis arrivée, elle s'est tue. Elle a compris que je ne jouais pas. Elle s'est enfermée dans sa chambre et je l'ai entendue parler avec Amalia. Elle a dû lui apprendre mon retour.

Puisque Luz avait quitté Ramiro, Marta n'avait pas à aller à ce rendez-vous. Elle était soulagée, mais peinée de voir son fils si triste.

— Luz est très jeune. Si vous vous aimez réellement comme tu le ressens, alors ne t'en fais pas, vous serez de nouveau ensemble, c'est sûr. Il faut que cela mûrisse un peu. Parfois, on ne peut pas forcer le temps, Ramiro.

Avec Ramiro on avait pensé faire une fête pour mes dix-neuf ans. L'idée me plaisait beaucoup. Tous nos copains. Danser. Eh bien, pour mon anniversaire je vais dîner avec maman et Daniel. Je n'ai pas pu refuser. Elle fait des efforts énormes pour ne pas me poser de questions. Quand je lui ai demandé si elle pouvait ne pas inviter Amalia et Alfonso, elle s'est crispée : Mais pourquoi ? Ce sont tes grands-parents. Parce que je préfèrerais, maman. Elle n'a pas rajouté un mot et s'est éloignée en feignant d'essuyer une larme pour me culpabiliser. Mon départ a au moins servi à quelque chose, car elle ne se permet plus ses explosions de colère. Elle essaie parfois, mais je la regarde et elle se tait. Elle doit craindre que je m'en aille de nouveau. Ah ! la honte qu'elle a éprouvée, elle me l'a dit si souvent.

Ramiro m'en veut beaucoup, l'autre jour il est venu me chercher à la fac. Il m'a dit que j'étais lâche de m'être séparée de lui par une lettre. Je lui disais ceci, cela, puis je filais, et lui alors, ce qu'il pensait, ce qu'il ressentait, ça ne comptait pas ? Il a raison. Je l'ai écouté. Mais je ne peux pas. Je lui ai dit que notre relation était impossible, je ne veux pas compliquer la vie de tout le monde. Mais Ramiro est trop en colère pour me comprendre. Je lui ai demandé de ne pas venir me chercher et de ne pas m'appeler. Et il est reparti avec des idées fausses, parce que moi je l'aime, Ramiro, mais je ne peux pas rester avec lui. Pas maintenant.

J'ai besoin de savoir tant de choses que j'ignore. J'avais l'intention de me renseigner sur Alfonso, mais par maman c'est impossible. Je lui ai demandé si Alfonso avait participé à la répression, quel avait été son rôle. D'où venait cette question insidieuse ? Je voulais tout simplement savoir, j'entendais parler de ces années-là et je savais que lui, comme militaire... Alors elle a de nouveau récité sa tirade contre la faculté, elle aurait voulu que j'aille à Belgrano, l'université d'état était un nid de communistes, et ce n'était pas pour rien si j'en voulais en ce moment aux militaires.

— C'est ce bon à rien d'Alfonsín qui a lancé cette campagne de discrédit contre les militaires, et regarde dans quel état il a laissé le pays, dans l'hyperinflation.

Je les avais déjà entendus, elle et Daniel, parler du gouvernement désastreux d'Alfonsín, je voulais seulement qu'elle réponde à mes questions.

— Il y a eu une époque où le pays était ravagé par la subversion, et les militaires l'ont sauvé, c'était une guerre. Une guerre terrible. Papa a combattu dans cette guerre et moi je suis très fière de lui. Tu devrais l'être toi aussi, c'est ton grand-père.

Puis elle a de nouveau tourné autour du pot en parlant de ces ingrats qui n'ont pas de mémoire et qui discréditent les militaires.

Elle voulait savoir d'où venait cette soudaine curiosité, sans doute de la fréquentation de gens inconvenants. Quand elle se met dans cet état, le mieux est d'arrêter la conversation qui va mener à n'importe quoi sauf aux réponses à mes questions. Et je ne veux plus en arriver à ces disputes atroces, inutile de provoquer sa colère. Ni la mienne, parce que si j'ai quitté Ramiro, c'est la faute de ma mère, mais je ne veux pas le lui dire.

De toute façon, je ne suis pas prête à vivre avec Ramiro dans ces conditions. De fait, je n'ai pas pu maintenir ma décision. Je meurs d'envie de l'appeler, de lui dire qu'il me manque, mais à quoi bon si je ne peux pas être avec lui. Je vais me mettre à étudier, j'ai envie de réussir mes examens. Bûcher, bûcher et ne penser à rien d'autre, pour ne plus avoir mal, combler ce vide, cette envie de Ramiro que je ne peux pas assouvir.

Luz voulait oublier Ramiro, mais ni les études, ni la plage, ni les sorties avec ses amis, rien n'effaçait son image, quoi qu'elle fît.

Pendant un certain temps, Mariana et Luz réussirent à éviter leurs sempiternelles disputes. La crainte que Luz quitte de nouveau la maison incita Mariana à modérer son attitude. Mais au mois de janvier, alors qu'ils étaient à Punta del Este, elles eurent un violent affrontement où Mariana perdit complètement son sang-froid et accabla sa fille de tout ce qu'elle avait tu ces derniers mois.

Luz voulait repartir à Buenos Aires mais elle savait que Mariana allait s'y opposer. Elle eut alors l'idée d'accepter l'invitation de Laura et Javier qui l'avaient appelée pour lui souhaiter de bonnes fêtes.

Pendant ces années ils avaient peu vu les Iturbe, à peine une ou deux fois par an. Laura, qui n'avait jamais perdu contact avec Luz, maintenait le lien. Une seule fois, quand Luz avait treize ans,

Mariana lui avait permis d'aller les voir. Elle et Daniel partaient en voyage en Europe et les Dufau étaient absents de Buenos Aires. Luz avait donc passé deux semaines à la campagne et en gardait un bon souvenir.

Quand elle informa Mariana de sa décision, elle évita de faire allusion à leur dispute. Elle lui dit simplement qu'elle devait préparer ses examens de mars et que ce serait une bonne idée de passer quelques jours à la campagne avec son oncle et sa tante, car à Punta del Este elle avait du mal à se concentrer. La méfiance de Mariana était manifeste.

— À Entre Ríos ? Quelle idée ridicule. Tu vas mourir de chaleur et d'ennui. Et si tu es en train d'inventer un mensonge, ce n'est vraiment pas la peine, Luz, il me suffit d'appeler Laura et Javier pour vérifier.

— Appelle-les si tu veux. J'ai déjà prévenu Laura que j'arriverais lundi ou mardi.

Quand je suis rentrée de ma promenade à cheval, Laura était seule à la maison. Une gêne qui ne datait pas d'aujourd'hui filtra dans son regard quand elle me dit que maman l'avait appelée et qu'elles avaient parlé.

Il est clair qu'elles ne peuvent pas se blairer, bien qu'aucune des deux ne l'ait avoué. J'ai surpris un jour une de ces remarques stupides de maman, comme quoi Laura était une provinciale, une femme très limitée et qui l'énervait. Aussi, quand Laura venait me voir à Buenos Aires, maman trouvait toujours un prétexte pour ne pas être à la maison ou pour ne rester que quelques minutes.

— Qu'est-ce qu'elle a dit ? Que je l'appelle ?

Laura me regarda et prit son temps avant de répondre.

— Elle m'a demandé d'avoir l'œil sur toi parce que tu traversais une étape difficile. Qu'est-ce qui se passe, Luz ? Tu veux m'en parler ?

J'étais quasiment sûre que maman ne lui avait pas raconté que j'étais partie vivre avec Ramiro, pour elle c'était trop honteux. Elle devait avoir réellement peur que je fasse des confidences à Laura.

J'envie la relation que mes cousins, Claudia et José, ont avec leurs parents. C'est sans doute ce qui m'a poussée à parler de

Ramiro, de l'amour. Et à avoir, avec Laura, cet échange que je n'avais jamais pu avoir avec maman. Comme je le pensais, elle ne lui avait rien dit, et Laura fut étonnée de mon récit.

— Et tu es partie vivre avec lui ? Mariana a dû être folle de rage.

Laura souriait, comme si elle prenait plaisir à imaginer la réaction de maman.

— Oui, et je ne lui ai donné ni adresse, ni téléphone, rien.

— Et qu'est-ce qui s'est passé ? Comment ça s'est terminé ? Pourquoi es-tu revenue à la maison ?

Alors je lui ai tout raconté. Elle m'encourageait à poursuivre. Mais ce qui m'a le plus impressionnée, c'est sa réaction quand je lui ai parlé de la mère de Ramiro, de sa terreur après avoir parlé avec maman.

— Logique, a-t-elle conclu.

— Logique ?

Laura semblait embarrassée, comme si elle voulait me dire quelque chose tout en sachant que c'était impossible. Elle a d'abord tourné autour du pot, mais quand elle a commencé à parler de cette époque, j'ai compris son « logique ». Un détail au sujet de la mort de papa m'a laissée pensive.

— *Avant, bien avant mes soupçons, il y a eu un signe. Il est venu de Laura. On parlait d'autre chose, des problèmes que j'avais à ce moment-là, et le nom d'Alfonso est arrivé sur le tapis. Elle m'a dit que papa avait mis du temps à se rendre compte, mais qu'après il avait pris une attitude très ferme et que... elle ne m'a pas dit que c'est pour cela qu'on l'a tué, ni rien de semblable, mais j'ai perçu dans son hésitation qu'elle me cachait quelque chose sur la mort d'Eduardo. Je lui ai posé la question mais elle ne s'est exprimée clairement que bien plus tard, quand j'avais déjà bien avancé dans mes recherches.*

Elle m'a parlé de la période de la dictature, de ses soupçons sur Alfonso, mais à l'époque elle ne savait pas exactement ce qu'il faisait. Quand elle a lu les minutes du procès des commandants et appris à quel point ils avaient été atroces, impitoyables, elle a su avec certitude que mon grand-père était un salaud intégral, pardonne-moi, Luz.

— Pourquoi ?

Elle m'a expliqué les camps de détention clandestins et certains

faits répugnants de cette époque. Puis elle m'a dc
minutes du procès dont m'avait parlé Ramiro, et
Más[1].

Javier avait du mal à croire que Laura ait donné a
minutes du procès, qu'elle conservait depuis leur publicatio.
Mais pourquoi tu as fait ça ? Je sais bien que tu détestes Mariana, mais tu ne peux pas oublier que Luz est sa fille, elle va comprendre que...

— Sa fille ? l'interrompit Laura. Qu'est-ce qui t'arrive ? Tu as déjà oublié que Luz n'est pas la fille d'Eduardo et de Mariana ? Au moins pour Eduardo, tu ne devrais jamais l'oublier.

Personne ne sortirait de la tête de Laura qu'Eduardo avait été assassiné parce qu'il s'était mis à fouiner dans quelque chose qui pouvait nuire à son grand-père ; l'histoire du braquage, elle n'y avait jamais cru.

Javier non plus, mais il n'avait jamais eu la preuve du contraire. Les recherches qu'il avait menées de son côté s'étaient révélées infructueuses. Quand Javier avait proposé à Mariana d'effectuer avec lui quelques démarches, il avait été blessé par l'attitude de sa belle-sœur. Elle avait toute confiance en la police pour faire du bon travail, telle avait été sa réponse, et quelques mois plus tard elle s'installait à Buenos Aires. Toujours est-il qu'on ne retrouva jamais les assassins d'Eduardo et que Mariana ne bougea pas le petit doigt pour que l'enquête se poursuive. Javier en était resté là, à ce désintérêt de Mariana qui l'avait tant choqué. Mais il n'était pas d'accord avec Laura, il ne croyait pas qu'Alfonso ait fait assassiner Eduardo, et moins encore Mariana.

Quelques jours après l'enterrement, devant Javier, Laura et des amis, Mariana avait dit à quel point Eduardo et elle s'entendaient bien, combien ils s'aimaient, et qu'Eduardo, quelques jours avant sa mort, lui avait déclaré son bonheur d'avoir rencontré une femme comme elle, et bien d'autres choses encore où Mariana apparaissait comme l'épouse idéale pour Eduardo.

Javier avait vu dans le mensonge de sa belle-sœur une manière

1. *Jamais plus,* rapport sur les exactions commises sous la dictature des généraux, rédigé sous la responsabilité de l'écrivain Ernesto Sábato.

comme une autre d'atténuer sa douleur. Laura, en revanche, était tellement indignée qu'elle avait dû partir pour ne pas l'insulter comme elle en avait envie.

— C'est une menteuse, une salope, Eduardo voulait la quitter, tu parles qu'il lui a dit tout ça ! Je ne peux plus la supporter, je la déteste, tout ce qui compte pour elle c'est d'être bien vue.

— Chacun surmonte sa douleur comme il peut, tu n'as pas le droit de la juger ainsi, lui avait répondu Javier. Ils allaient mal, mais c'est vrai aussi qu'ils s'étaient beaucoup aimés, et Mariana avait besoin de le dire.

Et maintenant, Laura se rappelait : tu prétends qu'elle l'aimait, pourquoi alors n'a-t-elle rien fait pour découvrir ses assassins ? Parce que, sans en avoir la certitude, elle devait soupçonner que son père était impliqué dans la mort d'Eduardo.

Pendant des années, ils n'en avaient plus reparlé. Laura avait remarqué que c'était trop douloureux pour Javier et évité d'y faire allusion. Pourquoi en reparlaient-ils aujourd'hui ? demanda Javier. À cause de Luz. Parce que Luz lui avait raconté des événements de sa vie qui avaient réveillé ses soupçons. Tu peux comprendre, Javier ?

— Tu ne vois pas le mal que tu peux faire à Luz en lui parlant de tes soupçons. C'est son grand-père, après tout.

— C'est un salaud, et ce n'est pas son grand-père.

— Qu'est-ce que tu veux faire ? Dire à Luz qu'elle n'est pas la fille de ses parents ? Tu vas vraiment lui rendre un grand service ! Sa vraie mère n'est jamais revenue.

— Ils l'ont peut-être tuée, comme Eduardo.

— *Et pourquoi Miriam a-t-elle cessé de te chercher ?*

— *Miriam ? – Luz ne put se taire. – Et toi ? Pourquoi as-tu accepté aussi facilement cette histoire d'enfant mort-né ? Regarde comme tu t'es trompé : je suis là. Vivante, insista-t-elle.*

Carlos ne répondit pas et chercha dans ses yeux un peu de clémence.

— *Pardonne-moi, je ne devrais pas me mettre dans cet état, mais quand je suis en colère, il faut que ça sorte.*

— *Ne t'en fais pas, on va en parler de cette colère. Pour le moment, je me sens trop confus. Tu peux te mettre à ma place ? Apprendre à quarante-neuf ans que tu as une fille qui est déjà une femme, avec un enfant et que tu es grand-père. Carlos eut un rire nerveux. C'est incroyable, quand tu m'as dit que tu avais un enfant, je n'ai pas pensé que j'étais grand-père. Normalement on apprend ces choses-là avec les années, moi j'ai dû les apprendre en quelques heures. Et Liliana, Liliana... Luz, je comprends ta colère, bien sûr, mais je ne sais pas quoi en faire, ni de tout ce que je ressens en ce moment, l'horreur de ce qu'ils ont fait à Liliana. Je croyais la douleur anesthésiée, mais ta présence et ton histoire la remettent à vif, comme s'ils venaient de tuer Liliana il y a quelques heures, quand tu m'as parlé de son corps criblé...*

Sa voix s'étrangla et il ne put poursuivre. Luz chercha la main de Carlos et ressentit cette douleur de la mort de Liliana d'une manière distincte. Difficile de ressentir la mort d'une mère que l'on n'a jamais connue, c'est douloureux, oui, mais ce n'était pas cette douleur crue, lancinante qu'elle percevait à travers Carlos. Ce fut moins une question qu'une affirmation.

— Tu l'aimais beaucoup.

— Tu ne peux pas savoir. Oui, nous nous aimions beaucoup. C'est pour ça... je n'ai pas pu te l'expliquer quand tu me l'as demandé, mais c'est la seule raison, peu importe si elle est valable, la seule raison pour laquelle on voulait que tu naisses. Tout le reste, tout ce que tu me reproches : qu'on était irresponsables, qu'on t'a exposée au risque de disparaître... tout ce que tu voudras, je ne sais pas, il faut que j'y repense... tout ce que je peux te dire c'est qu'on voulait que tu naisses parce qu'on s'aimait.

— Cela me fait vraiment plaisir de savoir que vous me vouliez, que vous désiriez ma naissance. J'ai passé toute ma vie à sentir le contraire. Papa, oui, je crois, mais maman... c'était difficile de penser qu'elle m'aimait... à sa façon, peut-être. Mais je n'ai jamais su s'ils s'étaient aimés, alors cela me fait du bien de savoir que vous vous aimiez beaucoup.

Laura expliqua à Javier que sa conversation avec Luz l'avait bouleversée, surtout quand elle m'a demandé ça, tu sais, là j'ai eu envie de la prendre dans mes bras. Je lui ai menti... ou peut-être pas.

— Qu'est-ce qu'elle t'a demandé ?

— Si Mariana et Eduardo s'étaient aimés, s'ils voulaient un enfant ou si elle était née par hasard ou par erreur. Je lui ai dit que oui, ils la voulaient, et aussi qu'ils s'aimaient, je lui ai menti.

— Mais non tu ne lui as pas menti, bien sûr qu'ils s'aimaient.

Pas à la fin, évidemment, mais je trouve bien que tu ne lui aies pas dit pourquoi.

Laura lui avait dit qu'ils s'aimaient mais qu'ils étaient très différents et que les derniers temps ils discutaient beaucoup de problèmes idéologiques, Eduardo détestait Dufau, il le détestait, alors que ta mère l'idolâtrait.

Mais pourquoi fallait-il qu'elle le lui dise. Javier n'était pas d'accord, même s'il comprenait. Luz méritait de savoir qu'Eduardo s'était remis en cause, vers la fin il s'était montré courageux, il avait fait face, il ne pensait pas comme ces salauds, mais il n'avait pas eu le temps d'apprendre jusqu'où était allée l'horreur de cette époque, car on l'avait tué avant. Et Luz était très contente, je te jure, de savoir qu'Eduardo n'était pas du côté des militaires, très contente. Je crois qu'Eduardo méritait que quelqu'un le dise un jour à Luz. Mais rassure-toi, je ne lui ai rien dit de ses origines, d'ailleurs je ne les connais pas moi-même, je ne lui ai pas dit qu'elle n'est pas la fille de Mariana.

Laura continuait de soupçonner que Luz était une fille de disparus, mais elle n'en parlait pas à Javier.

— Tu penses toujours la même chose ?

Laura acquiesça et, comme pour s'excuser : Peut-être parce que cette Miriam n'est jamais revenue.

— Tu sais... je l'ai cherchée.

— C'est vrai ? fit Laura étonnée. Tu ne me l'as jamais dit.

— Non, jamais, mais je l'ai fait, je l'ai cherchée.

Après tant d'années, peut-être à cause de ce qui venait de se passer entre Laura et Luz, Javier décida de raconter à sa femme ce qu'à l'époque il avait gardé pour lui. Il était allé à Coronel Pringles et avait demandé où il pouvait trouver Miriam López, il avait même parlé avec une tante à elle, dont les gens du bar, qui connaissaient bien Miriam, lui avaient donné l'adresse. Miriam avait été une de ces reines ou princesses de beauté qui deviennent mannequins à Buenos Aires. Et après... autre chose, j'imagine, bien qu'ils m'aient parlé de Miriam comme d'un mannequin international.

Javier s'était présenté à la tante de Miriam López comme représentant d'un couturier italien à la recherche de Miriam pour lui faire une proposition intéressante.

— Mais quand as-tu fait tout ça ? demanda Laura étonnée et fière de lui.

Deux ans après la mort d'Eduardo, Mariana et Luz étaient parties depuis longtemps à Buenos Aires. Son idée n'avait pas été de retrouver la vraie mère de Luz afin de l'obliger à reconnaître sa fille, non, rien de tel. Il voulait seulement s'assurer que ce n'était pas ce que Laura craignait, car tu sais, j'avais beau te dire que tu te trompais, tu m'avais tellement rabâché ce soupçon et Eduardo avait si désespérément cherché la vérité, que je voulais savoir, savoir si ce n'était pas ça, continuer ce qu'Eduardo avait commencé et puis tourner la page, accepter qu'Eduardo avait été tué par de vulgaires truands, je ne sais pas, respirer, Laura, respirer.

— Et qu'est-ce que tu as trouvé ? C'était la mère de Luz ou non ?

— Je suppose que oui. On m'a dit qu'elle n'était plus mannequin, qu'elle vivait aux États-Unis et s'était mariée. Et qu'elle était très heureuse.

Javier avait été rassuré. Il avait plus ou moins imaginé l'histoire de Miriam, une histoire comme tant d'autres mais qui, malheureusement, en raison des circonstances, s'était peuplée de fantômes. Et si je ne t'ai rien dit, il faut me comprendre, Laura, je ne voulais pas admettre que, moi aussi, je soupçonnais que Luz était... qu'elle pouvait être...

Laura le serra dans ses bras, bien sûr qu'elle comprenait. Et elle se réjouissait elle aussi que ce ne soit pas cela.

— *Oui, elle est restée aux États-Unis avec Frank. Je ne crois pas qu'elle m'ait oubliée, elle a simplement renoncé. Elle s'est arrêtée à la mort d'Eduardo et elle a décidé de ne rien me dire. Elle n'est pas retournée en Argentine pendant dix ou onze ans, elle s'est immergée dans un autre monde. Mais elle m'a raconté qu'en revenant en Argentine, à la mort de la mère de Frank, elle a été de nouveau tentée de me rechercher. Elle a téléphoné chez Dufau et obtenu le numéro de Mariana. Mais elle n'a pas osé m'appeler. Frank a dû l'en dissuader.*

Laura promit à Javier d'être plus prudente dans ce qu'elle dirait à Luz, elle ne s'intéresserait qu'à son histoire d'amour, tu n'imagines pas, Javier, son besoin d'être écoutée, avec Mariana elle ne peut pas parler. Je vais la conseiller, lui redonner courage pour qu'elle continue à vivre avec ce garçon, puisqu'elle l'aime tant. Quelle ironie du sort que Luz tombe justement amoureuse du fils d'un disparu.

CHAPITRE QUINZE

Je referme le livre et le cache derrière les autres, dans la bibliothèque de ma chambre. Je tremble encore après avoir lu ce témoignage, comme si je souffrais dans mon propre corps de ces plaies, de cette chair brûlée, de cette vie à l'intérieur du corps de cette femme et la mort chaque jour. Je n'ai pas pu le supporter. Penser que cet immonde gardien l'a violée sur place, là où on l'avait emmenée pour lui faire une césarienne ! Comment, comment une telle cruauté est-elle possible ? Dix jours d'arrêts pour le monstre et il a repris son travail à Campo de Mayo, comme si de rien n'était, lit-on dans le témoignage d'un survivant. Et le bébé, qui sait où il est, avec qui, et d'elle, plus rien, la mort. Aller vers la mort après avoir donné la vie doit être pire que toutes les vexations, tous les coups.

Les livres de cours d'un côté, la lumière jusqu'au petit matin, je lis sans relâche depuis des jours. Une galerie d'aberrations : ces centres clandestins, ces hommes, ces femmes, jeunes, vieux, torturés à l'électricité, pendus, brûlés au briquet, écartelés, les yeux bandés, enchaînés, écorchés vifs, sales, couverts de poux, désemparés entre les mains de ces assassins.

Jamais je n'aurais imaginé que des hommes puissent être aussi cruels avec leurs semblables.

Jusqu'à ce jour, le mal se réduisait pour moi à mes conflits avec ma mère, à ce que j'imaginais de Daniel et de ses gorilles, à la trahison d'une amie, autant dire rien, mais que l'homme soit capable d'une telle haine, d'une telle cruauté, d'une telle abjection, était pour moi inimaginable.

Les fantômes sortent maintenant de ces minutes du procès, de ces pages déjà jaunies par le temps, et peuplent mes jours et mes nuits. Je vois cette fille, Beatriz, la jambe cassée, au camp de détention, qui se traîne aux toilettes et y trouve les lettres et le journal intime de sa mère que l'on a accrochés pour se torcher le cul. Je l'imagine essayant de cacher sous ses vêtements ces papiers de sa mère qui s'est suicidée peu de temps auparavant, folle d'horreur devant le destin de sa fille. C'est exprès qu'ils ont placé là ces papiers, pour qu'elle les y trouve, comme si ses tortures physiques n'étaient pas suffisantes. Et cet homme que ni l'électricité sur les gencives, le bout des seins, partout, ni les séances systématiques et rythmiques de coups de baguettes en bois, ni les testicules tordus, ni la pendaison, ni les pieds écorchés à la lame de rasoir, ne parviennent à faire s'évanouir ni parler, et à qui on présente un linge taché de sang : « C'est de ta fille », lui disent-ils, elle a douze ans sa fille, voyons s'il va collaborer, s'il va parler maintenant.

Et ces simulacres d'exécution, ces sinistres jeux de rôles entre le bon et le méchant, ces cris déchirants qui traversent les cachots.

Ce que je viens de lire n'est qu'une petite partie, mais je ne peux plus le tolérer, c'est comme si mon corps était couvert d'ecchymoses.

Et Ramiro, qu'a-t-il ressenti en lisant ces minutes du procès et en pensant que son père avait peut-être subi de tels sévices ?

Alfonso était lié à la répression, il était au courant de tout, il donnait lui-même les ordres. Maman ne doit pas le savoir, ce n'est pas possible, sinon elle ne l'aimerait pas autant, elle est hystérique, chiante, injuste, délirante, mais elle n'est pas aussi mauvaise. Non, elle ne savait pas. Ce doute m'a trotté dans la tête ces jours-ci. Mais hier, quand j'ai lu le témoignage de ce sous-officier, Urien, j'ai été rassurée. Il a déclaré que les ordres étaient que tout ce qui concernait la subversion, informations, actions, opérations, devenait secret militaire. Donc, Alfonso n'a rien raconté à personne. Ni même probablement à Amalia. Et à maman encore moins.

Mais je me demande ce qu'elle faisait quand on a jugé les commandants. Si je me rappelle bien, je n'ai jamais entendu parler de ce procès à la maison. Les seances etaient publiques. Est-ce que maman aurait assisté à l'une d'elles ?

Elle est dans sa chambre. J'entre et je lui demande. Elle me regarde abasourdie.

— Qu'est-ce que tu dis, Luz, tu es folle ? Comment peux-tu penser que j'aie pu assister à ces séances où tous ces misérables apatrides ont osé agresser ceux qui les avaient délivrés du danger de la subversion.

Je ne l'avais jamais vue aussi véhémente et convaincue.

— Mais tu as dû lire des articles à l'époque du jugement.

— Jugement ! Mais de quel droit ces types-là jugeaient ? Qui étaient-ils ?

— Il y a bien eu un procès, avec des juges, des avocats de la défense, des procureurs, et il y a eu une sentence.

— Et qu'est-ce qui s'est passé ? Rien, ils ont tous été remis en liberté, sauf les commandants qui donnaient les ordres. S'il y a eu des erreurs, elles viennent d'eux, les autres n'ont fait qu'obéir. Mais ne crois pas pour autant que j'approuve la condamnation des commandants, ce n'était pas une guerre conventionnelle, et en fin de compte ce sont eux qui ont sauvé le pays.

— Qu'est-ce que tu veux dire par « ce n'était pas une guerre conventionnelle » ? – je m'efforce de ne pas m'emporter, d'essayer de savoir ce que croit maman, parce que ce n'est pas possible qu'elle soit au courant de faits si abjects, si dégradants, et qu'elle les défende.

— Elle n'était pas conventionnelle parce que l'ennemi n'était pas à l'extérieur mais s'était infiltré dans le pays, c'est pourquoi il a fallu agir d'une autre manière. Il y a eu peut-être quelques excès, mais c'était une guerre et l'important dans une guerre c'est de la gagner, à tout prix.

Je voudrais lui demander si elle considère que la guerre consiste en des enlèvements à l'aube par des bandes anonymes, des « affrontements entre des cadavres putréfiés et des fantômes », comme l'a déclaré un témoin, la torture et le vol, mais je me tais et la laisse continuer : Ils ont sauvé le pays, par contre qu'a fait ce crétin qui les a discrédités quand il était au pouvoir, qu'est-ce qu'il a fait ? Je vais te l'expliquer, Luz, il a plongé le pays dans le plus terrible des chaos, l'hyperinflation. Bien sûr, tu ne t'en rendais pas compte, heureusement tu n'as jamais manqué de rien. Mais toi qui aimes les pauvres – cette ironie qu'elle veut insultante –, eh bien, les pauvres ils n'avaient plus de quoi manger, il est vrai qu'ils sont habitués. (Elle allume une cigarette et sa voix revient à des registres plus courants, comme si son couplet sur Alfonsín et l'hyperinflation l'avait purgée de son exaltation patriotique et rendue à son snobisme, à sa stupidité distinguée.) Les pauvres ont toujours été habitués à ne rien avoir, mais quand on a des biens et qu'on voit ses propriétés menacées, son mode de vie, alors c'est bien pire.

— Tu changes de sujet, maman, je te demande simplement si tu as lu les journaux à cette époque, même s'ils ne contenaient que le résumé des séances, et s'il t'est arrivé d'avoir l'ombre d'un doute sur ce que te racontait ton père – et maintenant je lui dis tout, en espérant qu'elle va enfin se réveiller – parce qu'il n'a pas dû te parler de la torture à l'électricité, ou qu'on laissait accoucher une prisonnière pour ensuite lui voler l'enfant et la tuer.

Ma phrase l'ébranle. Elle se met à crier.

— Mais d'où tu sors ça, Luz, ce sont des mensonges qu'on a racontés, comme pour les jumeaux. Tu te souviens des jumeaux ? – Elle a baissé d'un ton, elle tente de me persuader. – Tu l'as vu ce gamin, à la télévision, qui disait qu'il voulait revenir chez sa mère alors qu'on les obligeaient à rester avec un crève-la-faim. On ne les laissait même pas continuer leurs études chez les maristes. Ils aimaient leur mère, c'est elle qu'ils préféraient. Pourquoi les obligeait-on à vivre avec ce type qu'ils ne connaissaient même pas et qui était une horreur ? Ils étaient bien élevés ces garçons, tu te souviens ?

C'est inutile. Je préfère ne pas l'écouter.

— Non, je m'en souviens à peine. Cela n'a pas d'importance, maman. J'ai compris. Je m'en vais.

— Luz ! (Elle se lève devant les rideaux, la lumière qui filtre lui donne un air tragique, elle cherche ses mots.) Pourquoi tu m'as demandé ça, Luz ?

— Parce que tu ne m'en as jamais parlé et ça s'est passé quand j'étais petite. Je l'ai appris plus tard, bien plus tard et je me demandais, enfin... s'il y avait certaines choses que tu ne savais pas... mais laisse, c'est sans importance.

Ses traits se détendent, comme si ma réponse la soulageait. Alfonso ne lui a probablement rien dit et elle n'a pas voulu savoir parce qu'elle idéalisait son père.

Par contre je comprends la réaction de Ramiro, son dégoût quand il a appris que j'étais la petite-fille d'Alfonso Dufau. Qu'est-ce que je ressentirais, moi, devant quelqu'un de l'autre bord, du même sang que les assassins, si on avait fait à mon père et à ma mère ce qu'ils ont fait à son père. Il faut que je dise à Ramiro que maintenant je le comprends parfaitement.

Elle écouta à deux reprises la voix de Ramiro sur le répondeur, mais ne laissa aucun message, et bien que Gabi pense comme Laura, que c'était une connerie d'être mordue d'un mec et de ne pas l'appeler, Luz avait du mal à s'y résoudre.

— Je ne sais pas s'il m'aime encore, dit-elle à Gabi, il m'a peut-être oubliée. Il ne m'a jamais rappelée. En plus, Valeria m'a dit qu'il sortait avec une fille plus âgée.

— Et qu'est-ce que tu veux qu'il fasse, espèce de conne, qu'il attende que tu veuilles bien l'appeler ? Comment veux-tu qu'il sache que tu es toujours amoureuse de lui ? Dis-le lui. Qu'est-ce que ça peut faire qu'il sorte avec une autre nana ? Si c'est toi qui lui plais, il l'enverra paître.

— *Ramiro a joué un grand rôle. C'est le fils d'un disparu, il a connu l'exil avec sa mère, c'est lui qui m'a sortie de ma léthargie. Il y a eu aussi d'autres choses : ce que m'a dit Laura, ce que j'ai lu, la manifestation contre le coup d'état militaire pour son vingtième anniversaire. Ce jour-là a été très important pour moi – son visage s'éclaira. Dans beaucoup de sens.*

Elle pensait souvent à la phrase de Laura : « Pour l'amour, il faut se battre. » Mais plongée dans ces récits d'horreur, Luz voyait chaque jour plus clairement que son histoire avec Ramiro était sans issue, impossible.

Ramiro devait retrouver Mónica et les autres copains dans un café près du Congrès, d'où ils partiraient ensemble à la manifestation. Le téléphone sonna mais personne ne répondit, et Ramiro se dit que c'était peut-être Luz, puis s'en voulut d'avoir eu cette pensée. Il avait passé trop de temps à attendre un appel de Luz et à être déçu parce que ce n'était pas elle au bout du fil. C'était terminé, il était bien avec Mónica, et pourtant cette fois encore il avait eu envie que ce soit Luz.

— Luz c'est fini, lui disait Rafael, fini. Mónica est une fille géniale, Ramiro. Pourquoi tu penses encore à cette petite conne ?

— Non, je n'y pense pas. Faux, j'y pense. Trop, sans doute.

— Parce qu'elle t'a largué, c'est toujours comme ça, un mois de plus et c'est toi qui la larguais, tu ne t'en souviendrais même pas, déclara Rafael sur un ton d'expert.

Ramiro savait que Rafael se trompait, il continuait à éprouver quelque chose de très profond pour Luz, il voulait son bien, indépendamment de lui. L'important était que Luz puisse sortir de cette famille de merde, s'en libérer, vivre comme elle le méritait Il le lui dirait, il se le promit, dès qu'aurait cicatrisé cette ultime blessure qu'il sentait encore dans son corps quand Luz lui manquait, à tout moment de la journée, au travail ou sur le point de s'endormir, chez lui ou quand il dansait. Mais Luz ne l'avait pas appelé une seule fois pendant tous ces mois, elle était prisonnière de cette famille qui représentait à ses yeux le plus abject de la condition humaine. Elle était tout de même la petite-fille de Dufau ; non, leur histoire était sans issue, impossible.

— *Ce jour-là, Ramiro et moi allions à la place de Mai, chacun de notre côté et avec nos propres copains, et chacun se disait la même chose : notre histoire était sans issue, impossible.*

« Jamais plus ! Jamais plus ! », c'est un seul cri qui monte de milliers de voix vibrantes et fait naître en moi une émotion nouvelle. Et maintenant : « Celui qui ne saute pas est un militaire ! » Et je chante et sautille avec mes copains de fac, avec tout le monde, tous ceux qui convergent vers la place de Mai. Et je sens croître une force dans ces voix avec lesquelles je me lie, je fraternise. Quel mot étrange pour moi qui n'ai pas de frère. Mais il y a un battement de cœur unique dans ces cris, dans ces chants, comme si nous étions du même sang. Le sang versé ne sera pas négocié, scande un groupe.

Comment puis-je vivre chez la fille d'un assassin responsable de tant de sang versé ? Ma mère, mon sang. Je crie à pleins poumons, comme si pouvais ainsi renier ce sang. Je m'éloigne de mes amis, j'avance, je me glisse dans la foule, je fraternise avec tous, avec chacun. Je m'arrête à la hauteur de cette colonne de manifestants, ces *hijos* [1] qui réclament leurs parents. Alors surgit l'image d'Alfonso, que diraient-ils s'ils savaient que mon grand-père est l'assassin de leurs parents ? Je m'écarte d'eux avec pudeur, je me

1. Enfants.

dissimule dans la foule, je me cache. Je me fraie un chemin sans savoir ce que je cherche, comme si je ne pouvais pas rester en place et voulais aller partout, être avec tous alors que je sens en même temps que je n'en ai pas le droit. Je suis frappée par le visage de cette femme qui porte autour du cou la photo de ses enfants disparus, je regarde les autres, leurs foulards blancs, leurs rides, leur courage. Peut-être la mère de ces trois frères qui sont tombés l'un après l'autre, sans que l'on sache jamais où ils étaient, ou la mère de cette fille de quinze ans qui ne demandait rien de plus, avec ses camarades, que la réduction du prix du transport scolaire, et à qui on a arraché la vie.

J'ai un nœud dans la gorge, je vais pleurer. Je continue d'avancer dans une autre direction. Cet homme au regard ténébreux qui chante avec rage est peut-être un survivant qui ne cesse d'entendre, jour après jour, les cris de sa femme torturée et violée sous ses yeux. Je prie pour que personne ne sache qui je suis, qui est ma mère, mon grand-père, et à cet instant une main me saisit par le bras, je sursaute. Ramiro. Lui il sait. Il me regarde fixement et je me sens un peu honteuse de me trouver ici. Son père assassiné, son sang, mon grand-père assassin, mon propre sang. Comment nos deux sangs peuvent-ils battre d'une même pulsation ? Il ne dit rien et me dévisage sans me lâcher le bras, il semble très étonné. J'observe cette fille à côté de lui qui nous regarde avec un léger sourire. Bonjour, je lui dis, et je veux continuer mon chemin mais Ramiro me retient.

— Je suis très heureux de te voir ici.

Je m'approche de son oreille : Je comprends maintenant pourquoi tu étais dégoûté que je sois... Mais je ne peux pas finir ma phrase, je tourne les talons et, comme si j'étais très pressée, je repars à la dérive dans la foule. Je voulais le dire à Ramiro. J'en avais besoin. Moi aussi ça me dégoûte. Je veux fuir et me cacher au milieu des gens. Mon cœur bat la chamade. Je m'arrête un instant, Jamais plus ! Jamais plus ! Et voilà que deux mains m'enlacent la taille, ses mains, et nous sautons ensemble, son corps contre le mien. Jamais plus ! Jamais plus !

— Luz, Luz.

Et c'est comme si à travers Ramiro, qui sait tout de mon grand-père et pourtant m'embrasse, tous les autres m'admettaient, m'ouvraient leurs bras, me disaient que c'est légitime et juste que je fraternise avec eux, c'est ce que je ressens. Le sang versé ne sera pas négocié ! Ni pardonné. Et mon corps, ma peau, ma tête, mes émotions le décident ainsi. Je ne pardonnerai pas !

Ils restèrent des heures sur la place, écoutèrent les discours de Fito Páez, de Teresa Parodi, de León Gieco. Plus tard, dans un café, ils firent de timides pas l'un vers l'autre, se mentant par moments, ils avaient perdu leurs copains dans la foule, jusqu'à ce qu'ils se retrouvent chez Ramiro et se débarrassent avec hâte de leurs vêtements, des malentendus, des peurs. Il ne resta plus dès lors que la sagesse de la peau, la tiédeur, les mains, les bouches, et ce qu'ils avaient pressenti sur la place devint clair : tout ce qu'ils avaient pensé l'un de l'autre, cette impossibilité de vivre ensemble, n'était qu'un mensonge. Ils étaient là tous les deux, s'aimant avec voracité, récupérant le temps perdu dans cette histoire tout aussi évidente et palpable que leurs corps mêmes. Par crainte sans doute de voir s'évanouir cette certitude, Ramiro et Luz ne se dirent rien de plus cette nuit-là jusqu'à ce qu'elle reparte chez elle et qu'ils se séparent par un long baiser. Ni « je t'appelle », ni « à demain » ou « adieu ».

Ramiro ne m'a pas demandé de rester chez lui et je ne lui ai pas demandé qui était cette fille qui sortait avec lui. Nous avons simplement continué de nous voir tous les jours, sans jamais évoquer ce que nous étions en train de vivre. Nous nous laissions porter sur un nuage de bien-être. Mais hier soir je lui ai expliqué tout ce que j'avais ressenti pendant la manifestation : l'émotion, la conscience de tous ces récits que j'avais lus sur le visage de beaucoup de gens, mon sentiment de honte quand nous nous étions rencontrés, lui, fils d'un disparu, moi, petite-fille d'un responsable de la répression, ses mains qui m'acceptaient au nom de tous les autres, mon engagement de ne pas oublier, de ne pas pardonner. Alors, Ramiro m'a dit :

— Mais tu continues à vivre chez toi.

Oui, c'était absurde, ridicule, artificiel de réciter tous ces mots et de rentrer dormir chez moi.

— Je reste dormir avec toi – et j'ai eu peur – aujourd'hui, si tu veux, j'ai ajouté.

— Tu as menti à ta mère ?

Je ne devais pas me justifier, mais simplement lui prouver que je disais vrai. J'ai décroché le téléphone, c'est maman qui a répondu : « Je ne dormirai pas à la maison, ce soir », et j'ai raccroché. Ramiro m'a serré dans ses bras, il était heureux. C'est à ce moment-là que j'ai pris la décision.

— Tu veux encore que je vienne vivre avec toi ?

— Tu en doutes ?

— Quoi qu'il se passe avec ma mère ?

Oui, cela lui était complètement égal.

Alors ce matin je file chez moi préparer mes affaires et informer maman. Elle dira ce qu'elle voudra. Je vais vivre avec Ramiro.

Ma main tremble quand j'ouvre le portail de la maison, je ressens jusque dans mon corps la réaction de maman que j'imagine. Je prépare d'abord mon sac, puis je vais lui parler. Non, je lui laisse plutôt un mot. À quoi bon parler. Mais ce sera difficile à éviter, parce que si elle est là elle va m'accabler de reproches pour ce que j'ai fait la nuit dernière. Elle n'est pas dans la salle de séjour. Je croise Claudia, la bonne.

— Ta maman est dans sa chambre, vas-y vite, me dit-elle très perturbée, elle est abattue.

Je préfère ne pas penser au scandale qu'elle a dû faire pour que Claudia soit au bord des larmes. Ça va être pire que ce que j'imaginais. On ne peut pas continuer à vivre ainsi, ce n'est pas possible qu'elle soit aussi affectée parce que je ne suis pas rentrée dormir, mais ses pleurs, que j'entends maintenant du couloir, ont quelque chose qui me touche. C'est absurde, comment peut-elle souffrir à ce point ? Je m'approche de sa chambre et j'entends la voix de Daniel, j'aurais préféré qu'il ne soit pas là, mais tant pis. Je la vois effondrée sur le lit, et un instant sa douleur m'émeut.

— Ton grand-père est mort, annonce laconiquement Daniel.

Elle se redresse, me serre dans ses bras et pleure, pleure désespérément sur mon épaule. Aucun reproche, pas un mot sur ce qui s'est passé hier soir, sa douleur envahit tout et il n'y a de place pour rien d'autre, c'est peut-être ce qui permet ce contact, cette situation rare d'être dans les bras l'une de l'autre. Je me sens coupable d'être si bien alors qu'elle souffre tant, mais je ne peux réprimer cette tendresse confuse, cette étrange émotion que je ressens à ce contact inespéré avec maman, cette étreinte où elle pleure contre moi. Et moi aussi je fonds en larmes de pouvoir être enfin dans les bras de ma mère.

— Qu'est-ce qui s'est passé ?

— Une hémorragie cérébrale. Amalia nous a prévenus. On n'a rien pu faire.

Ils ont recouvert son cercueil d'un drapeau. Je ne connais pas ce monstre en uniforme qui est en train de parler. Je ne veux pas l'écouter. La main de maman serre la mienne, et la colère qui monte en moi aux paroles de ce fils de pute menace la douceur de ce contact entre sa main et la mienne. Maman m'aime, sinon elle ne chercherait pas ma main en ce moment. Elle se détache de moi et, avec sa mère et ses sœurs, s'avance vers le cercueil. Elle pleure, accablée. Je regarde ces quatre femmes devant le cercueil. Elles ont la chance de savoir que dedans repose le corps d'un père et d'un mari. Combien sont-ils, dans ce pays, qui n'ont pas eu la possibilité de faire leurs ultimes adieux aux êtres qu'ils aimaient à cause de ce salaud, là-dedans, couvert d'un drapeau ? J'observe les autres, au garde-à-vous, tout fiers dans leur uniforme. Comment osent-ils s'exhiber dans cet accoutrement après ce qu'ils ont fait ? Pourquoi, eux, personne ne les tue ? Pourquoi n'y a-t-il personne ici pour les insulter ?

Ils sont en train de descendre le cercueil à l'aide de chaînes. Les fers des prisonniers faisaient-ils le même bruit ? Alfonso, je suis heureuse que tu sois mort et que je n'aie plus jamais à te revoir. Ordure, assassin, salaud. Ces insultes avec lesquelles je lui fais mes adieux, au son des pleurs de sa famille, me donnent une joie nauséeuse. Le cercueil a maintenant disparu. Maman s'approche de moi et me prend dans ses bras. Je ne pense pas à ce qu'était Alfonso, je pense seulement que le père de ma mère est mort, qu'elle souffre et qu'elle a besoin de moi.

Ramiro eut du mal à comprendre cette sensation que Luz tentait de lui expliquer. Cette proximité avec sa mère.

— Je n'avais jamais ressenti cela. Je ne pouvais pas lui dire que je quittais la maison au moment où on venait de lui annoncer la mort de son père. Oui, un salaud, je suis d'accord, mais c'était son père. Et elle... comment dire, elle est comme elle est, mais c'est ma mère Et puis c'est la première fois qu'elle me montre qu'elle a besoin de moi. Cela doit te paraître stupide, mais j'ai du plaisir à lui apporter une tasse de thé, ou simplement à rester avec elle dans un fauteuil et regarder par la fenêtre, poser une main sur son bras et l'embrasser, tu comprends, Ramiro ? Ce n'est pas seulement pour elle, c'est pour moi, je n'avais jamais vécu cela. On peut bien attendre quelques jours. Juste quelques jours. Quand elle ira mieux, je lui dirai que je pars vivre avec toi.

Je me regarde tout le temps, je vais aux toilettes cinquante fois par jour à la recherche de cette petite tache qui n'y est pas et qui aurait dû venir il y a dix jours. Ramiro ne dit rien mais je sais qu'il est contrarié de me voir encore rester chez moi, et je ne lui ai pas parlé de ce retard jusqu'à hier soir.

Je ne sais pas quelle réaction j'attendais de sa part, mais ce sourire qui s'est agrandi jusqu'au rire m'a totalement déconcertée. De quoi riait-il ? Se rendait-il compte de ce que je lui disais ?

— Mais oui, je me rends compte, c'est un gros pépin, mais je suis heureux, voilà ce que ça me fait.

Et je me suis sentie en sécurité dans ses bras, je n'avais rien à craindre avec Ramiro.

De retour à la maison, je regarde encore : rien. Je ferai le test plus tard, chez Ramiro. Maman m'appelle et me demande de rester avec elle. Un moment seulement parce que je dois aller terminer un travail chez Gabi. Jusqu'à quand le mensonge ? Je me touche instinctivement le ventre.

La douleur a voilé sa voix.

— Bien, me dit-elle doucement. Je voulais juste te raconter quand papa nous emmenait avec lui pour assister aux manœuvres. On restait dans la voiture et lui...

Je m'efforce de ne pas écouter ses paroles, de les percevoir juste comme une prière dépourvue de toute signification, dont elle a besoin. Je suis parvenue à réduire au silence tout ce qui pourrait briser ce ton calme auquel je suis si peu habituée. Pendant qu'elle continue à raconter je ne sais trop quoi, je ressens combien pour moi il sera triste, mais inévitable, de rompre cette douce trêve avec elle, et cela me fait de la peine, juste maintenant, où nous avons pu nous serrer dans les bras l'une de l'autre.

Ils planifièrent tout très rapidement. Bien que Luz ait voulu deux jours pour y réfléchir, ils prirent la décision dès qu'ils virent le petit trait qui indiquait positif sur le tube et s'embrassèrent tout émus.

La première à apprendre la nouvelle fut Marta.

— Oui, c'est une folie, maman, sans doute, mais on le veut tous les deux.

Marta se regarda dans le miroir : Tu as vu Ramiro, j'ai déjà une tête de grand-mère. Tu ne trouves pas que je suis très jolie ?

Et ils rirent ensemble un long moment. Oui, elle avait d'abord pensé que c'était une folie, mais à les voir si heureux, si lumineux, et elle si contente, cela ne pouvait pas être si fou.

— Maman, je suis enceinte.

Mariana répliqua qu'elle l'avait fait exprès pour la faire souffrir et qu'elle aurait pu lui éviter cette épreuve. Pourquoi le lui avait-elle dit ? Il n'aurait pas pu s'occuper d'elle cet irresponsable, il avait vingt-cinq ans, non ?

— Est-ce que tu suggères que j'aurais dû avorter sans te le dire ?

Mariana ne répondit pas. Bien sûr que Ramiro allait prendre ses responsabilités, mais pas celles de la faire avorter, celles d'être père.

Tu es complètement folle. Non, elle n'allait pas permettre ça.

Elle ne pouvait pas ne pas le permettre, maintenant c'était Luz qui irait voir un juge si sa mère ne donnait pas son autorisation. Ils avaient décidé de se marier, et peut-être seulement à cause d'elle, pour lui épargner un désagrément supplémentaire, parce qu'à vrai dire cela leur était égal.

Mais comment pouvait-elle songer se marier en ce moment, alors qu'ils étaient en deuil, avait-elle oublié que son grand-père était enterré depuis deux mois à peine ?

— Qu'est-ce que tu préfères ? Attendre que j'aie un ventre énorme ?

Mariana en pleurait des larmes de rage, si différentes de celles que lui avait tirées la mort de son père, pensa Luz. Elle l'écouta pleurer tout son saoul, décidément elle ne pouvait pas lui faire partager son bonheur, alors autant la laisser pleurer.

— Quand va naître l'enfant ? demanda enfin Mariana.

— En janvier.

Voilà qui la rassurait, en janvier il n'y a personne à Buenos Aires, mais il fallait trouver un prétexte pour justifier qu'ils se marient maintenant. Ils ne pourraient pas aller aux États-Unis ? Elle était prête à leur donner de l'argent pour un an ou deux, le mieux serait qu'ils disparaissent assez longtemps pour que les gens ne se rendent pas compte. Qu'est-ce qu'elle allait devenir, mon Dieu.

Le soir même, Ramiro vint parler à Daniel et Mariana. Ils offrirent de nouveau de les aider à quitter le pays pour un temps. Et quant au mariage, Mariana avait pensé que...

Luz avait du mal à croire qu'en un après-midi Mariana ait échafaudé autant de plans absurdes.

Les jours suivants elle fut un peu affligée de l'entendre raconter à ses amis que le fiancé de Luz avait obtenu un fabuleux contrat aux États-Unis, dans une agence de publicité top niveau et qu'il voulait partir avec Luz. Oui, elle aussi lui avait suggéré d'attendre, mais il y avait longtemps qu'ils étaient fiancés, et tu sais comment sont les jeunes, et puis c'était une occasion rêvée pour lui.

Ramiro était un garçon entreprenant et de bonne famille, après avoir été quelques mois plus tôt un monstre corrupteur de mineures. Luz était consternée de voir Mariana à ce point esclave de l'opinion des autres.

Ils leur firent promettre de ne rien dire à personne, pas un mot. Et même si ni Luz ni Ramiro n'acceptèrent l'idée de partir aux États-Unis, ils s'engagèrent à ne pas la démentir si jamais ils rencontraient des amis de la famille. Heureusement il n'y aurait pas de fête, car ils étaient en deuil.

— Ou alors juste un apéritif, supplia Mariana.

Alfonso était mort et enterré. Marta et Antonio n'auraient pas à subir l'opprobre de lui serrer la main.

— Très bien, maman, juste un apéritif.

La fête, Luz et Ramiro la firent seuls, en dansant jusqu'à l'aube.

CHAPITRE SEIZE

J'ai les jambes écartées, une autre poussée, une autre encore et il vient, il va sortir, il pousse, ce n'est pas seulement ma respiration, c'est lui-même qui pousse. Je me redresse et je vois sortir de moi sa petite tête rougie, son corps entier, couvert de mon sang, le cordon qui nous lie encore et que Ramiro coupe maintenant avec le médecin.

On le pose sur mon ventre, sa tiédeur, son visage tourné vers moi. Oui, je suis ta maman. Tout ce que je ressens est si fort, si impressionnant. Une joie féroce.

Le baiser de Ramiro et des mains qui enlèvent Juan de mon ventre. Je ne veux pas qu'on l'emmène, je le dis à Ramiro. Je ne comprends pas ce qu'il m'explique. J'ai très mal : le placenta sort, la sage-femme est là, je pousse mais je ne veux pas me laisser distraire un instant. Mes yeux cherchent Juan mais je ne le vois plus. J'essaie de me redresser mais on m'en empêche. Juan n'est plus en moi et ils l'ont emmené. J'ai une envie folle qu'il soit encore une partie de mon corps. Une gigantesque vague d'angoisse éclate sur le sable tiède de mon corps, je veux qu'on me rende Juan, qu'on me laisse bouger.

— Ramiro, Ramiro, où est Juan ?

— Ils sont en train de l'examiner, Luz, il va bien, tout est parfait.

— Je veux qu'on me rende Juan.

— Reste tranquille, dans un moment on va te ramener dans ta chambre. Il me donne un baiser et s'en va.

— Ramiro, Ramiro. Tu restes avec Juan ? Ne le laisse pas seul.

Ramiro me regarde étonné, mais lui non plus ne veut pas être distrait et il s'en va. Il vaut mieux, je ne veux pas qu'on laisse Juan seul avec des étrangers.

— Quand est-ce qu'on va me rendre mon fils ? je demande à une infirmière qui pousse mon lit.

Elle rit : dans un petit moment.

Je suis sûre que je peux me lever et assister à l'examen de Juan, mais on m'en empêche.

Pendant cette première journée Luz passa d'une joie intense à une angoisse épouvantable. Elle dormait quand l'infirmière vint chercher le bébé, mais dès qu'elle remua le berceau, Luz se réveilla en sursaut.

— Qu'est-ce que vous faites ? Où l'emmenez-vous ?

Il fallait faire quelques contrôles et le changer, lui expliqua-t-elle en souriant. Et vous ne pouvez pas le faire ici ? Non, elle ne pouvait pas, et elle regarda Ramiro comme pour lui demander de l'aide. Mais Luz ne voulait aucune explication de Ramiro, elle voulait qu'il suive l'infirmière et qu'il ne perde pas Juan de vue.

Ramiro sortit de la chambre pour faire plaisir à Luz, mais se demanda ce qu'il faisait dans ce couloir à courir derrière l'infirmière, dont le regard réprobateur lui signifia qu'il n'était pas à sa place.

Quand il revint dans la chambre, Luz pleurait. Elle ne supportait pas qu'on lui ait arraché Juan. Et ni les explications de Ramiro ni ses câlins ne purent délivrer Luz de son angoisse.

Ramiro n'en comprenait pas la raison, néanmoins il demanda à l'infirmière si elle ne pouvait pas éviter d'emmener le bébé, car sa femme réagissait très mal. Bien sûr il savait que c'était difficile, mais il lui demandait seulement, comme une faveur, d'éloigner Juan de sa mère le moins possible. Il ne voulait pas voir Luz souffrir ainsi. Que se passait-il, alors qu'elle était en même temps si heureuse ? Dans la salle d'accouchement ses yeux brillaient de joie lorsqu'on lui avait posé le bébé sur le ventre, puis elle avait eu un regard de terreur quand on lui avait enlevé Juan.

— Rien de plus normal, ne t'en fais pas. Les femmes sont souvent déprimées après l'accouchement, le rassura son oncle Marcelo, qui était psychanalyste.

Mais pour Ramiro ce n'était pas normal. Il était très inquiet. Ni ses paroles ni ses bras, qui savaient dissiper le moindre souci de Luz, ne parvenaient à chasser cette terreur. Il l'avait sentie serpenter dans son corps, traverser sa peau. Il finirait bien par en comprendre la raison. Pour le moment il avait hâte qu'on les laisse rentrer chez eux.

Ce petit bruit rythmique de succion me calme, m'emplit de bien-être. Je suis encore tremblante de colère à cause de maman. Heureusement, j'ai pu me débarrasser d'elle. Mais qu'est-ce que tu fais, m'a-t-elle dit avec ce ton et ce regard où j'ai retrouvé ce que j'avais oublié ces derniers temps : une forme de dégoût, de rejet. Et sont revenus au galop ces regards blessants qu'elle me lançait quand je dansais. J'ai senti monter en moi une rage incontrôlée. Pourquoi me demandait-elle ce que je faisais, elle voyait bien que je tenais Juan contre moi et que je cherchais à lui donner le sein. Puis j'ai essayé de me calmer, je lui ai parlé du colostrum, du lait qui viendrait.

— Mais tu vas l'allaiter ? Pourquoi ? On trouve d'excellents produits maintenant. Tu vas te déformer la poitrine, c'est dommage.

Je me suis contentée de la prier de sortir parce que je voulais être seule avec Juan. Je n'ai pas l'intention de me priver de cette sensation merveilleuse à cause de ma mère. Pourvu qu'elle ne soit pas restée dans le couloir, et qu'elle ait été assez vexée pour partir au diable vauvert.

Mais quand l'infirmière me demande si elle peut faire entrer ma mère, je ne peux réprimer cette fureur d'un autre temps qui s'empare de moi. Je regarde Juan, non Luz, non, cette époque est finie.

— Oui, bien sûr.

Je me moque bien de savoir comment elle a menti ou caché à tous la naissance de Juan, elle l'annoncera au retour des vacances, seules ses sœurs et Amalia sont au courant, elles ne viennent pas bien sûr parce que Luz a demandé qu'on ne lui rende pas visite à la clinique, pourtant l'oncle de Ramiro est là. Je ne l'écoute pas, ce n'est qu'un bruit désagréable, un grincement. Mais quand elle sort de son sac ce petit paquet qu'elle me tend – je l'ouvre avec plaisir parce qu'il marque la fin de sa visite – et que je découvre un biberon, je dois me retenir pour ne pas le lui jeter à la figure.

— J'ai l'intention de l'allaiter, maman.

C'est comme si elle n'avait pas entendu : oui, mais tu vas aussi lui donner le biberon, et elle se met à disserter sur la tétine. Elle me prend la main et la pose sur la tétine, mais ce contact avec le caoutchouc me fait tressaillir. M'ébranle au point que je retire vivement ma main, comme si je m'étais brûlée.

Je pose le biberon sur la table de chevet pour ne pas le jeter par terre. Je ne veux pas me disputer avec elle, je ne veux pas lui dire que son petit cadeau, une bricole, comme elle a dit, histoire que le premier biberon vienne d'elle, m'indigne.

Ramiro fut réveillé par un bruit de verre cassé. Luz pleurait désespérément et pourtant Juan était dans son berceau. Que s'était-il passé ? Elle avait jeté violemment le biberon que lui avait offert sa mère.

Il ne comprenait pas, n'était-elle pas d'accord avec lui qu'il n'y avait pas de quoi se mettre dans une telle rage contre sa mère ? Alors pourquoi, en pleine nuit, après qu'elle se soit endormie si heureuse, Luz continuait-elle avec cette stupide histoire ?

— Non, ce n'est pas maman, c'est... je ne sais pas.

Luz s'était réveillée au milieu de la nuit et avait touché par inadvertance la tétine du biberon, et ce contact avec le caoutchouc, comme dans l'après-midi, avait provoqué en elle une terrible sensation.

— Comme si j'avais touché une araignée, ou un scorpion. Je hais ce biberon, Juan n'y boira jamais.

Il valait mieux ne pas essayer de comprendre, l'essentiel était qu'elle se calme. Il s'allongea près d'elle et la prit dans ses bras. Elle n'éprouvait plus cette terreur qui était la sienne quand on emmenait Juan, mais un profond chagrin, une tristesse infinie tout aussi inaccessible pour Ramiro que la peur. Lui seul pouvait sentir cela en Luz dans toute sa force mais il était incapable de l'atténuer. Que signifiait donc cette tristesse à ce moment de leur vie, alors qu'ils étaient ensemble, avec leur fils ?

Luz ne savait pas, cela concernait peut-être sa mère.

— *C'était un souvenir qui tenait à ma mère, le souvenir de ce jour où on m'avait arrachée à elle, à ma véritable mère, pas à Mariana.*

Elle ne l'avait jamais allaitée, elle était dans un état très grave à sa naissance, il m'est peut-être arrivé quelque chose quand j'étais bébé... avec un biberon et... je ne sais pas.

Ramiro la laissa parler longtemps, remonter des sentiers de sa mémoire qui paraissaient ne conduire nulle part.

Il vaudrait mieux qu'elle dorme maintenant. Ils en reparleraient à la maison, demain ils quittaient la clinique. Ramiro était fatigué lui aussi, il avait besoin de dormir.

Luz le réveilla par un baiser. Elle était assise au bord du lit.

— On s'en va ? Quelle heure est-il ?

Non, elle l'avait réveillé parce qu'elle avait beaucoup réfléchi, en regardant Juan, et pensé à quelque chose – elle parlait très bas, comme si elle craignait d'être entendue – quelque chose qui pourrait expliquer ce qui s'était passé, elle avait besoin d'en parler avec lui, tout de suite.

Ramiro regarda sa montre. Six heures. Cette lueur dans les yeux de Luz lui faisait peur. Qu'est-ce qui lui arrivait maintenant ? Il la prit dans ses bras mais Luz s'écarta, elle voulait qu'il la regarde.

— Ramiro, je suis née le 15 novembre 1976. Tu te rends compte ? Mille neuf cent soixante-seize.

Non, il ne se rendait compte de rien. Il ne comprenait pas son excitation : que voulait-elle dire par mille neuf cent soixante-seize ?

— Ce n'était pas une année comme une autre. Tu le sais très bien. Cette année-là, ton père a disparu. Et beaucoup d'autres, beaucoup de femmes enceintes aussi. Je l'ai lu et je sais ce qu'on leur a fait.

Ramiro se redressa. Il devait aider Luz à surmonter cette crise, mais il était évident qu'elle avait besoin de parler. À vrai dire Luz le savait bien avant, comment n'y avait-elle pas pensé, maintenant elle se souvenait de cette émission de télévision sur le cas de ces jumeaux, tu te souviens, c'était avant de te connaître.

— *Je ne sais pas si tu te souviens de l'histoire de ces jumeaux, ceux de Miara, le type de la police qui avait lui-même torturé la mère. Des années ont passé avant qu'ils puissent être rendus à leur famille, les juges accumulaient les obstacles. Mais après, les gamins « regrettaient » la mère, c'est-à-dire la femme de l'assassin.*

— *Oui, c'était pendant un de mes voyages à Buenos Aires. J'ai vu un des jumeaux à la télévision, et comment la presse montait ce cas en épingle. Et j'ai entendu l'opinion de quelques Argentins amnésiques, qui parlaient en toute impunité. C'est là que je suis vraiment parti. Depuis, je ne remets plus les pieds en Argentine.*

— *Mariana suivait cette affaire comme un feuilleton et elle enra-*

geait contre ceux qui voulaient les rendre à leur vraie famille. Et un jour, pourtant je n'étais pas très au courant, j'avais à peine vu la télé, je lui ai dit qu'ils avaient raison, qu'il fallait les rendre à leur famille, et brusquement Mariana est devenue une véritable hyène. Mais à l'époque, je n'y ai pas fait trop attention. C'était juste un point de désaccord entre nous. C'est à la clinique que j'y ai repensé et que j'ai commencé à y raccrocher d'autres épisodes de ma vie.

Chaînon après chaînon, Luz assemble, à peine les a-t-elle mentionnés, des faits isolés de sa vie – « l'obéissance due » dont lui a parlé Natalia ; cette femme qui était venue la chercher au collège – lui avait-elle déjà raconté ? – ; ses soupçons d'avoir été adoptée, quand elle se disputait avec Mariana ; la crainte de celle-ci de la voir se lier avec des communistes à l'université – et ces faits finissent par former un rosaire qui suggère à Ramiro cette question qu'il ne peut s'empêcher de lui poser :

— Tu penses que tu pourrais être la fille d'une disparue ? Mais pourquoi ?

— Regarde : après moi, maman n'a pas pu avoir un autre enfant, et si je ne suis pas née... je veux dire si elle a perdu l'enfant, je ne suis pas... – et Luz se met à courir, à courir sans frein. – Alfonso lui a peut-être trouvé un autre bébé, tu sais bien qui était Alfonso, alors où pouvait-il en trouver un ? Ce bébé c'est peut-être moi.

— Tu vas très loin, Luz, tu n'as aucune raison de penser cela.

— Non, répond-elle fébrile, mais décidée. Et pourquoi crois-tu que chaque fois qu'elle se mettait en colère contre moi elle me disait que c'était « génétique », moi je pensais que c'était à cause de papa, mais réfléchis un peu, cela pouvait parfaitement s'appliquer à mes autres... gènes.

— Luz, tu es furieuse contre ta mère, je te comprends, mais elle t'aime, à sa manière.

— Non, elle ne m'a jamais aimée, répliqua-t-elle, tranchante.

Les pleurs de Juan obtinrent en un instant ce que Ramiro n'avait pas été capable de faire : stopper cette folle course de Luz qui avait commencé par le contact avec la tétine du biberon. Luz sortit Juan du berceau, se recoucha sur le lit, ouvrit sa chemise de nuit et lui donna le sein.

Elle était souriante et calme. Elle semblait avoir retrouvé son bien-être. Ramiro les regarda avec tendresse. Il faudrait peut-être que Luz entame une analyse, pensa Ramiro. Il le lui suggèrerait. Pour le moment il ne voulait pas perturber cette paix et ce bonheur. Il désirait prolonger cette sensation et oublier tout ce que lui avait dit Luz. Pourtant il se rappelait qu'au début, quand Luz lui avait rapporté certaines réactions de Mariana, il lui avait été difficile d'imaginer que cette femme, qui se conduisait de la sorte, ait pu porter sa fille dans son corps, qu'elle soit sa mère. Mais il avait mis ces réactions sur le compte de cette idéologie de merde et de la personnalité détestable de sa belle-mère.

Après le mariage, Mariana s'était montrée relativement discrète. De toute façon ils s'étaient très peu vus. Mariana n'était pas partie en vacances pour être près de Luz quand l'enfant naîtrait, ce qui était de sa part une attitude inattendue. Luz elle-même en avait été étonnée.

Quand Ramiro l'avait vue sortir accablée de la chambre parce que Luz l'avait mise à la porte, il avait senti que Mariana aimait Luz, à sa manière. Aussi l'avait-il persuadée de rester à la clinique, en l'assurant que ce n'était qu'un malentendu, que Luz aimait être seule avec le bébé quand elle l'allaitait, voilà tout. Ramiro était tellement heureux qu'il se sentait d'une générosité sans limite, même avec sa belle-mère.

Il devait parler à Luz, lui demander de ne pas assombrir ce moment merveilleux par ses conflits avec sa mère. Après tout, Mariana se montrait plus douce ces derniers temps, même Luz le reconnaissait. Ni lui, ni Luz, ni Juan ne méritaient que cette ambiance infecte et électrique, comme disait Luz, envahisse leur petit royaume.

Je voulais en parler à Ramiro, mais la journée a été difficile. Juan pleurait et nous ne savions pas bien ce qu'il fallait faire, lui donner à manger, le changer, le prendre dans les bras ou bien le laisser dans le berceau. Nous avions peur qu'il ait quelque chose.

— C'est toujours comme ça, nous a rassurés Marta, les premiers jours on ne comprend rien, on a peur de tout et puis on finit par s'habituer.

— Toi, tu criais beaucoup plus fort, me dit maman. Ce que tu criais ! C'était impressionnant.

— Je criais ?

Je cherchai le moindre prétexte pour qu'elle me parle de ma

naissance. Mais elle m'avait déjà dit qu'elle ne m'avait pratiquement pas vue pendant le premier mois.

— Et qui s'est occupé de moi ?

— D'abord la clinique, puis ta grand-mère. Où as-tu acheté le berceau ? Il est adorable.

À un moment où elle ne pouvait pas nous entendre, je glissai à Ramiro : Tu n'as pas eu l'impression qu'elle voulait changer de sujet, qu'elle n'avait pas très envie de parler de mes premiers jours.

Non, il n'a pas eu cette impression, il n'a rien remarqué, mais, s'il te plaît, surtout ne dis pas à ta mère ce que tu m'as raconté aujourd'hui à la clinique. Promets-le-moi.

Entendu, et puis ce n'était pas le moment de parler parce que Juan se remettait à pleurer, il fallait s'occuper de lui.

Maintenant, Ramiro et Juan dorment placidement. Alors je criais ? Qu'est-ce qu'elle a voulu dire ? Il est onze heures et demie. Elle se couche tard.

— Bonsoir, maman. Non, non, tout va bien. Je voulais juste te demander pourquoi tu as dit que je criais beaucoup. Quand est-ce que je criais beaucoup ?

J'ai l'impression que ma question l'embête, elle parle d'un ton sec, je l'imagine faisant des efforts pour me répondre calmement, comme elle le fait depuis que je ne vis plus avec elle. Elle prétend que j'avais des cauchemars, c'est du moins ce qu'affirmait le pédiatre. Des cauchemars ? Quand je n'étais qu'un bébé ?

— Oui, tu te réveillais très effrayée, bah, comme d'habitude, tu te souviens quand je te disais que tu avais un air de chien battu, et puis un jour tu as arrêté de crier. Malgré ses efforts elle n'a pas pu réprimer ce ton mordant que j'avais oublié.

— Non, si je te le demande c'est par curiosité, rien de plus, parce que Juan a l'air effrayé lui aussi. Quand on a un enfant, on doit vouloir se souvenir de soi-même, comment on était les premiers jours.

Je ne peux pas m'empêcher d'interpréter le silence de maman, de le remplir de paroles qu'elle ne peut pas me dire, bien sûr, puisqu'elle ne m'a pas vue pendant les premiers jours. Oui, elle me l'a déjà dit, elle allait très mal. Bon, maman, je vais dormir.

Donc, à un mois je faisais des cauchemars... Je dois arrêter de gamberger et dormir, Juan ne va pas tarder à se réveiller. Je verrai plus tard.

Comment cela elle n'était pas heureuse, comment pouvait-il lui dire ça, Luz était blessée par les paroles de Ramiro, il ne voyait donc pas que c'était la première fois de sa vie qu'elle se réveillait en se disant quelle chance de vivre, quel bonheur de passer la journée avec Juan, de sentir la chaleur de Ramiro, et quel plaisir de parler avec lui, de dormir avec lui, de le voir en train de laver Juan, de le bercer pour qu'il s'endorme. Ramiro ne voyait donc pas qu'elle n'avait jamais été aussi heureuse que maintenant ? Pourquoi lui disait-il qu'elle n'était pas heureuse ? Cela lui faisait mal.

Oui, bien sûr, Ramiro voyait tout ce que Luz lui montrait, son sourire radieux, cette lueur dans ses yeux, son corps tout entier, elle était vraiment magnifique, un peu plus en chair, avec de gros seins, et son visage était devenu incroyablement beau, plus doux, plus femme, sa femme plus que jamais. Mais il y avait l'autre face, ces balafres soudaines que déclenchait sa quête obstinée, son attente du moindre signe qui viendrait confirmer son hypothèse. Certains n'étaient pas dénués de sens, mais d'autres comme ce « bah » de Javier, dans lequel Luz avait perçu tant d'échos, n'était qu'un mot qui ne voulait rien dire, tu n'exagères pas un peu, Luz ?

J'exagère peut-être, comme dit Ramiro. Je recherche avec ténacité tout ce qui pourrait confirmer mes soupçons, et parfois je me demande pourquoi. J'ai remis le sujet sur le tapis avec Javier et quand j'ai vu son embarras, au lieu d'arrêter, j'ai continué.

Je lui ai dit que maman était encore inconsolable de la mort de son père. Légère crispation de ses lèvres, ombre dans son regard. J'ai voulu vérifier : De mon grand-père, Alfonso Dufau. De nouveau ce mépris qui ourle sa lèvre, comme s'il ne pouvait pas la contrôler.

— Tu pouvais pas le blairer Alfonso, hein ? – Javier hausse les épaules – Laura me l'a dit. Tu n'as pas à t'en cacher. Moi je le détestais. J'ai honte d'être sa petite-fille. Je n'ose pas le dire à maman, et ce n'est pas parce qu'il est mort, avant je ne pouvais pas non plus.

Javier a eu un sourire ténu, ce que je lui disais lui faisait plaisir, aucun doute.

— Et pourtant avec moi, quand j'étais petite, il a toujours été... normal, même affectueux ; non, je le déteste depuis que j'ai appris qu'il a participé activement à cette saloperie qu'on a appelée la guerre sale. Tu le savais à l'époque ?

Javier a acquiescé sans un mot. Mais je ne l'ai pas laissé souffler, se reprendre, changer de sujet.

— Papa le savait ? Je te le demande parce qu'il est mort avant que toute la lumière soit faite. Papa le détestait ?

— Mais Luz, pourquoi cette question aujourd'hui, pourquoi un sujet aussi pénible à ce moment de ta vie, alors que tu viens de te marier avec l'homme de tes rêves, on m'en a parlé de ton Romeo, et que tu as un enfant adorable. Javier tentait désespérément de me détourner de ce dont, de toute évidence, il ne voulait pas me parler.

Je l'ai interrompu et prié de me dire la vérité, j'avais besoin de savoir, c'était très important pour moi. Alors il m'a avoué que papa non plus ne pouvait pas encaisser son beau-père, mais qu'il n'en parlait pas beaucoup. Javier est resté un moment silencieux, comme perdu dans ses souvenirs, c'est alors qu'il a laissé échapper quelques mots sur la clinique : je me souviens que quand tu es née, ta maman était en salle de soins intensifs, ton père se sentait très mal et disait qu'Alfonso et Amalia le rendaient fou.

— Tu avais dit « bah » : « Quand tu es née, bah, quand ils étaient à la clinique ». Qu'est-ce que tu voulais dire par ce « bah » ?

Et Javier, très perturbé, mais non il n'avait pas dit bah, et puis peu importe, cela ne voulait rien dire, et il regardait désespérément sa montre, parce que Laura devrait être là. Chaque fois qu'elle va à Buenos Aires, les enfants lui demandent...

— Pourquoi papa se sentait si mal à la clinique ?

— Parce que ta mère est restée pendant des jours dans un état critique et parce que.. tes grands-parents ne le laissaient pas libre d'agir à sa guise, ils se mêlaient de tout. – Javier oubliait son ton modéré, une vieille rancœur sourdait dans sa voix. – Ils ne le laissaient pas souffrir en paix, je l'ai vécu, je l'ai vu.

— Et moi, tu m'as vue à la clinique ?

Je ne sais pas s'il m'a répondu oui ou non, il a émis un bruit bizarre, comme si ma question l'avait poussé au bord d'un abîme où il ne voulait pas tomber, c'est alors que la sonnette a retenti, c'était Laura, il s'est levé pour aller lui ouvrir. Juan s'est réveillé. Je lui ai donné le sein et j'ai raconté l'accouchement à Laura, les premiers jours de Juan, et le « bah » de Javier s'est évanoui.

Mais le soir, en parlant avec Ramiro, ce « bah » s'est mis à enfler jusqu'à devenir la preuve irréfutable que je n'étais pas née dans cette clinique, que Javier le savait et n'avait pas voulu me le dire. En plus, il détestait Alfonso, il le détestait. Tout colle, non ?

Mais pourquoi s'acharnait-elle à vouloir le prouver, lui demandait Ramiro. Ce n'était pas la même chose que de savoir si cette idée folle qui la poursuivait jour et nuit était, oui ou non, fondée. D'où venait cette certitude ? Comment peux-tu vouloir cela, Luz ? Pourquoi courir désespérément après ce destin d'être née en captivité. Comment quelque chose d'aussi sombre peut-il apparaître dans notre vie en ce moment ?

C'est vrai que j'ai cette certitude. Je ne sais pas exactement pourquoi, peut-être parce que j'y trouve une explication à tant d'épisodes de ma vie. Bien sûr que c'est terrible, mais je dois connaître la vérité. Et quand je cherche la vérité, je me sens mieux, je suis délivrée de cette peur qu'on me vole Juan, de cette angoisse que j'éprouvais à la clinique.

C'est sans doute difficile à comprendre, mais cette recherche de mes origines, de mon identité, ne tient pas à la douleur mais à mon bonheur, parce que si je n'étais pas aussi heureuse, je n'aurais pas la force de m'enfoncer dans ces couloirs sombres, et tu y es pour beaucoup, Ramiro, sans toi je ne serais pas en train de me chercher, non seulement à cause de ce que tu m'as raconté, mais de tout ce que je vis avec toi, ton amour, ton amitié inconditionnelle, ton habileté à m'aider à réfléchir, cette façon de me comprendre et de m'accepter sans me juger, ces câlins géniaux que tu me fais, et quand on fait l'amour, ah, comme je me sens bien quand on fait l'amour. C'est de là, de ce lieu, de l'amour et du bonheur. Ramiro, que je cherche la vérité. C'est parce que je me sens aimée pour la première fois, parce que je suis avec toi et avec Juan que je n'ai pas peur, et que je veux connaître la vérité.

C'était difficile à comprendre pour Ramiro, mais si Luz agissait ainsi par amour il n'y avait pas à s'inquiéter. Et lui-même avait dit que c'était une bonne idée de prendre rendez-vous avec les Grands-Mères de la place de Mai. Il resterait avec Juan.

Marta arriva quand Luz était sur le point de sortir. Ramiro était très content. Il avait besoin de parler, de s'assurer qu'il ne se trompait pas, ou que quelqu'un le raisonne, parce qu'enfin cette histoire n'était pas la sienne mais celle de Luz, et peut-être intervenait-il trop.

Il eut du mal à aborder le sujet, il tourna autour du pot : heureusement il allait pouvoir prendre plus d'un mois de vacances pour être avec Juan, avec Luz, non, pas seulement pour Juan, mais pour Luz. Elle avait une idée fixe depuis la naissance de Juan, une idée qu'il avait trouvée absurde au début. À présent, il y croit, mais comme il est toute la journée avec Luz, il craint de se laisser prendre dans cette toile qu'elle tisse méticuleusement. Et lui-même, à son insu, l'encourage dans cette recherche désespérée.

Marta ne comprenait rien à ce que Ramiro lui disait, sauf qu'il avait besoin de ses conseils et de son appui.

— Quelle est cette idée, Ramiro ? Explique-moi.

— Voilà : Luz soupçonne qu'elle n'est pas la fille de ses parents, ils auraient fait un échange... elle serait la fille d'un couple de disparus.

Comment s'enthousiasmer pour quelque chose d'aussi horrible que ce que venait de lui dire son fils, pourtant c'est d'abord ce que ressentit Marta : de l'enthousiasme, presque de la joie. Elle aimait beaucoup Luz mais elle n'avait jamais vraiment admis qu'elle vienne de cette famille. Néanmoins elle devait rester prudente.

— Elle a des éléments à l'appui, ou tu crois qu'elle délire ?

Il ne savait pas. Ramiro assembla les chaînons aussi bien que Luz lui avait appris à le faire ces jours-ci. Il lui expliqua aussi combien Luz avait mûri dernièrement, la conscience qu'elle avait désormais de tant de choses qu'on lui avait cachées des années durant.

— Pendant sa grossesse on a beaucoup parlé de papa. C'est elle qui n'arrêtait pas de me poser des questions. L'idée que son grand-père ait pu être impliqué dans sa disparition la désespérait. Je lui ai dit qu'il n'en était rien, papa avait été séquestré par la Marine, même si c'est là une question secondaire, car c'étaient tous des ordures. Je l'ai dit pour elle, pour ne pas la voir souffrir.

Marta était au bord des larmes : Luz est merveilleuse, Ramiro, je suis émue que tu l'aimes au point de l'accompagner dans cette affaire et de ne pas penser qu'elle est folle, qu'après l'accouchement elle est devenue folle ou quelque chose de semblable. Luz doit savoir ce qui la pousse dans cette recherche. Soutiens-la, Ramiro, autant que tu le pourras. Et compte sur moi pour en parler chaque fois que tu en auras besoin.

Il n'aurait rien dû dire à sa mère, il avait promis à Luz que cela resterait entre eux. mais il avait besoin de se confier à quelqu'un. C'était trop lourd.

— Elle a interrogé Mariana ?

— Non, je lui ai demandé de ne pas le faire. Imagine si ce n'est pas ça... C'est une accusation très grave, terrible. Mais je ne sais pas si elle pourra tenir sa langue. L'autre jour, avant que Mariana parte à Punta del Este, Luz s'est emportée violemment contre elle parce qu'elle ne se rappelait pas le nom de la clinique où elle avait accouché. Tu ne peux pas savoir comme elle lui a crié après. Luz croit qu'elle fait exprès de ne rien dire pour qu'elle n'aille pas vérifier.

Les Grands-Mères, Ramiro y avait pensé comme un moyen de le savoir sans passer par Mariana. Mais maintenant il se sentait inquiet. N'agissait-il pas comme un fou ?

Non, pas du tout, le rassura sa mère, il agissait comme un véritable compagnon de sa femme.

Non, ça s'est mal passé. J'ai l'impression que cette femme avec laquelle j'ai parlé m'a prise pour une folle. Je lui ai d'abord demandé s'il était possible de démontrer qu'une fille, née en 1976, pouvait être la fille d'un couple de disparus. Delia a voulu savoir pourquoi je lui posais cette question, et je l'ai priée de me répondre parce que j'avais peu de temps. Elle m'a parlé de la Banque de données, où est déposé le sang des parents de disparus. Il suffisait d'une analyse de sang. Où est-ce qu'il faut aller ?

Quand ? Mais ce n'était pas aussi facile que je le croyais, elle m'a posé beaucoup de questions, auxquelles je ne voulais pas répondre.

— *Pourquoi on ne voulait pas te laisser faire une analyse de sang ?*

— *Parce qu'on ne me croyait pas. À la manière dont je me suis comportée au premier entretien... quelle idiote j'ai été... j'ai donné l'impression d'être folle.*

J'ai dû lui dire que l'analyse de sang c'était pour moi. Mais je n'ai pas voulu lui révéler que j'étais la petite-fille de Dufau. Devant son insistance, j'ai raconté que j'avais des soupçons parce que ma mère ne m'avait jamais aimée, qu'on se disputait sans arrêt et qu'à de multiples occasions j'avais pensé que j'étais une enfant adoptée. Puis je l'ai écoutée un long moment m'expliquer que c'était là un sentiment très fréquent à l'adolescence, quand mères et filles s'affrontent, mais que j'allais sans doute trop loin. La même phrase que celle de Ramiro. Que je m'entende mal avec ma mère ne signifiait pas que... Et moi, de quoi allais-je pouvoir lui parler, de la tétine du biberon, du « bah » de Javier, du « c'est génétique » ? Non, c'était absurde. Je lui ai dit que j'avais d'abord eu des soupçons, mais que j'avais maintenant la quasi-certitude que ce n'était pas ma mère, parce que j'étais moi-même mère à présent, j'ai un bébé depuis un mois et demi. Alors j'ai regardé ma montre et je lui ai dit que je devais partir. Elle m'a raccompagnée jusqu'à la porte. Je lui ai demandé si je pouvais revenir, si elles avaient de la documentation sur les bébés disparus à la mi-novembre 1976, peut-être un peu avant ou après. On m'a dit que je suis née le 15 novembre, mais je ne peux pas en être sûre.

Là je n'ai plus aucun doute : cette femme pense que je suis cinglée. Elle pose sa main sur mon épaule et me conseille d'en parler avant avec ma mère. En parler avec elle ? Si elle m'a volée, elle ne va pas me le dire.

— Je peux voir ces documents que vous avez, oui ou non ? Je criais presque.

Bien sûr qu'elle pouvait. L'analyse de sang, non. Mais qu'elle revienne la voir quand elle voulait.

Marta fut bouleversée quand Ramiro lui rapporta cette entrevue. Peu importe si c'est un délire de Luz, ce qui compte c'est qu'elle ait eu besoin d'aller raconter son histoire à une étrangère parce qu'elle était une grand-mère, et cela parce que Luz est mère et que sa propre mère ne l'aimait pas. C'est très profond, Ramiro, moi je n'interfèrerais pas, Luz a besoin de faire ce qu'elle fait. Et si elle continue dans cette voie, elle finira par révéler de qui elle est la petite-fille et racontera les circonstances de l'accouchement de sa mère.

Ramiro proposa à Luz d'aller lui-même en parler afin qu'on l'autorise à faire une analyse de sang.

— Non, s'il te plaît, ne dis rien, elles ne me laisseraient pas consulter les documents. Elles me haïraient. Je préfère y aller seule.

L'autre jour, elle n'arrêtait pas de me regarder pendant que j'examinais les archives et prenais des notes dans mon carnet. Elle ne m'a rien dit. Mais au moment où je repartais, elle m'a demandé si j'avais pu parler avec ma mère, alors je l'ai regardée en colère et je suis sortie. Je suis donc étonnée de la voir s'approcher avec ce sourire. Elle regarde Juan (je l'ai amené pour pouvoir rester plus longtemps) et s'assied en face de moi.

— Quel bébé adorable !

Elle lui sourit et me dit qu'elle aimerait bavarder avec moi, que je lui parle un peu plus de ma vie. Je lui réponds que je n'ai rien de plus à lui dire. Je ne sais pas pourquoi je me montre si antipathique alors que je connais la lutte des Grands-Mères et que je les admire. J'ai sans doute peur qu'elles apprennent qui je suis, ou qui je suis censée être. Parce que si je suis vraiment la petite-fille d'Alfonso, elle aura toute les raisons de me virer d'ici.

Je continue de prendre des notes, comme si je ne la voyais pas.

— Écoute Luz, comme tu as la tête dure, on va t'autoriser à faire une analyse de sang.

— *Quelque chose avait fait changer l'attitude de Delia. Elle me l'a dit plus tard, quand nous sommes devenues amies. Et plus qu'une amie, je la sens un peu comme ma grand-mère. Elle m'a donc raconté que le jour où elle a parlé de ma visite, en réunion, quand elle a donné mon nom et mon prénom, une des Grands-Mères s'est rappelée que Susana Collado...*

— *La mère de Dolores ?*

— *Oui, elle avait dit que la fille de Dufau avait une fille qui n'était pas d'elle. C'est pour cela qu'on m'a autorisée à faire l'analyse de sang, alors que je leur cachais encore mon identité.*

Je suis tellement euphorique que je suis incapable de lui répondre. Juan se met alors à pleurer et je lui donne le sein. Le regard de Delia me bouleverse. Elle a les yeux humides.

— C'est ce que faisait ma fille la dernière fois que je l'ai vue. Mon petit-fils, Martín, avait deux mois quand il a disparu.

Et avant de fondre en larmes, elle se lève, me caresse les cheveux et s'en va.

Elle est rassérénée quand je m'approche de son bureau. Je la remercie à peine et lui demande quand et où je peux faire cette analyse de sang.

— *Ça n'a servi à rien. Il n'y avait aucune donnée qui permettait de rattacher mon sang à un autre. Et pendant un moment j'ai pensé que je m'étais trompée, que ce n'était qu'un délire, une rage exagérée contre maman, un besoin de renier cette famille, les aberrations de mon grand-père. Mais cela n'a pas duré. Car quelques mois plus tard, chez Laura et Javier, si je suis partie avant Ramiro, c'est parce qu'il fallait que je reprenne les recherches.*

Pourquoi ne voulait-il pas dire la vérité à Luz ? Laura ne comprenait pas, elle se taisait elle aussi, parce que Javier le lui avait demandé, mais cela lui semblait une terrible injustice. Elle-même, l'autre jour, avait accompagné Luz à la clinique où elle était soi-disant née, et elle était très mal à l'aise de devoir taire la vérité. Si tu l'avais vue, Javier, réclamer le nom des employées responsables du registre des naissances. Laura s'était contentée de la regarder agir, insister, et elle avait eu la certitude que Luz allait arriver à ses fins, qu'elle continuerait jusqu'à ce qu'elle trouve la vérité. Pourquoi ne pas lui faire gagner du temps ? En ce moment elle est en train de chercher désespérément une femme, la fille d'un employé du domaine, qui avait seize ans à l'époque et qui a donné sa fille. On sait bien que cette femme n'existe pas, pourquoi ne pas le lui dire ?

Qu'est-ce que tu veux, qu'on lui dise qu'elle est la fille d'une pute qui par ailleurs n'est jamais revenue ? Ils n'en étaient pas certains, répondit Laura, ils ne pouvaient pas l'affirmer. Non, c'était toujours le même non. Quand ce fantôme finirait-il de les harceler ? La mort d'Eduardo n'avait-elle pas suffi ?

De cela aussi Luz lui avait parlé, et Laura lui avait dit qu'elle n'avait jamais cru à ce braquage. Tu dois parler à Luz, Javier, elle sait que tu lui caches quelque chose.

Quand Ramiro revint, Luz était euphorique. Il s'était passé tant de choses ces derniers jours. Elle lui raconta tout, la clinique, la rencontre avec cette vieille employée, puis cette femme qui était la fille d'un ouvrier du domaine des Iturbe, enfin son entrevue avec Murray. Tu vois, Ramiro, je n'étais pas folle, Mariana n'est pas ma mère. Quand elle l'avait dit à Laura, celle-ci n'avait pas paru étonnée.

— Je suis sûre que Javier en sait davantage sur ma véritable identité et interdit à Laura de m'en parler. J'attendais que tu reviennes pour affronter la situation.

S'il n'avait pas suivi l'affaire pas à pas, Ramiro aurait trouvé l'exaltation de Luz incompréhensible. Apprendre qu'elle n'est pas la fille de ses parents et s'en réjouir. Mais l'autre hypothèse était donc fausse, quel soulagement.

— Alors tu n'es pas une fille de disparus.

On ne pouvait pas encore l'écarter. Du moins jusqu'à ce que Javier le confirme.

Solide comme un roc, énorme, lourde, rien ne pouvait ébranler l'idée qu'elle était née en captivité. Tout indice qui la contredisait, tel celui si évident du sang, ou ce qu'on venait de lui dire sur la fille du domaine, Luz le tenait pour négligeable. Seul ce qui allait dans son sens avait de la valeur. Ramiro voulait poser directement la question à Javier. Et lui révéler la vraie nature de ses soupçons. Pourquoi attendre plus longtemps ?

— Écoute, on va dîner avec eux et les enfants ce soir. Laura m'a dit qu'elle parlerait à Javier. J'ai cru entendre une promesse dans ses paroles. Quand le moment sera venu de s'adresser à Javier, Laura le saura.

Les cousins de Luz partis, ils s'installèrent dans le salon pour boire un verre et c'est Javier lui-même qui aborda le sujet. Il avait du mal à parler, comme si les mots venaient de très loin, lourds de honte et de malheur.

Non, cette fille de seize ans n'existait pas, il ne savait pas de qui il s'agissait. Il allait lui dire tout ce qu'il savait : ce qui avait conduit Eduardo à la déclarer comme sa fille, la pression de ses beaux-parents. Eduardo avait probablement eu la même crainte que Luz, à cause de l'année de naissance et des circonstances. C'est ce qui explique son acharnement à découvrir la vérité. Mais ce n'était pas ça. Le nom figurant sur l'acte de naissance était Miriam López, il l'avait lu. Et cette femme qui était venue la chercher à la sortie du collège, Luz se rappelait ?

Eduardo l'avait rencontrée une fois. Mais après il n'avait plus eu de nouvelles. Eduardo était mort justement à ce moment-là.

Ses scrupules l'empêchaient encore de répondre à la question de Luz : Comment sais-tu que c'est autre chose ? Pourquoi ? Ce qui est curieux c'est qu'elle était vivante après que je sois née en captivité, du moins si c'est le cas. Mais elle avait peut-être réussi à s'échapper – et cet espoir fulgurant dans son regard-, ma mère est peut-être encore vivante.

— Je sais que tu n'es pas née en captivité. Parce que je suis parti à la recherche de Miriam López... et j'ai appris quelques éléments sur sa vie.

— Tu l'as vue ? Tu la connais ? Je lui ressemble ?

Laura l'interrompit, elle aussi avait eu les mêmes soupçons que Luz et Eduardo, mais ce qu'ils savaient de l'histoire de Miriam López ne semblait pas les confirmer.

Assumant ce que Javier ne se résolvait pas à dire, sur Miriam et Dolores, et évitant ce qui risquait de trop faire souffrir Luz, Laura lui avoua enfin que Mariana avait appris la vérité – elle omit de mentionner ses réflexions sur sa « peau claire » et son « sans-gêne », mais ce fut Luz elle-même qui continua, car maintenant elle comprenait tant de choses de Mariana et de sa propre vie.

Javier était effondré sur le canapé, le poids de tout ce qui venait d'être dit ce soir l'avait abattu.

Luz s'approcha et se blottit contre lui. Elle lui murmura : Ne regrette jamais, tu m'as fait un bien immense. Je le savais, je crois que je l'ai toujours su, et maintenant je suis contente, heureuse, sur la bonne voie.

Luz l'embrassa et partit se coucher. Javier pleura son frère comme s'il venait de mourir. Avait-il le droit de dire à Luz ce que son frère avait tu ? demanda-t-il à Laura. Plus que le droit, il en avait le devoir, car Eduardo n'avait pas pu le faire, on l'en avait empêché en le tuant.

Mais ce ne fut que plusieurs mois après cette soirée que Javier eut la certitude, en lisant la lettre que Luz venait de lui envoyer, qu'il n'avait pas eu tort et que son frère, enfin, pouvait reposer en paix. *Je te le dis à toi, Javier, parce qu'à lui ce n'est pas possible, je te pardonne, je t'aime.*

CHAPITRE DIX-SEPT

Après ce que nous ont révélé Laura et Javier, Ramiro ne croit pas que mes origines soient liées à la répression. Plusieurs éléments contredisent mes soupçons : ce que Javier sait de Miriam, le document de l'hôpital où figure le nom et le prénom de ma mère.

Mais il se peut que ce qu'on a dit à Javier sur Miriam, à Coronel Pringles, soit un mensonge, ils ont pu inventer cette histoire de mannequin par crainte de dévoiler qu'elle était une militante. Beaucoup avaient peur à l'époque. Avoir un disparu dans la famille signifiait, outre une douleur profonde, marginalisation, isolement. Mais si elle avait disparu, comment avait-elle pu aller à Entre Ríos sept ans plus tard ?

L'existence d'un document de l'hôpital était bizarre. Dans les cas que m'ont rapportés Delia et les Grands-Mères, il n'y avait aucune trace écrite prouvant la naissance. Mais il n'est pas non plus normal que la mère soit mentionnée sans papiers d'identité à l'appui. Il doit y avoir une explication et je veux la trouver.

Ce serait plus facile de demander à maman... à Mariana. Elle doit savoir. Mais je ne veux pas en parler avec elle maintenant, je ne me sens pas capable d'affronter une telle explication. Aujourd'hui elle m'a appelée pour m'annoncer qu'elle passerait me voir dans l'après-midi, mais je lui ai dit que je devais aller chez le pédiatre et qu'on se verrait un autre jour.

Il faut que je parle à Delia tout de suite.

— *Nous étions devenues très amies. La première fois où je suis revenue au siège des Grands-Mères, après l'analyse de sang infructueuse à la Banque de données, j'avais un peu honte. Mais dès que Delia m'a dit qu'elles savaient qui était mon grand-père, je me suis sentie beaucoup mieux, délivrée de cette peur d'être découverte ou prise pour une folle. Et j'ai continué à y aller, non plus pour consulter les archives mais simplement pour passer un moment avec elle. J'emmenais Juan. Delia l'a vu grandir. Juan lui faisait des sourires fantastiques, dit Luz en souriant. C'était une relation très spéciale avec Delia, qui nous a fait du bien à tous. Elle m'a raconté tant d'histoires terribles... et bouleversantes. Dont celle de Susana, la mère de Dolores. Tout ce qu'avait été capable de faire cette femme pour retrouver son petit-fils : juges pour enfants, évêques, orphelinats, militaires, curés, politiciens, elle avait frappé à toutes les portes, un jour c'était l'espoir, le lendemain la déception.*

— *Elle l'a retrouvé ?*

— *Non, elle est morte avant. Ils avaient suivi une piste à partir d'une information qu'on leur avait donnée, Susana s'était fait beaucoup d'illusions. Elle a poursuivi avec acharnement celui qu'elle croyait être le voleur de son petit-fils, elle est tombée à bras raccourcis sur des juges réticents, et finalement ce n'était pas son petit-fils. Mais du même coup on a prouvé que ce n'était pas non plus le fils de ces faux parents, un militaire, et pourtant il est resté avec eux parce que, lui non plus, personne ne le cherchait.*

La surprise de Delia quand je vais lui dire que la fille de Susana Collado, Dolores, était l'amie de mon père. Enfin, de mon père, non, mais si, de papa, c'est décidé.

Je l'appelle et je lui demande si elle n'a pas le temps de venir faire un tour sur la place, avec moi et Juan. Tu as vu ce petit soleil – je la tente –, le printemps, les arbres. Et Juan est adorable, tu lui as beaucoup manqué à Entre Ríos. Je passe te chercher. On habite tout près.

— Comme tu as l'air contente ! me lance-t-elle quand elle me voit.

Tu ne vas pas me croire, Delia. Et je commence par la clinique, les bâtons dans les roues qu'ils m'ont mis, les bobards qu'ils ont inventés et tout ce que j'ai fait et leur ai dit, et comment enfin j'ai pu consulter le registre des accouchements et celui de pédiatrie : il y avait eu un garçon, mort-né.

Le visage de Delia resplendit : Alors tu as trouvé, tu as la preuve !

Oui, et c'est elle, à travers toutes les histoires qu'elle m'a racontées sur le combat des Grands-Mères, qui m'a appris à ne pas m'en tenir à une réponse négative, j'avais même trouvé le nom des employées administratives de l'époque et celui du médecin accoucheur. En dix jours. Et j'avais pu les rencontrer. À Paraná c'est plus facile, il y a moins de monde, tu parles avec l'un, avec l'autre, et, pour peu que tu sois têtue comme moi, tu finis par trouver la personne que tu cherches. Le médecin, je l'ai déniché à Rosario. Quelqu'un de sa famille m'a donné son adresse.

Nous arrivons sur la place. Je soulève Juan et je le fais tourner en l'air avant de le déposer dans le bac à sable. Je suis si contente de me rapprocher chaque jour davantage de ma mère, de mon père, il est peut-être vivant.

Delia et moi nous nous asseyons au bord du sable et je continue à lui raconter tout ce que j'ai découvert ces derniers jours. L'expression de Delia change au cours de mon récit.

— Mais alors, ce n'est pas ce que tu pensais, Luz. Tu n'es pas une fille de...

— On ne sait pas, je l'interromps. Ils ont pu dire n'importe quoi. J'ai consulté les listes que j'ai à la maison et il n'y a pas de Miriam López, mais tu pourrais peut-être vérifier quelque chose pour moi.

Comme Ramiro, Delia ne croit pas que je sois une enfant de disparus. Mais moi je continue à sentir que c'est bien ça. Peut-être à cause de mon grand-père, mon soi-disant grand-père, et je conclus en lançant : Ce fils de pute n'était pas mon grand-père au bout du compte !

— J'ai toujours affirmé aux Grands-Mères, me dit Delia en souriant, que sensible et jolie comme tu étais, tu ne pouvais pas être du même sang que cette brute.

— Tu te fais des idées. Maman... Mariana est très jolie, cela dit elle est sensible comme le marbre, comme la pierre.

Delia me regarde soucieuse et, très calmement, comme si elle craignait que ses paroles ne me blessent, elle me demande :

— Tu en as parlé avec elle ?

— Non, je ne lui ai encore rien dit. Je ne sais pas quoi faire, elle aussi ignorait tout, ils lui ont menti, papa lui a avoué la vérité quand j'avais sept ans. Et c'est à ce moment-là qu'il a cherché à découvrir mes origines. Je crois... l'idée m'est venue que ce n'était pas un braquage... ils l'ont peut-être tué.

— Tu vas trop loin, Luz chérie.

— C'est ce que tu m'as dit le jour où je t'ai rencontrée, pourtant tu vois, je ne m'étais pas trompée.

Delia pense que ce que j'ai lu et appris grâce à elles m'a tellement touchée, que je me le suis approprié, j'en ai fait ma propre histoire. Elle le comprend, du reste, parce que les Grands-Mères ont vécu le drame de chacun de ces enfants qu'elles ont retrouvés comme celui de leur propre famille. Elle se souvient comment, après tant de déboires, tant de tergiversations, elles avaient rendu Paula à sa grand-mère. Delia était là, au tribunal, quand en possession de toutes les preuves, y compris celle de l'analyse de sang qui établissait sans aucun doute l'identité de la petite, le juge a déclaré qu'il devait poursuivre sa réflexion sur ce cas. Salaud, ordure, lui avait hurlé Delia, elle qui était incapable d'élever la voix. Elle avait réagi comme si Paula était sa propre petite-fille. Et il y avait eu aussi Beto, Tamara et tant d'autres. Et quand Sacha avait pu récupérer Carlita, quelle joie elles avaient ressentie !

— Tu as l'impression que ce sont ta chair et ton sang parce que ce que tu partages, tu l'as vécu. Mais il n'est pas nécessaire que cela te soit arrivé, que tu aies souffert dans ta propre chair, pour lutter avec nous. Ne te trompe pas, Luz.

J'ai peur, j'ai peur que Delia, comme Ramiro, persistent à penser que ce n'est pas mon histoire. Je sais, je suis sûre que c'est mon histoire. Je lui prends les mains et je lui demande de ne pas me laisser seule, s'il te plaît, après tout ce que j'ai réussi à découvrir, et je vois ses yeux embués de larmes : Mais pourquoi pleures-tu ?

Elle se sent stupide, égoïste, mais elle vient de penser que s'il était arrivé au petit Martín, le bébé de sa fille, la même chose qu'à moi, il aurait eu cette intuition, cette force pour faire tout ce que j'ai fait, cette conviction tenace, et peut-être... sortir de l'ombre, faire un signe...

Les larmes glissent sur ses joues. C'est la première fois que je la vois pleurer. Je la prends par l'épaule.

— Ah ! Delia, Delia chérie, tu sais que j'ai souvent pensé la même chose, mais à l'inverse, pourquoi n'y aurait-il pas une Delia, une grand-mère qui me cherche, comme toi tu cherches ton petit-fils ? Je me serais libérée bien avant.

— *Non, elle n'avait jamais eu le moindre indice sur son petit-fils. Il avait disparu pendant l'opération où ses parents avaient été enlevés. La fille de Delia croyait qu'ils l'avaient laissé chez la voisine, c'est ce qu'elle a dit à quelqu'un au camp de détention. Mais ce n'était pas le cas. Les parents ont été tués quelques mois plus tard. Un témoin avait vu les types mettre le bébé dans la voiture. La piste s'arrêtait là. Les militaires qui avaient participé à l'opération ont toujours nié la présence d'un bébé dans cette maison.*

J'ôte de la bouche de Juan la pelle remplie de sable qu'il est en train de manger. Je ne veux pas pleurer. Je dois soutenir Delia, je la vois si fragile en ce moment. Je lui dis que je ne suis pas son petit-fils, mais comme je n'ai pas de grand-mère, ou du moins que je ne la connais pas, je la choisis elle, on pourrait jouer comme quand j'étais petite à « faire comme si ».

— On ferait comme si j'étais ta petite-fille, et cet adorable bambin – je soulève Juan et je le pose sur ses genoux – ton arrière-petit-fils. Pauvre Delia, comme tu es vieille : arrière-grand-mère !

On rit, et comme s'il comprenait, Juan fait un merveilleux sourire.

Elle me promet de ne plus me dire que mon histoire n'est pas celle que j'imagine, jusqu'à ce qu'on l'ait prouvé.

La première chose à faire serait d'aller à Coronel Pringles. Ramiro m'y accompagnera ce week-end. Et essayer de retrouver Miriam López.

Quand on m'a donné le diagnostic, c'est la première idée qui m'est passée par la tête. La première, non, plutôt la deuxième. La première c'était que j'allais mourir, et j'ai vu immédiatement l'image de Liliana, traversant le temps, là, sur cette place, et moi qui n'avais rien fait.

— Comment ça, tu n'as rien fait, Miriam ? S'il te plaît. On ne pouvait rien faire – c'est ce que m'a dit Frank ce soir, lorsque je lui ai dit ce qui m'arrivait.

Trois ans plus tôt, quand nous étions à Buenos Aires j'avais eu de nouveau envie de rechercher Lili.

— *Miriam a téléphoné chez Dufau. Ils étaient venus à Buenos Aires pour la mort de la mère de Frank. Au téléphone elle a inventé toute une histoire pour justifier son intérêt à connaître le numéro de Mariana. Elle a imité l'accent anglais (il y avait des années qu'elle parlait anglais toute la journée) mais ce fut plus facile que prévu. C'est la femme de ménage qui lui a répondu. Les Dufau n'étaient pas à Buenos Aires. Mais attendez, Madame m'a laissé le numéro de sa fille au cas où. Et elle le lui a donné. Pourtant, elle n'est pas allée plus loin. Elle ne savait pas quoi faire. C'est la maladie, trois ans plus tard, qui lui a brusquement remis en tête l'idée de tenir sa promesse faite à Liliana, vingt ans plus tôt.*

Je voulais appeler, mais qu'est ce que j'allais dire à Lili ? Et si quelqu'un faisait le rapprochement, soupçonnait que c'était moi qui avait voulu l'enlever à Entre Ríos et qu'on me fasse liquider. J'ai senti la peur comme un coup de sabre sur ma peau enfin guérie par ces années de calme et de chaleur auprès des amis et de Frank que j'aidais à l'hôtel. Si j'ai une dette envers cette ville c'est de ne plus jamais sentir cette bulle de terreur affolée à l'intérieur de mon corps. J'avais atteint mes limites. J'avais connu la plus grande peur à laquelle peut résister un être humain. Bien que Liliana et tous les autres doivent avoir éprouvé une peur bien plus forte que la mienne. Mais ils étaient plus courageux et ils se battaient pour un idéal. Moi, je suis une trouillarde. Aujourd'hui, je ne pourrais pas recommencer ce que j'ai fait les deux fois où j'ai voulu sauver Lili. Je ne pourrais pas. En plus, je ne sais pas si ce serait bon. Les deux fois où j'ai essayé, on a assassiné quelqu'un, d'abord Liliana, ensuite Eduardo. Et moi, par hasard je crois, je m'en suis sortie saine et sauve.

Les premières années aux États-Unis, je frémissais chaque fois que je me demandais entre quelles mains était tombée Lili. Mais avec le temps, la douleur s'est atténuée, devenant plus légère, étouffée dans la brume du quotidien. Pourtant, de temps à autre, surgissait subitement cette angoisse quand je pensais au destin de Lili, et je me disais, bon, quand elle sera grande je lui dirai tout.

Lili, Lili. Qu'est devenue Lili, maintenant adolescente, élevée par cette perle de Mariana ?

— *Frank l'a convaincue que cela n'avait pas de sens À l'âge que j'avais, c'était un peu tard pour me révéler le secret*

— *Je ne suis pas d'accord. Quel que soit l'âge, il est toujours bon d'apprendre la vérité, de retrouver son identité.*

— *Moi non plus, tout ce que j'ai fait le démontre. Mais je peux néanmoins comprendre la réflexion de Frank. J'avais grandi et si j'avais été élevée par eux on ne pouvait plus faire grand-chose pour moi. Mais même là il se trompait, parce qu'on peut changer beaucoup quand on connaît la vérité.*

Mais maintenant que j'ai le cancer, j'ai pensé : Et s'il n'y a plus d'après ? Et si cette histoire disparaît avec moi ? Rien que d'y penser j'en étais bouleversée. Alors j'ai eu l'idée d'écrire une lettre à Lili. Je l'ai recommencée je ne sais combien de fois. C'était trop brutal, trop douloureux.

Est-ce qu'elle me croira ? Je ne le saurai peut-être jamais. Demain on va m'opérer et qui sait si je sortirai vivante de l'hôpital.

Je la glisse dans une enveloppe sur laquelle j'écris : Luz Iturbe.

Ce sera plus facile si j'écris tout de suite l'adresse, comme ça mon vœu pourra être accompli dès que je serai morte.

— La veille de l'opération, elle a appelé des États-Unis chez Mariana pour demander l'adresse sous je ne sais plus quel prétexte. Mais on ne la lui a pas donnée.

Par mesure de sécurité ? Elle aurait peur d'une vengeance parce qu'elle est la fille de l'assassin de tant d'Argentins ?

Comment ça se fait qu'on ne les tue pas, eux, comment peuvent-ils se balader librement, partager les rues et les cafés avec les parents de leurs victimes ? C'est ce que j'ai pensé hier soir quand j'ai vu Scillingo à la télévision, cet officier de marine repenti qui racontait comment ils leur faisaient une piqûre et les balançaient à l'eau. Je ne le savais pas. Ces gens étaient d'une monstruosité inimaginable.

J'étais avec mes copines, Sally et Berenice, et je me suis mise à chialer comme une madeleine. Entre les hoquets et les larmes je leur ai raconté tout ce que m'avait dit Liliana. Une amie, j'ai expliqué, la seule amie que j'ai eue là-bas, et on l'a assassinée. Et rien que d'en parler, cette douleur déchirante est revenue, cette peur, là, dans le living chez Sally, au lieu de nos papotages et des rigolades. Voilà pourquoi je suis ici, pour ne plus avoir peur, et je n'ai pas l'intention de retourner là-bas. Même si les choses ont changé maintenant.

Sally a réagi la première : Ils se baladent tranquillement dans la rue et on ne les tue pas ? Non, je ne comprenais pas. Mais j'ai pensé que moi non plus je n'en avais tué aucun, je n'avais même pas été capable d'arracher une enfant de leurs griffes, pire encore, je ne les avais pas dénoncés. Non, je me suis laissé dorloter ici, douillettement.

Trouillarde, le mot est faible, j'ai été complice. C'est insupportable. Cette lettre doit arriver. Lili doit savoir qu'on a tué ses parents, qui l'a fait et pourquoi. Assassins. Je revois Liliana souriante, donnant le sein à sa petite, et après, là, par terre, criblée de balles. Et la haine, cette haine rance, qui pue le moisi d'avoir été si longtemps contenue, m'envahit de toute sa fureur. L'idée que Lili ne sache jamais rien m'est intolérable.

Et si c'est Luz qui répond et que je lui demande l'adresse sous un prétexte quelconque ? Au moins j'entendrai sa voix, j'essaierai de l'imaginer. La sonnette. Berenice, quelle chance.

— *Elle a demandé à une amie intime, qui lui rendait visite, d'appeler et de se renseigner sur moi. Autre voix, autre accent, ils ne se douteraient de rien puisque Miriam avait appelé une demi-heure avant.*

L'espagnol de Berenice est très mauvais, bien qu'elle pense le parler à la perfection, comme une portègne, che.

— *L'idée de Miriam était de parler quand je prendrais la communication. C'est alors qu'elle a appris que je ne vivais plus avec Mariana.*

Elle a quitté la maison, est-ce qu'elle s'est échappée toute seule ? Lili chérie, tu es peut-être devenue courageuse comme tes parents et tu t'es sauvée.

— Vous pouvez me donner son numéro, s'il vous plaît ?

— Qui est à l'appareil ?

C'est sûrement Mariana, je l'imagine bien avec cette voix râpeuse qui sort de l'écouteur, ces intonations aiguës, répugnantes. Qui sait si ce n'est pas elle qui a fait tuer Eduardo pour l'empêcher de porter plainte ? Ce que je n'ai pas fait.

— *Mais maintenant elle pourrait le faire, dit Carlos, déposer plainte contre la Bête, ici-même à Madrid. Et contre Dufau aussi, on va déposer plainte en Argentine, peu importe qu'il soit mort.*

— Je suis Bérénice. Nous nous sommes connues *numa viagem*, en voyage, improvise-t-elle.

— Le voyage en Europe ?

Et je ne sais pas quelles autres idioties lui sort Berenice dans son portugais marrant jusqu'à ce qu'elle obtienne le numéro de téléphone de Lili.

C'est moi qui appelle, une voix d'homme me répond, son petit ami ?

— *Je n'étais pas là.*

Tu peux me donner l'adresse ? Je veux lui envoyer une invitation. Et j'invente que je suis une amie d'enfance, il ne va jamais me croire avec cette voix de vieille, mais heureusement il ne me demande rien. Il me la donne. Je lui dis que je m'appelle Silvia.

En post-scriptum à la lettre j'écris : « Cette Silvia qui t'a appelée un soir, c'était moi ».

Je mets l'enveloppe dans une autre plus grande sur laquelle j'écris : « À ouvrir à ma mort ».

Frank le voit et me l'enlève des mains.

— Tu ne vas pas mourir, Miriam, tu seras opérée et tout ira bien, je te le jure.

J'ai l'impression qu'il va déchirer l'enveloppe et je lui crie un non ! qui le fait sursauter.

— Ne la déchire pas. Il m'a fallu des jours pour l'écrire, en pesant chaque mot.

— Qu'est-ce que c'est ? Ton testament ? essaie-t-il de plaisanter.

— C'est une lettre pour Lili, promets-moi, Frank chéri, que tu la lui donneras.

— *Non, je n'ai jamais lu cette lettre. Parce que Miriam n'est pas morte pendant l'opération, comme elle le craignait.*

Où demander ? Javier nous a parlé d'un bar, la maison de la tante est au coin d'une rue, à quelques maisons d'ici, il ne savait plus où, tant d'années avaient passé.

Des bars, il y en a plusieurs. Nous entrons dans le premier. Oui, il vaut mieux que ce soit Ramiro, je suis trop nerveuse. Le garçon qui est au comptoir est très jeune. Connaît-il Miriam López, a-t-il entendu parler d'elle ? Il relève à peine la tête et continue son travail.

— Une fille qui a été reine de beauté il y a pas mal d'années.

— Aucune idée, répond-il sur un ton déplaisant.

Au bar d'en face, l'homme qui sert n'est pas aussi jeune mais lui non plus ne sait pas qui est Miriam López.

Hop là ! je m'assieds avec Juan. Il est très agité, j'ai l'impression que je lui transmets mon anxiété.

— Ne parle pas de ce truc de reine de beauté ou de dauphine, c'est une connerie qui a sûrement été inventée par la tante.

Cette semaine je me suis définitivement convaincue de cette hypothèse, mais Ramiro se souvient que c'est ce qu'on a dit à Javier au bar.

Je vais à la cabine téléphonique et j'appelle Javier. En effet, c'est comme ça qu'il a pu localiser la tante, doña Nuncia, mais il ne se souvient de rien d'autre, il me l'a déjà dit. Je perçois dans sa voix l'angoisse que provoquent mes questions insistantes. Je m'efforce d'avoir l'air sereine, amicale. Quand je l'aurai trouvée, je les rappelle, je lui dis au revoir sur un ton enjoué.

Juan est assis dans sa poussette et n'arrête pas de sangloter et de crier. Allons sur la place pour voir s'il se calme. Je lui montre les arbres, il adore regarder les feuilles.

— Je crois qu'on devrait s'adresser à des gens âgés.

Je m'approche de deux femmes assises sur un banc. Je n'ai pas le temps de biaiser. La tante doit répéter le même bobard à tout le monde.

— Je cherche une femme qui était mannequin, elle s'appelait Miriam. Vous ne la connaîtriez pas par hasard ?

Elles me regardent interloquées. Je me sens obligée d'ajouter un mot : Je suis en train d'écrire un article sur les Argentines qui ont fait une carrière internationale de mannequin, et cette fille, Miriam, vivait à Coronel Pringles. Mais je ne sais pas où la trouver.

Est-ce que ce ne serait pas Alejandra, la fille de je ne sais plus qui ? Elle a été mannequin. Non, ça ne fait rien, je vais continuer à demander.

Juan pleure sans aucun doute par manque de sommeil. Je le sors de la poussette et j'essaie de le calmer. Il vaut mieux le coucher dans la voiture et faire un tour.

Je m'installe à l'arrière. Ramiro me regarde dans le rétroviseur. Je suis hystérique, je le reconnais, je croyais que ce serait plus facile. Juan est angoissé, c'est ma faute, je n'y peux rien. Je chante une chanson pour le calmer et peu à peu il se détend et s'endort. D'un bond j'atterris sur le siège avant : Bon, prêts pour la suite ! je lance à Ramiro qui sillonne au hasard les rues de Coronel Pringles.

Il me sourit. Les commerces ne sont pas encore fermés. Il a une idée : chercher une pharmacie. Celle-là a l'air d'être ancienne. Il descend de la voiture. Mais il est vite de retour parce qu'à la pharmacie ils ne savent rien. Ni au supermarché ; à la mercerie c'est un peu plus long, mais c'est pareil, rien. Dans cette petite épicerie il est sûr que quelqu'un va lui donner un bon renseignement, me dit-il avant d'y entrer. Et je sens que Ramiro est mon complice, mon ami, mon amour.

Au bout d'un moment d'une longueur encourageante, il remonte dans la voiture en souriant.

— Doña Nuncia est morte il y a deux ans. Non, ne fais pas cette tête, ton mari est un grand détective : effectivement, Miriam (la dame de l'épicerie avait presque oublié son nom, il y a une éternité qu'elle n'a pas revu la nièce, très belle, de doña Nuncia) a été reine de beauté et vit aujourd'hui à l'étranger. Mais ce n'est pas tout : la fille de Nuncia s'appelle Noemí et... ta tan ta tan !... je connais le nom et le prénom de son mari.

Je l'étreins, euphorique : tu es un génie.

— La nouvelle, qui est moins bonne, c'est qu'elle ne sait pas s'ils vivent encore à Coronel Pringles, il lui semble qu'ils ont déménagé dans une région du centre. Elle m'a suggéré de vérifier le téléphone, s'ils ont loué la maison, il est peut-être encore à leur nom.

Nous allons au bureau du téléphone et de là directement à la maison des cousins de Miriam. Nous traversons un petit jardin, montons un escalier et sonnons plusieurs fois à la porte.

Ils ne sont pas là, nous dit la voisine qui s'approche intriguée, ils partent le samedi, parfois tout le week-end.

— Nous cherchons la famille Vignoleto.

Ah ! Non, ils ne vivent plus ici. Elle n'a pas leur téléphone : je me suis disputée avec la Noemí. On voit bien qu'elle veut nous raconter quelque chose, je m'impatiente et fais demi-tour quand j'entends Ramiro lui dire : Cette Noemí, elle a un caractère de cochon ! Son improvisation m'épate : Elle s'est aussi disputée avec ma mère. Ah, bon, lui dit la voisine qui s'approche, alléchée.

— Je vais voir Juan – prétexte pour ne pas éclater de rire.

J'observe Ramiro qui bavarde un bon moment avec la voisine. Il lui serre la main avec un grand sourire.

Ramiro s'installe au volant, très content : J'arrête la publicité et j'ouvre une agence de détective. Les locataires ont le numéro de Noemí. Miriam vit aux États-Unis, elle se souvient qu'elle était très belle, Noemí la déteste, elle est terriblement jalouse d'elle. Elle va demander à la voisine de nous donner le téléphone de Noemí quand on appellera.

Ramiro a déjà le téléphone, il l'a relevé au bureau, sinon on n'aurait pas pu arriver ici. Le nom de l'abonné n'a pas changé.

L'habileté de Ramiro à me délivrer de ce poids, à transformer en un jeu cette angoisse qui me rongeait, est incroyable. Avec son appui je vais arriver à la vérité.

L'opération s'est bien passée. Le traitement que je dois suivre n'est qu'une sécurité complémentaire, voilà ce qu'on m'a dit. Mais qui m'assure que cela ne recommencera pas ? Les gringos sont froids, mais clairs, j'aime ça, le médecin m'a récité le couplet des statistiques : dans 46 % des cas il y a récidive. Mais dans 54 %, après traitement, c'est fini.

Bon, *fifty fifty*, pas si mal. Après tout, j'ai eu une vie *fifty fifty*, bien aujourd'hui, désastreuse avant que j'arrive ici, quelques rares bons moments tout de même. Avec Liliana et Lili, malgré l'horreur, il y avait eu aussi de la joie. Et si je meurs, quelqu'un enverra la lettre à Lili. Je l'ai laissée telle que je l'ai écrite, sans la rouvrir.

La locataire m'a donné sans difficultés le téléphone de Noemí. J'ai appelé plusieurs fois et à l'instant, à cinq heures, un gamin a répondu et m'a dit de rappeler après neuf heures et demie. Toutes ces heures à attendre !

Je ne sais quel prétexte invoquer pour ne pas recevoir maman Je ne veux pas la voir. Ce sera horrible quand je vais tout lui dire. Je préfère attendre d'avoir vu Miriam... ma mère ? C'est étrange d'appeler maman quelqu'un que je ne connais pas. Depuis qu'on m'a parlé de Miriam j'essaie de retrouver dans ma mémoire une image de cette femme qui m'avait invitée à manger une glace, mais rien ; il ne me reste que « cette folle qui t'a dit que je n'étais pas ta maman », que Mariana me répétait sans cesse.

Je lui ai dit que ce serait mieux qu'elle ne vienne pas cet après-midi, car je voulais travailler. Je devais présenter des examens libres en décembre. Je ne peux tout de même pas inventer chaque jour un prétexte. Il faudra bien que je me décide à affronter la situation. Dès que je connaîtrai la vérité, grâce à Miriam, il me sera plus facile de faire face à maman. La semaine prochaine c'est mon anniversaire et je suis sûre qu'elle voudra venir me voir. Mon anniversaire, vraiment ? Suis-je vraiment née un 15 novembre ?

Ou est-ce une date bidon, aussi bidon que tout ce qui est écrit sur mon extrait de naissance ?

Delia m'a demandé dans quel hôpital avait été délivré cet acte de naissance dont m'a parlé Javier. Hélas il ne s'en souvient pas et ce papier a dû disparaître avec papa. Il y a eu des cas, m'a raconté Delia, où on emmenait les détenues accoucher dans un hôpital. Celui de Quilmes, par exemple. Plus tard on a découvert qu'on avait inscrit sous son nom une femme qui allait accoucher, puis, dans le registre de pédiatrie, il avait été effacé et maladroitement remplacé par les lettres N.N., mais son vrai nom était resté écrit dans le registre de la maternité. Ils commettaient des erreurs, m'a dit Delia, et c'est grâce à elles qu'on peut parfois retrouver la trace de quelqu'un. Miriam a peut-être été emmenée là-bas. Mais c'est bizarre que son nom ne soit pas apparu au cours des recherches.

Au téléphone, elle m'a dit qu'elle n'avait pas l'adresse de Miriam, elle ne la voyait plus depuis des années, mais j'ai insisté. On ne pourrait pas bavarder un moment ? Elle l'avait bien connue, c'était sa cousine.

— *J'ai prétendu que je faisais une enquête pour un magazine, puis probablement pour écrire un livre. Je lui ai promis que si elle me parlait de Miriam, elle figurerait sur la liste des remerciements et que le magazine enverrait quelqu'un faire des photos d'elle. Là elle a mordu à l'hameçon et m'a donné rendez-vous le lendemain. J'ai pris mon appareil photo. J'avais appris à faire feu de tout bois pour atteindre mon but. Les échanges avec Delia et les Grands-Mères m'avaient aguerrie. Quand la mère de Noemí vivait encore, celle-ci avait une vague idée de la vie de Miriam, mais depuis sa mort elle n'avait plus aucune nouvelle. Je lui ai demandé de me raconter des choses de son enfance, de son adolescence.*

J'ai trouvé cette Noemí répugnante, non seulement elle ne m'a pas donné l'adresse de Miriam, mais elle n'a pas arrêté de m'en dire pis que pendre. Au début elle a essayé de se montrer sympathique, mais à mesure qu'elle plongeait dans les souvenirs, elle ne pouvait pas cacher son aversion pour Miriam. Peut-être une jalousie de longue date. J'ai menti effrontément en prétendant que j'avais de très belles photos de Miriam. Est-ce que Noemí avait des photos prises quand elle était petite ? Et je tremblais déjà en pensant que j'allais recommencer à chercher désespérément des ressemblances, comme je l'avais fait si souvent au siège des Grands-Mères.

— *Ramiro m'a raconté qu'à l'âge de quinze ans, Marta l'avait emmené voir l'exposition de l'Enfant Disparu ou Né en Captivité. Il avait vu les photos des parents et de ces bébés disparus, les actes de naissance, des lettres, des souvenirs de ces vies mutilées. Ce qui l'avait le plus impressionné, il en gardait un souvenir très net, c'était ces silhouettes d'enfants de sexe indéterminé, découpées dans du bristol noir et accompagnées d'un point d'interrogation, qui symbolisaient les enfants nés en captivité. J'ai demandé aux Grands-Mères si elles conservaient ces photos et j'ai passé des heures à y chercher des ressemblances. Elles ont été d'une patience infinie avec moi. Je leur montrais une femme et elles me disaient non, impossible, elle a été enlevée en 78, et on sait qu'elle a eu un garçon.*

— Elle n'était pas si jolie que ça, la Miriam, m'a dit Noemí en grimaçant. Photogénique, ça oui.

Elle n'avait pas de photo, mais je n'ai pas baissé les bras, j'ai continué à la questionner, guettant le moindre détail qui pourrait me conduire à Miriam. Noemí parlait d'elle à contrecœur : Elle avait quitté Coronel Pringles peu après son mariage, elle l'avait vue un soir à la télévision quand elle était mannequin, parce que sa mère l'avait prévenue, et d'ailleurs Nuncia aimait beaucoup la Miriam, qui ne méritait pas tant d'affection.

— Ah bon et pourquoi ?

Elle s'est levée, visiblement embarrassée :

— Pourquoi tu ne choisis pas quelqu'un d'autre pour ton article ? Miriam n'est pas une femme bien, c'est une ingrate, une hypocrite, une prétentieuse.

Noemí la connaissait bien, elles avaient été élevées ensemble par Nuncia, parce que sa mère l'avait abandonnée. Une folle elle aussi, comme sa fille.

— *Une « folle ». Je n'ai pas pu m'empêcher de penser à ce que m'avait dit Laura qui avait souvent entendu ce mot dans la bouche de maman, employé dans le sens de « pute », pas de celles qui se font payer – et Luz eut un rire où perçait l'amertume – mais pute quand même, qui adore faire l'amour, donc folle pour Mariana.*

— *Oui, c'est ce qu'on disait à l'époque, je me rappelle, dit Carlos, on demandait « folle d'en haut ou folle d'en bas ? ».*

Je lui ai franchement posé la question : Une pute ? Je ne sais pas, à ce point je ne pourrais pas l'affirmer, mais elle était plutôt du genre écervelée. Et en plus, je crois que quand elle a quitté la maison, elle s'est fourrée dans des trucs louches. J'en suis sûre.

— *Et elle s'est mise à me raconter avec un luxe de détails comment des policiers en civil avaient tout cassé chez elle et chez sa mère. Ils cherchaient Miriam.*

Mon cœur bondit. Une descente. Miriam était donc recherchée par les militaires. Je ne me trompais pas.

— Pour moi elle s'est échappée, disait cette mégère. Elle était peut-être mouillée dans des affaires de drogue. Moi je l'ai toujours pensé, mais maman préférait croire qu'elle était partie parce qu'elle était tombée amoureuse d'un Américain.

— Et ce n'est pas vrai ?

Elle haussa les épaules. Apparemment si, puisque Nuncia était allée la voir une fois, Miriam lui avait envoyé un billet, et elle est restée quelques jours avec elle.

Je l'aurais giflée : comment était-il possible qu'elle n'ait pas l'adresse alors que sa mère était allée la voir. Elle l'avait perdue. Elle ne se souvenait pas non plus de la ville des États-Unis où elle vivait. J'en ai énuméré quelques-unes. Cleveland lui disait quelque chose, Chicago aussi, mais elle ne savait pas si c'était à cause de Miriam ou des films qu'elle regardait à la télé.

— Ils sont pleins de fric, ajouta-t-elle avec un tintement d'envie dans la voix.

Ils avaient dit à sa mère qu'ils gagnaient de l'argent avec l'hôtel de son mari. Mais sa mère était tellement naïve ! Elle, Noemí, personne ne lui enlèverait de l'idée que cet argent provenait du trafic de drogue ou d'un truc dans ce genre. Parce que si Miriam n'était jamais revenue en Argentine, ce n'était pas pour rien.

Au moment où j'allais repartir, elle m'a posé la question des photos. J'ai sorti mon appareil et pris quelques clichés. Et tenté une dernière manœuvre : C'était bien dommage que je ne puisse pas entrer en contact avec Miriam, je ne savais pas si le reportage serait publié. Si elle se rappelait quelque chose qu'elle me téléphone, et je lui ai donné ma carte.

Où chercher maintenant ? je demande à Delia. Je suis au siège des Grands-Mères. Elle ne sont pas étonnées de me voir souvent là, avec Juan qui court dans tous les coins à quatre pattes et met à la bouche tout ce qu'il trouve.

J'ai alors l'idée que je devrais rencontrer Dolores. Elles pourraient me donner son adresse ? Elle en saura peut-être un peu plus. Delia me dit qu'elle va lui écrire aujourd'hui même en lui expliquant succinctement la situation, et qu'elle me fera connaître sa réponse.

— La piste s'était interrompue avec Noemí, la cousine de Miriam. Je ne savais pas par où continuer. Quelques mois ont passé. Mais je n'ai pas arrêté un seul jour de chercher, je lisais, je scrutais les témoignages à la loupe, je comparais les dates. Delia et Julia, une autre grand-mère, convenaient avec moi que cet épisode de la descente de police indiquait que Miriam avait subi la répression. Mais comme c'était début 1977, après ma naissance, il était difficile d'imaginer ce qui s'était passé. Nous avons recommencé à compulser les archives et essayé de recomposer cette histoire, comme un puzzle.

— Et tu n'as rien dit à Mariana ?

Luz détourna la tête et regarda ailleurs. Le souvenir, évidemment, lui faisait beaucoup de peine.

— J'ai repoussé tant que j'ai pu cette... conversation. Cela m'était insupportable. Finalement elle a eu lieu, presque par hasard, le jour même où Juan a commencé à marcher.

Je lui tends les bras sans le toucher, il fait deux ou trois pas et tombe. On recommence, je le soutiens, je le lâche et il fait tout seul quelques petits pas qui l'amusent beaucoup. Nous rions tous les deux. Je suis si fière de Juan. J'entends la sonnette et cours à la porte, Delia m'a dit que si elle avait un moment elle passerait.

— Surprise, surprise, me lance-t-elle en souriant, comme si nous devions nous réjouir.

Maman est venue de Punta del Este à Buenos Aires pour accompagner Daniel. Elle doit recevoir des Américains ces jours-ci et elle en a profité pour rendre visite à sa fille et à son petit-fils.

Sa présence me dérange, et qu'elle puisse dire impunément « ma fille et mon petit-fils » me met hors de moi. Est-ce qu'elle a fini par y croire après tant d'années de mensonge ? Mais aucun mot ne sort, sauf une remarque acide : Ne parle pas de ton petit-fils, tu n as aucune idée de Juan, il marche déjà, et toi tu ne le sais même pas.

J'invente n'importe quoi pour ne pas lui parler. J'ai peur ? Oui, je préfère ce reproche injuste, bien que ce soit moi qui m'arrange depuis des mois pour qu'on ne se voie pas, sauf quand il y a des gens autour, afin d'éviter un tête-à-tête.

— Montre à Mariana comme tu marches bien, dit-elle à Juan, comme si elle ne m'avait pas entendue, allez, mon chou, montre-lui.

— Pourquoi tu dis Mariana et pas grand-mère ?

C'est idiot, est-ce que j'avais jamais appelé Amalia grand-mère, tu ne sais plus quoi inventer, Luz. Et là je deviens lourde, je lui dis que c'est « grand-mère » qui est normal. Alors elle se crispe et réplique que, grand-mère, c'est totalement vulgaire.

— On a l'impression que tu n'es pas sa grand-mère – je vais tout lui dire, ça y est, je vais tout lui dire. Et tu ne l'es pas. Tu n'es pas sa grand-mère.

Elle me regarde effarée. Qu'est-ce que tu veux dire ? Elle joue les offensées, mais elle a peur.

Alors je lui reproche de ne m'avoir jamais rien dit, de m'avoir menti toute la vie, elle ouvre des yeux ronds et ne dit rien. J'emmène Juan dans sa chambre, je le hisse dans le parc, je lui ai déjà tout dit, mais je ne veux pas qu'il assiste à cette scène. Quand je reviens au salon je la trouve réarmée et c'est elle qui attaque.

— Luz, je ne crois pas beaucoup aux psychologues, mais tu devrais peut-être en voir un. Tu dis n'importe quoi, je veux bien croire que la maternité t'a bouleversée, aussi j'oublierai ton attitude.

— Mais comment peux-tu continuer à mentir, maman, j'ai vu l'acte de naissance de ton enfant, c'était un garçon et il est mort.

Son visage se décompose. Se craquelle. Sa belle peau toute lisse se couvre de plis. J'ai pitié un instant, elle ne l'a pas su au début.

— Toi aussi on t'a trompée, non ? – j'essaie de me réconcilier. Mais tu as fini par l'apprendre.

Qui me l'a dit, elle veut savoir, qui a pu être aussi méchant, aussi cruel ? Cette garce de Laura, c'est sûrement elle. Elle devient furieuse. Nous crions toutes les deux, nous exigeons : elle, que je lui confirme que c'est bien Laura ; moi, qu'elle me dise ce qu'elle sait de ma véritable mère. Juan braille dans sa chambre. Je vais le chercher, je le prends dans mes bras et j'essaie de me calmer. Je regarde cette femme dont la rage est passée et qui pleure, inconsolable, sur le canapé. Je ne veux pas me laisser gagner par la pitié En un suprême effort de volonté pour maîtriser ma voix, alors que tout brûle en moi, je lui demande de se calmer. Qu'elle le fasse pour Juan, il vaut mieux qu'on parle tranquillement, pas comme ça, pas dans l'état où on est.

— Comment veux-tu que je me sente après ce que tu viens de dire. Tu me le reproches encore, j'ai passé des années à m'occuper de toi, je t'ai tout donné, j'ai dû supporter en permanence tes mines renfrognées, ta désobéissance, tes... extravagances, façon de parler, pour rester modérée, et maintenant que tu as tout appris, au lieu de me remercier, tu m'accables.

— Je te reproche de ne m'avoir rien dit.

Elle se lève et prend son sac, tandis que je vais chercher de l'eau pour Juan.

— Attends, je lui ordonne. Je reviens.

Je laisse Juan dans son parc et je retourne vers elle. Son air de victime m'indigne. Il vaut mieux qu'elle parte sinon elle va me dire des horreurs, m'annonce-t-elle.

— Ah, oui ? Lesquelles ? Et je lui lâche : Par exemple, comment vous m'avez volée à une femme sans défense ? Je l'attrape par la robe quand elle s'avance, et je revois une image de moi, petite, essayant de la retenir de la même façon, en m'agrippant à sa robe, et cela me fait mal, mais je ne dois pas flancher maintenant que j'ai osé lui parler. Alors je lui crie : C'est ton père qui a dû m'enlever. Et tu sais très bien qui était ton père.

— Et pourtant je t'assure que je ne sais même pas si elle était au courant. Je crois que Mariana n'a jamais voulu savoir ni ce que faisait son père ni mes véritables origines. En tout cas, elle ne me l'a pas dit.

— Je ne te permets pas ces insinuations sur papa. Il t'aimait beaucoup. Tu devrais lui être infiniment reconnaissante. Grâce à lui tu as eu une mère, une famille.

— Ah, oui ? Et qui le lui a demandé ? Il l'a fait pour moi ? Ou pour que sa petite fille chérie ne souffre pas ?

Elle marche vers la porte d'un pas décidé et se retourne. La pitié et la colère se mêlent dans sa voix effilochée.

— Luz, tu me fais de la peine. Tu es vraiment malade. Quand tu te sentiras mieux, appelle-moi.

— *Je l'ai donc rappelée et lui ai demandé qui était ma véritable mère. Elle a dit qu'elle ne le savait pas. C'était quelqu'un qui ne m'aimait pas, voilà tout ce qu'elle savait.*

— *Tu ne lui as pas parlé de Miriam ?*

— *Si, un jour où je suis allée chez elle, seule pour épargner à Juan cette tension. Elle m'a dit qu'elle ne la connaissait pas, mais quand j'ai prononcé son nom, il m'a semblé la voir sursauter. Mais je n'en étais pas sûre, parce que tout ce que je disais crispait Mariana. Après quelques discussions tout aussi infructueuses, j'ai cessé de la voir. Elle ne m'apportait rien dans mes recherches et parler avec elle me déglinguait. J'avais... j'ai encore des sentiments très contradictoires à l'égard de Mariana. Parfois elle me fait de la peine. Tout comme je lui en fais. Parfois elle me manque – la voix de Luz devint presque un murmure, comme si elle se parlait à elle-même. Elle ? Je ne sais pas... peut-être, les affections sont si étranges.*

Je ne bouge pas, je reste sur place un long moment, comme paralysée, jusqu'à ce que je parvienne à gagner la chambre de Juan. Son sourire m'apaise. Oui, mon amour, on va reprendre l'exercice. Allez, un petit pas et un autre, et encore un autre. Comme je t'aime. On va montrer à ton papa comme tu marches bien. Il va être très content.

Je dois reprendre le traitement : seulement quelques séances, paraît-il. Pourtant on m'avait dit que les premières avaient suffi et que le danger était écarté. Avec la peur de mourir, revient la même inquiétude. Et si Lili ne croit pas la lettre que je lui ai écrite ? Il faut que j'aille la voir, la convaincre personnellement.

Pourquoi cette idée revient-elle avec autant de force ? Parce que si je meurs je ne saurai jamais si le message de Liliana à sa fille lui est enfin, même tardivement, parvenu. En ce moment je me sens très bien, je peux voyager. Après, qui sait. Je ne lui parlerai pas au téléphone.

Quel âge a Lili aujourd'hui ? Vingt et un ans.

— Cela n'a pas de sens, a insisté Frank hier soir. Ses parents sont morts. Son salopard de kidnappeur aussi. On ne peut plus l'envoyer en taule, c'est ce qui aurait justifié que tu lui apprennes la vérité.

— Comment tu le sais ?

— Je ne te l'ai pas dit pour ne pas t'empoisonner la vie. Je l'ai lu par hasard dans un journal argentin quand je suis allé à l'agence d'Aerolineas pour chercher les billets, il y a plus d'un an. Il a eu droit à une notice nécrologique ! Tu te rends compte, cet assassin ! Je n'étais pas très sûr de vouloir y aller, toi non plus tu n'en avais pas très envie, et même pas du tout il m'a semblé – je ris de voir comment Frank me connaît si bien –, donc j'attendais mon tour à l'agence et je lis cette nouvelle, c'est la goutte qui a fait déborder le vase, décidément je ne voulais plus remettre les pieds dans ce pays, je préférais m'en souvenir avec nostalgie. Alors, j'ai envoyé mes pouvoirs à mon frère et je l'ai encouragé à venir nous voir.

Je lui ai explique que je craignais, si je ne parlais pas à Lili maintenant, de ne pas pouvoir le faire plus tard. Je pouvais repousser le début du traitement d'une dizaine de jours, le médecin était d'accord.

Frank pense que j'exagère, c'est un traitement préventif, il ne signifie pas que mon état soit grave. Il ne croit pas du tout que je vais mourir bientôt. Moi, si. Et je ne veux pas mourir sans avoir revu Lili. Comprends-moi s'il te plaît. Je voudrais la connaître telle qu'elle est aujourd'hui, une femme. Et je ne lui dirai la vérité que si cela me paraît possible, si cela a un sens.

Frank ne comprend pas, il n'est pas d'accord.

Je prépare les examens à toute vapeur. Je dois en passer deux en candidate libre et en avril je réintègre la faculté. Marta m'a proposé de garder Juan quand j'irai à mes cours. Et Delia et les Grands-Mères m'ont également offert de le prendre un moment. Tout le monde me pousse à reprendre les études. Ils ne le disent pas mais il est clair qu'ils sont soulagés de me voir arrêter de chercher parmi les ombres. Pourtant je continue, comme si abandonner signifiait me perdre pour toujours et ne jamais savoir qui je suis. J'ai encore un espoir. Dans quelques jours Dolores sera à Buenos Aires. Pourvu que j'en sache un peu plus grâce à elle.

Je suis dans l'avion. Frank, heureusement, ne s'est pas fâché. On ne le changera pas, il m'a dit au revoir en souriant. Prends soin de toi, petite folle, et appelle-moi.

Je lui ai promis de rentrer dans une semaine. Je dois commencer le traitement.

J'ai prévu ce que j'allais faire. Comme j'ai l'adresse, je me présente chez elle sous un prétexte quelconque. Je peux lui dire que j'étais une amie de son père, oui, ce serait le mieux. Non, je l'appelle d'abord au téléphone. Et si elle le dit à Mariana ? Elle sait que Miriam López est cette femme qui a voulu enlever Lili. Eduardo le lui a dit. Je n'ai qu'à dire Miriam Harrison. Comment sera Lili aujourd'hui ? Est-ce qu'elle me croira ? Est-ce que j'aurai le courage de tout lui dire ?

Il faut que je travaille, il faut que je travaille. L'examen est demain, mais ce poids dans la poitrine, cette angoisse ne m'aident pas. Je sais que c'est bien de reprendre mes études et que la vie continue. Juan, la faculté, Ramiro. Quelle place reste-t-il pour mes recherches ? C'est comme jeter l'éponge, abandonner.

Cette quête a occupé une place immense dans ma vie depuis plus d'un an. Qu'est-ce que je cherche ? Ma mère, mon père. Mais pourquoi les chercher là, dans ces témoignages ? Après tout, Delia et Ramiro ont peut-être raison, ma mère n'était qu'une pauvre fille qui m'a eue par hasard. Et qui m'a abandonnée.

Je suis triste. Penser à elle me rend triste, pour moi, pour elle aussi. Si elle est vivante, pourquoi n'est-elle jamais venue me voir ? Et sinon, qu'est-ce qui est arrivé ? Elle est morte ? On l'a tuée ?

J'appelle Delia et lui dis que je me sens mal : Comment puis-je souffrir de la mort incertaine de quelqu'un que je ne connais pas ? Elle m'incite à me plonger dans mes études et à prendre patience, un jour j'aurai peut-être une surprise.

Les Grands-Mères ont une patience incroyable. Des années à chercher sans jamais baisser les bras.

Dolores ? je lui demande anxieuse. Dolores vient à Buenos Aires, c'est sûr, et nous allons nous rencontrer.

— Travaille, Luz, et occupe-toi de Juan, c'est le mieux que tu puisses faire pour le moment.

Je suis moins déprimée, heureusement. Juan fait ses premiers pas titubants vers moi. Qu'il est beau mon tout petit. On sonne. Accompagne-moi, je vais ouvrir la porte.

Une femme brune, superbe, très élégante et qui ne dit rien.

Elle me regarde, regarde Juan et sourit timidement. Je l'interroge des yeux.

— Luz ? Luz Iturbe ?

Je hoche la tête. Elle regarde Juan.

— Et lui c'est...

— Juan, mon fils.

Je me demande qui est cette femme qui nous dévisage si troublée.

— Tu ne me connais pas – j'ai du mal à la comprendre. Je suis... j'étais... une amie de ton père.

Dolores ! je pense tout de suite. Delia voulait me faire la surprise. Je l'invite à entrer et à s'asseoir ;

— Qui t'a donné mon adresse ? Delia ?

— Non. C'est... ton mari, je pense, il y a quelques mois.

— Je ne savais pas.

Ramiro a dû prendre contact avec Dolores et lui demander de venir et il n'a pas voulu me le dire pour que je ne me fasse pas d'illusions.

— J'ai... appelé il y a quelques mois et il m'a donné l'adresse.

— Elle a appelé ? Je n'y comprends rien. Elle n'est pas Dolores Collado ? Non, elle est madame Harrison, il y a longtemps qu'elle ne vit plus à Buenos Aires, elle en est partie peu après la mort de papa. À cette époque.

— *Elle a commencé par une série de phrases incohérentes, elle avait vu mon père justement le jour où il est mort, bah. Elle l'a dit comme ça, « le jour où il est mort, bah » et a haussé les épaules, alors je me suis souvenu de cet autre « bah » de Javier. Ils avaient longuement parlé ce jour-là, il lui avait raconté beaucoup de choses. Mais elle ne me disait pas qui elle était, son nom ne me disait rien. Elle s'interrompait pour faire une caresse à Juan. C'est à ce moment-là qu'il a trébuché et fondu en larmes.*

Ce n'est rien, mon mignon, « guéris, guéris, petite grenouille, si aujourd'hui ne guéris pas, demain tu guériras ». Mais Juan continue à pleurer. Alors, cette femme qui jusque-là n'a fait que bredouiller, se met à chantonner de manière insolite : Manuelita vivait à Pehuajó, mais un jour s'en est allée. Sa chanson a sur moi un effet étrange. Émotion ? Surprise ? Je la regarde et elle se tait brusquement. Juan aussi.

— *Alors elle s'est mise à parler avant que je puisse comprendre ce que je ressentais. Comme Juan était mignon, il avait des yeux merveilleux, les mêmes que les miens et ceux de Liliana.*

Les mêmes yeux que qui ? me dit Lili visiblement bouleversée. Ça me fait peur, il faut que j'y aille à petits pas. Tout allait bien quand je lui parlais d'Eduardo, son père, du moins celui qu'elle connaît, et tout à coup j'ai largué les amarres. Lili me répète la question. J'invente aussitôt : Une amie, très chère, elle avait des yeux comme lui, avec des milliers de petits points lumineux. Je me suis souvenue d'elle, c'est tout.

Lili me regarde drôlement, très anxieuse. Il lui vient ce ton de voix antipathique, comme Liliana.

— Mais qui es-tu ? Je ne comprends pas. Une amie de papa, tu m'as dit, d'Eduardo Iturbe ?

— Bien sûr.

— Et comment t'appelles-tu ? Tu ne m'as dit que ton nom.

Si je réponds Miriam, elle va savoir que je suis celle qui a voulu l'enlever et elle va se fâcher. On a dû lui en parler souvent. Je ne réponds pas. Je baisse les yeux.

— Tu me réponds ou non ?

— Miriam Harrison.

Miriam, répète Lili comme dans un état second, Miriam... Ne me dis pas que tu es Miriam. Elle se lève, marche dans la pièce, revient s'asseoir en face de moi et me regarde dans les yeux. Je pense qu'on doit lui avoir raconté de tout sur moi, ou alors elle se souvient de ce jour où je lui ai dit que sa maman n'était pas sa maman.

— Miriam López ? s'écrie Luz.

Je fais oui de la tête et je la prie de m'écouter, oui, c'est moi, moi qui suis allée plusieurs fois la chercher à la sortie du collège, mais je veux lui expliquer pourquoi, s'il te plaît écoute-moi. Les yeux de Lili brillent, elle s'assied sur le tapis, bien en face de moi.

— Tu es ma mère ?

Je suis stupéfaite.

Elle fond en larmes, inconsolable. Je ressens une immense tendresse pour cette femme, qui n'est pas telle que je l'imaginais, quelqu'un qui m'avait abandonnée et donc ne pouvait rien me dire, et moi aussi je fonds en larmes : Ça ne fait rien, ça ne fait rien, ne te sens pas coupable, je suis si contente que tu sois venue, mais j'ai besoin de savoir, que tu me le dises. Tu es ma mère ?

— Non, je ne suis pas ta mère. Ta mère c'était Liliana je ne sais pas qui, je n'ai jamais su son nom de famille, ton père s'appelait Carlos Squirru, et on les a tués parce qu'ils voulaient une société plus juste.

— *À partir de ce jour je me suis mise à chercher tous les témoignages où figuraient des Carlos et des Liliana, et nous avons tissé bien des trames erronées. J'ai appelé tous les Squirru de l'annuaire. Finalement je suis tombée sur un de tes cousins, éloigné d'après ce qu'il a dit, qui m'a informée que tu vivais depuis des années en Espagne. Et me voilà. Nous voilà. Et Luz eut un sourire triomphant.*

ÉPILOGUE
1998

Le 3 août 1998, Nora Mendilarzu de Ortiz entra d'un pas hésitant au siège des Grands-Mères. Elle ne savait pas comment aborder le sujet. Nora aurait aimé croire Carlos mais tout lui paraissait tellement extravagant qu'elle ne voulait pas nourrir de faux espoirs. Elle donna son nom et demanda si quelqu'un pouvait s'occuper d'elle. Delia l'invita à entrer dans son bureau.

Elle était venue, expliqua-t-elle à Delia, parce qu'elle... avait reçu un appel étrange de l'homme qui avait été le mari de sa fille Ma fille a disparu pendant la dictature militaire. Elle était enceinte, mais son enfant était mort-né. Elle l'avait appris quelques années plus tôt. Son gendre lui avait suggéré d'aller voir les Grands-Mères parce que... c'est très bizarre ce qu'il m'a dit.. parce qu'une jeune femme était venue le voir à Madrid, où il vit actuellement.

Le visage de Delia s'illumina. Nora voulut poursuivre, mais elle, anxieuse, l'interrompit :

— Comment s'appelle votre gendre ?

— Carlos Squirru.

Nora ne comprit pas la réaction de la grand-mère, qui se leva, les larmes aux yeux, les bras tendus vers elle.

— Alors vous êtes la mère de Liliana... Quel bonheur !

— Vous connaissiez ma fille ?

— Je ne connaissais pas son nom de famille mais il y a longtemps que nous vous cherchions.

— Elle s'appelait Liliana Ortiz.

Nora avait tellement réfléchi à la manière dont elle expliquerait l'appel de Carlos, et voilà que cette femme parlait intarissablement et semblait être plus au courant de la situation qu'elle même. Elle disait très bien connaître Luz, cette jeune femme dont lui avait parlé Carlos. Elle trébuchait sur les mots en lui expliquant le courage de Luz, sa constance, sa recherche désespérée de ses origines. Elle lui racontait des anecdotes isolées, sans queue ni tête. Nora l'écoutait en silence.

Subitement Delia regarda Nora, se rendant compte qu'elle ne lui avait pas laissé le temps de se remettre de sa surprise.

— Pardonnez-moi, je suis tellement bouleversée. Dans la situation actuelle il faut que vous fassiez une analyse d'histocompatibilité, les données de Luz sont déjà au laboratoire.

Tout en parlant, Delia cherchait quelque chose dans le tiroir de son bureau. Oui, elle était là. Elle tendit la photo à Nora. Voilà Luz et son fils, Juan. Quelle merveille, si jeune et déjà arrière-grand-mère. Quelle âge avez-vous, si ce n'est pas indiscret ?

— Soixante-cinq ans.

— Luz a fait une analyse de sang, mais, bien sûr, il n'y avait pas de dossier correspondant à son sang à la Banque de données génétiques. J'ai tellement de choses à vous demander. Mais il vaudrait mieux que vous fassiez d'abord cette analyse. Pour Luz ce serait une joie immense.

Nora regardait la photo sans émettre le moindre son.

Non, dit-elle à la fin, ses paroles étaient presque inaudibles, étouffées par l'émotion, non, après ce qu'elle lui avait dit, ce n'était même pas nécessaire, elle regardait fixement la photo, son doigt parcourait le visage de Luz : c'est Liliana, les mêmes yeux, la même expression.

Enfin, Nora put se détacher de la photo, regarda Delia et lui dit d'une voix raffermie : Cette nouvelle, tellement inespérée me comble de bonheur. Je n'ai pas besoin de preuves. Je suis sûre que Luz est ma petite-fille. Je n'ai aucun doute. Mais s'il vous semble que pour elle c'est important, je n'ai aucune objection à faire cette analyse.

— Je peux te serrer dans mes bras ? lui dit Delia. Je suis très émue. C'est la première fois que nous retrouvons une grand-mère.

SUITES

ALDISS, Brian
Un petit garçon élevé à la main (N° 56)
Soldat, lève-toi... (N° 57)
Un rude réveil (N° 58)

AMPUERO, Fernando
Caramel vert (N° 24)

BRAUCCI, Maurizio
La Mer détraquée (N° 54)

BRYCE-ECHENIQUE, Alfredo
Un monde pour Julius (N° 43)

DA CUNHA, Euclides
Hautes terres (N° 7)

DAZIERI, Sandrone
Sandrone & Associé (N° 47)
Sandrone se soigne (N° 55)

Des Nouvelles du Brésil (N° 12)

Des Nouvelles de Cuba (N° 39)

Des Nouvelles du Portugal (N° 30)

DELFINO, Jean-Paul
Embrouilles au Vélodrome (N° 62)

DÍAZ, Jesús
Les Paroles perdues (N° 53)

FRANCO-RAMOS, Jorge
La Fille aux ciseaux (N° 48)

GABEIRA, Fernando
Les Guérilleros sont fatigués (N° 9)

GIARDINELLI, Mempo
Le Dixième Cercle (N° 23)
Luna caliente (N° 61)

GRIMALDI, Laura
La Peur (N° 44)
Le Soupçon (N° 45)

HEIN, Christoph
La Fin de Horn (N° 18)
L'Ami étranger (N° 38)

Histoires étranges et fantastiques d'Amérique latine (N° 1)

Histoires d'amour d'Amérique latine (N° 59)

JODOROWSKY, Alejandro
L'Arbre du dieu perdu (N° 14)
Albina et les hommes-chiens (N° 40)
Opéra panique (théâtre) (N° 42)
L'Enfant du Jeudi noir (N° 63)

JORGE, Lídia
Le Rivage des murmures (N° 20)
La Forêt dans le fleuve (N° 31)

LOBO ANTUNES, Antonio
Le Cul de Judas (N° 3)
Fado Alexandrino (N° 17)

MACHADO DE ASSIS, J.-M.
Le Philosophe ou le chien (N° 4)
La Montre en or (N° 10)
Mémoires posthumes de Brás Cubas (N° 33)
Dom Casmurro et les yeux de ressac (N° 51)
La Théorie du médaillon et autres contes (N° 52)

MAÑAS, José Angel
Je suis un écrivain frustré (N° 16)

MERCE ROCA, Maria
Un Temps pour perdre (N° 41)

NATOLI, Luigi
Histoire des Beati Paoli-Tome 1 : Le Bâtard de Palerme (N° 35)
Histoire des Beati Paoli-Tome 2 : La Mort à Messine (N° 36)
Histoire des Beati Paoli-Tome 3 : Coriolano (N° 37)

OSORIO, Elsa
Luz ou le temps sauvage (N° 65)

PADURA, Leonardo
Electre à La Havane (N° 27)
Mort d'un Chinois à La Havane (N° 49)
L'Automne à Cuba (N° 60)

PIÑERA, Virgilio
Nouveaux contes froids (N° 25)

QUADRUPPANI, Serge
Corps défendant (N° 46)

DE QUEIRÓS, Eça
La Tragédie de la rue des fleurs (N° 32)

QUIROGA, Horacio
Les Exilés (N° 5)
Le Désert (N° 29)
Contes d'amour de folie et de mort (N° 34)

SAMPEDRO, José Luis
Le Sourire étrusque (N° 2)
Le Fleuve qui nous emporte (N° 22)

SCORZA, Manuel
Roulements de tambours pour Rancas (N° 15)

De Sena, Jorge
Signe de feu (n° 28)

Sepúlveda, Luis
Journal d'un tueur sentimental (n° 8)
Yacaré, Hot Line (n° 19)

Souza, Marcio
L'Empereur d'Amazonie (n° 13)
Mad Maria (n° 50)

Taibo II, Paco Ignacio
De passage (n° 6)

Torres, Antônio
Cette terre (n° 64)

Trevisan, Dalton
Le Vampire de Curitiba (n° 11)

Tschinag, Galsan
Ciel Bleu (n° 21)

Vianna, Vinicius
La Dernière Ligne (n° 26)

BIBLIOTHÈQUE HISPANO-AMÉRICAINE

Histoires étranges et fantastiques d'Amérique latine
Présentées par Claude Couffon

Histoires d'amour d'Amérique latine
Présentées par Claude Couffon

Federico ANDAHAZI
La Villa des mystères

José María ARGUEDAS
Yawar fiesta

Alfredo BRYCE-ECHENIQUE
Le Petit Verre de ces dames
Ne m'attendez pas en Avril
Noctambulisme aggravé
L'Amygdalite de Tarzan

Jésús DÍAZ
Les Paroles perdues
La Peau et le Masque
Parle-moi un peu de Cuba

Mario DELGADO APARAÍN
La Ballade de Johnny Sosa
Une histoire de l'humanité

Santiago GAMBOA
Perdre est une question de méthode

Javier GONZALEZ RUBIO
T'aimer fut mon châtiment

Alejandro JODOROWSKY
L'Arbre du Dieu pendu
L'Enfant du Jeudi Noir

Miguel LITTÍN
Le Voyageur Byzantin

Elsa OSORIO
Luz ou le temps sauvage

Leonardo PADURA
Electre à la Havane
L'automne à Cuba
Passé parfait

Alfredo PITA
Le chasseur absent

Horacio QUIROGA
Contes d'amour de folie et de mort
Anaconda
Les Exilés
Au-delà
Le Désert

Hernán RIVERA LETELIER
La Reine Isabel chantait des chansons d'amour
Le Soulier Rouge de Rosita Quintana

Pablo DE SANTIS
La Traduction

Antonio SARABIA
Les Invités du Volcan

Luis SEPÚLVEDA
Histoire d'une mouette et du chat qui lui apprit à voler
Journal d'un tueur sentimental
Le Monde du bout du monde
Le Neveu d'Amérique
Rendez-vous d'amour dans un pays en guerre
Un nom de torero
Le Vieux qui lisait des romans d'amour
Yacare Hot line
Les Roses d'Atacama

Paco Ignacio TAIBO II
Le Rendez-vous des héros
De Passage
L'Année où nous n'étions nulle part

Cet ouvrage a été imprimé en France par

CPI
Bussière

à Saint-Amand-Montrond (Cher)
en décembre 2009

N° d'édition : 2465007. – N° d'impression : 093438/1.
Dépôt légal : novembre 2002.